Le Secret d'Helena

LUCINDA RILEY

Le Secret d'Helena

Traduit de l'anglais par Élisabeth Luc

Roman

ÉDITIONS
FRANCE
LOISIRS

Titre original : *The Olive Tree*
Première publication en 2016 par Macmillan.
Pan Books, an imprint of Pan Macmillan.

Édition du Club France Loisirs,
avec l'autorisation des Éditions Charleston

Éditions France Loisirs,
31, rue du Val de Marne, Paris
www.franceloisirs.com

Traduit de l'anglais par Élisabeth Luc

ISBN : 978-2-298-15058-2

Pour le « vrai » Alexander

Suivez une ombre, et elle vous fuit.
Tentez de la fuir, elle vous poursuit.

Ben Jonson

Alex

Pandora, Chypre

19 juillet 2016

La maison m'apparaît à l'instant où je m'engage dans l'allée jalonnée d'ornières, en plus piteux état que naguère. Très vite, je gare la voiture pour contempler Pandora à loisir. Elle n'a pas le prestige des villas présentées sur les sites d'agences immobilières. L'arrière de la bâtisse est massif, d'une sobriété presque austère, telle que j'ai toujours imaginé son ancien propriétaire. Construite en pierre claire de la région, aussi carrée que les créations en Lego de mon enfance, elle se dresse sur des terres arides et calcaires, au cœur de vignes verdoyantes qui s'étendent à perte de vue. Sa vision est fidèle au souvenir que je gardais dans un recoin de mon esprit depuis ce fameux été, il y a dix ans...

Je contourne les murs épais vers l'avant et la terrasse qui rend Pandora si spectaculaire et unique en son genre. La balustrade surplombe un paysage en pente douce de vignes, de fermettes blanchies à la chaux et d'oliviers. Au loin, un ruban d'un bleu-vert scintillant sépare la terre du ciel.

Le soleil est un véritable chef-d'œuvre : ses rayons jaunes se fondent dans le bleu pour en faire de la terre de Sienne. Un détail intéressant, en réalité, car j'ai toujours cru que le jaune mélangé à du bleu donnait du vert. Je me tourne vers le jardin, en contrebas de la terrasse. Les jolis massifs que ma mère a plantés avec tant de soin, dix ans plus tôt, manquent d'eau et d'entretien. Ils ont été engloutis par d'affreuses mauvaises herbes hérissées d'épines dont j'ignore le nom.

Et là, au milieu du jardin, se dresse l'olivier. Des lambeaux de corde du hamac si cher à Maman y sont toujours accrochés. À l'époque, je le qualifiais de vieux, car les adultes l'affirmaient. Les plants qui l'entouraient n'ont pas résisté à l'épreuve du temps et à la sécheresse, mais lui s'est épanoui avec majesté, puisant la force vitale de ses voisins moribonds, déterminé à survivre au fil des siècles.

Une superbe métaphore du triomphe sur l'adversité. Chaque millimètre de son tronc noueux témoigne fièrement de sa lutte.

Pourquoi les êtres humains détestent-ils les traces laissées par les années sur leur corps alors qu'un arbre séculaire, une peinture délavée ou un édifice en ruine sont appréciés pour leur ancienneté ?

Plongé dans mes pensées, je constate avec soulagement que Pandora ne semble pas avoir trop souffert d'être négligée, de l'extérieur, au moins. Je sors la clé de ma poche et j'ouvre la porte d'entrée. En traversant les pièces sombres à cause des volets fermés, je ne ressens aucune émotion. Cela vaut peut-être mieux. Je n'ose pas ressentir quelque chose, parce que cet endroit plus que tout autre est imprégné d'elle…

Une demi-heure plus tard, j'ai ouvert les volets

du bas et ôté les draps des meubles du salon. Les grains de poussière captent la lumière du soleil couchant. La première fois que je suis venu ici, le décor m'a paru démodé. Face aux fauteuils défoncés et au canapé élimé, je me demande si on ne cesse pas de vieillir à partir d'un certain stade, comme des grands-parents sans âge ou l'olivier séculaire du jardin.

Je suis le seul à avoir changé, dans cette pièce. C'est au cours de ses premières années qu'un être humain évolue le plus. Une fois adulte, on ne change guère en apparence. On devient une version plus croulante, moins attrayante de soi-même. Les gènes et la gravité font leur œuvre.

Sur le plan affectif et intellectuel… il faut croire que certains avantages compensent le lent déclin de notre enveloppe charnelle. Mon retour à Pandora en est une preuve évidente. En longeant le couloir, je ris de l'Alex que j'étais à treize ans, un petit con égocentrique. J'ouvre la porte de mon « placard à balais », surnom affectueux de la pièce que j'occupais lors de ce long été torride, il y a dix ans. En tendant la main vers l'interrupteur, je me rends compte que je n'ai pas mésestimé son exiguïté. Elle semble même avoir rétréci. Si je fermais la porte et m'allongeais sur le lit, avec mon mètre quatre-vingt-cinq, mes pieds dépasseraient de la lucarne, un peu comme dans *Alice au pays des merveilles*.

Sur les étagères qui tapissent ce réduit oppressant, les livres que j'ai classés par ordre alphabétique d'auteur sont encore là. D'instinct, j'en prends un, *Retour de Puck*, de Rudyard Kipling, et je cherche le célèbre poème qu'il recèle, *Si*, les paroles de sagesse d'un père à son fils. Les larmes me montent aux yeux pour l'adolescent désespérément en quête d'un père que j'étais alors. En le trouvant, j'avais réalisé que j'en avais déjà un.

En remettant l'ouvrage en place sur l'étagère, je remarque un petit carnet, juste à côté. Le journal que ma mère m'avait offert pour Noël, avant mon premier séjour à Pandora. Pendant sept mois, j'ai écrit assidûment chaque jour, dans un style pompeux, à n'en pas douter. En bon adolescent, j'étais persuadé que mes idées étaient révolutionnaires, et mes sentiments uniques.

Quelle naïveté ! Je secoue tristement la tête tel un vieux sage. Lorsque nous sommes retournés en Angleterre, au terme de cet été à Pandora, j'ai laissé mon journal ici. Et il est toujours là, témoin de mes derniers mois d'enfance, avant que la vie ne m'entraîne dans l'âge adulte.

Je le prends avec moi et monte à l'étage. Dans le couloir sombre et étouffant, j'hésite. Dans quelle chambre vais-je m'installer le temps de ce séjour ? Je respire profondément et me dirige vers la chambre qu'elle occupait. Rassemblant mon courage, j'ouvre la porte. Peut-être est-ce le fruit de mon imagination, mais mes sens sont assaillis à nouveau par le parfum qu'elle portait, autrefois...

Je referme la porte et, incapable de gérer les boîtes de Pandore de mes souvenirs que constituent ces chambres, je redescends. Il fait déjà nuit noire. Je consulte ma montre en ajoutant deux heures de décalage horaire : il est presque neuf heures du soir, ici. J'ai l'estomac dans les talons.

Je vide le coffre de la voiture avant de ranger les

provisions achetées à l'épicerie du village. J'emporte du pain, de la feta et une bière tiède sur la terrasse. Assis dans un silence dont la pureté n'est rompue que par le chant des cigales, je sirote ma bière. Était-ce vraiment une bonne idée d'arriver deux jours avant les autres ? J'excelle dans l'art de me regarder le nombril au point que quelqu'un m'a récemment suggéré d'en faire mon métier. Cette pensée me déride, au moins.

Histoire de me détourner les idées, j'ouvre mon journal pour lire ce qui figure sur la page de garde :

« Joyeux Noël, Alex chéri ! Essaie d'écrire régulièrement. Ce journal sera peut-être intéressant à lire, plus tard.

Avec tout mon amour, M. »

— Espérons que tu aies vu juste, Maman.

Je souris en tournant des pages d'une prose égocentrique pour arriver au début du mois de juillet. À la lumière d'une simple ampoule accrochée au sommet de la pergola, je commence ma lecture.

Juillet 2006

Les arrivées

Journal d'Alex

10 juillet 2006

Mon visage est parfaitement rond. On dirait presque qu'il a été tracé au compas. J'ai horreur de ça.

À l'intérieur de ce cercle, j'ai deux pommes en guise de joues. Quand j'étais petit, les adultes me les pinçaient. Ils prenaient ma peau entre leurs doigts, oubliant que mes joues n'étaient pas des pommes. Une pomme, c'est inanimé, dur, et ça ne ressent pas la douleur. Elle n'est marquée qu'en surface.

En revanche, j'ai de très beaux yeux changeants. D'après ma mère, si je déborde d'énergie, ils sont d'un vert vif et, si je suis stressé, ils prennent la couleur de la mer du Nord. Personnellement, je les trouve surtout gris, assez grands, en forme de noyaux de pêche et surmontés de sourcils plus foncés que mes cheveux d'un blond filasse, raides comme des baguettes.

Je suis en train de me regarder dans le miroir, les yeux embués de larmes, car lorsque je ne regarde pas mon visage, je peux être qui j'ai envie d'être, dans mon imagination. Dans ces minuscules toilettes d'avion, la lumière dure forme une aura au-dessus de ma tête. Les avions ont les pires miroirs qui existent, car ils donnent une mine de déterré.

Sous mon tee-shirt, je vois un bourrelet dépasser de mon short. Je l'empoigne et j'en fais le désert de Gobi, avec des dunes et des vallées où pourraient se dresser quelques palmiers.

Puis je me lave les mains avec soin.

J'aime bien mes mains car, contrairement au reste de mon corps, elles ne sont pas potelées. Ma mère prétend que ce sont des rondeurs d'adolescent, que les hormones m'ont fait pousser en largeur. Hélas, elles n'ont pas appuyé sur la touche « croissance verticale ».

Tous les ados n'ont pas de rondeurs. La plupart sont minces à force de se dépenser sans compter.

J'ai peut-être besoin de me dépenser.

La bonne nouvelle, c'est que l'avion procure une sensation de légèreté, même quand on est gros. Dans cet appareil, il y a beaucoup de gens plus gros que moi. J'ai vérifié. Si j'incarne le désert de Gobi, mon voisin de siège est le Sahara à lui seul. Il accapare l'accoudoir de son avant-bras dont la peau, le muscle et la graisse envahissent mon espace personnel tel un virus mutant. Je trouve ça vraiment agaçant. Au moins, moi, je garde mes chairs pour moi, dans l'espace qui m'est attribué, quitte à avoir une crampe.

Étrangement, lorsque je prends l'avion, je pense à la mort. Pour être honnête, je pense à la mort où que je sois. La mort procure peut-être la même sensation de légèreté que cette carlingue métallique. La dernière fois, ma petite sœur a demandé si elle était morte parce qu'on lui avait raconté que son Papy était au ciel. Elle a cru le rejoindre.

Pourquoi les adultes racontent-ils ces histoires ridicules aux enfants ? Elles ne font que les troubler. Personnellement, je n'y ai jamais cru. Ma mère a renoncé à m'en raconter depuis des années.

Elle m'aime, ma mère, même si j'ai pris du bide, ces derniers mois. Et elle m'a promis qu'un jour, je devrai me pencher pour me regarder dans la glace des toilettes d'avion. Je viens d'une lignée d'hommes grands, apparemment. Cela ne me console pas. Il paraît que certains gènes sautent une génération. Avec la chance que j'ai, je serai le premier nain obèse chez les Beaumont.

De plus, elle omet consciencieusement l'autre moitié de mon patrimoine génétique…

Je suis déterminé à aborder ce sujet avec elle, pendant ces vacances, quel que soit le nombre de fois où elle noiera le poisson et changera de sujet.

J'ai besoin de savoir.

Tout le monde affirme que je tiens de ma mère. Normal, non ? Ils auraient du mal à me comparer à un spermatozoïde anonyme. Le fait que j'ignore qui est mon père attise peut-être mes illusions de grandeur. C'est plutôt malsain, surtout pour un enfant tel que moi, si tant est que je sois encore un enfant. Je doute même de l'avoir été un jour.

En cet instant, alors que mon corps survole l'Europe centrale, mon père peut être n'importe qui, au gré de mon imagination, celui qui me convient à un moment donné. Disons que nous sommes sur le point de nous écraser et que le commandant de bord n'a qu'un seul parachute de rechange. Je pourrais me présenter à lui comme son fils et il serait obligé de me sauver, non ?

Finalement, il vaut peut-être mieux que je ne sache pas. Une moitié de mes gènes vient peut-être d'Extrême-Orient. Je devrais alors apprendre le mandarin pour communiquer avec mon père, une langue très difficile à maîtriser.

Parfois, j'aimerais que Maman ressemble davantage aux autres mères. Non qu'elle soit Kate Moss ou une autre star, car elle n'est plus si jeune. Cela me dérange que les copains et professeurs qui viennent à la maison la regardent *avec ces yeux-là*. Les gens l'adorent. Elle est sympa, drôle. Elle fait la cuisine et danse en même temps. Parfois, je préférerais ne pas avoir à la partager.

Parce que personne ne l'aime plus que moi.

Elle n'était pas mariée quand je suis né. Il y a cent ans, elle aurait accouché dans un asile de nuit et nous serions morts de la tuberculose quelques mois plus tard. Nous aurions fini à la fosse commune, où nos squelettes auraient reposé ensemble pour l'éternité.

Je me demande souvent si je lui fais honte. Après tout, je lui rappelle sans cesse son immoralité. Est-ce pour cela qu'elle m'envoie en pension ?

Je prononce le mot « immoralité » face au miroir. J'aime les mots. J'en fais collection comme mes camarades collectionnent les cartes de footballeurs ou les filles, en fonction de leur degré de maturité. J'aime les utiliser, les glisser dans une phrase pour nuancer une pensée. Un jour, peut-être, en ferai-je ma profession. On ne va pas se mentir, je ne jouerai jamais pour l'équipe de Manchester United, étant donné mon physique actuel.

Quelqu'un frappe à la porte. Fidèle à mon habitude, j'ai perdu la notion du temps. Ma montre m'indique que je suis là depuis vingt minutes. Je vais devoir affronter une file de passagers furibonds pris d'un besoin pressant.

Je jette un dernier coup d'œil dans le miroir, puis je me détourne et je respire un grand coup. Enfin, j'émerge des toilettes, tel Brad Pitt.

1

— On est perdus. Je vais devoir m'arrêter.

— Oh non, Maman ! Il fait nuit noire et on est au bord d'un précipice ! Il n'y a nulle part où s'arrêter.

— Pas de panique, chéri. Je vais trouver un endroit sûr.

— Sûr ? Si j'avais su, j'aurais apporté mes crampons et mon pic à glace.

— Il y a une aire de stationnement, là-bas.

Helena gara tant bien que mal la voiture de location, puis elle se tourna vers son fils, qui se cachait les yeux de ses mains, et lui donna une tape sur le genou.

— Tu peux regarder.

Elle observa la vallée profonde, en contrebas, et les lumières scintillantes de la côte.

— C'est si beau..., souffla-t-elle.

— Non, Maman ! Ce serait « beau » si on n'était pas perdus en pleine montagne, à deux doigts de basculer dans le vide vers une mort certaine. Ils ne connaissent pas les barrières de sécurité, dans ce pays ?

Ignorant sa réflexion, Helena chercha à tâtons l'interrupteur de la lampe.

— Passe-moi la carte, chéri.

Alex obéit.

— Tu la tiens à l'envers, Maman…

— C'est bon, maugréa-t-elle en la retournant. Immy dort encore ?

L'adolescent se tourna vers sa sœur de cinq ans, allongée sur le siège arrière, serrant son agneau en peluche dans ses bras.

— Oui et c'est tant mieux. Elle risquerait d'être traumatisée à vie. Si elle voit où on se trouve en ce moment, elle n'osera plus aller sur les montagnes russes d'un parc d'attractions.

— Ah ! Je sais ! Il faut redescendre la colline…

— La montagne, corrigea Alex.

— Puis tourner à gauche au panneau indiquant Kathikas et suivre cette route.

Helena tendit la carte à son fils et enclencha la marche arrière, du moins le pensait-elle, car ils firent un bond en avant.

— MAMAN ! Fais attention !

— Désolée…

Elle fit un demi-tour approximatif et repartit dans la bonne direction.

— Je croyais que tu connaissais le chemin, marmonna son fils.

— Chéri, je n'avais que quelques années dc plus que toi la dernière fois que je suis venue. Pour info, ccla remonte à presque vingt-quatre ans. Je suis sûre que je reconnaîtrai les lieux en arrivant au village.

— Si on y arrive.

— Oh, tu es pénible, à la fin ! Tu n'aimes donc pas l'aventure ?

En apercevant un panneau indiquant « Kathikas », Helena parut soulagée.

— L'endroit vaut le déplacement, tu verras.

— Il n'y a même pas de plage à proximité. Et je déteste les olives ! Et les Chandler ! Rupert est vraiment un co…

— Alex, ça suffit ! Si tu ne trouves rien de positif à dire, tais-toi et laisse-moi conduire.

Il se mura dans un silence boudeur tandis qu'Helena engageait la Citroën sur une pente abrupte. Quel dommage que l'avion ait été retardé et ait atterri à Paphos juste après le coucher du soleil ! Le temps de patienter à la douane et de louer une voiture, il faisait nuit. Elle qui espérait effectuer le trajet dans les montagnes et revivre à travers ses enfants ses réminiscences de jeunesse.

La vie était jalonnée de déceptions, surtout en ce qui concernait les souvenirs. Sans doute avait-elle enjolivé cet été passé dans la maison de son parrain, à l'âge de quinze ans.

Un peu bêtement, elle avait besoin que Pandora soit parfaite, ce qui, en toute logique, était impossible. Autant espérer qu'au bout de vingt-quatre ans, un premier amour ait conservé la fougue de sa jeunesse sans avoir pris une ride.

À propos de premier amour… *Serait-il encore là ?*

Helena crispa les doigts sur le volant et chassa vite cette pensée dérangeante.

Pandora lui faisait l'effet d'être un manoir, à l'époque. Elle lui paraîtrait fatalement plus petite. Les meubles anciens, qu'Angus, son parrain, avait fait transporter d'Angleterre, lui semblaient exquis, élégants. Angus régnait sur les vestiges de l'armée britannique encore stationnée à Chypre. Les divans en damassé bleu pâle du salon dont les volets étaient habituellement fermés pour les protéger des rayons du soleil ; le bureau de style géorgien, derrière lequel Angus s'asseyait chaque matin pour ouvrir son courrier à l'aide d'un coupe-papier ; la vaste table en acajou dont la surface lisse rappelait une patinoire… Ce décor était encore très présent à sa mémoire.

Pandora était vide depuis trois ans, depuis qu'Angus avait dû regagner l'Angleterre pour raison de santé. Il avait juré que la qualité des soins à Chypre était aussi bonne, voire meilleure qu'en Angleterre, tout en admettant que, avec quarante-cinq minutes de trajet pour se rendre à l'hôpital et des jambes fatiguées, il était malaisé de vivre dans un village perché.

Six mois plus tôt, il avait succombé à une pneumonie, mais il était aussi mort de tristesse. Son corps fragile ayant passé la majeure partie de ses soixante-dix-huit ans sous des climats tropicaux n'avait aucune chance de s'adapter à l'humidité impitoyable et grise d'une banlieue écossaise.

Il avait légué ses biens à Helena, sa filleule. Et Pandora en faisait partie.

En apprenant la nouvelle, elle avait pleuré à chaudes larmes. Elle se sentait coupable de ne pas être allée le voir plus souvent dans sa maison de retraite, comme elle en avait l'intention.

Le tintement de son portable dans les profondeurs de son sac à main la fit émerger de ses pensées.

— Tu prends l'appel, chéri ? demanda-t-elle à Alex. C'est sans doute Papa qui veut savoir si on est bien arrivés.

Au terme d'une sempiternelle fouille du sac à main de sa mère, il sortit l'appareil, une seconde trop tard.

— C'était bien lui, déclara-t-il en consultant l'écran. Tu veux que je le rappelle ?

— Non. On l'appellera de là-bas.

— Si on y arrive...

— Bien sûr que oui ! Je commence à reconnaître le coin. On y sera dans dix minutes.

— La taverne de Hari existait déjà, de ton temps ?

Ils venaient de croiser une enseigne lumineuse en forme de palmier, devant un restaurant un peu criard, avec des machines à sous et des chaises en plastique blanc.

— Non. C'est une nouvelle route. De mon temps, il n'y avait qu'un chemin de terre menant au village.

— Ils avaient Sky TV. On pourra y aller, un soir ? s'enquit Alex, plein d'espoir.

— Peut-être.

Helena imaginait de douces soirées sur la terrasse de Pandora, à contempler les oliviers, en buvant du vin local et en dégustant des figues fraîches. Sans télévision ni palmiers lumineux.

— Maman, cette maison est confortable, au moins ? Il y a l'électricité ?

— Bien sûr, voyons !

Pourvu qu'Angelina ait branché le courant...

— Regarde, on arrive au village. Plus que quelques minutes.

— Je pourrais descendre dans ce bar à vélo, marmonna l'adolescent. À condition de trouver un vélo.

— Je montais au village à vélo presque tous les jours.

— C'était un vélocipède ?

— Très drôle ! C'était un bon vieux vélo à l'ancienne avec trois vitesses et un panier devant, expliqua Helena avec un sourire. J'allais chercher du pain à la boulangerie.

— Comme la sorcière dans *Le Magicien d'Oz* qui passe devant la fenêtre de Dorothy ?

— Exactement. À présent, laisse-moi me concentrer. On est arrivés de l'autre côté à cause de la nouvelle route. J'ai besoin de retrouver mes marques.

Au loin scintillaient les lumières du village. Elle ralentit sur la route plus étroite et bordée de bâtisses en pierre claire locale.

— Regarde, l'église, là-bas ! s'exclama Helena en désignant l'édifice qui rassemblait la petite communauté de Kathikas.

Quelques jeunes traînaient autour d'un banc, sur le parvis, les yeux rivés sur deux jeunes filles au regard de braise.

— C'est le centre du village, expliqua-t-elle. On dirait que quelques tavernes ont ouvert au cours des dernières années. Regarde, c'est l'épicerie ! Ils se sont agrandis… Ils vendent absolument tout ce qu'on peut rechercher.

— Et si je faisais un saut pour acheter le dernier CD des *All-American Rejects* ? railla l'adolescent.

— Alex ! s'emporta Helena, à bout de patience. Je sais que tu n'as pas envie d'être ici, mais pour l'amour du ciel, tu n'as pas encore vu Pandora. Donne-lui au moins une chance, ne serait-ce que pour moi !

— D'accord, Maman. Excuse-moi.

— Le village était très pittoresque et ne semble pas avoir beaucoup changé, dit-elle, soulagée. On viendra l'explorer demain.

— Maman, on sort du village, là, déclara Alex, un peu inquiet.

— Je sais. Il y a des vignes à perte de vue. Les pharaons faisaient venir du vin d'ici tant il était bon. On tourne ici, je crois. Accroche-toi, ça va secouer.

Le chemin cahoteux serpentait parmi les vignes. Helena alluma les pleins phares pour négocier les ornières.

— Tu parcourais ce chemin tous les jours à vélo ? s'étonna-t-il. Je suis impressionné que tu ne te sois pas vautrée dans le raisin.

— C'est arrivé. Heureusement, on finit par s'habituer au terrain.

Helena fut bizarrement rassurée de constater que les nids-de-poule étaient aussi dangereux qu'autrefois. Elle redoutait de trouver une voie bitumée.

— Quand est-ce qu'on arrive, Maman ? fit une voix ensommeillée, à l'arrière. Ça secoue !

— Très bientôt, chérie. Quelques secondes.

Lorsqu'elle s'engagea dans l'étroite allée, un mélange d'exaltation et d'impatience l'envahit. La silhouette sombre de Pandora se profila devant elle. Elle franchit la grille en fer forgé rouillée qui demeurait ouverte depuis des années et ne pouvait sans doute plus se refermer.

Enfin, elle arrêta la voiture et coupa le moteur.

— Nous y sommes !

Ses deux enfants ne réagirent pas. En se retournant, elle constata qu'Immy s'était rendormie. Alex regardait droit devant lui.

— Laissons Immy dormir le temps de trouver la clé, suggéra Helena en ouvrant la portière.

Elle descendit et huma l'air nocturne, chaud et

parfumé. Elle n'avait pas oublié ces notes d'olive, de raisin et de poussière, si loin des routes goudronnées et des palmiers lumineux. L'odorat était le plus puissant des sens pour évoquer un moment, une atmosphère.

Elle se garda de demander à son fils ce qu'il pensait de Pandora. Tout jugement serait prématuré et elle n'aurait pas supporté une réflexion négative dans le noir, à l'arrière d'une demeure verrouillée et aux volets clos.

— C'est très sombre, Maman.

— Je vais rallumer les phares. Normalement, Angelina a laissé la porte du fond ouverte.

Helena mit les pleins phares puis foula le gravier vers la maison, Alex sur les talons. La poignée en cuivre tourna aisément. En franchissant le seuil, elle chercha l'interrupteur à tâtons. Le couloir s'illumina.

— Dieu merci, marmonna-t-elle.

Elle ouvrit une autre porte.

— Voici la cuisine.

— Je vois ça…

Il déambula dans une pièce vaste et étouffante équipée d'un évier, un vieux fourneau, une grande table en bois et un vaisselier qui occupait un mur entier.

— C'est rustique, commenta-t-il.

— Angus entrait rarement ici. Sa gouvernante se chargeait de toutes les tâches domestiques. Je ne crois pas qu'il ait préparé un seul repas de sa vie. C'était un poste de travail et non une pièce de vie comme le sont les cuisines de nos jours.

— Il mangeait où, alors ?

— Dehors, sur la terrasse, bien sûr.

Helena ouvrit un robinet. Un filet d'eau coula, suivi d'un véritable torrent.

— Il n'y a pas de frigo, on dirait, signala Alex.

— Il est dans le cellier. Angus recevait beaucoup d'invités et le trajet jusqu'à Paphos est assez long. Il a fait installer un système de réfrigération ici, mais il n'y avait pas de congélateur, de mon temps ! C'est la porte située à ta gauche. Va vérifier que le frigo est toujours là, veux-tu ? Angelina a dû nous laisser du lait et du pain.

— D'accord.

Helena continua son inspection et se retrouva dans le couloir, à l'avant de la maison. Ses pas résonnaient sur les dalles usées formant un damier. Elle leva les yeux vers le grand escalier, la rampe en chêne massif, façonnée par des artisans de talent, qu'Angus avait acheminée d'Angleterre. Derrière elle, une vieille pendule se dressait telle une sentinelle, mais ne fonctionnait plus.

Ici, le temps s'est arrêté, songea-t-elle en ouvrant la porte du salon.

Les divans en damassé bleu étaient couverts de draps. Elle en souleva un et s'écroula dans le siège moelleux. Le tissu immaculé semblait fragile. Elle se dirigea ensuite vers les deux portes-fenêtres, ouvrit les volets et sortit sur la terrasse.

Quelques instants plus tard, Alex la trouva appuyée à la balustrade.

— On dirait que le frigo a une crise d'asthme, dit-il. Il y a du lait, des œufs et du pain. Et on aura assez de ça, c'est sûr.

Il brandit un énorme salami et s'installa à côté d'elle.

— Jolie vue, concéda-t-il.

— Spectaculaire, tu veux dire.

— Ce sont les lumières de la côte ?

— Oui. Demain matin, tu verras la mer. Et les oliviers, les vignes, en contrebas, dans la vallée entourée de montagnes. Dans le jardin, il y a un olivier magnifique qui, d'après la légende, a plus de quatre cents ans.

— C'est vieux… comme tout le reste, ici, apparemment… Et très isolé, reprit-il. Je ne vois pas d'autres maisons.

— Je pensais que ce serait plus construit. Quand on voit le littoral… mais non. Embrasse-moi, chéri.

Elle le prit dans ses bras.

— Je suis tellement contente qu'on soit là.

— Je suis content que tu sois contente. On fait entrer Immy ? J'ai peur qu'elle ne se réveille, qu'elle ne prenne peur et ne s'éloigne. Et j'ai faim.

— Montons lui trouver une chambre. Ensuite, tu m'aideras à la porter là-haut.

Helena entraîna son fils à l'intérieur, en s'arrêtant sous la pergola couverte de vigne vierge qui protégeait du soleil, en milieu de journée. La longue table en fer forgé dont la peinture blanche s'écaillait était jonchée de feuilles mortes.

— C'est ici qu'on mangeait midi et soir. Et il fallait s'habiller convenablement. Pas de maillot de bain à la table d'Angus.

— Tu ne vas pas nous imposer ça, Maman ?

Helena ébouriffa ses cheveux blonds et l'embrassa sur le front.

— J'aurai déjà de la chance si je parviens à vous

réunir à table… Les temps ont changé, soupira-t-elle en lui tendant la main. Viens. Allons explorer l'étage.

Il était presque minuit lorsque Helena émergea enfin sur le petit balcon de la chambre d'Angus. Immy dormait sur le grand lit en acajou. Helena l'installerait dans une chambre à lits jumeaux dès le lendemain, quand elle aurait trouvé les draps. Au bout du couloir, Alex était allongé sur un matelas nu. Malgré la moiteur étouffante, il avait fermé les volets pour se protéger des moustiques. Il n'y avait pas un souffle d'air.

Helena sortit son portable de son sac à main, ainsi qu'un paquet de cigarettes cabossé, et les posa sur ses genoux. D'abord, une cigarette. Elle n'avait pas envie de rompre le charme. Il y avait des chances que William, son mari, casse l'ambiance sans le vouloir. Il était logique qu'il lui raconte que le technicien avait réparé le lave-vaisselle et qu'il lui demande où elle avait rangé les sacs-poubelle. Il penserait lui faire plaisir en démontrant qu'il maîtrisait la situation. D'accord, mais pas tout de suite…

Helena alluma sa cigarette et inhala la fumée. Pourquoi était-il si sensuel de fumer dans la chaleur d'une nuit méditerranéenne ? Elle avait pris sa première bouffée à quelques mètres de là. Le plaisir de l'interdit ! Elle regrettait de ne pouvoir se défaire enfin de cette addiction. À l'époque, elle était trop jeune pour fumer. À presque quarante ans, elle était trop âgée. Cette pensée la fit sourire. Elle avait tant rêvé, autrefois ! Qui aimerait-elle ?

Où vivrait-elle ? Jusqu'où la porterait son talent ? Serait-elle heureuse ?

Désormais, elle avait la réponse à la plupart de ces questions.

— Pourvu que ces vacances soient aussi parfaites que possible, murmura-t-elle.

Depuis quelques semaines, elle avait un étrange pressentiment qu'elle ne parvenait pas à chasser. L'approche de la quarantaine, peut-être, ou la perspective de revenir à Pandora…

La magie des lieux l'enveloppait déjà. La maison la dépouillait de ses couches protectrices pour la mettre à nu. Comme la dernière fois.

Elle écrasa sa cigarette et jeta le mégot dans la nuit, puis elle prit son portable et téléphona chez elle. William répondit dès la deuxième sonnerie.

— Salut, chéri, c'est moi.

— Vous êtes bien arrivés ?

Le son de sa voix la rassura.

— Oui. Tout va bien, à la maison ?

— Ça va, oui. Impeccable.

— Notre petit monstre de trois ans est sage ? s'enquit-elle avec un sourire.

— Fred a fini par se calmer, Dieu merci. Il est furieux que vous soyez partis en le laissant avec son vieux Papa.

— Il me manque. Enfin, si on veut…

Elle émit un petit rire.

— Au moins, avec Alex et Immy, j'aurais une chance de mettre un peu d'ordre dans la maison avant que vous n'arriviez.

— Elle est habitable ?

— Je crois, oui, mais j'y verrai plus clair demain matin. La cuisine est rudimentaire.

— À propos de cuisine, le type du lave-vaisselle est venu, aujourd'hui.

— Ah oui ?

— On aurait aussi bien pu en acheter un neuf, vu le prix de la réparation.

— Oh non, fit-elle en réprimant un sourire. Au fait, les sacs-poubelle sont dans le deuxième tiroir, à gauche de l'évier.

— J'allais justement te demander où ils étaient rangés. Demain, c'est le jour des poubelles. Tu me passes un coup de fil demain matin ?

— D'accord. Je vous embrasse, toi et Fred. Salut, chéri.

— Salut. Dors bien.

Helena s'attarda pour contempler le ciel nocturne et sa myriade d'étoiles tellement plus brillantes, ici. Enfin, l'adrénaline céda le pas à la fatigue. À l'intérieur, elle s'allongea sur le lit à côté d'Immy et, pour la première fois depuis des semaines, s'endormit sans tarder.

Journal d'Alex

11 juillet 2006

Je l'entends qui rôde, là-haut, dans le noir. Il aiguise ses crocs avant son festin.

C'est-à-dire moi.

Les moustiques ont-ils des crocs ? Sans doute. Comment perceraient-ils la peau de leurs victimes, sinon ? Pourtant, quand je réalise l'exploit d'écraser une de ces infâmes bestioles contre le mur, il ne produit aucun craquement. Rien qu'un gargouillis de bouillie. On est loin du son de l'émail qui se brise, comme le jour où je suis tombé d'un mur d'escalade, à l'âge de quatre ans, et que je me suis cassé une incisive.

Parfois, ces monstres ont le toupet de bourdonner à votre oreille, histoire de vous prévenir qu'ils sont sur le point de vous dévorer. Vous êtes là, à agiter furieusement les bras tandis qu'ils dansent au-dessus de vous, invisibles, à se gausser de votre impuissance.

Je sors Bunny de mon sac à dos et je l'enfouis sous le drap, près de moi. Il sera bien, vu qu'il n'a pas besoin de respirer. Je précise que Bunny est un lapin en peluche qui a le même âge que moi.

D'après ma mère, son nom est l'un des premiers mots que j'ai prononcés.

Elle m'a aussi raconté que quelqu'un de « spécial » me l'avait offert à ma naissance. Une allusion à mon père. Dormir avec un lapin en peluche à treize ans est pathétique, je sais, mais je m'en moque. Bunny est mon talisman, mon filet de sécurité et mon ami. Je lui dis tout.

J'ai souvent pensé que les doudous en savent davantage sur les enfants qui dorment avec eux que leurs propres parents, et ce uniquement parce que les doudous écoutent sans interrompre.

À l'aide des vêtements qui me tombent sous la main, je couvre les parties vulnérables de mon corps, surtout mes grosses joues, qui pourraient nourrir un moustique matin, midi et soir avec une seule piqûre.

Je finis par m'endormir. Enfin, j'espère, car je me retrouve dans une fournaise, avec des flammes qui me lèchent la peau. Ma chair fond sous la chaleur intense.

À mon réveil, il fait encore nuit. Je suffoque. Je comprends vite pourquoi : j'ai un caleçon posé sur le visage. Je l'enlève et je respire à pleins poumons. La lumière du jour filtre par les persiennes.

Bien que je sois en nage, le jeu valait la chandelle, car le moustique n'a pas eu ma peau. Je me dépêtre de mes vêtements. J'inspecte sans tarder mon visage dans le miroir piqué de la commode. Et voilà ! J'ai une énorme piqûre de moustique sur la joue droite.

Je bredouille quelques jurons que ma mère détesterait. Comment cette maudite bestiole a-t-elle réussi à s'insinuer sous le tissu pour me piquer ? À croire que les moustiques font partie d'une brigade d'élite spécialisée dans l'infiltration.

À part cette piqûre, mon visage est rouge comme une tomate. En ouvrant les volets, je cligne les yeux et je sors sur le balcon. Le soleil du matin me brûle autant que la fournaise de mon cauchemar.

Dès que j'y vois plus clair, je découvre un paysage spectaculaire. Ma mère n'a pas menti. Nous sommes perchés au sommet d'une montagne aux tons jaunes, bruns et vert olive, en contrebas. Au loin, la mer bleue scintille. En baissant la tête, je décèle une petite silhouette, sur la terrasse.

Avec la balustrade en guise de barre, ma mère enchaîne les pliés. Elle se penche en arrière telle une contorsionniste. Je discerne clairement ses côtes saillantes sous son justaucorps. Ces exercices d'assouplissement constituent son rituel du matin, même le jour de Noël ou le lendemain d'une soirée arrosée. Si elle s'en dispense, c'est qu'elle a un gros problème. Les autres ados mangent leurs céréales au chocolat ou leurs tartines grillées en présence de parents qui se tiennent droits. Moi, ma mère me demande de faire chauffer de l'eau la tête à l'envers entre ses jambes.

Un jour, elle a voulu m'initier à la danse classique. Disons simplement que je ne tiens pas d'elle, dans ce domaine.

Soudain, je meurs de soif et j'ai la tête qui tourne. Pris d'un vertige, je tombe à la renverse, sur le lit. Je ferme les yeux.

Ce moustique m'a peut-être refilé la malaria. Et si je n'avais plus que quelques heures à vivre ?

Quel que soit le mal dont je souffre, j'ai besoin d'un verre d'eau et de ma mère.

2

— C'est une simple déshydratation. Donnez-lui ce sachet mélangé à de l'eau, puis un autre, ce soir, au coucher. Il faut boire en quantité, jeune homme.

— Vous êtes sûr que je n'ai pas la malaria, docteur ?

Alex dévisagea le Chypriote chétif d'un air soupçonneux.

— Vous pouvez me le dire, vous savez. Je suis capable d'encaisser la nouvelle.

— Bien sûr que non ! intervint sèchement Helena.

Elle se tourna vers le médecin qui refermait sa sacoche :

— Merci d'être venu aussi vite. Désolée de vous avoir dérangé…

Elle le fit sortir de la chambre et l'entraîna dans l'escalier.

— Il semblait délirer. J'ai eu peur, lui expliqua-t-elle dans la cuisine.

— C'est bien naturel. J'ai soigné le colonel McCladden pendant des années. Sa mort… quelle tristesse !

Il haussa les épaules et tendit sa carte à Helena.

— En cas de besoin. À l'avenir, passez plutôt au cabinet. Je crains de devoir vous facturer une visite à domicile.

— Oh, je n'ai pas suffisamment d'espèces... Je comptais retirer de l'argent au village dans la journée, fit-elle, embarrassée.

— Ne vous en faites pas. Le cabinet est proche de la banque. Vous n'aurez qu'à passer payer la réceptionniste.

— Merci, docteur. Je n'y manquerai pas.

Il sortit, Helena sur les talons. Sur le seuil, il se retourna pour lever les yeux vers la maison.

— Ah ! Pandora..., souffla-t-il, pensif. Vous connaissez certainement le mythe.

— Oui.

— Une bien belle demeure. Comme la boîte dont elle porte le nom, elle est fermée depuis de nombreuses années. Seriez-vous celle qui va enfin l'ouvrir ?

Il esquissa un sourire énigmatique, révélant des dents blanches et régulières.

— J'espère que tous les maux du monde ne vont pas s'en déverser, répondit-elle d'un air entendu. Il se trouve que la propriété m'appartient, désormais. Angus était mon parrain et il me l'a léguée.

— Je vois. L'aimerez-vous autant que lui ?

— Je l'adore déjà ! J'ai séjourné ici quand j'étais adolescente et j'en garde un excellent souvenir.

— Dans ce cas, vous savez que c'est la plus ancienne des environs. Certains affirment que ce site était déjà habité il y a des milliers d'années. Aphrodite et Adonis auraient goûté notre vin et passé la nuit ici. Bien des rumeurs circulent au village...

— Sur la maison ?

— Entre autres… Vous me rappelez beaucoup une dame que j'ai croisée à Pandora, autrefois.

— Vraiment ?

— Elle séjournait chez le colonel McCladden et j'ai été appelé pour la soigner. Elle était très belle, comme vous, ajouta-t-il avec un sourire. Bref, veillez à ce que votre fils boive en abondance. Bonne journée, madame.

— C'est promis. Au revoir et merci !

Helena regarda la voiture s'éloigner dans un nuage de poussière. En levant les yeux, elle fut parcourue d'un frisson, malgré la chaleur. Son étrange pressentiment resurgit. Elle s'efforça de se concentrer sur les tâches qu'elle avait à accomplir. D'abord, vérifier l'état de la piscine. Elle contourna vivement la bâtisse et traversa la terrasse. Quelques fleurs ne seraient pas de trop dans les jardinières en pierre. Elle ajouta cette mission sur sa liste. La piscine, installée au bas de quelques marches en pierre qui s'effritaient, paraissait en bon état, ce qui était étonnant. Naturellement, il faudrait éliminer des années de saletés avant de s'y baigner.

En regagnant l'intérieur, elle se dit que Pandora était bien différente, de ce point de vue. Si l'arrière était sobre, presque austère, la façade était pittoresque. Au-dessus de la longue terrasse et de sa pergola, chaque fenêtre était ornée d'un balcon en fer forgé ouvragé évoquant une villa italienne. Pourquoi n'était-ce pas le souvenir qu'elle en avait gardé ? Sans doute parce qu'elle avait vécu en Italie, depuis, et qu'elle était en mesure d'établir le parallèle.

Elle monta dans la chambre d'Immy et trouva sa fille devant le miroir, vêtue de sa plus belle robe rose. Helena ne put réprimer un sourire en la voyant se contempler dans la glace, onduler son petit corps et soulever ses cheveux blonds en admirant son reflet de ses grands yeux bleus innocents.

— Je croyais que tu défaisais ta valise, chérie.

— J'ai fini, Maman.

Avec un soupir agacé, Immy s'écarta du miroir et désigna les vêtements épars dans la pièce.

— Je voulais que tu ranges tes affaires dans les tiroirs, pas que tu les jettes par terre. Enlève cette robe ! Ce n'est pas le moment de la porter.

— Pourquoi ? fit Immy avec une moue boudeuse. C'est ma préférée.

— Je sais, mais elle est réservée aux grandes occasions. Elle est trop chic pour traîner dans une maison poussiéreuse par cette température.

Immy regarda sa mère empiler les vêtements sur le lit avant de les ranger.

— De toute façon, ça pue dans les tiroirs ! objecta-t-elle.

— Ils sentent le renfermé. Laissons-les ouverts pour les aérer.

— Qu'est-ce qu'on fait, aujourd'hui ? Il y a Disney Channel, ici ?

— Je...

Il était presque midi et Helena avait l'impression d'avoir perdu la matinée à trouver un médecin pour son fils qu'elle croyait délirant. Elle s'assit sur le lit. Soudain, elle eut envie de regarder Disney Channel, elle aussi.

— On a du pain sur la planche, chérie. Et il n'y a pas la télévision ici.

— On n'a qu'à en acheter une !

— Non ! rétorqua-t-elle en regrettant immédiatement son ton sec.

Immy avait été très sage et s'était amusée tranquillement. Elle prit sa fille dans ses bras.

— Maman a quelques détails à régler. Ensuite, on ira se promener, d'accord ?

— Oui, mais j'ai faim. Je n'ai pas pris de petit déjeuner.

— C'est vrai. Il faudra faire quelques provisions. Je vais voir comment va ton frère et on ira.

— J'ai une idée, Maman !

Le visage de l'enfant s'illumina. Elle descendit des genoux d'Helena pour fouiller le petit sac à dos avec lequel elle avait pris l'avion.

— Je vais faire un dessin pour Alex pour qu'il se sente mieux !

— C'est adorable, mon cœur !

Immy brandit triomphalement une feuille de papier et des feutres.

— Ou alors..., reprit la petite fille en mordillant un feutre d'un air pensif, s'il ne guérit pas, je pourrai cueillir des fleurs, dans le jardin, et les poser sur sa tombe ?

— Mais il n'est pas mourant ! Le dessin est une meilleure idée, je crois.

— Ah bon ? Ce matin, il m'a dit qu'il allait mourir.

— Eh bien, ce n'est pas le cas. Commence à dessiner et je te rejoins dans quelques minutes.

Helena longea le couloir vers la chambre de l'adolescent. Une partie d'elle-même souhaitait voir son fils se muer en un adolescent normal, vêtu d'un sweat à capuche et fan de football, qui aimait les filles et traîner dans les centres commerciaux avec ses copains pour choquer les vieilles dames.

Au lieu de cela, Alex avait un QI hors norme, un avantage, en théorie, mais qui posait plus de problèmes que son cerveau survolté ne pouvait résoudre. Il se comportait plus en papy qu'en ado.

— Ça va mieux ? demanda-t-elle en passant la tête dans l'entrebâillement de la porte.

Alex était couché, en caleçon, un bras posé sur le front.

— Humm…

Elle s'assit au bord du lit. L'antique ventilateur qu'elle avait sorti de la chambre d'Angus pour rafraîchir son fils ronronnait doucement.

— Ça commence mal, hein ?

— Ouais…, maugréa Alex sans ouvrir les yeux. Pardon, Maman.

— J'emmène Immy au village faire quelques courses et régler le médecin. Tu promets de boire beaucoup d'eau en mon absence ?

— Oui.

— Tu veux que je te rapporte quelque chose ?

— De l'insecticide.

— Les moustiques chypriotes sont inoffensifs, chéri, je te le garantis !

— Je les déteste quelle que soit leur nationalité.

— Très bien, je t'en achèterai. Si tu te sens mieux demain, on ira à Paphos. J'ai une liste de choses à acheter, notamment des ventilateurs, des draps, des serviettes, un réfrigérateur-congélateur et une télé avec un lecteur de DVD.

— Ah oui ? fit Alex en ouvrant les yeux. Je croyais que tu ne voulais pas de télé.

— Un lecteur de DVD est le minimum vital pour Immy et Fred, surtout l'après-midi, quand il fait chaud.

— Ouah, je me sens mieux tout à coup…

— Tant mieux, répondit Helena avec un sourire. Repose-toi. Tu seras peut-être en forme pour sortir demain.

— J'en suis sûr. Ce n'est qu'une déshydratation, non ?

— Absolument, chéri, dit-elle en l'embrassant sur le front. Essaie de dormir.

— Au fait, désolé pour cette histoire de malaria…

— Ce n'est rien. À plus tard.

En descendant, Helena entendit son portable sonner dans la cuisine. Elle se précipita et parvint à prendre l'appel juste à temps.

— Helena ? C'est Julia. Ça va ? Comment est la baraque ?

— Aussi superbe que dans mes souvenirs.

— Pareille qu'il y a vingt-quatre ans, tu veux dire ? Seigneur, j'espère qu'ils ont au moins changé la plomberie.

— Je crains que non.

Helena éprouvait une certaine jubilation à taquiner son amie.

— La maison aurait besoin d'un petit lifting et de quelques lunettes de toilette neuves, mais je crois qu'elle est saine. Au niveau structurel, au moins.

— C'est déjà ça. On n'aura pas à craindre que le plafond nous tombe sur la tête en pleine nuit.

— La cuisine est vieillotte, ajouta Helena. Je crois qu'il faudra compter davantage sur le barbecue que sur le four. Pour être honnête, ce n'est sans doute pas ce dont tu as l'habitude.

— On se débrouillera. J'apporte nos draps, comme d'habitude. Si tu as besoin d'autre chose, dis-le-moi.

— Merci, Julia. Et les enfants ?

— Rupes et Viola vont bien. Pour ma part, j'ai l'impression que je viens de passer des semaines à enchaîner les discours de fin d'année scolaire et de remises de prix. Sacha a réussi à échapper à ces corvées, le monstre.

— Oh...

Helena savait pertinemment que Julia adorait tout cela.

— Comment va Sacha ? demanda-t-elle poliment.

— Il travaille jusqu'à pas d'heure, il boit trop... tu le connais. Ces dernières semaines, je l'ai à peine croisé. Helena, il faut que je te quitte. Je reçois à dîner, ce soir, et je suis débordée.

— À dans quelques jours, alors.

— D'accord. Ne prends pas trop d'avance sur le bronzage. Il pleut des cordes, ici. *Ciao*, ma belle !

— *Ciao*, répéta Helena d'un ton morne, avant de couper la conversation.

Elle s'assit lourdement à la table de la cuisine.

— Seigneur..., gémit-elle.

Si seulement elle n'avait pas laissé Julia s'incruster pendant deux semaines ! Elle avait invoqué mille excuses et obstacles, mais Julia n'en démordait pas. Résultat, la famille Chandler au complet, Julia, son mari Sacha et leurs deux enfants, débarquaient à Pandora une semaine plus tard.

Si Helena redoutait la venue des Chandler, elle ne

pouvait que ronger son frein. Sacha était le meilleur ami de William, qui était le parrain de sa fille, Viola.

Allait-elle les supporter ? Helena s'éventa dans la chaleur accablante. Elle voyait sa cuisine délabrée à travers l'œil de lynx de Julia. Jamais elle ne pourrait endurer ses critiques. Elle releva ses cheveux sur le sommet de sa tête et sentit une fraîcheur toute relative sur sa nuque.

Je m'en sortirai. Il le faut.

— On s'en va ? demanda Immy, derrière elle. J'ai faim. Je pourrai avoir des frites avec du ketchup au restaurant ?

Elle enroula ses petits bras autour de la taille de sa mère.

— Oui, on s'en va, répondit Helena en se levant. Et oui, tu pourras manger des frites.

Helena filait sur la route qui serpentait à travers les vignes, sous un soleil de plomb. Immy était assise sur le siège passager, ce qui était totalement illégal. Sa ceinture de sécurité trop lâche lui permettait de se redresser pour regarder au-dehors.

— On s'arrête cueillir du raisin, Maman ?

— Si tu veux, mais attention, il n'aura pas le même goût que celui du supermarché.

Helena gara la voiture sur le bas-côté.

— Voilà, annonça-t-elle en se penchant.

Sous les feuilles de vigne, elle découvrit une petite grappe de grains violets qu'elle détacha.

— On peut les manger ? s'enquit la fillette, l'air soupçonneux.

— S'ils sont acides, c'est parce qu'ils ne sont pas encore mûrs. Vas-y, goûte...

Pour encourager sa fille, elle mit un fruit dans sa bouche. Les quenottes blanches d'Immy mordirent prudemment dans la peau épaisse.

— Pas mal, commenta-t-elle. Et si on en rapportait pour Alex ? Le raisin, c'est bon pour la santé.

— Bonne idée.

Après avoir cueilli sa seconde grappe de raisin, Helena se redressa avec l'impression d'être observée. Soudain, elle le vit. À moins de vingt mètres au cœur des vignes, il la regardait fixement.

Protégeant ses yeux du soleil, elle se prit à espérer de façon irrationnelle qu'elle était en proie à une hallucination. C'était impossible…

Or il était bien là, conforme au souvenir qu'elle gardait de lui, à l'endroit où elle l'avait vu pour la première fois, vingt-quatre ans plus tôt.

— Maman, qui c'est, ce monsieur ? Pourquoi il nous regarde ? C'est parce qu'on a volé du raisin ? On va aller en prison ? Maman !

Pétrifiée, Helena s'efforça de retrouver ses esprits. Immy la tira par la manche.

— Viens, Maman ! Vite ! Il va appeler la police !

Helena s'arracha à sa contemplation et se laissa entraîner par sa fille, qui gagna d'elle-même la place du passager.

— Allez, démarre !

— Oui, pardon…, bredouilla Helena en tournant la clé de contact.

— C'était qui, ce monsieur ? répéta l'enfant tandis que sa mère négociait les ornières de la route. Tu le connais ?

— Non…

— Ah bon ? On aurait dit que tu le connaissais.

Il était grand et beau comme un prince ! Le soleil lui faisait une couronne sur la tête.

— C'est vrai, admit Helena, concentrée sur sa conduite.

— Je me demande comment il s'appelle...

Alexis...

— Aucune idée, murmura-t-elle.

— Maman ?

— Quoi ?

— Avec tout ça, on a oublié le raisin d'Alex.

Le village n'avait guère changé, fait étonnant si l'on considérait le béton anarchique qui défigurait le littoral. L'étroite rue principale était déserte, les habitants étant retranchés dans la fraîcheur de leurs maisons de pierre. Bonne nouvelle : l'unique magasin louait désormais des DVD. Quelques bars étaient également apparus.

Après avoir réglé la visite du médecin à la réceptionniste du cabinet, Helena emmena Immy déjeuner à la taverne de Perséphone, dans une cour coquette, à l'ombre d'un olivier. La fillette s'extasia devant une portée de chatons malingres qui lui tournaient autour des chevilles en miaulant.

— Maman ! On peut en ramener un ? S'il te plaît ! implora Immy en offrant une frite à l'un d'eux.

— Non, chérie. Ils habitent ici avec leur Maman, répondit Helena d'un ton ferme.

D'une main tremblante, elle porta son verre de vin à ses lèvres. La cuvée locale avait le goût à la fois âcre et doux dont elle avait gardé le souvenir. Elle eut l'impression de faire un bond en arrière dans le temps.

— Maman ! Alors, je peux avoir une glace ou pas ?

— Pardon, chérie. Je rêvassais. Oui, bien sûr.

— Tu crois qu'ils ont celle au chocolat avec des bouts de guimauve et de la sauce caramel ?

— J'en doute. Ils auront plutôt des parfums traditionnels, vanille, fraise ou chocolat. On peut toujours se renseigner.

Immy interpella le jeune serveur et négocia avec lui le parfum de sa glace, ainsi qu'un café chypriote moyennement sucré pour Helena, histoire d'atténuer les effets du vin.

Vingt minutes plus tard, mère et fille quittèrent la taverne et se dirigèrent d'un pas tranquille vers la voiture.

— Maman ! Regarde les bonnes sœurs assises sur le banc, là-bas ! s'exclama Immy en pointant un index vers l'église. Elles doivent avoir trop chaud avec leurs robes.

— Ce ne sont pas des nonnes, Immy, mais les vieilles dames du village. Elles sont habillées en noir parce que leur mari est mort. Elles sont veuves.

— Elles s'habillent tous les jours en noir ?

— Oui.

— Et pas en rose ?

— Non.

L'enfant eut l'air horrifié.

— Je ne serai pas obligée de faire ça quand mon mari mourra, j'espère !

— Non, chérie. C'est la tradition à Chypre.

— Je n'habiterai jamais ici, alors, répliqua-t-elle en sautillant vers la voiture.

Le coffre rempli de provisions, elles regagnèrent Pandora où Alex les accueillit.

— Salut, Maman !

— Tu te sens mieux, mon grand ? Tu nous donnes un coup de main pour rentrer les courses ?

Il porta les sacs dans la cuisine.

— C'est fou ce qu'il fait chaud, souffla Helena en s'épongeant le front.

— Je monte me reposer, déclara Alex. J'ai encore un peu le tournis. Au fait, tu as de la visite.

— Ah bon ? Et tu ne m'en parles que maintenant ?

— Il est sur la terrasse. Je lui ai dit que j'ignorais à quelle heure tu rentrerais, mais il a insisté pour t'attendre.

Helena s'efforça d'afficher une expression impassible.

— Qui est-ce ?

— Comment veux-tu que je le sache ? rétorqua Alex en haussant les épaules. En tout cas, il a l'air de te connaître.

— Vraiment ?

— Oui. Il s'appelle Alexis, je crois.

Journal d'Alex

11 juillet (suite)

De la fenêtre de ma chambre, je regarde entre les lattes des persiennes pour ne pas être vu depuis la terrasse, en contrebas.

J'observe l'homme qui est venu voir ma mère. Il marche de long en large, les mains dans les poches. Il est grand et bien bâti, le teint hâlé. Ses épais cheveux noirs commencent à grisonner aux tempes. Il doit être un peu plus âgé que ma mère et plus jeune que mon beau-père.

À son arrivée, j'ai remarqué qu'il avait les yeux très bleus. Il n'est peut-être pas chypriote. À moins qu'il ne porte des lentilles colorées, ce dont je doute. Bref, ces atouts réunis donnent un homme très séduisant.

Je vois ma mère sortir sur la terrasse avec une telle grâce que ses pieds semblent à peine toucher le sol, car le haut de son corps ne bouge pas. Elle s'arrête à un mètre de lui, les bras ballants. Si je n'aperçois pas son visage, je distingue celui de l'homme. Il affiche soudain une expression de joie intense.

Mon cœur s'emballe, et ce n'est plus la déshydratation, ni la malaria. J'ai peur.

Aucun des deux ne parle. Ils restent plantés là pendant une éternité, à se dévorer des yeux. Enfin, il tend les bras et s'avance vers elle pour prendre ses mains dans les siennes et les embrasser avec révérence.

C'est dégoûtant ! Je refuse de voir ça, mais je ne peux m'empêcher de regarder.

Lorsqu'il arrête enfin de lui toucher les mains avec ses lèvres, il prend ma mère dans ses bras musclés. Elle est tellement menue, pâle et blonde, qu'elle me fait penser à une poupée de porcelaine qu'un gros ours brun enlacerait jusqu'à l'étouffer. Elle a la tête rejetée en arrière contre ses énormes pectoraux, tandis qu'il la serre contre lui. J'espère qu'il ne va pas lui briser le cou.

Le souffle court, je le vois la relâcher enfin et je respire. Dieu merci, ils ne se sont pas embrassés sur la bouche, ce qui aurait été répugnant au-delà des mots.

Hélas, ce n'est pas terminé.

Il ne semble pas disposé à rompre ce contact physique et lui reprend la main pour l'entraîner vers la pergola. Ils disparaissent sous la vigne vierge, hors de ma vue.

Oh non ! Je me jette sur mon lit.

Qui est ce type ? Qui est-il pour *elle* ?

Dès que je l'ai vu, sur la terrasse, tel le maître des lieux, j'ai compris qu'il était important. Devais-je appeler Papa ? Ce Papa qui n'est pas mon père, mais qui est le seul que j'aie connu. Je savais bien qu'il finirait par me servir à quelque chose.

« Il faut que tu viennes immédiatement, Papa ! Maman court un danger mortel sous la pergola ! »

Non, j'en suis incapable. De toute façon, il me trouve bizarre. J'ai conscience qu'il me tolère parce qu'il aime Maman et que je fais partie du lot. Par malheur, je suis nul à tous les sports de ballon, ou presque, en dépit de mon enthousiasme. Quand j'étais petit, il a essayé de m'initier. Hélas, je ne cessais de le décevoir. Je ratais mes lancers lorsqu'il venait me voir jouer au cricket, tant sa présence m'angoissait. Si j'étais sportif, nos relations seraient meilleures. Enfin, il aime Maman et la protège contre tous ceux qui la convoitent.

Comme ce type qui est avec elle sous la pergola.

Quelle ironie du sort ! Moi qui me faisais une joie de passer du temps avec elle, sans Papa, qui me donne toujours l'impression d'être de trop. Et voilà qu'au bout de moins de vingt-quatre heures, je déplore son absence.

Je devrais peut-être lui envoyer un texto… Je consulte mon portable pour découvrir qu'il ne me reste presque plus de forfait. Que pourrait faire Papa, d'ailleurs ?

Ici, il n'y a que moi. Et Immy, qui ne compte pas.

Du coup… je vais devoir agir seul.

Je me lancerai dans la bataille pour sauver l'honneur de ma mère.

3

— Tu es… Tu n'as pas changé.

— Bien sûr que si, Alexis. J'ai vingt-quatre ans de plus.

— Tu es aussi belle qu'à l'époque, Helena.

Elle sentit le rouge lui monter aux joues.

— Comment as-tu appris que j'étais là ?

— La rumeur circule, au village. À midi, Démétrios m'a appelé pour me dire qu'il avait vu une dame et une enfant aux cheveux dorés sur le chemin menant à Pandora. J'ai deviné que c'était toi.

— Qui est Démétrios ?

— Mon fils.

— Ah, je comprends mieux ! s'esclaffa Helena, soulagée. Immy et moi nous sommes arrêtées pour cueillir du raisin et je l'ai remarqué, qui m'observait. J'ai cru que c'était toi… C'est idiot… il te ressemble tant !

— Tu veux dire qu'il ressemble à celui que j'étais.

— Plutôt, oui.

Le silence s'installa entre eux.

— Comment vas-tu, Helena ? Qu'as-tu fait, pendant toutes ces années ?

— Eh bien… ça va.

— Tu es mariée ?

— Oui.

— Je sais que tu as des enfants car j'ai rencontré ton fils et entendu parler de ta fille.

— J'en ai trois. Fred, mon petit garçon, est chez nous, en Angleterre, avec son père. Ils nous rejoignent dans quelques jours. Et toi ?

— J'étais marié avec Maria, la fille de l'ancien maire de Kathikas. Elle m'a donné deux garçons. Hélas, elle est morte dans un accident de voiture quand Michel, mon cadet, avait huit ans. Nous vivons tous les trois, à récolter notre raisin et à produire notre vin, comme mon père, mon grand-père et mon arrière-grand-père avant nous.

— C'est terrible, pour Maria... Tu as dû en baver.

Que dire à part les banalités d'usage ?

— Dieu est ainsi. Il donne et il reprend. Au moins, mes garçons s'en sont sortis. Démétrios, que tu as vu dans les vignes, va bientôt se marier. La relève est assurée.

— En effet... si peu de choses semblent avoir changé, ici.

Alexis fit une moue.

— Chypre change autant qu'ailleurs, c'est le progrès. Il y a du bon et du moins bon. Quelques nantis sont toujours plus avides. Pour l'instant, Kathikas est une oasis. Hélas, ces rapaces de promoteurs s'empareront un jour de nos terres fertiles. Ils ont déjà essayé.

— Je n'en doute pas, dans ce cadre idyllique.

— Ne va pas croire que tous les villageois résisteront à la tentation, surtout les jeunes. Ils rêvent de belles voitures, du satellite, du mode de vie qu'ils voient à la télévision. C'est normal ! Nous aussi, nous avions nos ambitions. Cessons de raisonner comme nos parents.

Le quadragénaire se mit à rire.

— Nous *sommes* nos parents, répondit-elle.

— Rien qu'un instant, redevenons les enfants que nous étions...

Au moment où il allait lui prendre la main, Alex surgit sur la terrasse. Helena eut un mouvement de recul.

— Où est Immy ? demanda-t-il sans préambule.

— Dans la cuisine, je crois. Alex, tu as fait la connaissance d'Alexis, je crois...

— Nous portons le même nom, déclara ce dernier avec un sourire chaleureux. Il signifie « défenseur et protecteur du peuple ».

— Je sais. Maman, j'espère qu'Immy ne s'est pas éclipsée à notre insu. Tu la connais...

— Je suis certaine que non. Et si tu allais la chercher pour que je lui présente Alexis ? Mets de l'eau à chauffer, pendant que tu y es. Je meurs d'envie d'une tasse de thé.

Sur ces mots, elle s'écroula sur une chaise, soudain épuisée.

Son fils la défia du regard, puis il tourna les talons.

— C'est un beau garçon, commenta Alexis. Bien bâti.

Helena soupira.

— Il est... original, c'est certain. À la fois brillant et exaspérant... Je l'adore, ajouta-t-elle, un peu lasse. Un jour, je te parlerai peut-être de lui.

— Un jour, nous parlerons peut-être de beaucoup de choses, répondit-il avec douceur.

— La voilà !

Alex traînait une Immy aux joues inondées de larmes sur la terrasse.

— Une espèce de frelon à rayures la pourchassait dans la cuisine pour la piquer de son dard venimeux.

— Chérie ! Il fallait m'appeler.

Helena tendit les bras vers l'enfant qui s'y réfugia.

— Je t'ai appelée mais tu n'es pas venue. C'est Alex qui m'a sauvée… enfin, un peu.

— Ta fille te ressemble, Helena. Elle est… comment dire ? Ton double.

— Je l'appelle MiniMaman. Vous saisissez la référence, Alexis ? lança l'adolescent. Sans doute pas…

— Une tasse de thé ? intervint Helena pour faire diversion. Je vais en préparer.

— Volontiers. Autant partager la passion des Anglais pour cette boisson chaude par cette chaleur torride ? ajouta-t-il avec un sourire narquois.

— Chacun sait que le thé chaud rafraîchit l'organisme. C'est pourquoi on en boit en Inde, observa Alex.

— Aucun rapport avec le fait qu'ils vivaient dans des plantations de thé, railla Helena en foudroyant son fils du regard.

L'adolescent prit place sur la chaise libérée par sa mère et croisa les bras d'un air maussade.

— Comment avez-vous rencontré ma mère ?

— Nous nous sommes connus il y a de nombreuses années, lors de son dernier séjour ici, chez le colonel McCladden.

— Angus, son parrain ? Et vous ne vous êtes jamais revus ensuite ?

— Si, admit-il, mais c'est une autre histoire. Dis-moi, Alex… Chypre te plaît ?

— Je ne sais pas encore. Il faisait nuit quand on est arrivés et j'ai passé une journée au lit à cause d'une malaria potentielle. Il fait très chaud. Les moustiques et les frelons pullulent et je les ai en horreur.

— Et la maison ?

— Elle est cool, même si on y étouffe. J'aime bien que ce soit un lieu chargé d'histoire.

— Comme toute la région. Tu connais certainement la mythologie grecque. Aphrodite serait née à Paphos et y aurait vécu avec Adonis. On peut visiter les bains d'Aphrodite à quelques kilomètres d'ici.

— J'espère qu'ils ont vidé la baignoire, sinon..., marmonna l'adolescent.

— C'est une magnifique cascade au cœur des montagnes, continua Alexis. On peut sauter dans l'eau du sommet des rochers. Elle est pure et rafraîchissante. Je t'y emmènerai, si tu veux.

— Merci, mais les sports extrêmes ne sont pas mon truc. Et vous, qu'est-ce que vous faites ? ajouta-t-il en le dévisageant.

— Ma famille possède le vignoble local depuis des siècles. Nous produisons du vin qui nous permet de bien gagner notre vie. Nous exportons de plus en plus. Ah, revoici ta mère !

Helena posa son plateau sur la table.

— J'ai couché Immy. La chaleur et le frelon l'ont épuisée. Alex, tu veux du thé ?

— S'il te plaît, répondit-il en se levant. Assieds-toi, Maman. Je vais servir. Alexis me parlait d'un « bidet d'Adonis ».

— Tu veux dire la cascade ? Elle est magnifique, n'est-ce pas, Alexis ?

Helena sourit de ce souvenir partagé.

— Papa nous emmènera peut-être, annonça l'adolescent avec emphase. Quand est-ce qu'il arrive, d'ailleurs ?

— Vendredi et tu le sais pertinemment, Alex. Du lait, Alexis ?

— Non merci.

— Papa nous fera peut-être une surprise en débarquant plus tôt que prévu.

— J'en doute. Il a du travail.

— Tu lui manques tellement ! Il n'arrête pas de t'appeler. Je ne serais pas étonné qu'il avance son arrivée.

Helena tendit une tasse à son invité avec un regard entendu.

— J'espère que non, dit-elle. J'aimerais avoir le temps de rendre la maison un peu plus accueillante.

— Aurais-tu besoin d'aide ? hasarda Alexis. Pandora est restée inoccupée si longtemps…

— Si tu connais quelqu'un qui puisse s'occuper de la piscine… Elle a besoin d'un bon nettoyage avant d'être remplie.

— Quelle piscine ? s'enquit Alex, soudain agité.

— Derrière cette grille, en bas des marches, expliqua Helena. Hélas, une grande quantité d'olives est tombée dedans et il y a quelques dalles brisées à remplacer.

— J'enverrai Georgios jeter un coup d'œil, promit Alexis. Un cousin de ma femme, il est maçon.

— Vous êtes marié ? fit Alex, curieux.

— Je l'ai été. Ma femme est morte depuis longtemps, hélas. J'appelle Georgios tout de suite.

Il sortit son portable et se mit à parler très vite

en grec. Au terme de sa conversation, il sourit et déclara :

— Il passe ce soir. La piscine sera peut-être en état pour l'arrivée de ton mari.

— Ce serait formidable ! répondit Helena avec gratitude. Je me demandais aussi où acheter un nouveau réfrigérateur-congélateur, à Paphos, ainsi qu'un four, un micro-ondes… bref, de l'électroménager. Nous avons des invités qui débarquent la semaine prochaine. Je m'inquiète du délai de livraison des appareils.

— Ce ne sera pas un souci. J'ai une camionnette qui nous sert à livrer le vin dans les hôtels et les restaurants de la région. Je t'emmènerai en ville.

— Tu es sûr que cela ne te dérange pas ?

— Certain. Je le ferai avec plaisir, Helena.

— Connaîtrais-tu quelqu'un au village qui puisse m'aider pour le ménage et la cuisine ?

— Angelina, la jeune femme qui t'a remis les clés. Elle travaillait pour le colonel à la fin de sa vie. Je pense qu'elle est disponible. De plus, elle adore les enfants. Je vais la contacter de ta part. Elle viendra te voir.

— Merci, Alexis. Tu es mon sauveur, déclara Helena en buvant une gorgée de thé. Je lui proposerai peut-être du baby-sitting, histoire de sortir un peu, le soir.

— Je peux garder les petits, Maman, intervint Alex.

— Je sais, chéri. C'est gentil.

— Tu as repéré des problèmes structurels dans la maison ? poursuivit Alexis.

— Elle semble en bon état, fit Helena avec un haussement d'épaules. Je n'ai rien d'une experte…

— Georgios jettera un coup d'œil quand il viendra voir la piscine. La plomberie et l'électricité sont vétustes. Question de sécurité.

— Je sais, soupira Helena. Une véritable boîte de Pandore. J'ose à peine l'ouvrir.

— Tu connais la légende qui l'entoure ? demanda Alexis en se tournant vers le jeune garçon.

— Non, maugréa l'adolescent.

— On dit que quiconque réside à Pandora pour la première fois tombe amoureux durant son séjour.

— Ah oui ? Ça marche aussi si on a cinq ans ? Immy regardait son agneau en peluche d'un air rêveur, ce matin.

— Alex ! gronda Helena, à bout de patience. Je te prie de rester poli !

— Ah… c'est un garçon, il a peur de l'amour, commenta le quadragénaire, indulgent. Mais il y viendra, comme les autres. Bon, je vais vous laisser… Quel plaisir de te revoir ! s'exclama-t-il en embrassant Helena avec chaleur.

— Un plaisir partagé, Alexis.

— Je passe te chercher demain à neuf heures pour aller à Paphos ? *Adio*, Alex. Prends soin de ta mère.

— Ben oui, évidemment, grommela-t-il.

— Vraiment, Alex…, soupira Helena, furieuse, quand Alexis eut disparu, pourquoi faut-il que tu sois aussi odieux ?

— Je n'ai pas été odieux !

— Si ! Pourquoi cette hostilité ?

— Comment tu le sais ?

— Tu as fait de ton mieux pour le contrarier.

— Désolé, il ne m'inspire pas confiance. Je peux descendre voir la piscine ?

— Si tu veux.

Helena regarda son fils s'éloigner, ravie d'avoir un peu de répit, maintenant que ces deux hommes qui portaient le même prénom et comptaient tant à ses yeux étaient partis. Le choc provoqué par l'apparition de son amour de jeunesse s'atténua. S'il n'avait que quelques années de plus qu'Alex, à l'époque, et était désormais un homme entre deux âges, l'essentiel demeurait intact.

On n'oublie jamais son premier amour. Cet été à Pandora était gravé dans sa mémoire depuis vingt-quatre ans. Ils étaient si jeunes... Elle avait presque seize ans et lui à peine dix-huit. Il ignorait tout des conséquences de leur relation, ni de la vie qu'elle avait menée, ensuite. Cet amour avait changé son existence.

Une angoisse soudaine s'empara d'elle. Avait-elle eu raison de revenir à Pandora ? William arriverait dans quelques jours et elle ne lui avait jamais parlé d'Alexis. À quoi bon évoquer une ombre de son histoire ?

Sauf qu'Alexis n'avait rien d'une ombre. Il était bien réel. Elle devait se rendre à l'évidence : son passé était sur le point de percuter son présent.

Le portable d'Helena se mit à sonner au moment où elle servait le dîner à Alex et Immy.

— Tu veux bien répondre, chéri ? demanda-t-elle en posant un plateau très chargé sur la table de la terrasse.

— Allô ? Ah, salut, Papa. Oui, on va bien. Sauf

que Maman est sur le point de nous faire manger des testicules de bouc en saumure avec une sauce au poisson pourri. Un conseil : profite bien de tes pizzas tant que c'est possible. D'accord, je te passe Maman… Salut !

En prenant l'appareil, Helena poussa un soupir las.

— Oui, chéri. Tout va bien ? Non, je ne vais pas les empoisonner ! Ils vont goûter la feta, le houmous et le tarama. Comment va Fred ?

Helena coinça l'appareil entre son épaule et son menton pour décharger son plateau.

— Tant mieux. Tiens, dis quelques mots à Immy. On se reparle plus tard. D'accord. C'est Papa, fit-elle en tendant l'appareil à la fillette.

— Coucou, Papa… oui, ça va. Ce matin, Alex était presque mort et Maman et moi on a vu un prince dans un champ pendant qu'on cueillait du raisin. La police aurait pu nous arrêter, alors on a dû partir en laissant le raisin. Mais on l'a récupéré au retour et le papa du prince est venu nous voir ici et il a bu une tasse de thé. Il est très gentil. Et j'ai eu du ketchup et des frites, à midi. Il fait très chaud et…

Immy reprit son souffle et écouta son père.

— Je t'aime aussi et tu me manques un peu. D'accord, Papa, à bientôt. Il a raison, ça a l'air beurk, commenta-t-elle en observant son assiette juste après avoir raccroché.

Agacée par la conversation d'Immy avec son père, Helena posa deux portions de pita sur son assiette et quelques cuillerées de houmous.

— Goûte, au moins !

— Je peux avoir du ketchup, Maman ?

— Non.

Helena glissa une petite bouchée de pita tartinée de houmous dans la bouche d'Immy. Elle attendit que les papilles de sa fille fassent leur œuvre, puis vit l'enfant hocher légèrement la tête en signe d'approbation.

— Tant mieux. Je savais que tu aimerais ça.

— C'est fait avec quoi, le truc mou ? s'enquit la fillette.

— Des pois chiches.

— Des pois *p'tiches* ?

— Arrête tes bêtises, Immy ! intervint Alex, qui n'avait pas avalé une seule bouchée. Rien à voir avec des petits pois. Désolé Maman, je suis encore un peu barbouillé.

— D'accord, concéda Helena qui n'était pas d'humeur à se battre. C'est une bonne nouvelle, cette piscine, non ? Elle devrait être opérationnelle pour l'arrivée de Papa. Immy, prends du tarama. Demain, à Paphos, on achètera des chaises longues et...

— Beurk ! s'exclama l'enfant en crachant dans son assiette.

— Immy !

— Pardon, mais c'est *dégueu* !

— Ne répète pas mes gros mots ! gronda son frère aîné. Tu n'as que cinq ans.

— C'est vrai, renchérit Helena, amusée. Et les princesses n'utilisent pas ce genre de vocabulaire. N'est-ce pas, Alex ? Bon, pendant que je rappelle Papa, Alex va monter te coucher, d'accord ? Ensuite, je viendrai te raconter une histoire.

— Je veux celle où tu étais ballerine à Vienne et un prince t'a emmenée à un bal dans son palais !

— Marché conclu. Allez, file !

Dès que ses deux enfants eurent disparu à l'intérieur, elle prit son portable.

— Bonsoir, chérie, dit William. Tu as eu du succès avec ton dîner ?

— Je te laisse imaginer…

— Ne m'en dis pas plus. Alors, la journée a été bonne ?

— Riche en événements.

— J'ai l'impression. Qui est ce prince dont Immy m'a parlé ?

— Oh, le fils d'un vieil ami.

— Bon…

Il y eut un silence.

— Chérie…, reprit William, j'ai quelque chose à te demander.

— Quoi ?

— Eh bien… je ne sais pas trop comment formuler ça… c'est Chloé.

— Elle va bien ?

— Très bien, apparemment. Je ne peux me fier à sa proviseure, comme tu le sais. J'ai reçu une lettre de sa mère, aujourd'hui.

— Une lettre de Cécile ? Seigneur ! souffla Helena. Elle t'a écrit ? Cela relève du miracle.

— Plutôt, mais…

— Oui ?

— Elle veut que Chloé passe quelque temps avec nous à Chypre.

Journal d'Alex

11 juillet (suite)

Ces vacances sont de plus en plus « dégueu », comme dirait ma petite sœur.

Les moustiques, la chaleur, cette vieille maison au milieu des champs où il n'y a même pas le câble, sans oublier ce fouleur de raisin qui veut tripoter ma mère. Et je ne parle même pas de Julia, Sacha, Viola et Rupes, leur fils de Néandertal à l'encéphalogramme plat, qui débarquent la semaine prochaine…

J'aimerais créer un comité de défense pour les enfants dont les parents sont amis. Ce n'est pas parce que des gens partageaient des secrets et des bonbons étant petits, avant de boire de l'alcool ensemble et de devenir parents en même temps, que leurs enfants s'entendent forcément.

Chaque fois que ma mère me lance : « Alex, chéri, on a invité les Chandler. Sois gentil avec Rupes, d'accord ? », ça me donne des angoisses. Je lui réponds : « D'accord, Maman chérie, j'essayerai. » Quand Rupert, *alias* Rupes, me donne un coup de pied dans les parties en me plaquant gentiment au rugby, ou lorsqu'il va pleurer dans les jupons de sa mère en m'accusant d'avoir cassé sa PlayStation alors que c'est lui qui l'a lâchée et que j'ai marché dessus par accident, je le vis très mal.

Rupes a à peu près le même âge que moi, ce qui ne facilite pas les choses. On est à l'opposé l'un de l'autre. Il possède ce que mon beau-père William cherche chez un fils : il est sportif, enjoué, populaire… Mais c'est un enfoiré quand personne ne le regarde. De plus, il est fin comme une ablette et, pour lui, Homère est un personnage des *Simpson* dont la philosophie fait un tabac.

Il a une petite sœur du nom de Viola. Elle est rousse avec des taches de rousseur, des dents de lapin et le teint si pâle qu'elle se fond dans le décor tel un fantôme. D'après ma mère, ils l'ont adoptée. À la place des Chandler, j'aurais choisi une enfant qui leur ressemble vaguement. Peut-être que Viola était le seul bébé disponible, à l'époque. Rupes est aussi écrasant qu'elle est très timide, de sorte que je ne la connais pas vraiment.

Pour couronner le tout, Maman vient de m'informer que Chloé, la fille de William, va débarquer, elle aussi. Je ne l'ai pas vue depuis six ans. La Garce Infernale, comme on surnomme l'ex-femme de mon beau-père, a empêché Chloé de voir Papa dès que Maman est tombée enceinte d'Immy.

Pauvre Papa. Il a fait de son mieux. Hélas, la Garce Infernale avait lavé le cerveau de Chloé. Elle prenait son père pour un monstre parce qu'il refusait de lui acheter une glace coûtant plus d'une livre sterling. Il a dû renoncer. Après des procès ruineux, l'assistante sociale a déclaré préférable qu'il garde ses distances, car Chloé se faisait réprimander par sa mère si elle l'évoquait. De plus, cette bataille l'affectait psychologiquement. Il n'en parle pas, mais je sais qu'elle lui manque. Il n'avait le droit que de lui écrire des cartes d'anniversaire et de Noël, et de régler les frais de scolarité d'un pensionnat hors de prix.

Alors… pourquoi cette réapparition soudaine ?

D'après Maman, la Garce Infernale a un petit ami. Le pauvre ! Une vraie sorcière. La seule fois où je l'ai rencontrée, elle m'a terrifié. Sans doute a-t-elle préparé un philtre d'amour pour son fiancé, parce qu'il l'emmène dans le sud de la France pour l'été. Apparemment, il veut passer du temps avec elle.

J'espère qu'elle ne va pas le découper en morceaux et le faire cuire façon cuisses de grenouille.

Quoi qu'il en soit, on hérite de Chloé.

En me l'annonçant, ma mère avait l'air angoissée, mais elle a fait bonne figure en affirmant que ce serait merveilleux pour Papa, après tant d'années sans voir sa fille. Le plus inquiétant, c'est qu'on va devoir se serrer, car Chloé aura une chambre à elle. « Certains devront faire chambre commune. »

J'ai bien compris où elle voulait en venir.

Désolé, il est hors de question que je cohabite avec Rupes ! C'est tout bonnement impossible ! Je dormirai dans la baignoire, au besoin, ou dehors, n'importe où, mais pas avec lui. Je supporterai une invasion de mon espace personnel durant la journée, tant que je le récupère la nuit.

Autrement dit, très chère mère, c'est *niet* !

Elle veut aussi que j'accueille Chloé, que je l'aide à s'intégrer dans notre famille qui n'a rien de nucléaire, une famille dysfonctionnelle pour le moins. Il y aurait de quoi rédiger une thèse sur nous. Je le ferai peut-être…

Allongé sur mon lit, je fixe le plafond, presque gazé par la bombe insecticide que Maman m'a achetée. Ce produit est sans doute plein de pesticides interdits qui vont me tuer. Je réfléchis à notre arbre généalogique.

Le seul problème, c'est qu'il me manque une partie de mes branches.

4

Le lendemain matin, Helena émergea d'un sommeil agité. Au fil des heures précédant les premières lueurs de l'aube, mille pensées troublantes s'étaient bousculées dans sa tête. Malgré sa fatigue, elle se réjouissait de son excursion à Paphos, munie d'une longue liste d'achats.

À neuf heures, Alexis se présenta dans sa fourgonnette. Ils se serrèrent à quatre sur la banquette. Si Immy était ravie d'être à l'avant, Alex boudait. Sur la route qui serpentait vers le pied de la colline, il regarda par la fenêtre. Helena lui avait proposé de rester à Pandora pour aider Georgios à nettoyer la piscine, mais il avait insisté pour les accompagner. Elle ne se faisait guère d'illusions : elle était sous surveillance rapprochée.

— Maman ! On se croirait dans un toboggan en spirale ! s'exclama Immy tandis qu'ils enchaînaient les épingles à cheveux en direction de la côte.

— Tu ne vas pas reconnaître Paphos, Helena, déclara Alexis. Ce n'est plus le petit port de pêche tranquille d'autrefois.

Aux abords de la ville, Helena s'étonna des enseignes lumineuses accrochées à d'affreux bâtiments en béton. D'immenses affiches publicitaires vantaient les qualités de voitures de luxe, d'appartements en multipropriété et de boîtes de nuit.

— Regarde, Maman ! Il y a un *McDonald's* ! On va chercher un cheeseburger et des frites ? fit Immy d'un ton implorant.

— C'est triste, non ? commenta Alexis en se tournant vers Helena.

— Affligeant, admit-elle.

Un pub à la façade criarde annonçait ses retransmissions de matchs de football et son buffet à volonté.

Ils se garèrent devant une enseigne de meubles et d'électroménager. Alexis avait raison : Paphos s'était mué en un vaste centre commercial digne de toutes les grandes villes d'Europe.

— Je déteste la mondialisation, maugréa-t-elle en descendant du véhicule.

Quelques minutes plus tard, Helena choisit une nappe en dentelle dont l'étiquette indiquait qu'elle était fabriquée en Chine.

— La dernière fois que je suis venue, la dentelle était réalisée par les femmes du coin qui la vendaient sur les marchés.

— Tu déplores que nous ne soyons plus aussi « pittoresques ». Nous avons beaucoup appris de l'occupation britannique, railla-t-il avec un sourire narquois.

Deux heures plus tard, après un passage chez *McDonald's* pour apaiser Immy, la fourgonnette chargée de marchandises était de retour à Pandora. Ce shopping avait coûté une petite fortune, une partie de l'argent légué à Helena par Angus. Son parrain aurait apprécié qu'elle s'en serve pour réaménager une maison ayant besoin d'un coup de jeune.

Alex, qui n'avait pas desserré les dents de la journée, aida Alexis et Georgios, son cousin, à décharger les cartons.

Helena déplia les jolis couvre-lits et fixa des abat-jour sur les lampes pour remplacer les globes en verre démodés. Elle ajouta des voilages aux fenêtres des chambres. La mondialisation n'avait pas que des inconvénients...

— Le congélateur est branché et le nouveau four installé. Pour le lave-vaisselle et le lave-linge, il faudra attendre le passage du plombier demain.

Alexis venait d'apparaître sur le seuil de la chambre d'Helena et la regardait lisser les draps de coton blanc sur le vieux lit en bois.

— Ah, l'irremplaçable touche féminine ! s'extasia-t-il en balayant la pièce du regard.

— Il y a encore du boulot, mais c'était un début.

— Le début d'une nouvelle ère pour Pandora ? hasarda-t-il.

— Tu crois qu'Angus y verrait un inconvénient ?

— Cette maison a besoin d'une famille, et ce depuis toujours.

— J'aimerais repeindre cette chambre, l'adoucir un peu, déclara-t-elle en observant les murs chaulés.

— Pourquoi pas ? Mes fils peuvent démarrer les travaux demain. Ils te feront ça en un rien de temps.

— C'est très gentil. Ils ont sûrement autre chose à faire...

— Tu oublies que je suis leur patron, ajouta-t-il avec un sourire.

— Le temps passe vite ! Mon mari arrive vendredi avec Fred.

— Ah oui ?

Il marqua une pause, puis reprit :

— Choisis une couleur et on s'en occupe.

— Dans ce cas, pour te remercier modestement de ton aide précieuse, je vais déboucher la bouteille de vin que tu nous as apportée.

— Helena, je te trouve un peu pâle. Tu es fatiguée ? demanda-t-il en posant les mains sur ses épaules. Tu es une rose anglaise délicate qui supporte mal la chaleur.

— Je vais bien, je t'assure.

Elle se dégagea de son emprise et descendit vivement l'escalier.

Après le départ des deux Chypriotes, Helena laissa Alex régler le lecteur de DVD pour Immy, qui frétillait d'impatience. Se sentant légèrement coupable, elle s'installa dans son hamac flambant neuf. Alexis l'avait accroché entre le superbe olivier qui trônait au milieu du jardin et un autre, plus jeune.

La brise délicieuse qui caressait les branchages faisait voleter ses cheveux sur son front. Les cigales se préparaient pour leur chorale du coucher du soleil dont les rayons baignaient le paysage dans une douce lumière jaune.

Elle pensa à l'arrivée imminente de Chloé, sa belle-fille inconnue. La veille, William était anxieux car c'était beaucoup exiger d'elle et des enfants. La pièce rapportée officielle, c'était Alex. Comment allait-il réagir à la présence de Chloé ? Sans parler des petits, qui n'avaient jamais rencontré leur grande sœur. Helena ne se sentait pas le droit de priver William de cette occasion de passer un temps précieux avec sa fille, quitte à déstabiliser la dynamique familiale.

Et Chloé ? Que ressentirait-elle à être projetée dans une famille qu'on lui avait appris à détester ? C'était elle, la véritable victime de cette situation : une enfant prise dans le tourbillon d'un divorce houleux et utilisée comme une arme par une ex-épouse bafouée. Si Cécile prétendait protéger sa fille des griffes de son père, Chloé ne pouvait qu'en sortir traumatisée.

Elle avait presque quinze ans, un âge difficile. Helena, qui aimait son mari et ses enfants, devrait trouver une place pour Chloé dans son cœur.

Elle avait l'impression d'être un arbre de mai, ce mât enrubanné de la tradition celte, autour duquel dansait sa famille. Ce soir-là, les rubans lui enserraient la poitrine à l'étouffer.

— Je regrette, Maman, c'est non ! NON, non et non !

— Pour l'amour du ciel, chéri, la chambre est assez spacieuse pour deux. De toute façon, vous n'y passerez du temps que pour dormir.

Assis les bras croisés, l'adolescent fulminait.

— Maman, ce n'est pas le problème et tu le sais très bien !

— Je ne vois pas d'autre solution, chéri.

— Je préfère dormir avec Immy et Fred ou me faire dévorer par les moustiques sur la terrasse qu'avec lui. Rupes pue !

— C'est vrai, Maman ! Il arrête pas de péter ! intervint Immy.

— Là n'est pas la question, répliqua Alex. En dehors de son odeur, je le déteste, cet enc… !

— Je t'en prie, Alex !

Et même s'il l'était, où est le problème ?

— Je ne parlais pas au sens littéral, Maman. Je voulais dire que c'est un enc…

— Ça suffit ! Que cela te plaise ou non, il n'y a pas d'alternative. Chloé aura sa propre chambre. C'est une ado et elle ne connaît personne à part Papa et…

— Elle n'a qu'à dormir avec Rupes, alors !

— Pour l'amour du ciel, Alex ! Ne dis pas de bêtises.

Exaspérée, Helena entreprit de débarrasser la table.

— Tu exagères, chéri. Je fais de mon mieux pour arranger tout le monde… J'espérais au moins compter sur ta coopération.

Elle porta les assiettes dans la cuisine et les jeta dans l'évier, avant de frapper l'égouttoir de ses poings rageurs.

— Tiens, Maman, fit Immy en brandissant une cuillère. Je t'aide à débarrasser.

— Merci, mon ange, répondit Helena d'un ton las. Tu peux demander à Alex d'apporter le reste ?

— Non. Il est parti.

— Où ça ?

— Je sais pas. Il a rien dit…

Une heure plus tard, Helena coucha Immy. Elle savoura un long bain dans la baignoire ancienne et profonde d'Angus et étrenna une serviette moelleuse achetée à Paphos. Puis elle descendit sur la terrasse drapée dans un peignoir. Au moment où elle allait glisser une main dans sa poche pour allumer furtivement une cigarette, Alex apparut dans la pénombre.

— Je venais juste m'excuser, fit-il en s'asseyant lourdement. Tu sais, je ne cherche pas à te compliquer la vie, mais je ferais n'importe quoi pour éviter de partager ma chambre avec Rupes. Je… je ne peux pas !

Il passa une main nerveuse dans sa tignasse.

— Très bien, concéda Helena. Je vais réfléchir à une solution.

— Merci, Maman. Bon, je monte profiter de mon espace personnel tant que c'est possible. Je vais me coucher de bonne heure.

— La piscine sera remplie d'ici demain après-midi. Ce sera bien, non ?

— Sans doute, concéda son fils sans conviction. Ça signifie qu'on va revoir Monsieur-je-résous-tous-tes-problèmes-Helena-chérie ?

— Alex, arrête ! s'exclama-t-elle en rougissant. Je ne suis pas sa « chérie » et, soit dit en passant, je ne sais pas comment nous aurions fait sans lui.

— Si, tu es sa « chérie ». Il en pince pour toi et tu le sais très bien. Ça me rend malade, sa façon de te regarder avec ses yeux de merlan frit. Quand Papa sera là, il a intérêt à faire gaffe. Je doute qu'il apprécie de voir Monsieur Bricolo traîner dans le coin à longueur de journée.

— Assez ! Alexis n'est qu'un vieil ami.

— C'est tout ?

— Oui, c'est tout.

— Et tu ne l'as pas croisé depuis ton dernier séjour ici ?

— Non.

— Pourtant, il a affirmé qu'il t'avait revue. L'un de vous ment.

— J'en ai marre ! Je refuse d'être interrogée par mon fils de treize ans ! Le passé, c'est le passé. Aujourd'hui, je suis heureuse en ménage avec ton beau-père. Alexis m'aide gentiment à redonner vie à Pandora, une maison qui lui est chère. C'est clair ?

Il haussa les épaules.

— D'accord, mais je t'aurai prévenue. Il ne me plaît pas, ce type.

— Tu l'as exprimé sans ambiguïté. Et moi, je te préviens que je ne tolérerai plus ton impolitesse. Tu as compris ?

— Oui, Maman. Bonne nuit.

Alex tourna les talons, puis se ravisa.

— Maman ?

— Oui ?

— Pourquoi on porte le même prénom, ou presque ?

— Quoi ?

— Je veux dire… C'est simplement une coïncidence, si on a le même prénom, Alexis et moi ?

— Bien sûr ! Ce prénom me plaisait déjà quand je l'ai rencontré et je l'aimais encore quand tu es né.

— Il n'y a rien d'autre ?

— Qu'est-ce que tu veux qu'il y ait ? Alex est un prénom courant.

— Ouais… c'est sûr, mais… rien. Bonne nuit, Maman.

— Bonne nuit, chéri.

Dès qu'elle fut certaine que son fils se trouvait bien à l'étage, Helena regagna la cuisine et se prépara une tasse de thé. Ensuite, elle ressortit sur la terrasse admirer le ciel limpide et étoilé dans l'espoir d'apaiser ses tourments.

Le jour qu'elle redoutait depuis la naissance de son aîné approchait.

C'était un miracle qu'il ne lui ait pas posé franchement la question. William lui servait de père. Ils l'avaient encouragé à l'appeler Papa et ce statut leur convenait à merveille.

Une partie d'Alex ne voulait peut-être pas savoir… Au cas où la vérité serait insupportable. Ce qui était le cas. Naturellement, Helena pouvait lui mentir, prétendre que son père biologique était mort, lui inventer un nom, un passé, une histoire d'amour avec un homme merveilleux…

Helena se prit la tête dans les mains et poussa un long soupir. Égoïstement, elle aurait préféré qu'il soit mort. En réalité, il était bien vivant et… présent.

Son fils possédait les capacités intellectuelles pour trouver une explication. Sur le plan affectif, en revanche, il ne parviendrait pas à gérer la vérité, à cet âge délicat du passage de l'état d'enfant à celui d'adulte.

Dès le départ, elle avait compris qu'il n'était pas comme les autres. Il était si brillant, si mûr dans sa façon de traiter les informations. Il raisonnait et manipulait les autres tel un politicien chevronné et, en un clin d'œil, il redevenait un enfant.

William lui disait qu'elle gâtait Alex, qu'elle cédait à ses caprices. Peut-être… Elle seule comprenait sa vulnérabilité et sa solitude. Lorsqu'il était à l'école primaire, les enseignants avaient suggéré qu'il passe des tests, ce qu'Helena avait accepté à contrecœur. Elle ne voulait pas lui coller l'étiquette d'enfant « surdoué ».

Elle l'avait laissé à l'école du quartier afin qu'il

ait une enfance la plus « normale » possible. Dès son entrée au collège, le principal lui avait suggéré de solliciter une bourse pour le plus prestigieux pensionnat d'Angleterre.

— Vraiment, madame Cooke, ce ne serait pas rendre service à Alex que de le priver de cette chance. Ici, nous faisons de notre mieux, mais il serait certainement mieux parmi d'autres garçons ayant des capacités similaires.

William, lui, était d'accord avec le principal. Helena, ayant été envoyée en pension très jeune, avait des scrupules.

— On n'a pas les moyens de l'envoyer là-bas, sans cette bourse, avait plaidé William. Pourquoi ne pas essayer ? S'il refuse d'y aller, on ne l'y obligera pas.

L'adolescent avait décroché cette précieuse bourse. Tout le monde était tellement ravi qu'elle s'était presque sentie coupable de ne pas se joindre à l'enthousiasme général. Quand elle avait demandé à Alex s'il était content, ce dernier avait haussé les épaules et détourné les yeux pour l'empêcher de lire son expression.

— Si tu es contente, je le suis aussi, Maman. Papa est ravi, lui.

Helena n'avait pu s'empêcher de s'interroger, de façon un peu injuste, sur la joie de son mari. Serait-elle liée au fait qu'Alex serait interne ? William n'avait accepté son fils aîné que parce qu'il était amoureux d'elle…

Helena sortit sa cigarette de sa poche et l'alluma.

L'adolescent était bien conscient que ses protestations quant aux motivations réelles d'Alexis étaient mensongères. Il savait qu'il y avait bien plus, dans cette histoire, qu'elle n'en disait. Et il avait raison. Alex avait le don de lire en elle, de déceler le fond de son âme, malgré la carapace dont elle enveloppait ses pensées intimes.

À la fin de la journée suivante, Démétrios et Michel, les fils d'Alexis, avaient repeint la chambre principale en gris tourterelle.

De bon matin, ils étaient arrivés dans la fourgonnette. En sortant les accueillir, Helena avait été frappée par l'œuvre de l'hérédité. Les deux jeunes gens avaient les cheveux bruns et ondulés, le teint mat et un corps athlétique. Si Démétrios possédait le regard doux et les bonnes manières d'Alexis, Michel, le cadet, était un dieu grec avec les traits de son père.

Pendant qu'ils se mettaient au travail, armés de leurs pinceaux et rouleaux, Helena avait entrepris l'aménagement de la maison. Immy l'avait aidée à cueillir des fleurs et des rameaux d'olivier et à les disposer dans de grandes jarres en terre cuite. Elles avaient ouvert les fenêtres de l'étage pour chasser l'odeur de renfermé. Pandora reprenait vie.

Ce matin-là, une jeune femme superbe aux cheveux d'ébène était apparue dans la cuisine : Angelina, l'ancienne gouvernante d'Angus. Helena s'était imaginé une version chypriote de la domestique austère… elle était loin du compte. Angelina s'était activée à frotter les sols et à passer l'aspirateur, tout en bavardant gaiement avec les deux Chypriotes.

— Maman, la piscine sera prête dans environ une heure ! annonça Alex.

Helena était en train de dépoussiérer les coussins et le canapé du salon.

— Georgios est en train de la remplir.

— Génial ! On ira se baigner pour l'étrenner.

— L'eau sera froide. Le soleil n'aura pas eu le temps de la réchauffer. Enfin, ce sera rafraîchissant, ajouta Alex, plein d'espoir.

— Cela me fera du bien après cette journée de travail acharné.

— Ouais… ce ne sont pas vraiment des vacances, jusqu'à présent ! J'ai l'impression qu'on vient de déménager.

— C'est un peu le cas, admit Helena. Le jeu en vaut la chandelle, tu ne trouves pas ? J'espère que Papa va aimer Pandora.

— Il va l'aimer, c'est sûr.

Il étreignit spontanément sa mère et ajouta :

— Je suis très content, pour la piscine.

— Tant mieux, souffla Helena, soulagée.

La morosité de son fils avait disparu comme si le soleil avait allégé son humeur maussade.

— J'irai nager le matin, avant le petit déjeuner, histoire de rester en forme, expliqua-t-il. À plus !

— D'accord, chéri.

— Une tasse de thé, madame ?

Angelina traversa le salon et porta son plateau vers la terrasse, Immy sur les talons, telle une assistante.

— Volontiers. Je vous en prie, appelez-moi Helena.

— D'accord, Helena, je vais essayer, bredouilla-t-elle.

— Maman, on a préparé des biscuits dans le nouveau four pour l'essayer !

La fillette brandit fièrement une assiette dans ses petites mains.

— Il faut y goûter parce qu'ils sont superbons ! précisa-t-elle.

— J'en suis certaine.

Helena se réjouissait de voir qu'Immy avait adopté Angelina. Avec la foule qui allait débarquer la semaine suivante, elle aurait besoin d'aide. Elle s'installa sous la pergola.

— Merci, Immy, dit-elle avant de mordre dans un biscuit. Miam ! Un délice !

— C'est moi qui les ai faits ! Angelina m'a un peu aidée…

— Oui, c'est toi, Immy, confirma la jeune femme en l'embrassant.

Une heure plus tard, ils étaient réunis autour de la piscine pour une baignade inaugurale. Helena, Immy et Alex se prirent par la main en poussant des cris stridents.

Laissant ses enfants s'ébattre, Helena sortit au bout de dix minutes et s'allongea au bord du bassin. En cette fin d'après-midi, elle avait la chair de poule.

— Bonsoir, Helena !

Elle leva les yeux en voyant une ombre se poser sur elle.

— Alexis !

— Je vois que tout va bien.

Il s'accroupit près d'elle. Soudain, Helena se sentit un peu nue, dans son bikini. Elle se recroquevilla sur elle-même comme pour se protéger.

— Merci à toi et ta famille. Je t'en suis vraiment reconnaissante.

— C'est mon devoir. Pandora a appartenu à ma

famille pendant plus de deux cents ans, jusqu'à ce que ton parrain persuade mon père de s'en séparer.

— C'est très gentil de me rendre service.

— Allons ! Ne sois pas si formelle, si anglaise avec moi ! À t'entendre, on se connaît à peine.

— On ne se connaît plus vraiment, répondit Helena.

— Dans ce cas, faisons à nouveau connaissance. Tu veux bien dîner chez moi, ce soir ?

— Je… Alexis, je ne peux pas laisser Immy et Alex.

— J'ai sollicité Angelina et elle sera ravie de les garder.

— Quoi ? fit Helena, soudain fâchée. Tu aurais pu me consulter d'abord, non ?

Alexis parut contrit.

— J'aurais dû, en effet, admit-il. Je te demande pardon.

— De toute façon, j'ai bien trop à faire. William arrive demain avec Fred.

— Maman ! J'ai froid. J'ai besoin d'une serviette. Je veux sortir.

— J'arrive, chérie.

Au moment où elle allait s'éloigner, Alexis la retint par le bras.

— Ayons au moins une conversation, un de ces jours, histoire d'évoquer ces années perdues.

Elle ouvrit la bouche mais se ravisa et se contenta de secouer la tête avant de dégager son bras.

Journal d'Alex

13 juillet 2006

Je fais la planche au milieu de la piscine glaciale. Je n'entends rien de ce qu'il se passe sur la terre ferme car j'ai les oreilles immergées, les yeux levés vers la voûte céleste. Le ciel scintille de mille feux. J'écoute les bruits qui résonnent dans ma tête, je ferme les yeux en imaginant que c'est ce qu'il y a de plus proche de la vie intra-utérine. Sauf qu'il n'y a pas de cordon ombilical, ce robinet à chips ou à chocolat.

La création est un processus miraculeux.

Ce soir, je suis plus calme parce que j'ai un nouvel utérus… Enfin, une nouvelle chambre bien à moi. Certes, je vais devoir m'y coucher en position fœtale. En tendant le bras, je touche les étagères en acajou pleines de livres reliés de cuir, mais ce n'est pas grave. C'est ma chambre et, surtout, c'est une zone dénuée de Rupes.

J'aurai de quoi lire pendant les vacances entières, car mon nouvel habitat est ce que ma mère appelle de façon un peu pompeuse la « bibliothèque ». En réalité, c'est un placard à balais attenant au salon. Pour des raisons de sécurité, je ne pourrai inviter personne, car il n'y aura pas assez d'oxygène pour deux paires de poumons. De plus, il faudrait que cette personne s'allonge sur moi à défaut de tenir debout.

Maman veut bien que j'empile certains livres sur les rayonnages supérieurs afin de disposer mes affaires.

Le luxe ne s'arrête pas là. Je dispose d'une porte qui ferme à clé et d'une petite fenêtre en hauteur. Monsieur Bricolo a réussi à y faire entrer un lit de camp.

Je me retourne et je nage vers le bord du bassin pour émerger en m'ébrouant. Je ramasse une serviette plus mouillée que moi parce qu'elle a déjà servi et je la pose sur mes épaules. Enfin, je m'allonge sur une chaise longue pour laisser l'air nocturne trop chaud finir de me sécher. J'espère que ce n'est pas à cause de moi que Maman est maussade, ce soir.

Elle m'a à peine adressé un mot depuis le départ de Monsieur Bricolo, il y a plusieurs heures. Elle parle à Immy par monosyllabes. Peut-être sommes-nous punis pour une raison quelconque.

J'espère... j'espère que ce n'est pas à cause de l'arrivée de Papa qui risque de l'empêcher de roucouler avec Monsieur Bricolo. J'en doute parce que je sais qu'elle aime Papa. L'esprit des femmes fortes est indéchiffrable. Où apprennent-elles à être aussi contradictoires ?

Immy exploite déjà ce filon. Elle me force à jouer à des jeux dans lesquels elle est une princesse ou une fée drapée de tulle rose par-dessus son jean. Et moi, je suis un tonton fouettard ou un elfe maléfique.

Sans crier gare, elle se met à taper du pied, me dit qu'elle ne joue plus et s'éloigne en maugréant.

Elle croit que cela m'embête ?

À genoux sur ma chaise longue, je scrute les oliviers bordant la piscine. En tendant le cou, je vois Maman assise sur la terrasse. Elle porte un caftan blanc. La lune luit sur ses cheveux blonds et éclaircit son début de bronzage.

Elle ressemble à une statue d'albâtre.

Ou à un fantôme.

Je sens qu'elle est plongée dans le passé, qu'elle revit une autre époque.

5

Tenant son nouvel avion dans ses mains potelées et gluantes, Fred avait fini par s'endormir, sa petite tête sur les genoux de son père. William s'humecta un doigt et s'efforça de nettoyer le chocolat dont son fils était barbouillé. Il ne voulait pas qu'Helena le voie dans cet état.

Il ferma les yeux, ravi d'avoir un moment de répit. Ce vol en compagnie de Fred était une expérience humiliante. En général, c'était lui, le type en costume qui contenait à grand-peine son agacement quand un petit monstre mal élevé donnait des coups de pied dans le dossier de son siège en hurlant et gigotant pendant qu'un parent harassé s'efforçait de maîtriser le garnement.

William essaya de dormir, malgré l'adrénaline qui circulait toujours dans son organisme. Comment se déroulerait son arrivée prochaine dans le monde d'Helena ? Occupé à régler les problèmes de son cabinet, il n'avait pas eu l'occasion d'y réfléchir.

Pandora... Le regard rêveur de sa femme, chaque fois qu'elle évoquait la demeure, en disait long sur ce qu'elle représentait à ses yeux. Il se promit de pas la décevoir par des réflexions négatives, même si la maison et le village se révélaient quelconques et l'île aussi aride et escarpée qu'il se l'imaginait.

Helena avait été distante et bizarre, ces derniers jours. Se retrouver face à l'image idéalisée depuis des années avait peut-être été une désillusion. Avec sa femme, il n'était jamais sûr de rien.

Alors qu'ils allaient fêter leurs dix ans de mariage, elle demeurait un mystère pour son époux. Elle avait une aura, une étrange retenue. Même quand il la tenait dans ses bras et qu'ils ne formaient qu'un, une partie d'Helena était absente.

C'était pourtant une femme chaleureuse et aimante. Ses enfants l'adoraient. Était-ce sa beauté qui créait cette distance, cette crainte mêlée de respect ? Au fil des ans, il avait observé la réaction des autres à son contact. Les gens n'avaient pas l'habitude de croiser la perfection physique. Ils géraient leurs propres défauts en les voyant chez autrui. Avec ses cheveux dorés, son teint de porcelaine et son corps aux proportions exquises, Helena était la femme idéale. La maternité ne faisait qu'ajouter à son attrait. Elle était réelle et non glaciale et intouchable, et lui donnait souvent l'impression de n'être qu'un simple mortel face à une déesse. Pourquoi cette femme merveilleuse l'avait-elle choisi, lui ?

Il se rassurait en songeant qu'il lui procurait ce dont elle avait besoin, qu'il était le yin de son yang, car ils n'avaient rien en commun. L'artiste éthérée et rêveuse et l'homme stable et logique. Ces dix dernières années avaient été les plus heureuses de sa vie. Pourvu qu'elles l'aient été pour elle aussi.

Depuis qu'ils avaient reçu la lettre du notaire lui annonçant qu'elle avait hérité d'une vieille maison au cœur de Chypre, elle était distante. Toutefois, ce n'était qu'une impression diffuse dans l'esprit de William, aucune preuve concrète n'étant venue l'étayer.

Peu enclin à l'introspection, il eut du mal à juguler son impatience lorsque l'avion se posa sur le tarmac de l'aéroport de Paphos.

— Immy, elle est trop moche ta pancarte ! Je ne reste pas à côté de toi si tu sors ce truc.

— Alex, sois gentil ! Immy a passé la matinée à rédiger son message. C'est magnifique, chérie ! Papa va l'adorer.

Au bord des larmes, Immy leva fièrement sa pancarte devant la porte des arrivées :

« Bienvennu à Chip Papa et Fred ».

— Je te déteste, Alex ! Tu es trop méchant !

— Moins que Fred !

Ils suivirent Helena dans la foule. À tout moment, les deux autres membres de la famille allaient apparaître.

— En attendant, je vais voir au comptoir de location de voitures pour échanger la Citroën contre un monospace, expliqua-t-elle d'un ton las. Restez là pour accueillir Papa et Fred. Leur avion a atterri il y a vingt minutes. Ils ne devraient pas tarder. Alex, garde un œil sur Immy, d'accord ? précisa-t-elle avant de disparaître.

— Ouais ! Je suis trop contente ! s'écria la fillette en agitant sa pancarte au-dessus de sa tête, telle une fan lors d'un concert. Regarde ! Les voilà ! Papaaa !

William apparut, poussant un chariot, Fred perché sur les valises. Immy se précipita vers son père et se jeta dans ses bras.

— Bonjour, ma chérie ! dit-il en la dévorant de baisers.

Il pencha la tête et sourit à son beau-fils.

— Bonjour, toi ! Ça va ?

— Oui, merci, Papa.

L'adolescent prit le chariot et se pencha vers Fred.

— Coucou, bonhomme ! Tape-m'en cinq.

— Salut, Alex, répondit Fred en plaquant sa petite paume contre celle de son aîné. Papa m'a acheté un cadeau ! ajouta-t-il.

Le bambin brandit son avion miniature.

— Ah oui ? Ouah ! Tu as dû être sage.

Il prit Fred dans ses bras.

— Non, j'ai été méchant !

— Ça t'a plu, de prendre l'avion ?

— Oui, fit Fred en frottant son nez parsemé de taches de rousseur. Elle est où, Maman ?

— C'est vrai ça, où est votre mère ? s'enquit William en balayant la halle du regard.

— Au comptoir de location de voitures, répondit Alex.

Il fit signe à Helena qui venait à leur rencontre. Fred courut vers elle.

William observa sa femme et fut frappé par sa beauté. Elle portait un tee-shirt bleu et un short en jean. Avec ses cheveux blonds noués en queue-de-cheval, elle avait l'air d'une adolescente.

Tenant Fred par la main, elle s'approcha de lui.

— Bonjour, chérie, dit-il en la prenant par les épaules pour l'embrasser.

— Salut ! Le vol s'est bien passé ?

— Agité, soupira-t-il, mais on est sains et saufs. Hein, Fred ?

— Oui. On va à Chip, maintenant, Maman ?

— Chéri, tu es à Chypre. Allez, on va à la maison.

— On vient d'arriver ! s'étonna l'enfant.

— Je parlais de notre maison à Chypre. Allons-y, la voiture est là-bas.

— C'est vraiment superbe.

Une heure et demie plus tard, William admirait la vue depuis un balcon de l'étage.

— Tu trouves ?

— Oui. Quant à l'intérieur... Tu as accompli un miracle en quelques jours. C'est propre et net.

Il rentra dans leur chambre et se mit à renifler.

— C'est une odeur de peinture ? s'enquit-il. Tu as eu le temps de faire des travaux, en plus ?

— Non. Quelqu'un d'autre s'en est chargé.

— Je suis impressionné, admit William. En Angleterre, je mets toujours des semaines à trouver quelqu'un pour réparer un tuyau. Alors repeindre une maison en quelques jours... En tout cas, c'est très beau. Loin de ce que je m'imaginais.

— Qu'est-ce que tu t'imaginais ?

— Je ne sais pas... un style très... méditerranéen, je suppose. Robuste, un peu spartiate... Pourtant cette bâtisse ne détonerait pas dans la campagne anglaise, dans le genre ancien presbytère. Elle n'a pas grand-chose d'une villa chypriote.

— Elle est très vieille.

— Avec de belles corniches anciennes.

Son œil d'architecte remarqua le volume de la pièce.

— Sans parler de la hauteur sous plafond, ajouta-t-il, et il caressa la surface d'une commode en acajou. Certains meubles sont précieux.

— Angus avait voulu recréer un peu d'Angleterre, expliqua Helena. Il avait fait venir l'ameublement de là-bas, jusqu'à l'horloge de l'entrée.

— Et l'ensemble est à toi.

— À nous, corrigea-t-elle avec un sourire.

— La propriété vaut probablement une coquette somme.

— Je ne vendrai jamais ! répliqua-t-elle, sur la défensive.

— Je sais. Il n'y a rien de mal à déterminer sa valeur. Tu devrais la faire estimer.

— Peut-être.

Helena avait du mal à accepter que son mari ose même penser à Pandora en termes d'argent.

— Viens, chéri, je vais te montrer le jardin.

À la tombée du jour, ils rejoignirent les enfants dans la piscine. Ensuite, Helena suggéra un dîner de bonne heure à la taverne de Perséphone.

— Je te montrerai le village, dit-elle à William tandis qu'il négociait les ornières du chemin. Les enfants pourront manger des frites et des nuggets de poulet, pour changer.

Alors qu'ils longeaient tranquillement la rue principale, William se promit de visiter la belle église orthodoxe. Enfin, ils arrivèrent chez Perséphone.

— C'est très douillet, commenta-t-il en s'attablant.

Il prit Fred sur ses genoux pour maîtriser son agitation, car l'enfant épuisé était déchaîné.

— Ce restaurant a à peine changé depuis mon dernier séjour et on y mange toujours aussi bien.

— On n'aura pas des pois chiches, hein, Maman ? s'inquiéta Immy.

— Non, mais Papa et moi prendrons des *mezze*. Tu devrais y goûter.

Lorsque le vin arriva, elle commanda.

— Au fait, j'ai trouvé une femme de ménage, William. Elle peut aussi garder les enfants. Oui, Fred, un peu de patience. Tiens, mange du pain en attendant.

Helena gérait habilement trois conversations en même temps.

— D'une façon ou d'une autre, on aura besoin d'elle, répondit William, un peu las, avant de se tourner vers Alex : Alors, mon grand, qu'est-ce que tu penses de Pandora ?

— La piscine est géniale, assura l'adolescent.

— Et la maison ?

— Ça va, elle est bien.

— L'Angleterre a remporté son match contre la Jamaïque. Tu le savais ?

— Non. Il n'y a que les chaînes de télé chypriotes, ici.

William n'insista pas. Quand Alex était d'humeur laconique, il valait mieux le laisser tranquille. Dieu merci, ils furent servis sans tarder et les enfants mangèrent avec appétit.

— Ces *mezze* sont délicieux, déclara William. Tu veux goûter, Fred ?

— Beuuurk, fit l'enfant en secouant vigoureusement la tête.

— J'espère qu'il ne va pas se limiter aux nuggets-frites pendant toutes les vacances, chérie, dit William d'un ton outré.

— Il n'en mourra pas, temporisa Helena en enfournant une fourchette dans la bouche de son fils.

— Les Irlandais ont mangé uniquement des pommes de terre pendant des années, intervint Alex.

— Et des milliers d'entre eux sont morts, répliqua William.

— Ça, c'était pendant la Grande Famine, à cause du mildiou. La moitié du monde se nourrit principalement du riz, poursuivit l'adolescent d'un ton pédant. Des glucides et des fibres.

— Maman, j'ai envie de faire pipi et je veux qu'Alex m'emmène, coupa Immy.

— Quelle chance, marmonna l'adolescent. Allez, viens…

— Moi aussi ! s'insurgea Fred.

Il sauta de sa chaise et leur courut après.

Aussitôt, le calme revint à table. William leur servit du vin.

— Alors, ça s'est bien passé avec Alex ?

— Oui. Enfin, normalement. Tu le connais…

— Oui. Cela te fait quoi, de revenir ici après tant d'années ?

— C'est merveilleux. Je…

— Maman ! Regarde qui est là ! C'est ton ami, lança Immy. Je lui ai demandé de venir dire bonjour à mon Papa.

En se retournant, Helena croisa le regard bleu de son amour de jeunesse.

— Bonsoir, Helena, dit-il, visiblement gêné. Désolé de vous déranger, mais ta fille a insisté.

— Tu ne nous déranges pas, voyons. Alexis, je te présente William, mon mari.

Il parvint à dégager sa main de l'emprise d'Immy pour la tendre au-dessus de la table.

— Enchanté.

Un silence gêné s'installa. Helena chercha désespérément un moyen de le rompre.

— Alexis nous a emmenés à Paphos dans sa fourgonnette, Papa, raconta Immy. Il a fait des courses avec nous et il a aidé Maman à arranger la maison pour toi et Fred.

— Ah oui ? Dans ce cas, je vous dois des remerciements, Alexis, répondit William, impassible.

— Ce n'est pas grand-chose. Que pensez-vous de Pandora ?

— C'est une demeure magnifique dans un cadre superbe.

— La famille d'Alexis en était propriétaire avant qu'Angus ne l'achète. Il a conservé les vignes qui l'entourent, expliqua Helena, qui avait enfin retrouvé l'usage de la parole.

— Vous produisez du vin ? s'enquit William.

— Oui. Vous êtes en train d'en boire.

— Il est bon. Très bon. Vous en prendrez bien un verre ?

— Non merci. Je dois rejoindre mon invité, un négociant du Chili. J'espère lui vendre ma production.

— Dans ce cas, passez à Pandora un de ces jours, suggéra William.

— Avec plaisir. Merci. J'ai été ravi de vous rencontrer, William. *Adio*, Helena, Immy…

Sur ces mots, il s'éloigna.

Alex avait repéré Alexis en sortant des toilettes et attendu qu'il s'en aille.

— Qu'est-ce qu'il fait là, lui, Maman ? demanda-t-il, plein d'animosité.

William en tira les conclusions qui s'imposaient.

De retour à Pandora, Helena coucha les petits et se fit couler un bain. La veille, elle n'avait pas dormi. La tension de l'arrivée de William et Fred, sans doute…

— Le lecteur de DVD est installé au salon, dit Alex en entrant dans la chambre sans frapper, une habitude qui agaçait William.

— Tant mieux, répondit Helena. Je prends un bain. Tu vas te coucher ?

— Oui. Au moins il y a de quoi lire, dans ma bibliothèque. Bonne nuit, Maman.

— Dors bien, chéri.

— Bonne nuit, Alex, fit William en le croisant sur le seuil.

— Bonne nuit, Papa.

William referma la porte derrière lui, puis il suivit Helena dans la salle de bains. Lorsqu'elle s'immergea, il s'assit au bord de la baignoire.

— Enfin un peu de paix, soupira-t-il avec un sourire.

Il passa une main dans ses cheveux bruns et bâilla.

— Je crois que je vais bien dormir, dit-il.

— Cinq heures d'avion avec Fred suffiraient à assommer n'importe qui, admit sa femme. Il s'est écroulé à la moitié de son histoire. J'espère qu'il ne se lèvera pas trop tôt, demain.

— On peut toujours espérer. Dis-moi… comment tu connais Alexis ?

— Je l'ai rencontré ici il y a vingt-quatre ans.

— C'est un homme séduisant.

— Je le suppose.

— Il devait être irrésistible, à l'époque, insista William.

Helena se concentra sur le savon qui moussait sur sa peau.

— Bon, je vais y aller franchement : est-ce qu'il y a eu quelque chose entre vous ?

— Tu me passes la serviette ?

— Tiens.

Ni les années, ni les grossesses n'avaient laissé de traces sur le corps de sa femme, dont la peau ruisselante lui donnait l'air d'une nymphe, avec ses petits seins encore dressés et son ventre plat. Il ressentit du désir pour elle.

— Alors ? Tu n'as pas répondu à ma question.

— C'était une idylle de vacances, rien de plus.

— Tu ne l'as jamais revu ensuite ?

— Non.

— Donc, c'était… innocent ?

— William, souffla-t-elle, c'était il y a vingt-quatre ans. C'est sans importance.

— Il est marié ?

— Il l'a été. Sa femme est morte.

— Donc il est veuf.

— Oui.

Elle sécha vivement ses cheveux et prit son peignoir.

— Tu savais qu'il serait là ?

— Je n'en avais aucune idée. Je ne lui ai pas parlé depuis vingt-quatre ans !

— Tu as raison, cela fait un bail.

— Oui. Et si tu profitais de la baignoire ? Je descends fermer la maison. À propos, demain matin, je pensais faire un saut à Paphos et acheter des plantes pour garnir les jardinières de la terrasse et le massif, près de la piscine. Angelina gardera les petits pendant quelques heures. Tu viens avec moi ?

— Bien sûr.

— Tant mieux. À tout de suite.

William s'en voulait de l'avoir interrogée de la sorte. Il se montrait parano et injuste. Elle avait raison : ce qui était arrivé presque un quart de siècle plus tôt n'avait plus de valeur. Mais la façon dont Alexis avait regardé sa femme, à la taverne… C'était le regard d'un homme encore amoureux.

Journal d'Alex

14 juillet 2006

Si elle s'adresse à Papa : Bonjour, chééri !
Si elle s'adresse à Immy et Fred : Non, mes chééris !
Si elle s'adresse à moi : Oh, chééri !

On est de retour au pays de Peter Pan, un lieu imaginaire et parfait. Pourquoi ma mère a-t-elle pris la peine de nous attribuer à chacun un prénom alors qu'elle nous appelle « chéri » sans distinction ?

C'est pénible lorsqu'elle crie « chéri » depuis la cuisine et que tout le monde lui répond d'un coin différent de la maison. Le temps qu'elle précise de quel « chéri » elle a besoin, on a tous rappliqué. En gros, c'est une très bonne mère, mais sa manie de nous appeler « chéri » me rend dingue. C'est peut-être un vestige de son passé de danseuse classique. On se donne volontiers du « chéri », dans le milieu du spectacle, non ?

Notre famille compte cinq personnes, six, avec Chloé. C'est beaucoup. Il est important de conserver son individualité. Or qu'y a-t-il de plus personnel qu'un prénom ?

Fred l'imite. Il risque d'en baver, à l'école, avec les brutes de sa classe. Du moment que Maman n'inscrit pas Monsieur Bricolo sur la liste de ses « chéris », ça ira.

Naturellement, j'ai été le « chéri » numéro un, à une époque, puisque je suis entré dans sa vie avant tous les autres.

Pour être honnête, j'ai parfois du mal à la partager. Elle est comme un gâteau bien moelleux. À ma naissance, je l'avais pour moi seul. Ensuite, elle a rencontré Papa, et j'en ai perdu une grosse part, même s'il m'en restait bien la moitié. Puis Immy est arrivée, prenant une autre part, et Fred, encore une part. Et je suis sûr qu'elle va aussi en couper un morceau pour Chloé, de sorte que ma portion n'en finit pas de s'amenuiser.

Aujourd'hui, à l'aéroport, lorsque Immy s'est précipitée dans les bras de son père, je me suis dit que moi, je n'avais pas de père. William fait de son mieux, mais on ne va pas se mentir : en cas d'incendie, je suis prêt à parier ma collection de *Tintin* qu'il sauverait en priorité ses vrais enfants.

Papa semblait ravi que je décroche une bourse pour ce collège huppé. Il a débouché le champagne et j'ai eu le droit d'en boire une coupe. Peut-être célébrait-il le fait qu'à l'avenir, je passerai la majeure partie de mon temps hors de la maison et qu'il n'aurait plus à supporter ma présence…

Pourquoi suis-je plus obsessionnel que de coutume sur cette histoire de père ?

Jusqu'à présent, ma mère m'avait toujours suffi. Je n'avais besoin de personne d'autre.

Or dernièrement, je sens qu'elle m'échappe.

Elle est différente.

Et moi aussi.

6

William et Helena passèrent le début de la matinée dans une jardinerie qu'elle avait repérée aux environs de Paphos.

Il était rare qu'ils soient seuls et, même s'il s'agissait d'une activité triviale, Helena aimait déambuler dans les allées bordées de plantes, au soleil, en tenant la main de son mari, pour choisir des géraniums aux tons vifs, des lauriers-roses, des lavandes, adaptés au climat aride. Le magasin vendait également des produits locaux. Ils firent des provisions de superbes tomates, melons, prunes et herbes aromatiques avant de regagner Pandora.

— C'est Sadie. Elle veut te parler.

William entra dans la cuisine et tendit à Helena son portable.

— Merci. Salut, ma chérie, comment ça va ?

Elle coinça l'appareil entre son épaule et son menton et continua de laver sa laitue.

— Oh non ! Vraiment ? Quelle galère ! Non, je m'en doute… Oui, il fait un temps superbe, ici. William et Fred sont arrivés hier et on passe l'après-midi autour de la piscine, à profiter du calme avant l'arrivée des Chandler. Attends une seconde, Sadie.

Elle se tourna vers William et lui indiqua les assiettes et les couverts.

— Tu peux porter ça sur la terrasse avant de dire aux enfants de sortir de l'eau et de se sécher avant de manger ?

William obéit. Helena reprit sa conversation avec Sadie :

— Bien sûr que tu vas rencontrer quelqu'un d'autre... Je n'ai jamais pensé qu'il était le bon... Quoi ? Eh bien... si tu veux, mais je ne sais vraiment pas où tu vas dormir. La maison est pleine à craquer. D'accord, soupira-t-elle. Allez, courage. Indique-moi l'heure de ton vol et je viendrai te chercher à l'aéroport. Bisous, chérie !

William réapparut dans la cuisine.

— Les enfants sont en train de se sécher. Il y a autre chose à sortir ?

Helena plaça les feuilles de laitue dans un saladier, avec des rondelles de tomate et de concombre, puis elle mélangea le tout et confia le saladier à son mari.

— Alors, comment va Sadie ?

— Elle est suicidaire. Mark l'a larguée.

— Tant mieux.

— Je sais que tu ne l'appréciais pas beaucoup et, franchement, moi non plus. Mais Sadie l'aimait.

— J'avais compris, compte tenu du nombre d'heures qu'elle a passées à te tenir la jambe au téléphone.

— Sadie est ma meilleure amie et je dois être présente. Le problème...

— Elle veut venir ici pendant quelques jours, histoire de se changer les idées, réparer son cœur brisé et pleurer sur ton épaule, continua William.

— En gros, c'est ça, admit Helena.

— Alors ? Elle arrive quand ?

— Elle essaye de réserver un billet… Je suis désolée, chéri, mais elle est vraiment mal.

— Elle s'en remettra… comme toujours, marmonna-t-il.

Helena sortit une assiette de viande froide du réfrigérateur.

— D'accord, elle s'incruste… N'oublie pas qu'elle est presque une sœur, pour moi. On se connaît depuis l'école et je n'ai pratiquement plus qu'elle. Je l'aime, c'est aussi simple que ça. Je ne peux pas lui dire non.

— Je sais, soupira William, résigné. Et je l'aime bien. J'ai juste peur que ces vacances ne se transforment en dur labeur. Cette maison va devenir un hôtel gratuit.

— Pandora est faite pour accueillir du monde. C'était le cas la dernière fois que je suis venue.

— Oui, mais il y avait du personnel pour répondre aux moindres désirs des invités. Je ne voudrais pas que tu finisses épuisée. Tu as déjà l'air crevé.

— Je demanderai à Angelina de venir plus souvent, surtout pour la cuisine. Angus était très difficile, elle doit être bonne cuisinière.

— D'accord, fit William, sachant que l'affaire était entendue. Tu viens ?

Il lui tendit la main et l'entraîna vers la terrasse ensoleillée.

Les trois enfants étaient déjà attablés sous la pergola, plus ou moins habillés. Fred était nu comme un ver.

— Maman, je suis désolé, je n'ai pas envie de passer mes vacances à surveiller Immy et Fred dans la piscine ! protesta Alex. Immy adore sauter à l'eau et elle risque de se faire mal ou de se noyer. C'est… pénible.

— Je sais, Alex chéri. Je te remplacerai après le déjeuner, promis.

Elle garnit les assiettes de salade.

— Devinez quoi ! reprit-elle. Tata Sadie va venir !

— Et une part en moins, marmonna l'adolescent.

— Qu'est-ce que tu dis, Alex ? s'enquit William.

— Rien. Passe-moi du pita, Immy…

— Il va falloir repenser la répartition des chambres, annonça Helena. Je suppose qu'on pourrait enlever les affaires d'Angus du débarras pour y installer Sadie. C'est assez grand, mais il y a du travail.

— C'était manifestement un accumulateur, ajouta William. Il faudra une benne.

— Qui sait ce qu'on va trouver là-dedans, Maman ? intervint Alex, plus enthousiaste. Je t'aiderai. J'adore fouiller les vieilleries.

— On a remarqué, étant donné l'état de ta chambre, railla William.

— Merci, Alex chéri, dit Helena en ignorant son mari. On s'y mettra cet après-midi.

— Papa, quand est-ce que tu nous emmènes au parc aquatique ? demanda Immy.

— Bientôt. Le jardin aquatique suffira, pour l'instant.

— Y a même pas de toboggans !

— Mange ton jambon, Immy, et sans chipoter. Papa vient d'arriver. Laisse-le souffler un peu.

— Si tu veux, je les emmène au parc aquatique, cet après-midi. Tu seras tranquille pour vider le débarras, suggéra William. Chloé arrive demain. Je dois aller la chercher à l'aéroport. Et les Chandler débarquent après-demain. Ça promet…

— Oh oui ! Papa ! On y va aujourd'hui ! s'écria Fred.

Il se mit à frapper son assiette de sa fourchette.

— Assez ! cria William. Si vous mangez bien, on ira dès qu'il fera moins chaud.

— Tu as peut-être raison, à propos de la benne, concéda Helena. Où diable allons-nous en trouver une ?

— Je peux avoir du jus d'orange, Maman ? J'ai soif, fit Fred.

— Je vais t'en chercher, proposa William en se levant.

Il se tourna vers Helena avec un sourire désabusé :

— Je suis sûr que ton ami Alexis le saurait. Et si tu l'appelais ?

Helena et Alex se tenaient sur le seuil du débarras où il était presque impossible d'entrer.

— On commence par quoi, Maman ?

En balayant du regard les meubles et les cartons empilés jusqu'au plafond, il regretta presque de ne pas être allé au parc aquatique avec les autres.

— Va chercher une chaise dans la chambre d'Immy et Fred. On descendra certains cartons pour les empiler sur le palier. Ensuite, on pourra entrer, au moins.

Alex s'exécuta et se percha sur la chaise. Il tendit un premier carton à Helena, puis descendit tandis que sa mère l'ouvrait.

— Ouah ! Des vieilles photos ! Regarde celle-ci. C'est Angus, non ?

Helena observa le séduisant homme blond en tenue militaire.

— Oui. Et sur celle-ci… Il est sur la terrasse avec des gens que je ne connais pas et… Oh ! C'est ma mère !

— Ta mère était très jolie. Elle te ressemble, commenta Alex.

— C'est plutôt le contraire, non ? Elle était jolie, oui, admit Helena en souriant. Elle était actrice avant d'épouser mon père. Elle a été la vedette de plusieurs pièces de théâtre, à Londres. Une vraie beauté.

— Elle a abandonné sa carrière pour épouser ton père ?

— Oui, mais elle avait bien plus de trente ans. Elle m'a eue à quarante ans.

— Avoir un bébé aussi tard n'était pas courant, à l'époque.

— Absolument. Je crois que je suis un accident…, ajouta-t-elle avec un sourire. Ta granny n'était pas maternelle.

— Je l'ai rencontrée ?

— Non. Elle est morte avant ta naissance. J'avais vingt-trois ans et je dansais en Italie, à l'époque.

— Elle te manque ?

— Pour être honnête, pas vraiment. On m'a envoyée en pension à l'âge de dix ans et, auparavant, j'avais une gouvernante. J'ai toujours eu l'impression de déranger.

— Maman, c'est horrible…

Alex lui tapota la main en signe de compassion.

— Pas tant que ça, fit-elle en haussant les épaules. Mon père était bien plus vieux que ma mère. Il avait presque soixante ans de plus que moi. Il était très riche. Il avait une propriété au Kenya et il partait à la chasse pendant des mois. Mes parents étaient très mondains. Ils passaient leur temps à voyager, à recevoir. Il n'y avait pas vraiment de place pour une petite fille.

— Je n'ai pas rencontré mon grand-père non plus, alors ?

— Non. Il est mort lorsque j'avais quatorze ans.

— S'il était si riche, tu as hérité de beaucoup d'argent ?

— Non. Ma mère était sa seconde femme. Il avait deux fils de son premier mariage et ils ont hérité. Ma mère était un vrai panier percé, donc il ne restait pas grand-chose quand elle est morte.

— Tu as eu une jeunesse un peu difficile.

— Elle était différente, c'est tout, et m'a rendue très autonome.

Helena sentit monter le malaise qu'elle ressentait chaque fois qu'elle évoquait son enfance.

— J'étais déterminée à avoir ma propre famille. Bref, mettons ce carton de côté. Si on doit examiner le contenu de tous, on n'aura jamais terminé.

Ils travaillèrent sans relâche pendant deux heures. Alex dénicha une malle contenant ses uniformes et suivit sa mère dans la cuisine coiffé d'un képi kaki et armé d'un sabre.

— Très classe, chéri, décréta Helena en leur servant de l'eau. Ce n'est pas une tâche à effectuer par cette chaleur. Je pense qu'on en est à la moitié.

— Oui, mais qu'est-ce qu'on va faire de ces affaires ? On ne peut pas les jeter.

Alex brandit son sabre.

— Je pense qu'on devrait l'accrocher à un mur, quelque part dans la maison, et stocker les cartons de photos et de souvenirs dans la dépendance, jusqu'à ce que j'aie le temps de les examiner. Quant au reste… Je ferais mieux d'appeler Alexis, comme l'a suggéré Papa, pour voir s'il sait où se procurer une benne.

Alex ne fit aucun commentaire tandis qu'Helena appelait son ami sur son portable. Elle disparut sur la terrasse pour lui parler. À son retour, elle hocha la tête.

— Bonne nouvelle. Il va venir avec sa fourgonnette, charger les déchets et les emporter à la décharge. On n'aura pas besoin d'une benne, finalement. Viens, on y retourne. Alexis arrive à cinq heures.

En arrêtant la voiture dans l'allée de Pandora, William vit Alexis porter un carton dans la dépendance. La fourgonnette garée devant la maison était pleine de vieux meubles cassés, d'abat-jour et de tapis élimés. Il laissa Immy et Fred endormis à l'arrière, les portières ouvertes pour laisser entrer la brise vespérale, puis il partit à la recherche d'Helena.

— Coucou, chéri.

Armée d'un balai, Helena se tenait à l'entrée du débarras vide. Elle était maculée de poussière mais triomphante.

— C'est pas génial, ça ? La pièce est bien plus grande que je ne le croyais. Un lit double rentrera sans problème. Alexis dit qu'il en a un à nous prêter dans une de ses chambres d'amis.

— Ah… tant mieux.

— Il faudrait repeindre, bien sûr. En revanche,

il y a une vue superbe sur les montagnes, et le sol n'est pas carrelé. C'est du plancher. On pourrait le cirer, à l'occasion.

— Très bien. Ton ami t'a donné un coup de main ?

— Oui. Il est venu avec sa fourgonnette il y a environ une heure. Il a remisé les cartons à inspecter dans la dépendance et il emportera les ordures à la décharge.

William opina de la tête.

— Je ne doute pas de son efficacité… J'aurais pu déplacer ces cartons, tu sais.

Tu n'étais pas là et il s'est proposé.

Sans un mot, il tourna les talons et s'éloigna.

— Tu n'es pas fâché, j'espère ! lança Helena.

— Non.

Il disparut dans l'escalier. Helena frappa rageusement le chambranle de la porte.

— Pour l'amour du ciel ! C'est toi qui as suggéré de faire appel à lui, marmonna-t-elle.

Elle trouva Alexis dans la cuisine.

— C'est fait, annonça-t-il. Je pars pour la décharge.

— Tu ne veux pas boire un verre avec nous ?

— Non merci. On se verra bientôt.

— D'accord. Et merci encore !

Le Chypriote sourit et sortit par la porte de service.

Après avoir extirpé deux enfants bougons de la voiture, Helena les fit dîner, puis les laissa regarder un DVD au salon. Elle put enfin se servir un verre de vin et sortit sur la terrasse. Elle entendait Alex s'ébattre dans la piscine. William était appuyé sur la balustrade. Elle s'assit sous la pergola sans signaler sa présence. Au bout d'un moment, il se tourna vers elle et vint s'asseoir à côté d'elle.

— Je regrette d'avoir été lourd, Helena. C'est bizarre de voir un autre homme faire son boulot. Ici, j'ai l'impression d'être dans ton univers et de ne pas en faire partie.

— Chéri, tu n'es arrivé qu'hier. Il faut que tu t'adaptes.

— Non, c'est plus que cela, soupira-t-il. Ici, c'est ton royaume, ta maison, ta vie d'autrefois. À tort ou à raison, c'est ce que je ressens.

— Tu n'aimes pas Pandora ?

William secoua la tête.

— C'est magnifique, mais… J'ai besoin d'un verre. Je reviens.

Il disparut à l'intérieur et revint avec une bouteille et un verre.

— Tu en veux encore ?

Helena acquiesça.

— Ce vin est très buvable. Ton ami connaît son affaire.

— Il s'appelle Alexis et, oui, il sait ce qu'il fait. Il a ça dans le sang.

— Eh bien… on devrait peut-être l'inviter à dîner pour le remercier.

— Ce n'est pas nécessaire, tu sais.

— Si. Pour être franc, répondit William en buvant une gorgée de vin, je suis stressé en pensant à demain.

— Tu parles de l'arrivée de Chloé ?

— Oui. Ma fille que je ne connais plus et à qui on a rabâché que j'étais un salaud… J'ignore comment elle se comportera. Quoi qu'il en soit, ce n'est pas elle qui a eu l'idée de venir. Elle va m'en vouloir parce que sa mère nous l'envoie afin de roucouler tranquillement de son côté. Elle risque d'être difficile à gérer, ce qui serait compréhensible.

— Je suis sûre qu'on s'en sortira, chéri. Et il y aura du monde, ce qui dissipera la tension.

— Il y en aura, des tensions.

— On gérera, assura Helena en serrant sa main dans la sienne. On gère toujours.

— Oui, mais..., soupira William. J'espérais qu'on ne se contenterait pas de « gérer », que cet été serait l'occasion de passer du bon temps.

— Pourquoi pas ? Le casting de nos invités ne manque pas d'intérêt.

— Au fait, tu as des nouvelles de Sadie ?

— Oui. Elle prend le même vol que les Chandler. Je vais voir s'ils peuvent l'amener avec eux de l'aéroport.

— Bon sang, fit William en esquissant un sourire désabusé. La célèbre Julia et son mari soumis, sans parler de Rupes et Viola et d'une Sadie suicidaire... Et ma fille que je connais à peine.

— Vu sous cet angle, ce n'est pas très reluisant, en effet, admit Helena. Et si on lâchait tout pour rentrer chez nous ?

— Tu as raison, je suis négatif. Pardonne-moi. Tu as parlé de Chloé à Immy et Fred ?

— Non. Je l'ai dit à Alex. Tu préfères certainement annoncer la nouvelle toi-même aux petits.

— D'accord. Comment leur présenter la chose, d'après toi ?

— Avec naturel, comme si c'était on ne peut plus

normal. Les liens du sang, ça compte. Chloé est leur demi-sœur.

— Tu as raison. C'est l'autre moitié de Chloé qui m'inquiète. Et si elle tenait de sa mère ?

— J'espère que non ! Tu veux qu'on parle ensemble à Immy et Fred ?

— Oh oui !

Comme Helena s'y attendait, les petits ne furent guère perturbés par l'arrivée imminente de cette grande sœur inconnue.

— Elle est gentille, Papa ? demanda Immy en grimpant sur les genoux de son père.

— Eh bien, il paraît qu'elle me ressemble.

— Elle a les cheveux bruns tout courts et de grandes oreilles ? Beurk !

— Merci, mon ange, railla William en l'embrassant sur le front. Elle est bien plus jolie que moi, je te le garantis.

— Est-ce que Coé va rester avec nous pour toujours ? s'enquit Fred, sous la table, où il jouait avec un camion miniature.

— C'est Chloé, Fred, corrigea Helena. Non, uniquement pour les vacances à Chypre.

— Elle habite seule, alors ?

— Non. Elle vit chez sa Maman, expliqua William.

— C'est pas vrai. On l'a jamais vue chez nous.

— Elle n'a pas la même Maman que toi, chéri, répondit Helena.

À quoi bon essayer d'expliquer la situation à un bambin de trois ans ?

— Bref, c'est l'heure d'aller se coucher, reprit-elle.

Après les suppliques habituelles, les deux enfants finirent par se coucher dans leurs lits jumeaux. Helena embrassa leurs fronts moites.

— Bonne nuit, mes chéris ! Faites de beaux rêves.

En refermant la porte de la chambre, elle croisa Alex sur le palier. Il portait son sac à dos dans ses nouveaux quartiers.

— Tu n'es pas obligé de déménager avant demain, tu sais. Papa n'ira chercher Chloé qu'après le déjeuner. Ça nous laisse le temps de préparer la chambre.

— Je préfère, assura-t-il en descendant les marches.

— Je t'ai installé un ventilateur ! Il ne faudrait pas que tu nous refasses un coup de chaleur !

— Merci, dit l'adolescent qui leva la tête vers sa mère. Tu vas regarder ce que contiennent les cartons de la dépendance ?

— Oui, quand j'aurai le temps, c'est-à-dire pas avant quelques jours.

— Je peux le faire ?

— Du moment que tu ne jettes rien.

— Naturellement ! Tu me connais, Maman. J'adore l'histoire, surtout la mienne, ajouta-t-il d'un air entendu.

— Alex chéri, objecta Helena en ignorant cette remarque, la plupart de ces objets ne t'évoqueront rien. Angus n'avait aucun lien de parenté avec moi. C'était mon parrain.

— Je trouverai peut-être des trucs intéressants…

— Bien sûr.

Helena n'était pas dupe : il cherchait des indices. Heureusement, il ne trouverait rien dans les cartons d'Angus.

— D'accord, mais ne passe pas toute ta journée de demain dans la dépendance. On attend des invités et j'aurai besoin de toi.

— Pas de problème. Bonne nuit, Maman.

— Bonne nuit, chéri, répondit-elle juste avant qu'il ne ferme la porte de son repaire.

Journal d'Alex

15 juillet 2006

Je suis assis sur mon lit, dans ma cellule. Le ventilateur est si proche que je pourrais me faire un brushing en une minute chrono. Devant moi, il y a un carton que je viens de rapporter de la dépendance. Il est plein de lettres et de photos. M'apprendront-elles quelque chose sur mon passé ?

Ma mère n'est pas idiote. Elle sait ce que je cherche et à quel point j'ai envie de savoir…

Qui je suis.

Elle ne paraissait pas redouter que je trouve une clé du grand mystère dans ces cartons. Il n'y a sans doute rien de probant dans les affaires d'Angus.

Pourquoi est-elle si réticente à parler de son passé ? Elle n'évoque presque jamais sa mère ou son père, l'endroit où elle a grandi, dans quelles conditions…

La plupart des ados que je connais ont des grands-parents ou un souvenir d'eux. Moi, je sais que ma mère s'appelle Helena Élise Beaumont et que je suis né à Vienne (c'est inscrit sur mon acte de naissance) où j'ai vécu jusqu'à mes trois ans. Ensuite, elle a rencontré Papa et est rentrée en Angleterre où ils se sont mariés. Apparemment, j'étais bilingue, quand j'étais petit. Aujourd'hui, je sais à peine compter jusqu'à dix en allemand.

La tête appuyée sur mes bras croisés, je fixe le plafond fissuré et jauni. Je me dis que mon copain Jake… Enfin, copain est un terme un peu fort ; nous communiquons de temps en temps parce qu'il est moins débile que les autres élèves de ma classe… Bref, il a une mère rondouillette et ordinaire, comme la plupart des mères d'adolescents, je crois. Elle est secrétaire médicale à temps partiel et prépare de bons gâteaux. Tout en elle est… normal.

Sa vie entière est exposée en photos sur le buffet du salon. Jake connaît ses grands-parents sur le bout des doigts. Son père, il le voit tous les jours. Le seul mystère qu'il a à résoudre est de savoir comment convaincre sa mère de lui prêter dix livres pour s'acheter le dernier jeu pour sa console.

Pourquoi ma mère et son passé sont-ils une énigme ?

Je respire profondément. Ça y est, je suis obsessionnel. Il semble que ce soit une caractéristique des « surdoués » dont je fais partie. Je déteste faire partie d'une catégorie et je m'efforce sans cesse de ne pas m'y conformer. C'est dur, parfois, de détacher son esprit de certaines choses.

Je sors des photos sépia d'inconnus qui sont sans doute morts. Certains clichés portent une date au verso. Angus était vraiment bel homme, surtout en uniforme. Je m'étonne qu'il ne se soit pas marié. Peut-être qu'il était gay. Il n'en a pas l'air, mais on ne sait jamais. Je me suis souvent demandé comment on savait qu'on était gay. Moi, je suis résolument hétéro, bien que je sois un peu bizarre.

J'ai examiné des piles de photos et de lettres concernant des envois de whisky depuis Southampton ou des droits de douane. En arrivant au fond du carton, je sors une grosse enveloppe kraft adressée au colonel McCladden, à Pandora. Elle contient de fines enveloppes bleues « par avion » non affranchies. L'une des lettres est datée du 12 décembre, sans année, ni destinataire.

Je lis la première ligne :

« Ma chérie d'amour. »

Bon. Pas besoin d'être Sherlock Holmes pour comprendre que c'est une lettre d'amour. L'écriture est belle, fluide, telle qu'on l'enseignait à l'école, autrefois.

Je parcours le texte. C'est l'éloge d'une femme inconnue, la « chérie d'amour », à grand renfort de « sans toi, les journées sont interminables et je voudrais te reprendre dans mes bras »…

Pas mon genre. Trop mièvre. Je préfère les thrillers. Ou Freud.

Le plus agaçant, c'est qu'il n'y a pas de signature, rien qu'un gribouillis indéchiffrable d'environ douze lettres.

Je remets la lettre et en consulte quelques autres. Elles sont de la même veine et ne révèlent pas plus d'indices, ni sur l'époque ni sur l'identité des correspondants.

Enfin, je trouve une feuille de papier pliée en quatre :

« Je crois que ces lettres vous appartiennent. Je les renvoie donc à leur expéditeur. »

C'est tout.

Donc l'auteur est Angus, ce qui prouve qu'il n'était pas gay.

Je bâille. Je suis fatigué, ce soir, après avoir déplacé ces cartons en pleine chaleur. Demain matin, je remettrai cette prose à ma mère. Elle est plus son genre que le mien.

J'éteins la lumière et je m'allonge. Je sors Bunny de sous mon oreiller et le serre dans un bras. La brise du ventilateur me fait du bien. Comment un homme tel qu'Angus, qui a commandé des bataillons et tué des gens, pouvait-il écrire ce genre de lettre ?

Ce qu'on appelle « l'amour » est un mystère pour moi. Mais je découvrirai bien de quoi il s'agit.

Un jour.

7

Où diable était-elle passée ?

Fou d'inquiétude, William passa une main dans ses cheveux. L'avion avait atterri depuis plus d'une heure ! Les derniers passagers avaient franchi la porte des arrivées, et un calme inquiétant régnait dans le terminal.

Il essaya d'appeler Helena sur son portable, sans réponse. Il l'avait déposée, avec les enfants, dans une agence de location de voitures de Paphos, car ils préféraient avoir chacun leur voiture. Elle avait évoqué la possibilité d'emmener les petits à la plage. William lui laissa un message lui demandant de le rappeler. Après un énième tour de la zone, il se dirigea vers le comptoir de renseignements.

— Bonjour, pourriez-vous vérifier si ma fille se trouvait bien à bord du vol de ce matin en provenance de Gatwick ? Je suis venu la chercher et elle n'est pas là. Chloé Cooke, avec un « e ».

L'employée tapota son clavier et consulta son écran.

— Non, monsieur. Il n'y avait personne de ce nom sur ce vol.

— Bon sang..., maugréa William. A-t-elle pu arriver sur un autre vol en provenance de Grande-Bretagne ?

— Je peux regarder, il y en a eu plusieurs venant de divers aéroports, aujourd'hui.

— Stansted, par exemple ? s'enquit William d'instinct.

— Oui. Il a atterri une demi-heure avant celui de Gatwick.

— Je vois. Vous pouvez vérifier ?

Elle tapota de plus belle, puis hocha la tête.

— Oui, je vois effectivement une Mlle C. Cooke sur le vol de Stansted.

— Merci !

À la fois soulagé et furieux, William s'éloigna du guichet. Son ex-femme avait modifié la réservation sans l'en informer ! *Cela ne m'étonne pas d'elle*, songea-t-il rageusement. Maîtrisant sa colère, il partit en quête de sa fille.

Vingt minutes plus tard, alors qu'il allait alerter la police de l'aéroport de l'enlèvement d'une mineure, il remarqua un bar proche du hall des arrivées.

Les seuls clients étaient une adolescente et un jeune homme brun, perchés sur des tabourets de bar, en train de fumer. De loin, il vit une fille svelte aux longs cheveux châtains. Elle portait un tee-shirt moulant et une minijupe. Ses jambes interminables et nues étaient croisées et elle ne cessait de sortir le talon d'une de ses ballerines. En s'approchant, il reconnut Chloé. En quelques années, la fillette s'était transformée en une superbe jeune femme.

Elle dégageait un charme auquel l'homme assis en face d'elle n'était manifestement pas indifférent. Il avait une main posée sur une cuisse de Chloé. William les rejoignit vivement. Ce type était plus âgé qu'il n'en avait l'air au premier abord. Il se retint à grand-peine de le frapper.

— Bonjour, Chloé.

— Salut, Papa. Ça va ?

Elle tira ostensiblement sur sa cigarette avant de l'écraser. William l'embrassa furtivement, telle l'étrangère qu'elle était.

— Je te présente Christoff. Il me tenait compagnie en t'attendant.

Chloé posa ses grands yeux noisette sur son prétendant.

— Il me parlait d'un tas de boîtes cool, dans le coin.

— Très bien. Allons-y.

Elle descendit de son tabouret avec grâce.

— J'ai ton numéro de portable, Christoff. Je t'appelle. Tu me feras visiter Paphos…

L'homme hocha la tête sans un mot et regarda Chloé quitter le bar derrière son père.

— Où est ta valise ? demanda-t-il en observant le petit sac qu'elle portait.

— Je n'en ai pas. Ici, j'aurai juste besoin de quelques bikinis et paréos. Je voyage léger.

— Désolé d'avoir raté l'arrivée de ton vol. Ta mère m'a fourni le mauvais horaire.

Ils sortirent sous le soleil et se dirigèrent vers la voiture.

— On croyait être à Londres, mais on s'est retrouvés au cottage, à Blakeney, et Maman a découvert que je pouvais prendre l'avion à Stansted. Elle n'a pas réussi à te joindre.

William n'avait pas quitté son portable des yeux une seconde en cas de changement de dernière minute. Il devrait s'habituer à ravaler ses commentaires acerbes…

— Je t'ai cherchée partout, tu sais. Je ne suis tombé sur ce bar que par hasard. Il est interdit aux moins de dix-huit ans. C'est indiqué à l'entrée.

— Tu m'as trouvée, non ? C'est ça, ta voiture ? Un monospace ?

— Je le crains. On est nombreux. Monte vite.

Chloé jeta son sac à l'arrière, puis elle écarta ses cheveux de son long cou en bâillant.

— Je suis crevée. Je me suis levée à trois heures et demie du matin pour décoller à sept heures.

— Maman t'a emmenée à l'aéroport ?

— Tu rêves ! Tu sais comment elle est, le matin. Elle m'a réservé un taxi.

Elle se tourna vers lui avec un large sourire.

— Je suis une grande fille, maintenant, Papa.

— Tu as quatorze ans, Chloé. Deux ans de moins que l'âge légal pour fumer, soit dit en passant.

William démarra la voiture et quitta le parking.

— En fait, j'aurai quinze ans le mois prochain, alors sois cool, Papa. Je ne fume qu'une clope de temps en temps. Je ne suis pas accro si c'est ce que tu crois.

— Alors ça va, railla William, sachant que son sarcasme échapperait totalement à sa fille. Comment ça se passe, à l'école ?

— Oh, l'école… J'ai hâte d'arrêter.

— Pour faire quoi ?

Normalement, un parent connaissait la réponse à cette question. Il n'en fut que plus déprimé.

— J'en sais rien. Je vais peut-être voyager et faire un peu de mannequinat.

— D'accord.

— J'ai déjà été repérée par une agence, mais Maman veut que je passe mon brevet, d'abord.

— Elle a raison.

— De nos jours, les filles démarrent le mannequinat à douze ans. À seize ans, je serai complètement dépassée, soupira-t-elle.

— Ça m'étonnerait, lâcha William en s'esclaffant.

— Un jour, vous vous mordrez tous les deux les doigts de m'avoir privée de ma chance de gagner plein d'argent et d'être célèbre.

— Ta mère t'a parlé d'Immy et Fred ? demanda-t-il pour détourner la conversation.

— Tu veux dire mes petits frère et sœur ? Ouais, bien sûr.

— Ça te fait quoi de les rencontrer ?

— C'est cool. C'est vrai, quoi, y a rien d'original. Gaia, ma meilleure amie, est la fille d'une star du rock – Mike quelque chose, j'ai oublié –, il était super connu à ton époque. Elle a une tripotée de demi-frères et sœurs, sans compter les « par alliance ». Son père a plus de soixante ans et sa copine est enceinte.

— Je suis content que tu te sentes normale, Chloé. C'est une bonne chose.

— Ouais. D'après Gaia, avoir des parents divorcés et remariés, c'est surtout intéressant à Noël parce qu'ils achètent un tas de cadeaux pour qu'on les aime.

— C'est une façon de voir les choses… Helena est contente de te revoir.

— Ah bon ?

— Oui. Et Alex, aussi. Son fils. Tu te souviens de lui ?

— Pas vraiment.

— Il faut que je te prévienne. Alex est un peu… différent. Il a été diagnostiqué « surdoué », ce qui signifie qu'il semble bizarre, des fois. Mais il est juste très en avance intellectuellement.

— Tu veux dire que c'est un boutonneux ringard ?

— Non ! Il est…

Comment décrire son beau-fils ?

— … Différent. Les Chandler, de vieux amis de la famille, vont venir également, ainsi que Sadie, la meilleure copine d'Helena. Il y aura du monde à la maison. Ce sera sympa.

Faute de réaction, il se tourna vers Chloé pour constater qu'elle s'était assoupie. En s'engageant dans l'allée menant à Pandora, il secoua doucement la jeune fille.

— On est arrivés…

Chloé ouvrit les yeux et s'étira, puis elle regarda son père.

— Il est quelle heure ?

— Quatre heures dix. Viens, je vais te faire visiter.

Elle suivit son père vers la terrasse.

— C'est cool, dit-elle avec un signe de tête approbateur.

— Je suis content que ça te plaise. Helena a hérité de son parrain. L'intérieur a besoin d'être rénové.

Ils pénétrèrent dans le salon par la porte-fenêtre.

— C'est parfait, je trouve. On se croirait dans un Agatha Christie, commenta la jeune fille. Il y a une piscine ?

— Oui, derrière la grille, à gauche de la terrasse.

— Génial. Je vais me baigner.

Elle ôta vivement son tee-shirt et sa minijupe,

révélant un bikini microscopique, et sortit en ondulant les hanches.

William la regarda traverser la terrasse et s'assit sous la pergola.

Soit Chloé était une actrice de génie, soit ses appréhensions quant à son attitude étaient infondées. Il avait passé une semaine à répéter ce qu'il lui dirait quand elle l'accuserait de l'avoir abandonnée, de ne pas l'aimer... Or elle était « cool », pour employer un terme qui lui était cher. Si cool que son indifférence faisait peut-être aussi mal que la haine larvée à laquelle il s'attendait. Elle ne paraissait pas se soucier de ne pas l'avoir vu depuis presque six ans.

De plus, une fille de quatorze ans pouvait-elle être aussi assurée que Chloé semblait l'être ? Ou bien était-ce une comédie visant à protéger une petite fille apeurée ? William ne savait pas grand-chose des subtilités de l'esprit féminin. Il se promit de consulter Helena dès son retour.

Dix minutes plus tard, une nouvelle voiture de location se gara devant la maison. La marmaille surgit sur la terrasse.

— Coucou, Papa ! lança Immy en se jetant dans ses bras. J'ai fait un grand château de sable et Fred l'a cassé. Je le déteste !

— Haut les mains ! ordonna Fred, armé d'un pistolet à eau.

Immy se mit à crier et enfouit le visage dans le creux de l'épaule de William.

— Papa, il m'embête !

— Pose ce jouet, Fred. Tu fais peur à ta sœur.

— Non ! Elle m'a déjà tué, à la plage ! Elle est où, Coé ?

— Chloé, Fred, corrigea Helena en étalant des serviettes humides sur la balustrade. D'ailleurs, où est-elle ?

— Dans la piscine, répondit William en posant Immy à terre.

— Alors ? Elle est comment ? souffla Helena.

— Bien. Très bien. Tu vas la trouver grandie. À bien des égards, ajouta-t-il avec une moue.

Helena vit Alex traîner aux abords de la terrasse pour jeter un coup d'œil discret en contrebas, à travers les oliviers.

— Et si on allait lui dire bonjour ? proposa-t-elle.

— Pas la peine. Je suis là.

Chloé apparut sur la terrasse. Son corps svelte ruisselant de gouttelettes, elle se dirigea vers Helena.

— Salut, lui dit-elle en l'embrassant. J'adore ta maison.

— Merci.

— Et ces deux-là sont mes petits frère et sœur ? Allez, venez me faire un bisou !

Subjugués, Immy et Fred regardaient fixement cette créature exotique.

— Ils sont trop mignons ! Immy est ton portrait, Helena, et Fred ressemble à Papa.

Elle alla s'agenouiller devant eux.

— Coucou, je suis Chloé, votre vilaine grande sœur disparue.

— Papa dit que tu lui ressembles, mais t'as pas ses grandes oreilles, et tes cheveux longs sont très jolis, décréta Immy timidement.

L'adolescente sourit à William.

— Bon, alors ça va, commenta-t-elle en tendant la main vers Immy. Tu me fais visiter ta belle maison ?

— Oui. Avec Maman, on a mis des fleurs dans ta chambre, répondit la fillette.

— J'ai peut-être des bonbons dans mon sac...

Tandis qu'Immy l'entraînait vers la porte-fenêtre, Chloé se tourna vers Fred.

— Je peux venir aussi ? lui demanda-t-il en sautant des genoux de son père.

Il courut les rejoindre sur ses petites jambes potelées.

— Tu dors à côté de moi, fit la voix stridente d'Immy, à l'intérieur de la bâtisse.

— Et de moi aussi ! renchérit Fred. Ils sont où, tes bonbons, Coé ?

Rassurée, Helena se tourna vers son mari.

— Tu vois, ce n'était pas si difficile. Qu'est-ce qu'elle est belle !

— C'est vrai. Et bien trop mûre pour ses quatorze ans.

— Elle en a presque quinze. Les filles grandissent plus vite que les garçons, chéri. Ça t'ennuierait d'aller me chercher une boisson fraîche ? Je meurs de soif.

— À vos ordres, milady. J'en prendrais bien une, moi aussi.

Il s'éloigna vers la cuisine. En se retournant, Helena trouva Alex juste à côté d'elle.

— Tout va bien, chéri ? On dirait que tu viens de voir un fantôme.

Il ouvrit la bouche, mais pas un mot n'en sortit. Il se contenta de hausser les épaules.

— Tu n'as pas dit bonjour à Chloé.

— Non, balbutia-t-il.

— Et si tu montais voir les autres ?

Il secoua la tête :

— Je vais dans ma chambre. Je couve une migraine.

— Tu es resté trop longtemps au soleil. Va te reposer. Je t'appellerai pour le dîner. Angelina a laissé un plat au four et ça sent très bon.

Alex s'éloigna en grommelant.

— Il a un problème ? s'enquit William.

Il venait de croiser l'adolescent en rapportant deux verres de citronnade avec des glaçons. Seule Helena parvenait à déchiffrer les humeurs de son fils.

— Je ne crois pas.

Elle attendit que son mari soit assis pour se glisser derrière lui et lui masser les épaules.

— Au fait, je n'ai écouté ton message qu'en quittant la plage. Ça s'est bien passé à l'aéroport ?

— Cécile avait changé la réservation sans m'en informer. J'ai fini par débusquer Chloé au bar, en train de fumer avec un Chypriote mielleux qu'elle avait ramassé en route.

— Oh non, soupira Helena.

Elle s'assit à côté de lui pour siroter sa citronnade.

— L'essentiel, c'est qu'elle soit là et elle n'a pas l'air perturbée. Elle est très sympa, je trouve.

— Tu crois que c'est sincère ? Elle joue peut-être la comédie…

— La bonne nouvelle, c'est qu'elle aime les enfants. Immy et Fred l'ont vite adoptée. Et surtout, je n'ai pas eu l'impression qu'elle te détestait.

— C'est étonnant, au vu des circonstances.

— Chéri, la plupart des enfants aiment leurs parents de façon inconditionnelle, quoi qu'ils aient fait. Chloé est intelligente. Si sa mère t'a planté un couteau dans le dos, elle fera la part des choses.

— Je l'espère. Ces quelques semaines nous donneront l'occasion de tisser des liens, au cas où je ne la reverrais pas avant ses vingt et un ans, répondit William non sans amertume.

— Chloé est une grande fille qui commence à se forger ses propres opinions. Elle peut décider de faire partie de ta vie quand elle le voudra et pas seulement pour arranger sa mère et ses amours.

— Espérons-le. Pour l'heure, je dois m'adapter à une enfant que je connais à peine. Le problème, c'est qu'elle n'est plus une enfant. J'ignore jusqu'où sa mère la laisse aller. Et si elle veut sortir avec ce type qu'elle a dragué à l'aéroport ? Ils parlaient de se revoir. Je ne veux pas avoir l'air du père Fouettard, mais elle n'a que quatorze ans.

— Je te comprends. Heureusement, Kathikas n'est pas Ibiza. Il n'y a pas beaucoup de bêtises à faire, ici.

— Là où il y a des hommes, elle risque d'avoir des problèmes, souffla William. Les garçons du coin vont lui tourner autour comme des abeilles sur un pot de miel. La simple pensée qu'un type pose ses sales pattes sur ma fille…

Il frémit d'effroi.

— C'est une réaction normale. Tu te rappelles ta jeunesse de dragueur.

Elle rit de bon cœur et se leva.

— Bon, pendant que je prépare le dîner, si tu montais donner leur bain aux petits ? Chloé doit avoir faim et ce serait bien qu'on mange tous ensemble.

— J'y vais.

— Alex ne vient pas ? demanda Chloé à Helena qui posait une cocotte brûlante sur la table.

— Non. Il a la migraine. Il en a régulièrement, le pauvre.

— Dommage. Il ne m'a pas encore dit bonjour, déplora Chloé.

Elle parvenait à tenir Immy et Fred en équilibre sur ses genoux.

— Il m'a juste… regardée fixement, sans un mot, reprit-elle.

— Après une nuit de sommeil, il ira mieux. Miam ! Ce plat sent divinement bon !

Elle entreprit de servir les convives.

— D'après Angelina, c'est du *kleftiko*, une sorte d'agneau confit.

— De l'agneau ? Comme Lamby ? s'insurgea Immy, faisant allusion à sa peluche préférée. J'en veux pas ! C'est peut-être le Papa ou la Maman de Lamby !

— Allons, Immy, ne dis pas de bêtises, répliqua William. Tu sais parfaitement que Lamby est un jouet. À présent, assieds-toi correctement sur ta chaise et mange comme une grande !

Au bord des larmes, Immy quitta les genoux de Chloé.

— Lamby est un vrai, Papa, gémit-elle.

— Bien sûr qu'il est vrai, chouchou, intervint Chloé en lui caressant les cheveux. Vilain Papa.

— Oui, vilain Papa ! triompha Immy.

— Tu me sers un verre, Papa ? reprit Chloé en voyant William déboucher une bouteille de vin.

Hésitant, il se tourna vers Helena.

— Ta mère te laisse boire du vin ? s'étonna-t-elle.

— Bien sûr ! N'oublie pas qu'elle est française.

— Juste une goutte, concéda William.

— Reviens sur terre, Papa ! Lors de la soirée de fin d'année, au collège, j'ai gagné le concours des buveurs de cocktails.

— C'est tellement mieux qu'un prix de géographie, maugréa William. Bon appétit !

Après un dîner relativement calme, les petits insistèrent pour que Chloé les couche et leur raconte une histoire.

— Ensuite, je passerai dire bonsoir à Alex et j'irai me pieuter ! expliqua-t-elle tandis qu'ils l'entraînaient à l'intérieur. Bonne nuit, vous deux !

— Bonne nuit, Chloé, fit Helena en se levant pour débarrasser la table. Elle est adorable, William. Et tellement gentille avec les petits ! Une paire de bras supplémentaire, ça ne se refuse pas.

William bâilla.

— C'est vrai. Laissons la vaisselle pour demain. J'ai besoin de me « pieuter », moi aussi. À quelle heure arrivent Sadie et les Chandler ?

— En milieu d'après-midi. Ça nous laisse du temps.

— Peut-être même pourra-t-on passer une heure au bord de la piscine. Tu ne connais pas ta chance, Helena… Helena ?

Elle émergea de sa rêverie.

— Pardon… tu disais ?

— Rien d'important. Tout va bien ?

Elle lui répondit du sourire le plus chaleureux dont elle fut capable.

— Oui, chéri. Très bien.

Journal d'Alex

16 juillet 2006

Je retire ce que j'ai dit.

Car « un jour » est arrivé en ce 16 juillet, vers 4 h 23.

À la seconde où je suis tombé amoureux.

Je suis malade. Je suis mort. Mon cœur défaille, lui qui faisait plutôt bien son boulot et pompait du sang dans mes veines depuis treize ans. Il a laissé entrer un sentiment insidieux que je sens enfler, pousser, dérouler ses tentacules dans tout mon corps. Il me paralyse, me fait transpirer, frémir, perdre le contrôle de moi-même.

Quelques heures à peine après ce changement, je me rends compte que mon cœur ne fonctionne plus uniquement pour mon organisme. Son rythme n'est plus lié à la vitesse à laquelle je marche. Il bat la chamade alors que je suis allongé, uniquement parce que je pense à elle : la dénommée Chloé.

On oublie Aphrodite, la Joconde (qui a un problème d'implantation de cheveux ou le front trop grand) ou Kate Moss. Cette meuf, c'est le top du top du top.

Et voilà que mon cœur remet ça... Il pompe du sang comme si je venais de courir le marathon ou de subir l'attaque d'un requin qui m'aurait arraché un bras.

Dès que je pense à elle, ça recommence.

Il se passe un tas de choses en moi, mais je ne vais pas m'attarder là-dessus. Au moins, je suis sûr de ne pas être gay… ou affligé d'un complexe d'Œdipe.

J'ai la maladie d'amour. Est-ce qu'on en guérit ? Il paraît que certains ne s'en relèvent jamais. Je risque de rester dans cet état *ad vitam aeternam*.

Si je ne lui ai toujours pas adressé un mot, c'est en partie parce que mes lèvres refusent de bouger en sa présence. Et pas moyen de manger et d'essayer de parler en même temps. C'est trop demander. J'ai l'impression que je vais avoir faim, pendant ces vacances. À moins que je ne fasse des festins à minuit.

Comment vais-je supporter de la voir chaque jour ? Avec sa peau douce et tentatrice, si proche et inaccessible à la fois ?

De plus, elle fait partie de ma famille. Au moins, on n'est pas du même sang, donc ce pourrait être pire. Je ne me vois pas affirmer aux copains : « Les gars, je suis amoureux de ma sœur » pour voir leur réaction.

Quand j'ai commencé à avoir des palpitations, j'ai remarqué qu'elle ressemblait à Papa. La génétique, c'est génial. Les gènes ont réussi à créer la plus belle des filles à partir d'un homme ordinaire et vieux, mais avec des cheveux. Elle est parfaite.

J'enlève mon tee-shirt et mon caleçon, et j'enfile des chaussettes. J'ai été piqué sur les chevilles, et les moustiques ne m'auront pas, cette nuit. Je sors le collant de dix deniers que j'ai acheté dans un supermarché proche de la plage où Maman nous a emmenés. La caissière m'a regardé bizarrement. Ce n'est pas grave.

Je déballe mon collant, très fier de mon idée de génie et je le glisse sur ma tête. Triomphant, je m'appuie sur l'oreiller. Je respire bien parce qu'il est fin. J'ai fini par les mater, ces moustiques !

Et ce n'est pas tout : tels les braqueurs de banque, dans les films noirs, je vois à travers le nylon. Je cherche l'enveloppe pleine de lettres, sous mon lit. Ce matin, je ne les ai pas données à Maman parce qu'elle était trop occupée. Et maintenant, je vois ces lettres d'un autre œil.

J'en prends une au hasard, je passe mes écouteurs sous le collant qui me couvre la tête et j'allume mon iPod. Enfin, je m'allonge confortablement pour passer un moment en compagnie d'une personne dont le cœur battait aussi vite que le mien quand j'ai posé les yeux sur Chloé.

Pendant quelques secondes, en écoutant Coldplay, je ferme les yeux et j'imagine Chloé.

Lorsque je rouvre enfin les yeux, je me rends compte qu'elle est là, devant moi, en chair et en os !

Aïe !

Ses lèvres bougent mais je n'entends pas ce qu'elle me dit à cause de l'iPod. Je l'éteins, puis je réalise avec effroi que je suis à poil, à part mes chaussettes. Je me redresse et je me couvre de mon drap.

— Salut, Alex. Je suis Chloé. Je venais juste te dire bonsoir.

Elle m'adresse un sourire langoureux.

Allez, crétin, parle ! Je m'humecte les lèvres et je parviens à éructer un vague son.

Elle me regarde bizarrement. Je ne sais pas pourquoi.

— Tu te sens mieux ? Ton mal à la tête est fini ?

Je hoche la tête.

— Oui…

— Je voulais te remercier de m'avoir laissé ta chambre. Immy m'a raconté. Tu es sûr que tu es bien, ici ? On dirait un placard à balais.

— Oui, fa va…

J'opine de plus belle, la voix déformée par le collant. J'ai l'impression d'être agité de tics.

— Bon, on discutera demain, si tu veux ?

— Oui… chuper…

Je n'arrive pas à m'empêcher de hocher la tête comme un abruti.

— Bonne nuit, conclut Chloé.

— Bowi…

Au moment de refermer la porte, elle se ravise :

— Tu as mal à l'oreille ou quoi ?

Cette fois, je secoue négativement la tête.

— Mal à la tête, seulement ?

Et ça recommence…

— Ah.

À son tour d'opiner.

— Parce que je me demandais…

— Poi ?

— Si c'était pour ça que tu portais un collant sur la tête. Bonne nuit, Alex.

8

Aux premières lueurs rosées de l'aube, Helena se réveilla mal à l'aise. Elle tenta de se rendormir car la journée promettait d'être longue. Hélas, des pensées indésirables ne cessaient de tourner dans sa tête. N'y tenant plus, elle enfila sa tenue de sport avant de sortir sur la terrasse.

Le soleil se levait. Comme chaque jour, Helena enchaîna les pliés. Les couleurs du ciel, qui seraient criardes dans une chambre, se mariaient merveilleusement sur la ligne d'horizon au-dessus de la mer. Elle se pencha en avant et effleura le dallage du bout des doigts, puis elle se redressa pour se cambrer en arrière, bras au-dessus de la tête. Les mouvements de son corps apaisaient son esprit et l'aidaient à réfléchir de façon plus rationnelle.

Ce matin-là, elle était désemparée.

Quelques semaines plus tôt, elle pensait que ces vacances en famille à Pandora seraient merveilleuses. Hélas, les circonstances l'avaient menée vers cet état d'angoisse. En cet instant, elle avait envie de s'en aller, de fuir son passé, son présent et leurs conséquences sur son avenir.

Si seulement elle pouvait se décharger de son fardeau, avouer enfin la vérité à William et Alex, se défaire de ce secret qui l'oppressait à longueur de temps. Malheureusement, c'était impossible.

Car la vérité détruirait tout.

Elle continuerait donc à souffrir en silence.

Elle exécuta une arabesque. Combien de temps encore son corps serait-il capable d'exécuter des mouvements fluides ? Quand elle était jeune, elle avait les atouts pour réaliser son rêve de devenir danseuse classique : la puissance, la grâce, la souplesse, une oreille musicale, sans oublier un don inhabituel qui la démarquait des autres : son immense talent d'actrice.

Elle avait rapidement gravi les échelons du Royal Ballet. Son nom était reconnu dans toute l'Europe. Elle avait été une artiste prometteuse, courtisée par la Scala de Milan. À vingt-cinq ans, avec Fabio, son partenaire de danse, elle avait obtenu une place de première danseuse au sein de la prestigieuse compagnie de l'opéra national de Vienne.

C'est alors que…

Helena soupira.

Elle était tombée amoureuse et tout avait changé.

— Tu vas bien, Helena ? Tu as l'air fatiguée. Tu n'as pas dormi ?

Une demi-heure plus tard, dans la cuisine, William l'observait, l'air soucieux.

— Je pensais à ce qu'il y a à terminer avant l'arrivée des Chandler et de Sadie. Je me suis levée tôt pour me mettre au travail. J'aimerais planter les fleurs qu'on a achetées à la jardinerie avant qu'il ne fasse trop chaud. J'ai peur qu'elles meurent si je les laisse dans leurs pots.

Elle prit le paquet de céréales dans le placard et plaça des bols sur un plateau pour le porter sur la terrasse.

— Chérie, je me sens coupable. Non seulement je t'impose Chloé, mais aussi Julia et compagnie.

— Pas du tout ! Julia s'est incrustée sans vergogne, répondit Helena.

— Je sais qu'elle peut être pénible. Sacha est en difficulté, en ce moment. Les affaires ne marchent pas très bien.

— Ah bon ?

— Non. Écoute, je te promets de t'aider autant que possible. Je croyais qu'Angelina venait, aujourd'hui.

— C'est le cas. Je veux qu'elle prépare le dîner et qu'elle nettoie les salles de bains. Tu sais combien Julia est maniaque.

William s'approcha de sa femme et lui massa les épaules.

— C'est fou ce que tu es tendue. Tu es censée être en vacances.

— Je sais. Il y a tant de choses à faire…

— Nous sommes nombreux. Il suffit de demander de l'aide.

— Tu as raison, fit-elle avec un sourire triste. Bon, je monte chercher des serviettes. Tu feras déjeuner Immy et Fred ? Fred a trouvé la cachette des bonbons. J'ai remarqué des emballages par terre.

— Bien sûr. Si tu veux, je les emmènerai explorer les environs pour que tu ne les aies pas dans les pattes. J'ai envie de visiter le coin.

— Merci, chéri, ce serait utile.

— Helena ?

— Oui ? fit-elle sur le seuil.

Il la dévisagea, soupira et haussa les épaules.
— Rien.
Elle tourna les talons.

À seize heures, la maison était prête. Helena avait même réussi à planter ses géraniums et désherbé le massif proche de la piscine pour y planter de la lavande. Les bras fourbus, elle mit de l'eau à chauffer et alla voir Alex. Il avait toujours la migraine et n'avait pas quitté sa chambre de la journée. Elle frappa à la porte et l'ouvrit doucement, au cas où il serait endormi. Il lisait sur son lit.
— Comment tu te sens, chéri ?
— Ça va.
— Tu ne devrais peut-être pas lire si tu as mal à la tête. Et ouvre donc la fenêtre ! Il fait une chaleur irrespirable.
— Non !
— Ne crie pas. Ce n'était qu'une suggestion.
— D'accord. Désolé, Maman.
— Et si c'est pour éviter les moustiques, c'est ridicule. Ils ne sortent que le soir.
— Je sais.
— Tu as encore mal à la tête ?
— J'estime la douleur à sept sur une échelle de dix, donc ça va un peu mieux.
— Et si tu sortais prendre une tasse de thé avec moi ?
— Non, merci. Je reste ici.
Helena soupira.
— Il y a autre chose qui ne va pas ?
— Non. Pourquoi ?
— Parce que tu te conduis bizarrement depuis

l'arrivée de Chloé. Elle n'a rien dit pour te contrarier, j'espère.

— Non, Maman ! J'ai juste mal à la tête, c'est bon !

— Très bien. Je voulais juste t'aider.

— Maman, tu es stressée aujourd'hui.

— Pas du tout !

— Si. Qu'est-ce qui se passe ?

— Rien. J'espère que tu seras des nôtres quand les Chandler arriveront.

Alex opina de la tête à contrecœur.

— D'accord, à plus tard.

Sur ces mots, il se replongea dans son livre.

Helena ressortit sur la terrasse et s'efforça de retrouver ses esprits. En regardant à travers les oliviers, elle vit Chloé alanguie sur une chaise longue, au bord de la piscine, ses écouteurs sur les oreilles. Elle était d'une beauté exceptionnelle. Ses longs membres suggéraient qu'elle avait hérité de la grande taille de son père. Et pourtant, elle ressemblait à sa mère, avec ses traits fins et ses cheveux soyeux. Cécile, l'ex-femme de William, possédait une élégance et une arrogance qui allaient visiblement de pair.

William était attiré par les femmes indomptables. Son métier d'architecte trahissait un besoin de structure allié à un esprit créatif et esthète. Qu'il en soit conscient ou pas, il ne supportait pas la médiocrité.

S'il savait à quel point elle constituait un défi ! Heureusement, il demeurerait dans l'ignorance, du moins l'espérait-elle…

Un crissement de pneus sur le gravier annonça l'arrivée des Chandler. Elle prit une profonde inspiration et traversa la terrasse pour aller à leur rencontre.

— Dieu, qu'il fait chaud dans ce pays !

Grande et trapue, Julia avait un charme un peu masculin.

— Helena ! Comment ça va ?

Julia lui fit une prise de judo qui se voulait une étreinte affectueuse.

— Ça va. Sois la bienvenue, Julia.

— Merci. Allez, les enfants ! Descendez ! aboya-t-elle. On a eu un vol atroce, avec un tas de crânes rasés en jogging. Les hommes portaient plus de bijoux que les femmes.

Julia passa une main dans ses cheveux châtain clair qu'elle portait courts, car c'était plus pratique pour ses promenades à cheval, le matin.

— Salut, ma belle, ça va ?

Sadie, sa meilleure amie, prit à son tour Helena dans ses bras.

— Bien, répondit Helena. Tu as une mine superbe pour quelqu'un qui a le cœur brisé.

— Merci, fit Sadie en s'approchant pour lui murmurer : La semaine dernière, je me suis fait une séance de Botox, histoire de l'envoyer bouler, ce salaud !

— Eh bien, c'est efficace !

La présence de Sadie était réconfortante.

— Salut, tata Helena.

Rupes, le fils de Julia, avait mué. Il avait désormais le corps athlétique d'un sportif accompli.

— C'est fou ce que tu as grandi, Rupes !

Il pencha sa tête blonde pour l'embrasser.

— J'ai treize ans, maintenant. C'est normal.

Mon fils aussi, songea-t-elle, *mais c'est toujours un enfant, physiquement.*

— Coucou, tata Helena !

Deux bras couverts de taches de rousseur s'enroulèrent autour de son cou.

— Viola chérie ! Toi aussi, tu as poussé !

— Non. J'ai exactement la même taille et on m'appelle toujours « poil de carotte », à l'école. Je n'y peux rien !

Elle fit la moue et sourit, révélant ses dents protubérantes.

— Tu es blond vénitien. Plus tard, ces filles seront jalouses de toi car tu n'auras jamais besoin de faire des balayages qui coûtent une fortune.

— Tu dis toujours ça ! ricana Viola.

— C'est la vérité, n'est-ce pas, Sadie ?

— Absolument, affirma cette dernière. Je paierais cher pour avoir les mêmes cheveux que toi.

— Viola, où est ton Papa ? s'inquiéta Helena en regardant à l'intérieur de la voiture.

Julia grommela :

— Comme tu peux le constater, mon cher et tendre n'est pas là. En ce moment, il est sans doute dans un bar de la City de Londres.

— Tu veux dire qu'il ne vient pas ?

— Non. Il a eu un problème au boulot et s'est défilé à la dernière minute. C'est tout lui, ça ! Il a promis de nous rejoindre demain, mais je ne compterais pas trop là-dessus. On ne compte plus sur Papa, n'est-ce pas, les enfants ?

— Maman, ne sois pas méchante. Ce n'est pas la faute de Papa s'il travaille dur, intervint Viola.

Naturellement, la petite princesse de son Papa prenait sa défense.

— Bref, reprit Julia en regardant Helena d'un air entendu, tu comprends pourquoi je suis sur les dents.

— Oh oui !

— Où est le merveilleux William ? s'enquit Sadie.

— En promenade avec ses deux adorables bambins.

— Tu l'as bien dressé. J'ai du mal à traîner Sacha à la remise de prix de fin d'année ! s'exclama Julia en ouvrant le coffre de la voiture pour sortir ses bagages.

Les autres suivirent Helena sur la terrasse.

Chloé était remontée de la piscine, un minuscule paréo noué sur les hanches, la peau déjà hâlée.

— Salut tout le monde ! Moi, c'est Chloé.

— Je te connais, répondit Sadie en l'embrassant. Je t'ai rencontrée quand tu avais six ans, mais tu ne t'en souviens sans doute pas.

— Non, en effet. C'est cool, ici, non ?

— Magnifique, admit Sadie en admirant la vue.

— Je suis Rupert, le fils de Julia et Sacha. Salut, Chloé. Appelle-moi Rupes.

La jeune fille le toisa d'un œil approbateur.

— Salut… Tu as vu la piscine ? Je peux te la montrer, si tu veux.

— D'accord. J'ai envie de piquer une tête.

— Alors suis-moi.

Tandis qu'ils s'éloignaient vers le bassin, Sadie adressa un regard complice à Helena. Julia arriva avec une de ses énormes valises sur la terrasse.

— Bon, où je mets ça ? demanda-t-elle.

Helena lui montra sa chambre, ainsi que celle que Viola partagerait avec Rupes, puis elle s'éclipsa avant que Julia ne trouve quoi que ce soit à redire. Dans le couloir, elle se dirigea vers la chambre de Sadie. Agenouillée sur le lit, celle-ci regardait par la fenêtre.

— La vue est sublime, commenta-t-elle en se tournant vers Helena. Je regrette de ne pas avoir un parrain aussi riche que le tien.

— Je sais, j'ai beaucoup de chance. Tu descends boire un verre et bavarder un peu ? (Elle baissa d'un ton). Je crois que Julia en a pour un moment, vu la taille de cette valise.

— Je ne serais pas étonnée qu'elle ait apporté son propre papier peint pour redécorer la chambre à son goût avant le dîner, railla Sadie. À l'aéroport, elle a insisté pour se charger de mon passeport, ajouta-t-elle dans l'escalier. J'avais l'impression d'être l'un de ses gosses.

— Elle a besoin de tout contrôler. Du thé ? Ou quelque chose de plus corsé ?

Helena entraîna son amie dans la cuisine.

— Je boirais bien un petit coup, avoua Sadie.

Munies d'un verre de vin, elles s'installèrent sur la terrasse.

— Bon sang, ça fait du bien de partir un peu. Merci de m'avoir recueillie en pleine tempête.

Elles trinquèrent et burent une gorgée de vin.

— Où est Alex ?

— Dans sa chambre. Il a la migraine.

— Oh non… Et d'une manière générale, il est comment ?

— Fidèle à lui-même, fit Helena en haussant les épaules.

— Il n'est pas contrarié à la perspective d'être interne, à la rentrée ?

— Il n'en parle pas. Nom de Dieu, Sadie, j'espère que je ne commets pas une erreur.

— Il a obtenu une bourse d'excellence pour l'un des meilleurs établissements privés d'Angleterre ! Tu as vraiment des doutes ?

— Alex a beau avoir le cerveau d'Einstein, il est encore très jeune sur le plan physique et affectif. En voyant Rupes, qui n'a que quatre mois de plus que lui, j'ai angoissé. Tu sais à quel point Alex a du mal à interagir avec les jeunes de son âge. Il souffrira si les autres le dépassent d'une tête. J'ai peur qu'il ne soit harcelé.

— De nos jours, les écoles sont attentives à ces choses-là. De plus, s'il est petit pour son âge, ce n'est pas un lâche. Ne le sous-estime pas.

— Je ne veux pas qu'il devienne un de ces morveux arrogants de la haute société.

— Un autre Rupes, tu veux dire ? railla Sadie.

— Exactement. De plus, il va terriblement me manquer, avoua-t-elle.

— Je sais que vous avez toujours été très proches, mais raison de plus pour qu'il s'éloigne, non ? Il a besoin de couper le cordon.

— C'est ce que pense William. Vous avez sans doute raison. Enfin, assez parlé de moi ! Tu vas bien ?

Sadie but une autre gorgée de vin.

— Si seulement il existait un stage pour apprendre à ne pas tomber systématiquement amoureuse d'un phobique de l'engagement. Franchement, je ne sais pas comment je me débrouille !

Helena observa le teint d'albâtre de son amie, ses cheveux d'ébène et ses longs doigts qui enserraient le pied de son verre. Elle était plus exotique que belle, à presque quarante ans, et sa silhouette svelte lui permettait de s'habiller comme une jeune fille. Ce jour-là, elle portait une robe très simple en coton et des tongs. Elle faisait dix ans de moins que son âge.

— Moi non plus, Sadie. Cela dit, tu n'es pas du genre à craquer pour un type ennuyeux. Tu aimes le défi de l'originalité.

— Je sais, je sais, soupira-t-elle. Le scénario de l'infirmière qui guérit le pauvre chaton perdu est assez plaisant. Plus ils sont esquintés, plus j'ai envie de les sauver. Et une fois remis, dès qu'ils se sentent forts, ils fichent le camp avec une autre !

— Comme ton dernier désastre en date.

— Il est retourné chez son ex, celle qui l'avait largué parce qu'il était trop fragile…

Elle ne put s'empêcher de s'esclaffer.

— Il y a peut-être de l'argent à se faire, avec ça, reprit-elle. Un genre de stage pour les petits chiots perdus : envoyez-moi votre homme pendant trois mois. Je le retape et je vous le réexpédie bien dressé et prêt à vous suivre tel un gentil toutou. Qu'est-ce que tu en penses ?

— C'est une idée géniale ! Sauf que tu aurais envie de tous les garder, commenta Helena, hilare.

— Pas faux. Bref, j'ai décidé de rester sans mec pour quelque temps. Tu me connais, je vis au jour le jour. Comment va William, mon homme préféré ?

— Bien. Toujours le même.

— En adoration devant toi, friqué, stable, génial avec les enfants, doué pour les barbecues et au lit, en gros. Promets-moi que si tu le largues, il est pour moi !

— Promis.

— Blague à part, Helena, il faut que je me trouve un conjoint. Mon horloge biologique ne va pas tarder à faire des siennes.

— Allons ! De nos jours, les femmes ont des enfants bien après quarante ans.

— Peut-être que je ne suis pas destinée à être mère et que je vais me retrouver avec des centaines de filleuls et pas un gosse à moi, soupira Sadie.

— Immy dit que tu es sa marraine préférée.

— Ouais… je glisse très bien les billets de banque dans les cartes d'anniversaire, mais merci quand même.

— Salut Maman, salut Sadie.

Alex venait de se faufiler sur la terrasse ni vu ni connu.

— Alex ! Ça va, mon grand ? s'exclama Sadie en l'embrassant.

L'adolescent se laissa étreindre sans protester.

— Bien, grommela-t-il.

En se redressant, il scruta les alentours, visiblement nerveux.

— Si tu cherches les autres, ils sont à la piscine. Et si tu allais te baigner un peu ? suggéra Helena. Un peu d'exercice te fera du bien.

— Ça va, Maman, merci.

Il resta planté devant elles, mal à l'aise.

— Dans ce cas, tu veux bien aller chercher la

bouteille de vin blanc dans le frigo, s'il te plaît, chéri ? demanda Helena. Sadie prendra certainement un autre verre...

— Sadie en serait ravie, confirma cette dernière.

En regardant son fils s'éloigner, Helena soupira.

— La haine que lui inspire Rupes n'arrange pas la situation. C'est peut-être pour ça qu'il est resté retranché dans sa chambre toute la journée.

— Je crains d'être d'accord avec lui sur ce point, murmura Sadie. Rupes est un morveux arrogant.

— Ah, vous êtes là !

Julia émergea de la maison, drapée dans un paréo jaune vif qui aurait été superbe sur Chloé, mais qui lui donnait l'air d'un tournesol flétri. Elle s'assit lourdement.

— C'est fait. Je ne dirais pas non à un verre de vin blanc.

— Alex chéri, va donc chercher un verre pour Julia, veux-tu ?

L'adolescent fit une grimace et tourna les talons.

— Dis donc, il a pris un peu de poids, depuis la dernière fois que je l'ai vu. Qu'est-ce que tu lui donnes à manger, Helena ? s'enquit Julia à voix haute.

— Ce sont ses rondeurs d'adolescent, répondit posément l'intéressée, en espérant qu'Alex n'ait rien entendu. Il s'affinera en grandissant.

— C'est à espérer. On voit de plus en plus d'enfants obèses. S'il grossit encore, tu devras le mettre au régime.

Consciente du malaise d'Helena, Sadie vint à la rescousse et s'empressa de détourner la conversation :

— Cette villa est un rêve, non, Julia ?

— Elle a besoin de travaux de rénovation et de nouvelles salles de bains, c'est évident, mais elle est très bien située. Merci, ajouta-t-elle lorsque Alex lui tendit un verre. Alors, comment ça se passe, à l'école ?

— C'est fini.

— Je sais, Alex, rétorqua-t-elle sèchement. Je voulais savoir si tu étais impatient de commencer dans la nouvelle ?

— Non.

— Pourquoi pas ? Rupes piaffe d'impatience. Il a obtenu la bourse sport-études à Oundle, tu sais.

— Je n'ai pas envie de partir de la maison, voilà pourquoi, marmonna Alex.

— Oh, tu t'y feras. Rupes a adoré la pension. Il était chef de classe et a remporté un tas de prix sportifs.

Julia afficha une expression de fierté maternelle en voyant Rupes et Chloé remonter de la piscine.

— Salut, Alex ! Ça va ?

Rupes lui donna une tape vigoureuse dans le dos.

— Bien, merci.

— Chloé et moi, on pense faire un tour au village, plus tard, pour voir ce qui se passe. Tu veux venir avec nous ?

Il se tourna vers la jeune fille et posa une main possessive sur son épaule.

— Non, merci. J'ai mal à la tête. À plus tard.

Sur ces mots, Alex tourna les talons et disparut à l'intérieur.

— Il va bien ? s'enquit Julia, intriguée.

— Oui, ça va, assura Helena.

— Il a toujours été spécial, ce garçon. Rupes,

il faudra que tu lui donnes quelques conseils sur l'internat. Il est très angoissé, le pauvre.

— Oui, on lui en donnera tous les deux, n'est-ce pas, Chloé ? Ne t'en fais pas, Helena. On va s'occuper de lui, fanfaronna Rupes.

— Je crois avoir entendu une voiture, fit Helena.

Écœurée, elle se leva et traversa la terrasse pour accueillir William et les petits.

Journal d'Alex

17 juillet 2006

Ô rage, ô désespoir !

Je viens de compter le nombre de jours où il me faudra endurer la présence de cet enfoiré, puis j'ai calculé le nombre d'heures : dans un million deux cent neuf mille six cents secondes, il sera…

PARTI.

Quinze jours ! Deux semaines entières à regarder Rupes se pavaner devant Chloé, à toucher sa peau de pêche et à balancer des vannes pas drôles qui la font quand même rire.

Elle ne peut pas avoir craqué pour un tel crétin ! Je croyais que les femmes élégantes et intelligentes préféraient les hommes ayant un cerveau aux paquets de muscles arrogants toujours en chasse.

Le dîner de ce soir était un véritable enfer. Rupes a pris soin de s'asseoir à côté d'elle, ses lunettes noires relevées sur la tête.

Il se croit « tellement cool », selon l'expression chère à Chloé.

Et son rire ! On dirait qu'il a avalé une cacahuète de travers. Sa pomme d'Adam s'agite, et son cou et son visage deviennent écarlates.

Serais-je jaloux parce qu'il a une pomme d'Adam ?
Parce qu'il est deux fois plus grand que moi ?
Parce que Chloé l'apprécie ?
Oui, oui et oui !

Je frappe mon oreiller, puis je regarde en dessous pour me rendre compte que j'ai tabassé Bunny au passage. J'embrasse l'endroit où était naguère son museau en peluche et je lui demande pardon. Je tiens ses petites pattes grises.

— Tu es mon seul ami.

Il ne me répond pas. Normal, il ne répond jamais, car ce n'est qu'un tas de tissu et de rembourrage.

Autrefois, je croyais qu'il était vrai. Cela fait-il de moi un fou ? Je me suis souvent posé la question. Mais c'est quoi, être sain d'esprit ? C'est être un grand blond baraqué qui baratine les filles ? Dans ce cas, je préfère être moi…

Je crois.

Je suis nul en platitudes et se sentir incapable de communiquer est un problème. Je devrais peut-être partir en retraite dans un de ces monastères où les moines font vœu de silence.

Sauf que je ne crois pas en Dieu et que je refuse de porter une robe.

Papa n'apprécie pas Rupes non plus, ce qui est quelque chose. Il l'a rembarré plusieurs fois quand il racontait n'importe quoi à table et il a corrigé ses erreurs de géographie.

— Non, Rupes, Vilnius n'est pas en Lettonie, c'est la capitale de la Lituanie.

Lorsqu'il a dit ça, j'ai eu envie de l'embrasser, mon père. Personnellement, je m'étonne que Rupes sache que Vilnius est une ville et non quelque footballeur milliardaire.

Il semble persuadé d'avoir rejoint les rangs des adultes et que ce qu'il raconte est passionnant. Sa mère l'encourage dans ses illusions. Elle boit ses paroles et ignore totalement la pauvre Viola. Elle est devenue plutôt mignonne. Elle a deux ans de moins que moi, même si elle paraît bien plus proche d'Immy et Fred.

J'ai toujours aimé les petits, les questions bizarres qu'ils posent, un peu comme moi, sauf que j'ai appris à ne plus les énoncer à voix haute.

Viola est très vive. Ce soir, elle m'a confié qu'elle n'aime pas beaucoup les chevaux. C'est dommage, car sa mère insiste pour qu'elle monte chaque jour de sa vie. Elle l'oblige à participer à des compétitions, à brosser des crinières et des boulets, même si j'ignore ce qu'est au juste un boulet.

Julia ressemble à une jument, avec ses grandes dents et son gros nez. J'aimerais bien lui mettre un mors dans la bouche pour qu'elle la ferme.

Bref, tout ça ne résout pas mon problème : déclarer mon amour à Chloé.

Ce soir, elle m'a parlé une fois. Elle m'a demandé : « Tu vas bien, Alex ? » C'était magique. Elle l'a dit avec sincérité, une concentration totale, en accentuant le « tu ». Cela doit signifier quelque chose, non ?

Naturellement, j'ai été incapable de lui répondre, parce que ma bouche refuse de bouger en sa présence. Je crois avoir plutôt bien opiné de la tête. Si je n'arrive pas à lui parler, comment lui dire qu'elle est la fille la plus merveilleuse du monde ?

En cet instant, je regarde l'enveloppe kraft pleine de lettres d'amour. Puis le recueil de poèmes de Keats, sur l'étagère.

J'ai ma réponse !

9

— Dis donc, Helena, il y a un homme sublime qui remonte l'allée vers la maison, déclara Sadie, le lendemain matin.

Ses hôtes étaient en train de dresser la table du petit déjeuner.

— Ce doit être Alexis, marmonna William.

— Qui est-ce ?

— Le vieil ami d'Helena.

— Tu n'as pas parlé de lui, chérie, répondit Sadie. Il est du coin ? Célibataire ?

— Oui et oui. Il vit à quelques kilomètres d'ici, au village, et il est veuf.

— Cela se présente beaucoup mieux… Et si je l'emmenais sur la terrasse ? Je pourrais lui offrir du café ? Un massage ?

— Pourquoi pas ? fit Helena avec un haussement d'épaules.

— Parfait… Je vais juste mettre un peu de rouge… Je reviens dans une minute.

— Sadie est incorrigible, commenta William. Mais je l'adore. Bien plus qu'une autre femme dont je tairai le nom et qui séjourne dans cette maison.

— Julia est un peu… dominatrice, c'est vrai. Ce n'est pas méchante.

u es trop gentille. Julia est une vraie tyran ɹis désolé de nous l'avoir infligée pour deux ɴes. Elle a une tendance agaçante à toujours e les pieds dans le plat. Je me demande com- : Sacha la supporte au quotidien. C'est peut-être ɜupercoup au lit. À force de monter à cheval, a de l'expérience. Hier soir, elle m'a assommé :c ses histoires de martingales à anneaux et de ıdons. J'ai failli mourir d'ennui.

— Elle m'a dit qu'elle avait réorganisé le garde-ɴanger. Elle a tout mis au réfrigérateur et au congé-ıateur, car laisser les aliments dehors était dangereux pour la santé, raconta Helena. J'ai essayé de lui expliquer le système de réfrigération d'Angus, mais elle m'a répondu qu'elle ne voulait pas s'exposer, elle ou les enfants, au virus *E. coli* ou à la salmonelle.

— Je suis content que tu prennes aussi bien son sans-gêne. Je ne la supporte déjà plus. Au moins, elle est sortie pour la journée avec Viola et son bourrin de fils. Rupes semblait très contrarié de devoir aller visiter des ruines avec sa sœur. Il espérait sans doute tourner autour de Chloé. Enfin… Qu'est-ce que tu veux faire, aujourd'hui ?

— Je pensais emmener les enfants aux Bains d'Aphrodite, dans les montagnes. La cascade est magnifique. On peut sauter du sommet des rochers dans un bassin.

— Va pour la sortie en famille, si on arrive à arracher Immy et Fred de leur film. Ils sont encore devant la télé, ce matin.

— Au moins ils ne se chamaillent pas. Et il fait très chaud, dehors.

Helena regarda par la fenêtre de la cuisine.

— Sortons le café sur la terrasse pour voir si Sadie a mis le grappin sur le ténébreux Chypriote.

Ce dernier était attablé avec une Sadie très animée. En les voyant arriver, il parut soulagé.

— *Kalimera*, Helena et William. Comment allez-vous ?

— Alexis me disait qu'il produit du vin, déclara aussitôt Sadie. Je lui ai assuré que j'étais sa consommatrice idéale. Du café, Alexis ?

— Non, merci. Je ne vais pas m'attarder. Helena, je suis venu t'apporter ceci.

Il désigna un coffret en bois qu'il avait placé sur la table.

— Je l'ai trouvé dans un tiroir d'une commode brisée alors que je déposais tes ordures à la décharge. Il est trop joli pour finir à la poubelle.

— Et très ouvragé, intervint William en l'examinant. Du bois de rose incrusté de nacre.

Il effleura le motif du bout des doigts.

— Il est ancien, reprit-il, à en juger par la couleur du bois. Un coffret à bijoux, peut-être.

— Il n'y aurait pas quelques émeraudes planquées sous le garnissage ? s'enquit Sadie tandis que William soulevait le couvercle.

Elle caressa le velours vert qui tapissait l'intérieur.

— Je ne sens rien…

— Merci de l'avoir récupéré, fit Helena. Je vais le mettre sur ma coiffeuse. Il est magnifique.

— Je sais ! C'est la boîte de Pandore ! railla Sadie. Tu ferais mieux de te méfier, ma belle. Tu connais la légende.

— Oui. Dépêche-toi de la refermer avant que tous les maux de la Terre n'en surgissent.

— Je suis aussi venu vous inviter à une fête que j'organise pour les fiançailles de Démétrios, mon fils aîné, vendredi prochain. Je serais honoré de vous recevoir.

— C'est gentil, mais nous sommes plutôt nombreux, répondit William.

Helena se demanda s'il ne cherchait pas une excuse pour se défiler.

— Ce n'est pas un problème. C'est une grande réception et vous êtes tous les bienvenus. Nous, les Chypriotes, on aime faire la fête.

— Nous viendrons volontiers. Merci, Alexis, dit Helena en défiant son mari du regard.

— Et si vous dîniez avec nous, ce soir ? suggéra Sadie. Il nous manque un homme et ce pauvre William aurait besoin de soutien pour supporter toutes ces femmes. N'est-ce pas, mon grand ?

— C'est vrai, admit William sans enthousiasme, conscient d'avoir été pris au piège.

— Eh bien, merci et à plus tard, conclut Alexis. Au revoir.

— Puisqu'on sort, je vais rameuter les enfants. Chloé et Alex ne sont même pas encore levés.

Au moment où William quittait la terrasse, Helena porta une main à sa bouche.

— Oh non ! Je viens de réaliser que cette soirée a lieu le soir de nos dix ans de mariage !

— On n'est pas obligés d'y aller, objecta William.

— On vient d'accepter !

— *Tu* viens d'accepter, corrigea-t-il.

— Désolée, chéri, changer d'avis serait impoli, surtout après les services qu'Alexis et sa famille nous ont rendus. Et qui sait, William, ce sera agréable d'aller à une fête, sans avoir à faire la cuisine pour la bande !

— Si tu le dis, concéda William, tendu.

Sadie le regarda s'éloigner avant de chuchoter :

— Allez, parle-moi du beau brun. Il y a eu quelque chose entre vous ?

— Qu'est-ce qui te fait croire une chose pareille ?

— Sa façon de te regarder. Et William l'a remarquée aussi. Allez, Helena, crache le morceau !

— Vraiment, Sadie ! Ce n'était qu'une idylle d'adolescents quand je suis venue chez mon parrain il y a des années.

— Une histoire d'amour ?

— Alexis a été mon premier petit ami.

— Il en pince toujours pour toi, ça se voit. C'est si romantique..., ajouta-t-elle en s'étirant langoureusement.

— Sauf que je suis mariée et heureuse en ménage avec quelqu'un d'autre, objecta Helena.

Elle caressa le motif en nacre du coffret.

— Et que j'ai trois enfants.

— Dis-moi franchement : tu as encore des sentiments pour lui ? Parce que j'ai la sensation que tu me caches quelque chose.

— J'ai de l'affection pour lui et nos souvenirs communs me sont chers, mais il n'y a rien de plus, Sadie.

— Vraiment ? C'est une coïncidence si ton fils aîné porte le même prénom que ton premier amour ?

— Pour l'amour du ciel, Sadie ! J'aimais bien ce prénom, c'est aussi simple que ça !

— Tu me jures que tu ne l'as pas revu depuis ?

— Arrête ! On dirait un chien qui ronge son os. On ne peut pas parler d'autre chose ? implora-t-elle.

— D'accord. Désolée, ma belle.

Helena se leva.

— Je ferais mieux d'aider William à réunir les enfants. Tu veux venir avec nous aux Bains d'Aphrodite ? Ou tu préfères lézarder au bord de la piscine ?

— Je reste me préparer pour ce dîner avec notre Adonis à nous, répondit-elle avec un clin d'œil suggestif. À plus tard.

Le trajet menant à la cascade était aussi périlleux que dans le souvenir d'Helena : une étroite route de montagne, jalonnée d'ornières et bordée de précipices vertigineux.

— Heureusement que ce n'est pas notre voiture, déclara William en négociant habilement les virages. Il ne resterait plus rien de nos pneus, sans parler des suspensions.

— C'est comme dans les montagnes russes, Maman ! s'exclama Immy en tressautant sur le siège arrière.

À côté d'elle, Alex, les mains crispées sur le siège, regardait droit devant lui, livide. Chloé avait les yeux fermés, ses écouteurs sur les oreilles et Fred s'était endormi, la tête sur le bras de la jeune fille.

— Tu as conduit sur cette route la dernière fois que tu es venue ? s'enquit William.

— Non ! s'esclaffa Helena. J'étais à l'arrière d'une mobylette. Tu imagines ?

— Je m'étonne que tu aies survécu. Qui conduisait ?

Elle ne répondit pas immédiatement.

— Alexis.

William crispa légèrement les mains sur le volant.

— Peut-être que, plus tard, tu auras la bonté de me dire ce qu'il s'est vraiment passé entre vous deux, murmura-t-il. Il considère que vous n'en avez pas terminé et je n'apprécie pas cette impression d'être trompé ouvertement.

— William, je t'en prie. Les enfants pourraient t'entendre, souffla-t-elle, affolée.

Il freina brusquement et arrêta la voiture.

— Les enfants, on est arrivés.

Ils se trouvaient au fond d'une vallée. De part et d'autre, les montagnes se dressaient, majestueuses. Helena descendit de voiture et aida Immy et Fred, la gorge nouée, en s'efforçant de cacher qu'elle avait les larmes aux yeux.

William s'était déjà éloigné vers l'entrée. Il valait mieux le laisser tranquille. Elle avait l'habitude de ses accès de colère. En général, il se calmait aussi vite qu'il s'était emporté et lui présentait des excuses. Depuis sa conversation avec Sadie, elle comprenait pourquoi. William se sentait menacé. Il fallait qu'elle le rassure.

— Tout le monde a sa serviette ? C'est bon, on y va.

Helena prit Fred par la main et Immy resta accrochée à Chloé. Alex fermait la marche.

William, qui avait déjà acheté les billets, prit Fred dans ses bras.

— Tu es prêt à sauter dans de l'eau très froide, mon bonhomme ?

— Oui, Papa. Je suis prêt !

Ils firent un check et se dirigèrent vers les cascades.

Après avoir escaladé des rochers escarpés, Helena

se jeta dans une eau limpide et glaciale. William et Alex avaient gagné le bord du bassin et montaient vers le sommet du rocher pour sauter. Chloé prenait le soleil sous les regards admiratifs de la gent masculine alentour.

— Regarde ! Je vais sauter !

L'adolescent lui fit signe du bord glissant de la falaise, puis s'élança dans le vide.

— Vas-y, Alex ! lança Chloé en l'applaudissant dès qu'il refit surface. C'était trop cool !

— Je monte jusqu'au rocher supérieur !

Helena leva les yeux et constata que le rocher était haut.

— Sois prudent, Alex ! lui cria-t-elle tandis que William s'apprêtait à plonger à son tour.

Il semblait jeune pour ses quarante-cinq ans, sans un cheveu blanc, avec son corps mince et ferme.

— Allez, Papa ! s'exclama Immy en s'agitant à côté de Fred.

Leur père leur fit signe et sauta sous les acclamations de ses enfants.

— Je veux y aller ! implora Fred en pataugeant vers les rochers.

Helena le rattrapa vite.

— Quand tu seras plus grand, chéri.

— Non, maintenant !

William saisit son fils et le souleva à bout de bras.

— Tu veux sauter ?

— Oui !

— C'est parti !

Il leva l'enfant bien au-dessus de sa tête et le lâcha. Ses brassards l'empêchèrent de sombrer. Il hurla de joie.

— Regarde, Helena, Alex va sauter du plus haut rocher ! lança Chloé, derrière eux. Il va y arriver ?

— Je l'espère, répondit-elle.

Lorsque Alex s'élança, Chloé poussa un cri strident et applaudit en le voyant nager sous l'eau à leur rencontre.

— Rupes considère Alex comme un abruti et une mauviette... J'aimerais le voir faire ça ! dit Chloé à Helena.

— Il n'est ni l'un ni l'autre. Il a même un courage incroyable à bien des égards.

Alex les rejoignit, haletant mais triomphant.

— Tu as vu ça, Maman ?

— Oui. Tu as été génial, chéri.

— C'est vrai. Je me demandais..., commença Chloé en se mordant la lèvre, l'air vulnérable et irrésistible. Si j'essayais de sauter du rocher du bas, tu me tiendrais la main, Alex ?

— Bien sûr. Allez, viens.

Helena remarqua la fierté de son fils tandis qu'il entraînait Chloé vers la falaise. Soudain, elle comprit son comportement étrange : il avait le béguin pour Chloé.

Les deux adolescents s'élancèrent main dans la main, provoquant une énorme gerbe d'eau, sous les acclamations des baigneurs.

Vingt minutes plus tard, Immy en avait assez.

— Maman ! J'ai les cheveux mouillés et je tremble. J'ai soif ! Je veux sortir, gémit-elle.

— Reste avec Fred ! lança Helena à William tandis qu'elle traînait sa fille hors de l'eau. Je vais chercher à boire.

Elle alla prendre des canettes dans la voiture

et s'installa en compagnie d'Immy sur un banc, à l'ombre d'un olivier. Elle ferma les yeux un instant, se rappelant un temps lointain où Alexis l'avait amenée en ce lieu. À l'époque, ce n'était pas une attraction touristique. C'était simplement un site magnifique connu des autochtones. Eux aussi avaient sauté du rocher et nagé dans les eaux claires et profondes.

Et là, au bord du bassin déserté, site d'une légende, Helena était devenue une femme.

— Maman ! Tu m'écoutes ?

— Bien sûr, chérie, fit-elle en reportant son attention sur Immy.

— J'ai faim et je veux un paquet de chips !

— On va bientôt déjeuner, alors tu devras attendre. Tiens, voilà les autres.

— Je peux te le montrer, si tu veux, disait Alex à Chloé. C'est un livre génial et l'exemplaire d'Angus est une édition originale.

— J'adorerais le voir.

— Tant mieux. Je te le trouverai en arrivant à la maison.

— C'est cool.

Alex était métamorphosé. Helena voyait ses beaux yeux pétiller et son visage illuminé de bonheur tandis qu'il bavardait avec l'adolescente en lui lançant des œillades enamourées.

— Ouah, regarde ! gloussa Chloé en s'arrêtant devant une statue d'Adonis et Aphrodite nus et enlacés. Il est… plutôt impressionnant !

Elle lut l'inscription gravée sur une plaque :

« Adonis et Aphrodite, dieu et déesse de l'amour et de la beauté. Selon la légende, ils vécurent ici avec leurs nombreux enfants. Les dames infertiles qui touchent l'appendice d'Adonis auront de nombreux enfants. »

— Je te préviens, Chloé, déclara William, qui fermait la marche avec Fred, ne fais pas cela. Et ne laisse pas ta mère s'en approcher non plus, Alex. C'est la dernière chose dont nous avons besoin, n'est-ce pas, chérie ?

La gorge nouée, Helena hocha la tête.

— Absolument...

Journal d'Alex

18 juillet 2006

Aujourd'hui, j'ai volé !

Pas en avion. Seuls mes bras me propulsaient dans le ciel. J'ai fendu les airs sous les yeux de celle que j'aime, qui m'a ensuite applaudi quand je suis tombé lourdement dans l'eau.

Peu importe si j'ai des marques rouges sur le ventre parce que j'ai fait un plat et si je me suis tordu la cheville en dérapant sur les rochers glissants. Sans parler de l'ecchymose que j'ai sur le visage et dont j'ignore l'origine. J'ai peut-être pris un coup de coude lorsque nous avons sauté main dans la main…

La douleur n'est rien par rapport à la joie de voir son regard. Je suis son héros, son protecteur. Elle me trouve COOL.

Elle *m'aime bien*.

De plus, la paralysie de mes lèvres s'est apparemment dissipée dans l'eau glaciale du « bidet d'Adonis ». Elle a peut-être des pouvoirs magiques. Lorsque Chloé m'a parlé, j'ai réussi à lui répondre.

Donc en discutant avec elle, j'ai appris qu'elle aimait la lecture. Elle veut devenir journaliste de mode si elle n'arrive pas à être mannequin. *Vogue* et *Marie Claire* n'ont pas de secrets pour elle.

Bientôt, elle entrera dans mon placard à balais pour voir un exemplaire de *Loin de la foule déchaînée* que j'ai déniché dans la bibliothèque d'Angus. Elle doit étudier cette œuvre au collège. Enfin, elle l'a à peine commencée. En tout cas, elle aime bien le film avec Alan Bates et Julie Christie et Terence Stamp en capitaine Troy (perso, je préfère Alan Bates en Gabriel Oak. Chacun ses goûts). J'aimerais bien lui offrir ce livre. Hélas, ma mère ne serait peut-être pas d'accord car c'est un ouvrage ancien qui doit valoir une fortune.

De plus… elle doit avoir reçu mon poème.

En rentrant des cascades, je me suis faufilé au premier pour le déposer dans sa chambre pendant qu'elle était sous la douche.

Elle est sans doute en train de le lire.

Je ne l'ai pas signé, bien sûr, mais elle saura qu'il est de moi. J'ai paraphrasé les lettres d'amour que j'ai trouvées dans le carton de photos d'Angus en empruntant quelques métaphores à Keats. Je trouve qu'il sonne bien.

La taille ne fait pas tout. Il suffit de voir ces jockeys qui sortent avec des mannequins. Quand on aime quelqu'un, on se moque de sa taille.

J'ai une marge de progression, côté croissance, et de l'argent sur un compte épargne pour financer un coach sportif en attendant. Si être riche comme Crésus aide certainement, l'argent n'est pas l'essentiel.

Son collège n'est pas très loin de celui que je vais intégrer en septembre. On pourra se voir, le dimanche, pour prendre le thé, après avoir échangé fébrilement des lettres durant la semaine pour se jurer un amour infini...

Les choses s'annoncent de mieux en mieux.

Et ces vacances ne seront peut-être pas le cauchemar que j'imaginais ce matin encore.

Au secours ! Quelqu'un frappe à la porte de mon placard à balais. C'est sûrement elle. Je respire profondément avant d'ouvrir.

10

— Salut, Alex. Je viens voir ce bouquin dont tu m'as parlé. J'ai amené Rupes.

Chloé sourit à ce dernier et le fit entrer en le prenant par la main.

— Ah… d'accord.

Alex sélectionna le livre sur l'étagère et le lui tendit.

— Ouah, il est beau ! Pas vrai, Rupes ?

Chloé manipula la reliure en cuir fragile.

— Si tu veux. C'est pas trop mon truc, les bouquins.

— Ah non ? s'étonna Chloé en levant les yeux vers lui. Je croyais que tu étais… branché poésie.

Rupes haussa les épaules.

— Je préfère le plein air.

Chloé gloussa.

— Ne fais pas de manières, Rupes ! C'est bien, la sensibilité, chez un homme et tu ne peux pas nier la tienne.

— Euh… oui… je suppose, bredouilla Rupes.

Il balaya le lit du regard et ramassa le lapin en peluche posé sur l'oreiller.

— Tiens, tiens, qu'est-ce que c'est que ça ?

— Tu peux le poser, s'il te plaît ? Je n'aime pas qu'on le touche, fit vivement Alex.

— Tu as intérêt à perdre cette habitude avant d'aller en pension, mon vieux, prévint Rupes.

Il se tourna vers Chloé et émit un ricanement méprisant en agitant le lapin par les oreilles.

— Les autres t'en feraient baver. Pas vrai, Chloé ?

Alex arracha le lapin des mains de Rupes et le serra contre lui.

— Pour être honnête, je m'en fous, mais merci du conseil.

— Un tas de filles de mon dortoir ont des doudous, intervint gentiment Chloé.

— Justement ! Ce sont des filles. Il paraît que tu as sauté d'un rocher, aujourd'hui, Alex. C'est comme ça que tu t'es fait ce gnon ?

L'intéressé haussa les épaules sans un mot.

— Je vais organiser un concours de natation. Tu pourras nous montrer tes talents dans une piscine. Tu es partant ?

— Peut-être.

— D'accord, à plus. Tu viens, Chloé ?

— Oui. Merci de nous avoir montré le livre, Alex, conclut-elle avec un sourire. On se voit au dîner.

— Tu es ravissante, ce soir, Sadie, déclara William.

Seule sur la terrasse, elle buvait de la vodka.

— Merci, mon cher. On fait de son mieux…

— Je peux me joindre à toi ? Helena prend une douche.

— Bien sûr. Je serais ravie de passer quelques minutes en exclusivité avec l'un des hommes que je préfère. Regarde-moi ce coucher de soleil. C'est sublime.

— C'est vrai. Franchement, c'est bien plus beau que je ne l'imaginais, surtout la maison.

— Elle a un charme fou et Helena a réussi à la rendre accueillante.

— Puisqu'on est seuls… Comment tu la trouves, en ce moment ?

— Fatiguée, sans doute parce qu'elle n'a pas arrêté de courir pour recevoir tout le monde.

— Et ces dernières semaines ?

— Pour être honnête, William, je ne lui ai pas beaucoup parlé. Au boulot, c'est la folie, sans parler des turbulences de ma vie privée. Pourquoi ? Tu as l'impression qu'il se passe quelque chose ?

— Je ne sais pas… Elle a tendance à garder ses pensées pour elle. Elle demeure un mystère, notamment pour ce qui concerne son passé.

— Cela fait partie de son charme, lui rappela Sadie. Helena est la femme la moins névrosée que je connaisse. À l'intérieur, c'est peut-être le chaos, mais elle n'en laissera rien paraître.

— Tu as raison. Elle est dans le contrôle permanent, répondit William en buvant une gorgée de vin. Comment peut-on vivre avec quelqu'un pendant aussi longtemps et avoir la sensation de ne pas vraiment le connaître ? Elle t'avait déjà parlé de cet Alexis ?

— Tu veux dire le beau brun que je vais tenter de séduire ? fit-elle d'un air espiègle. Apparemment, ils ont eu une amourette quand ils étaient jeunes. Ce n'est pas grand-chose, à mon avis.

— Vraiment ? fit William, soucieux. De toute façon, tu ne me dirais rien, même si elle t'avait fourni des détails sordides.

— C'est vrai. Quoi qu'il en soit, tu as ma parole qu'en l'occurrence, il n'y a rien à raconter.

— Elle est juste plus distante que d'habitude et…

Il secoua la tête et soupira.

— J'ai l'impression que quelque chose ne va pas, reprit-il.

— Salut, les campeurs ! lança Julia en surgissant sur la terrasse. L'eau est glaciale ! Tu peux charger la personne qui gère cette propriété d'y remédier avant demain ?

— Ce n'est pas vraiment un problème par cette chaleur, commenta Sadie.

— Non, mais la plomberie est pourrie, c'est évident. Ma chasse d'eau ne fonctionne pas bien non plus.

— C'est normal, Julia. C'est une très vieille maison, tempéra William.

— Les rénovations vont vous coûter un bras, sans parler de l'entretien. Helena ne s'attend pas à ce que tu paies tout cela, j'espère ?

— Helena a les moyens, maintenant. Grâce à l'héritage d'Angus, elle a de quoi financer les travaux. Au fait, tu as eu des nouvelles de Sacha ? demanda-t-il, histoire de détourner la conversation. Il arrive quand ?

— Je n'ai pas allumé mon portable. Je suis en vacances, moi, même s'il ne l'est pas, rétorqua Julia, un peu tendue.

— Je suis sûr qu'il a envie de venir. Il doit être sous pression. Les choses ne sont plus aussi faciles, à la City. Sacha a eu du courage de se mettre à son compte, en rentrant de Singapour.

— *Kalispera*, bonsoir, tout le monde !

Avec une ponctualité aussi parfaite que sa chemise immaculée et son pantalon de toile, leur invité fit son apparition. Il posa deux bouteilles de vin et un grand bouquet de roses blanches sur la table.

— Sadie, William, dit-il en leur souriant.

Il tendit ensuite la main à Julia, soudain plus calme.

— Alexis Lisle.

— Julia Chandler. Lisle ? Vous êtes chypriote ou anglais ?

— Chypriote, mais j'ai un lointain ancêtre anglais venu ici au dix-huitième siècle. Il a épousé une jeune fille de l'île. Son nom s'est transmis sur sept générations.

— Un verre, Alexis ? proposa William en lui offrant du vin.

— Merci. *Tchin*, comme vous dites.

Au moment où ils levaient leurs verres, Helena les rejoignit, ravissante dans sa robe de coton blanc.

— Bonsoir, Alexis !

Elle se garda de l'embrasser et se tourna vers William :

— Chéri, tu veux bien monter cinq minutes, souhaiter bonne nuit aux petits ?

— Bien sûr. Pendant que je suis debout, il y a quelque chose à faire en cuisine ?

— Dis aux grands que le dîner sera prêt dans un quart d'heure, répondit-elle en effleurant son bras.

— Ordonne à Viola de se coucher aussi, tant que tu y es ! Elle regarde un DVD au salon. Elle peut lire jusqu'à huit heures ! lança Julia.

William acquiesça et s'éloigna.

— Venez donc vous asseoir, Alexis, proposa Sadie

en tapotant la chaise libérée par William. J'aimerais en savoir plus sur votre exploitation…

D'une oreille distraite, Helena écouta son ami décrire ses activités viticoles. Elle ne prêta aucune attention à Julia, qui se plaignait d'un problème de plomberie.

— Tu ne vas donc pas rénover les salles de bains ?

— Pour être honnête, je n'y ai pas encore réfléchi. Excuse-moi, Julia, il faut que j'aille vérifier mon four.

Elle se réfugia à la cuisine et remua le sauté de porc qu'Angelina leur avait laissé au chaud. Puis elle évalua la cuisson de son riz et l'égoutta.

Un bras lui enserra soudain la taille par-derrière.

— Nos petits sont au lit et j'ai fait monter Viola. La pauvre gosse. Sa mère ne va même pas lui souhaiter bonne nuit. Parfois, je me demande pourquoi ils ont pris la peine de l'adopter. Il est évident qu'elle n'est pas la préférée.

— Julia est un peu dure avec elle, mais Sacha l'adore, répondit Helena.

— Comment peux-tu être aussi indulgente envers Julia alors que tout le monde la trouve odieuse ? Viola est adorable. C'est ma filleule et je voudrais qu'elle passe les meilleures vacances possible.

— Tu as raison. Elle mérite toute notre attention, elle est un peu perdue, admit Helena, pensive. Et elle manque d'affection.

William fit pivoter sa femme et l'embrassa sur le front.

— Désolé d'avoir été odieux.

— Pas de problème. Après avoir parlé à Sadie, j'ai compris que c'était… difficile, pour toi.

Il écarta une mèche blonde de son front.

— Oui, c'est difficile. Chérie, j'aimerais bien qu'un de ces jours, tu me racontes ce qu'il s'est réellement passé, entre vous.

— C'est promis, mais pas maintenant, déclara-t-elle en se tournant vers le fourneau. Sadie semble déterminée à lui mettre le grappin dessus. Tu n'as pas à t'inquiéter.

— Ça ne te dérange pas ?

— Bien sûr que non ! Je...

— Salut Papa ! Ça roule ?

Chloé entra dans la cuisine, drapée dans un paréo turquoise.

— Bien, soupira William. Et toi ?

— Cool. On peut aller faire un tour au village, après le dîner, Rupes et moi ? Histoire de voir les bars...

— Tant que tu ne bois pas d'alcool et que tu rentres avant minuit, je suppose que oui, répondit-il, résigné.

— Merci, Papa ! Humm, ça sent bon.

Chloé inspecta le contenu de la cocotte qu'Helena venait de sortir du four.

— Au fait, c'est qui le beau gosse, sur la terrasse ?

— Il s'appelle Alexis. C'est... un voisin, déclara Helena.

— Il est pas mal pour un vieux. Sadie est sur le dossier, gloussa-t-elle. À plus tard, tout le monde !

— Attends une minute ! la retint William en lui tendant un plat. Rends-toi utile et porte le riz à table.

— Chloé, tu n'as pas vu Alex ? intervint Helena en la suivant.

— Je crois qu'il est dans sa chambre. Tu veux que j'aille le chercher ?

— Oui, s'il te plaît.

— OK, j'y vais !

— C'est votre fille, William ? s'enquit Alexis en regardant Chloé regagner la maison.

— Oui.

— Elle est très belle. Vous devez en être fier.

— J'avoue que je le suis. Comme tous les pères, je trouve également qu'elle grandit trop vite. Encore un peu de vin ?

Quelques minutes plus tard, Alex se présenta en compagnie de la jeune fille, l'air morose.

— Assieds-toi à côté de Sadie, chéri, suggéra Helena.

— Ton père m'a raconté que tu avais sauté de la cascade d'Adonis, aujourd'hui, Alex, dit Alexis.

— Oui.

— Tu as du courage, surtout depuis le rocher supérieur.

— Même moi, je ne sauterais pas d'aussi haut, renchérit William en servant les convives.

— On devrait y aller, nous aussi, proposa Julia. Rupes a été champion de plongeon à son école.

— Il n'est pas recommandé de plonger d'aussi haut car même si le bassin est profond, il est tapissé de rochers. Les toucher du pied est une chose, mais les heurter de la tête… c'est dangereux, prévint Alexis.

— Je regrette de ne pas être venue avec vous, avoua Sadie. Le site doit être merveilleux. Et si vous m'y emmeniez, à l'occasion, Alexis ?

Celui-ci observa Helena à la dérobée, puis il détourna les yeux.

— Bien sûr… Ainsi que quiconque veut être de la partie.

— Moi, je veux bien, intervint Rupes, qui empestait l'eau de toilette.

Il s'assit à côté de Chloé.

— Ça a l'air bon. Merci, tata Helena, dit-il lorsqu'elle posa une assiette devant lui.

— Maintenant que tu as treize ans, tu pourrais arrêter de m'appeler « tata ». Mangez vite, je vous en prie !

Enfin, elle s'assit.

— Je propose un toast à notre hôtesse, qui a travaillé dur pour que Pandora soit confortable. À Helena ! lança William.

— À Helena ! reprirent les autres en chœur.

Après le dîner, Rupes et Chloé s'éclipsèrent au village, armés de leurs portables et d'une torche électrique. Alex se retrancha dans son placard à balais, comme il l'appelait, et Sadie insista pour débarrasser la table, mobilisant Julia au passage.

Helena, William et Alexis se retrouvèrent seuls sur la terrasse.

— Un cognac, Alexis ?

— Volontiers.

William lui tendit un verre.

— Alors, comment votre entreprise résiste-t-elle à la concurrence des vins d'Amérique ? D'après ce que j'ai vu au supermarché, ils sont très prisés, ici.

Helena les écouta distraitement parler affaires. William se comportait à merveille. Son attitude ne trahissait rien de sa colère. Deux hommes bien. Il n'y avait aucune raison qu'ils ne s'entendent pas... Tant que personne n'apprenait la vérité.

Une heure plus tard, leur invité prit congé. Julia était déjà allée se coucher.

— Alexis m'a parlé de sa femme, déclara Sadie. Ses garçons ont très mal vécu sa mort. Elle n'avait que trente-quatre ans, la pauvre. La bonne nouvelle, c'est que, malgré ses épreuves, il n'est ni désespéré ni odieux. C'est quelqu'un de gentil qui me réconcilie avec la gent masculine. Bon, je monte. Tant de soleil, ça m'assomme. Bonne nuit !

— Elle a raison, Alexis est un homme bien, commenta William après son départ. Cela dit, je ne les vois pas ensemble.

— On ne sait jamais. J'ai vu des choses plus bizarres.

— Peut-être, mais il est manifeste qu'Alexis n'est pas prêt à tourner la page. Que ce soit sur sa femme ou sur toi, si je puis me permettre.

Il consulta sa montre.

— Où diable sont passés Chloé et Rupes ? Il est presque une heure du matin.

— Je suis sûre que Rupes ne laissera personne lui faire du mal, répondit Helena, rassurée de parler d'autre chose.

— En fait, je m'inquiète davantage du mal que *lui* pourrait lui faire, marmonna William.

En entendant un crissement de pneus sur le gravier de l'allée, ils se retournèrent.

— J'espère qu'ils n'ont pas été arrêtés pour consommation d'alcool. On n'aurait peut-être pas dû les laisser sortir seuls...

William se leva et se dirigea vers l'allée, Helena sur ses talons.

La portière arrière d'un taxi s'ouvrit. Le passager remercia le chauffeur, avant de venir à leur rencontre.

— Salut, vous deux ! Enfin, me voilà !

— Sacha ! Pourquoi tu ne nous as pas prévenus de ton arrivée ? On serait venus à l'aéroport. C'est bon de te voir, mon vieux !

William lui tapota le dos.

— J'ai laissé un message à Julia sur son portable. Apparemment, elle ne l'a pas reçu. Alors j'ai pris un taxi. Salut, Helena ! Ça va ?

En l'embrassant, Helena perçut son haleine chargée d'alcool.

— Viens prendre un café. La journée a été longue, sans doute, proposa William.

Ils gagnèrent la lumière tamisée de la terrasse, où Sacha s'écroula dans un fauteuil. William remarqua son teint cireux et ses traits tirés. Ses cheveux auburn étaient gras et grisonnaient sur les tempes.

— Je préférerais un cognac, répondit-il en désignant la bouteille restée sur la table.

William lui servit un fond de verre.

— Continue ! Jusqu'en haut ! ordonna Sacha.

William obéit de mauvaise grâce.

— Tu veux que je prévienne Julia que tu es là ? suggéra Helena.

— Oh non ! protesta-t-il en avalant une longue rasade de cognac. Il ne faut pas réveiller le chat qui dort… ou la chienne…

Il rit de sa plaisanterie d'un goût douteux.

— Eh bien, je vais me coucher. Il se fait tard,

annonça Helena pour les laisser entre hommes. Bonne nuit !

— Bonne nuit, balbutia Sacha.

— Je monte bientôt, promit William, dont le portable signala l'arrivée d'un texto :

On est en route. C'est cool.

Il fit la moue.

— Ma fille chérie m'informe qu'elle et ton fils ont enfin décidé de rentrer, avec deux heures de retard.

— Ah oui ! Chloé est là ? balbutia Sacha en se resservant un cognac. Elle va bien ?

— Une ado dans toute sa splendeur, pressée d'être une adulte. Je m'attendais au pire, vu sa mère, mais elle est adorable. Si j'avais contribué à son éducation, j'en serais très fier.

— Allons... Tu étais là les premières années, les plus importantes. Ce n'est pas ta faute si cette garce que tu as épousée était dérangée.

— Chloé est belle, aussi, même avec une partie de mes gènes. Ton fils semble du même avis.

Il tentait d'alléger l'atmosphère car Sacha était ivre.

— Je n'en doute pas. Ah, les bonnes femmes... Toutes les mêmes. Elles usent de leurs charmes contre nous, pauvres hommes sans défense. Quand elles nous tiennent, elles passent leur temps à râler ! Regarde Julia. Sur la liste de ses personnes préférées, je me situe entre Hitler et le diable.

— Tu ne penses pas ce que tu dis.

— Oh si ! s'emporta-t-il, avant d'éclater d'un rire triste. En fait, le seul truc qui me console un peu, c'est d'imaginer la tête de Julia lorsqu'elle l'apprendra.

— Lorsqu'elle apprendra quoi ?

Sacha afficha un air désespéré, puis il secoua la tête et rit de plus belle.

— Je suppose qu'il ne sert à rien de garder le secret plus longtemps...

— De quoi tu parles ?

Sacha but une gorgée de cognac.

— Alors : ma maison est doublement hypothéquée, j'ai pris plusieurs crédits pour me maintenir à flot, et c'est fini, Will. Je suis en faillite. Ma famille et moi, on est à la rue.

Journal d'Alex

19 juillet 2006

Il est plus d'une heure du matin et je suis allongé, osant à peine respirer, de peur qu'un bruit de pas ne m'échappe.

J'ai besoin de savoir que Chloé est rentrée saine et sauve.

En percevant un moteur de voiture, j'ai cru que c'étaient eux, mais c'était Sacha. Ensuite... je ne suis pas sûr. Peu après, j'ai cru entendre un homme pleurer. Peut-être qu'ils regardaient un DVD au salon, car je n'imagine pas Papa ou Sacha en train de sangloter comme des filles. Ce n'est pas le genre de chose qu'un mec fait devant un autre mec.

Nos canaux lacrymaux sont programmés dès la conception pour ne fonctionner qu'en privé et dans les grandes occasions, dont il n'existe que deux catégories : la naissance et la mort.

Et encore, c'est délicat, car, d'après ce que j'ai vu, un homme doit être « présent » pour la femme de sa vie. Elle peut craquer complètement et tout le monde pense qu'elle est merveilleuse (naissance) ou attentionnée (mort). Si l'un d'entre nous pleure en public, c'est une femmelette, point barre.

Un jour, je suis allé à l'hôpital après une chute de vélo. J'avais réussi à incruster le bitume dans ma rotule. D'instinct, j'ai pleuré, parce que ça faisait un mal de chien ! Est-ce que j'ai eu de la compassion de la part de l'infirmière qui m'enlevait chaque petit gravier du genou à l'aide d'une pince ? Tu parles ! Je m'étais arraché un lambeau de peau assez grand pour servir de bouclier à un crapaud et cette Cruella m'a intimé d'être un « grand garçon ».

— Allons, allons, un grand garçon ne pleure pas...

Pas étonnant que les femmes reprochent aux hommes de ne pas être « en phase » avec leurs émotions. Comment le pourrait-on alors qu'on ne nous accorde pas le droit d'exprimer nos sentiments dans une lettre, encore moins au téléphone ou, comble de l'horreur, de les vivre en ouvrant les vannes de nos canaux lacrymaux ?

Et qui élève généralement les garçons, en ce bas monde ?

Oui ! Les femmes !

Je marque une pause dans mon discours philosophique pour me demander si je viens juste de découvrir une conspiration. Un jour, mon nom figurera-t-il au côté de ceux d'Aristote, Hippocrate ou Homer Simpson ?

La question est la suivante : qu'est-ce qu'elles attendent de nous ?

Je suis dans l'incapacité de poursuivre cette réflexion, car je perçois des voix familières dans le couloir.

Elle est rentrée. Dieu merci ! Je peux enfin me détendre, dormir un peu, sachant Chloé bordée dans son lit, quelques mètres au-dessus de moi.

J'entends ses pieds délicats fouler le sol de sa chambre et vaquer aux occupations des filles. On jurerait qu'elle marche de long en large dans la pièce. En réalité, elle est sans doute en train de se déshabiller, de ranger ses affaires dans l'armoire, de chercher son pyjama, de se brosser les cheveux, de chercher à tâtons sous son lit son magazine people, etc.

J'éteins la lumière et je dis à Chloé que je l'aime. Au moment où je me prépare à m'endormir, quelqu'un frappe à ma porte.

Elle s'ouvre sans que j'aie répondu.

— Tu es réveillé, Alex ?

— Maintenant, oui.

Qu'est-ce qu'il me veut, lui ? Rupes envahit mon espace.

Rupes se faufile entre mon lit et la porte, et la referme derrière lui, ce qui ne présage rien de bon.

— Je voulais te demander quelque chose.

— Ah oui ? Quoi ?

— C'est toi qui as écrit un poème pour Chloé et qui l'as déposé dans sa chambre, ce matin ?

Il est au courant ! C'est l'épouvante.

— Euh… possible.

— Je m'en doutais. Elle l'a aimé.

— Vraiment ?

Mon moral remonte. Aurait-elle envoyé Rupes en tant que messager de l'amour parce qu'elle est trop timide pour m'affronter ?

— Le problème, c'est qu'elle croit qu'il vient de moi.

Quoi ?!!!

Comment peut-elle penser une chose pareille ?

Rupes est incapable de recopier une comptine, alors composer un poème que Wordsworth lui-même n'aurait pas renié…

— Ouais, s'esclaffe-t-il en me dominant de sa hauteur. Ce soir, elle a été très gentille avec moi et ton baratin y est pour quelque chose. Je voulais te proposer un marché.

Je ne dis rien.

— Moyennant finance, tu m'en écrirais d'autres ? Disons cinq livres la lettre ?

Cette fois, mon silence n'est pas volontaire. Je suis pétrifié.

— On ne va pas se mentir, tu n'as aucune chance avec elle. Tu es comme son petit frère. Ce serait… insectueux.

— Tu veux dire incestueux.

Accablé par son ignorance, je retrouve l'usage de la parole :

— Ce ne serait pas de l'inceste, Rupes. Je n'ai aucun lien du sang avec elle. Alors rien ne nous empêcherait… si on le voulait.

— Dommage, parce que c'est moi qu'elle veut, pas toi. Alors, tu acceptes ou pas ?

— Pas question. Laisse tomber, Rupes. C'est non.

— Tu es sûr ?

— Certain.

Je le sens contrarié.

— Tu as tort de ne pas rendre service à un pote, d'autant que tu avais tout à gagner. Tu changeras d'avis. Salut.

Après son départ, je me recouche, l'esprit en émoi. Les idées se bousculent dans ma tête.

Non ! Non !

Ma pauvre et douce Chloé. Il t'a lavé le cerveau, hypnotisée… Tu as perdu la raison ! Je vais te sauver, te protéger, car tu ne sais pas ce que tu fais.

La guerre est déclarée et je dois élaborer une stratégie.

Plus tard, je rêve que ma porte s'ouvre et que des mains se glissent sous mes bras pour m'arracher quelque chose.

Dans ce rêve, je suis trop fatigué pour me réveiller et les en empêcher.

11

— Tiens, je t'ai préparé du thé.

William posa une tasse sur la table de chevet d'Helena et s'assit pour la regarder.

— Quelle heure est-il ? demanda-t-elle d'une voix ensommeillée.

— Sept heures passées.

— Tu es bien matinal pour quelqu'un qui s'est couché à trois heures du matin.

William soupira.

— Sacha est dans un état lamentable. Désolé de te réveiller. Je pensais qu'on pourrait discuter avant que les autres ne se lèvent.

— Qu'est-ce qui s'est passé ?

Elle se redressa et prit la tasse.

— Sa boîte est en train de couler.

— Oh non ! souffla Helena. Il pourra peut-être rebondir et en créer une autre ou redevenir salarié.

— Je crains que ce ne soit plus grave que ça. Ce que je vais te dire doit rester entre nous.

— Bien sûr.

— Sacha a agi de façon très imprudente, bien que compréhensible. Quand il a eu besoin de liquidités pour renflouer sa boîte, il a hypothéqué la maison et contracté des emprunts.

— Non…

— Si, confirma William. Je te passe les détails, mais dès que l'entreprise sera déclarée insolvable, il perdra tout, y compris la maison. Selon ses propres termes, un peu aviné, les Chandler sont ruinés.

— Les créanciers vont leur laisser un toit au-dessus de la tête, non ? Julia doit en posséder légalement la moitié.

— Non. Sacha m'a expliqué hier soir que, comme c'est la seule chose que ses parents lui ont léguée, et qu'elle vaut une fortune, car elle est dans la famille depuis plusieurs siècles, le nom de Julia ne figure pas sur l'acte de propriété. La vente du logement remboursera ses hypothèques et autres dettes. Et je ne parle pas du contenu. La banque va rafler ses biens.

— William, c'est horrible ! Tu ne peux rien faire pour les aider ?

— Ce dont il a besoin, c'est un avocat spécialiste des faillites. Je vais étudier la question avec lui, au calme. D'après ce qu'il m'a dit hier soir, il a déjà exploité tous les filons et ne voit pas d'issue.

— Hier, il était ivre mort. La situation n'est peut-être pas aussi désespérée qu'il le croit, hasarda Helena en buvant une gorgée de thé.

— Je l'espère. Ce matin, il va me montrer les chiffres. Au-delà de ça, je voulais te parler des conséquences éventuelles sur nos vacances…

Helena s'adossa sur ses oreillers avec un soupir las.

— Tu imagines la réaction de Julia ?

— Oui et je crains le pire. J'aimerais croire qu'elle soutiendra son mari dans la tourmente, quoi qu'il ait fait et quel que soit l'impact sur elle, mais je n'y crois pas trop. Et toi ?

— J'ignore comment elle va réagir. Elle est au courant ?

— Elle ne sait rien, apparemment. J'ai beau la trouver pénible, apprendre qu'on a tout perdu du jour au lendemain est un choc terrible.

— Et les enfants ?

— D'après Sacha, ils peuvent dire au revoir à leurs écoles privées. Cela ne fera pas de mal à Rupes de descendre d'un cran. Il y a une chance qu'il puisse obtenir une aide financière parce qu'il a déjà décroché une bourse. Sacha est persuadé que Julia va le quitter. Il faut voir les choses en face : elle n'aura plus beaucoup de raisons de rester.

— Dans la richesse et la pauvreté... Ils sont mariés depuis dix-huit ans, non ?

— Ils restent ensemble plus pour les enfants ou faute de véritable choix que par amour.

— Eh bien..., frémit Helena. Qu'est-ce qu'on devrait faire, d'après toi ? Si Sacha compte parler à Julia, je préfère que nous soyons hors de portée.

— Ne t'en fais pas. Il ne lui dira rien aujourd'hui. Je vais passer un moment avec lui pour vérifier ses comptes. Je parie qu'il repartira immédiatement pour Londres pour voir l'administrateur judiciaire. Il n'a plus qu'à affronter cette épreuve et avancer.

— Espérons un sursis de dernière minute.

— Il faudrait un miracle. Continuons les vacances normalement. Je voulais juste te mettre au courant. Empêche Julia de balancer trop de réflexions sournoises sur un mari qui passe sa première journée de vacances enfermé dans un bureau avec moi et son ordinateur. Je suis désolé de t'infliger ça, chérie, ajouta-t-il en prenant ses mains dans les siennes.

— Tu n'es pas fautif, répondit-elle avec un sourire triste. C'est la vie.

— Maman ! Viens me voir sauter dans l'eau !

— Je suis là, chérie, je suis là.

Renonçant à s'asseoir cinq minutes pour savourer son café tranquillement, Helena descendit vers la piscine. En maillot de bain rose fluo, Immy se tenait au bord, impatiente.

— Tu me regardes ?

— Avec grande attention.

— J'y vais !

Elle se boucha le nez et sauta sous les applaudissements enthousiastes de sa mère.

— Bravo, chérie !

— On pourra retourner à la cascade pour que je saute d'en haut, comme Alex et Papa ? Je suis assez forte, non ?

— Bien sûr que tu es forte, mais c'est un peu dangereux pour une petite fille de ton âge.

Helena s'assit, les pieds dans l'eau fraîche. Chloé jouait ostensiblement les maîtres-nageurs avec Fred, qui gloussait en essayant de la faire tomber du matelas gonflable.

— Coucou, tata Helena, dit Viola, à côté d'elle.

— Coucou, chérie, ça va ?

— Bof, fit la fillette en haussant les épaules.

Son visage parsemé de taches de rousseur était pâle et tendu. Helena la prit par la main.

— Tu veux m'en parler ?

— Oui, répondit Viola en s'asseyant. Tu sais que Papa est arrivé ?

— Oui.

— Je l'ai trouvé sur le canapé du salon en me levant pour aller regarder un DVD, ce matin.

— Ce doit être parce qu'il est arrivé très tard. Il n'a pas voulu réveiller ta Maman, expliqua Helena.

— Non, c'est pas ça. À la maison, il dort dans la chambre d'amis. Il avait mauvaise mine, les yeux rouges et il a l'air… mou. Quand je l'ai embrassé, il m'a grondée et m'a chassée, soupira l'enfant. J'ai fait quelque chose de mal ?

— Bien sûr que non, chérie !

Helena la serra contre elle.

— Parfois, les adultes ont des problèmes qui n'ont rien à voir avec les enfants. Lorsqu'un professeur te gronde, à l'école, ou qu'une copine te vexe, cela n'a rien à voir avec Papa et Maman.

— Non, mais je ne me dispute pas avec eux parce que j'ai de la peine.

— C'est vrai, admit Helena. Je te promets que ni l'un ni l'autre n'est fâché contre toi. Ton Papa a des problèmes au travail.

— S'il en parlait, je pourrais l'aider. Quand les autres se moquent de mes cheveux, il me défend.

— Tout ce dont Papa a besoin, c'est que tu l'aimes.

— Bien sûr que je l'aime. C'est moi qui l'aime le plus !

— Écoute… si je t'emmenais sur une plage superbe ? Je vais en parler aux autres. On pourrait déjeuner là-bas. Qu'est-ce que tu en penses ?

— Oui, ce serait bien, admit Viola tristement.

— Moi, je suis partante ! lança Chloé. J'adorerais me baigner dans la mer !

— Moi aussi ! renchérit Immy.

Une heure plus tard, Helena fit monter les enfants en voiture. Même Alex avait accepté de se joindre à eux, car Rupes était de sortie avec sa mère. Elle avait décrété que les oreillers d'Helena étaient trop mous et voulait en acheter d'autres avec l'aide de son fils.

— On ne peut pas attendre qu'ils reviennent ? s'enquit Chloé. Rupes adorerait venir avec nous.

— Si on ne part pas maintenant, il sera trop tard, mentit Helena.

— Attendez-moi !

Sadie arriva en courant au moment où Helena amorçait une marche arrière.

Helena sourit à son amie qui s'installa sur le siège passager.

— Je me mets à l'abri avec vous. Il règne dans cette maison l'atmosphère d'un orage sur le point d'éclater.

— Sage décision, commenta Helena.

— Qu'est-ce qui se passe ? souffla Sadie pour que Viola ne puisse pas l'entendre malgré les rires et les cris provenant de l'arrière. Sacha a passé la matinée enfermé avec William, et Julia l'évite royalement.

— Je te raconterai plus tard. Les nouvelles ne sont pas bonnes.

— J'avais compris. Quel dommage que ça se produise à Pandora. Il ne faudrait pas que ça gâche les vacances.

— Ce n'est pas l'idéal, mais ce ne sera pas long.

Sacha va sûrement devoir retourner rapidement en Angleterre, murmura Helena.

— Julia part avec lui ?

— Ça, c'est la question à un million…

La plage de Lara se trouvait au sein du parc national, un site d'une grande beauté naturelle, aride et rocheux, préservé par les lois littorales. Après un trajet sur une route pleine d'ornières, Helena gara la voiture sur un promontoire surplombant une plage en forme de fer à cheval. Les eaux limpides scintillaient au soleil.

Les passagers descendirent, munis de pelles, de seaux et de serviettes, puis ils descendirent les marches menant sur le sable doré.

Après avoir enduit les enfants d'écran total, mis des chapeaux sur les têtes et enfilé des brassards sur les bras, Sadie et Helena s'assirent enfin au bord de l'eau pour regarder les petits s'ébattre dans les vagues en riant.

— C'est génial, la façon dont Immy et Fred se sont attachés à Chloé, non ? Et c'est réciproque. Elle est très gentille et ils l'adorent. Regarde-les ! Même Alex a l'air content, aujourd'hui, déclara Sadie. Ils ont tissé les liens d'une famille normale.

— Tu parles de notre marmaille disparate ? répondit Helena avec un sourire narquois. De ce côté-là, ça n'aurait pu mieux se dérouler. William et moi appréhendions un peu le comportement de Chloé. Peut-être que nos réactions sont déterminées dès la naissance. De toute évidence, Chloé est douce et tranquille. Elle ne paraît pas avoir de rancœur envers son père… ou moi.

— Au vu des circonstances, ça peut se comprendre. Tu devrais faire attention, Helena. Elle va peut-être vouloir rester pour de bon…

Sadie se leva et lui sourit.

— Bref, reprit-elle, je vais faire trempette. Tu viens ?

— Vois si elle est bonne et j'arrive.

Sadie courut vers le bord et poussa un cri tant l'eau était froide. Helena leva le visage vers le soleil en pensant aux Chandler. Lorsqu'on vendait son âme au diable, avec une trahison dès le départ, la vie trouvait-elle un moyen de nous le faire payer ? Dans ce cas, elle avait encore une dette à régler…

— Maman ! Tu viens te baigner ? lança Alex en s'ébrouant comme un chien.

Il vint s'allonger à côté d'elle sur une natte.

— Dans une minute.

— Au fait, reprit l'adolescent en raclant le sable de ses orteils, je n'ai pas eu l'occasion de t'en parler, parce que tu étais occupée, mais j'ai trouvé de vieilles lettres dans les cartons. Je parie que c'est Angus qui les a écrites à une femme mystérieuse.

— Ah bon ? Tu m'intrigues. Il faut absolument que tu me les montres ! Il y a des indices sur son identité ?

— Non. Je les ai presque toutes lues et il ne cite jamais son nom. Tu sais si Angus avait… une petite amie ?

— Pas quand j'ai séjourné ici. J'en ai conclu que c'était un célibataire endurci. Comment savoir ? Je suis impatiente de lire cette correspondance, chéri, dès que j'aurai un instant.

— C'est pas vraiment des vacances, pour toi,

hein, Maman ? Tu n'as pas cessé de bosser depuis notre arrivée.

— C'est mon rôle et il me plaît. Tu t'amuses bien ?

— Oui et non. Je préférerais qu'il n'y ait que nous. Je sais que tu n'aimes pas que je dise ça, mais Rupes est vraiment un trou du c...

— Ça va, on a compris ! Qu'est-ce que tu penses de Chloé ? Vous sembliez bien vous entendre, hier.

Alex se racla la gorge et baissa la tête pour ne pas montrer à sa mère qu'il avait rougi.

— Je la trouve géniale.

— Tant mieux. Moi aussi.

— J'aime bien Viola, également. Elle est sympa. Elle me fait de la peine. Julia l'ignore. Dis-moi, est-ce qu'Angelina est entrée dans ma chambre, ce matin, pour faire mon lit ?

— Probablement. Pourquoi ?

— En allant chercher mon maillot, je n'ai pas vu Bunny. Je regarderai encore en rentrant. Elle a peut-être pensé que Bunny appartenait à Immy ou Fred et l'a rangé à l'étage, dans leur chambre.

— Peut-être. Il ne doit pas être bien loin. Avec ta tendance à égarer des affaires que tu as sous le nez, tu le trouveras posé sur ton oreiller. Bon, je vais me baigner. Tu viens ?

Helena se leva et prit son fils par la main. Ensemble, ils coururent vers la mer.

Plus tard, ils se régalèrent de poissons grillés dans une taverne surplombant la baie.

— Maman, je suis fatigué, gémit Fred.

Il se hissa sur ses genoux en suçant son pouce.

— C'est parce que tu t'es jeté dans les vagues.

Elle caressa ses cheveux bruns, qu'il tenait de son père.

— On y retourne, annonça Alex. Tu viens, Viola ?

Il se leva, ainsi que Chloé.

— Oui, je veux bien.

L'adolescent lui tendit la main tandis qu'Immy prenait celle de Chloé.

— Viola a adopté Alex, commenta Sadie en les regardant s'éloigner.

— Il est toujours bienveillant avec les petits, répondit Helena. Parfois un peu trop. À la maison, il vient me trouver dans la cuisine et exige de savoir avec précision où sont Immy et Fred, de peur qu'ils ne soient perdus ou en difficulté. Cela fait partie de son sens des responsabilités, d'après le pédopsychiatre qui l'a évalué.

— Helena… il ne t'a jamais interrogée sur son père ?

— Non. Pas directement.

— Eh bien, j'en suis étonnée, compte tenu de ses capacités mentales. Il a dû y réfléchir… Prépare-toi. À mon avis, il ne va pas tarder à te demander des explications.

— Peut-être qu'il n'a pas envie de savoir, hasarda Helena en baissant les yeux vers Fred, assoupi dans ses bras.

— William sait qui c'est ?

— Non.

— Il t'a posé la question ?

— Oui, au début. Je lui ai expliqué que c'était un homme rencontré à Vienne et que je préférais oublier, car j'avais tourné la page. Il respecte ce choix, expliqua-t-elle un peu sèchement. Cela ne regarde que moi.

— Et Alex.

— Je sais, Sadie ! Je gérerai le moment venu.

— Je t'adore, mais je n'ai jamais compris pourquoi l'identité de son père était secrète au point de me la cacher, *à moi*. Qui que ce soit, ce ne peut pas être grave à ce point.

— Je te garantis que si. Désolée, Sadie, je n'ai vraiment pas envie d'en parler. Crois-moi, j'ai mes raisons.

— D'accord, fit Sadie en haussant les épaules. Je respecte ta discrétion. Cependant, en tant que meilleure amie, je me dois de te mettre en garde : tu devras bientôt rendre des comptes, dans l'intérêt de ton fils. À présent, je vais piquer une tête.

Incapable de bouger sans réveiller Fred, Helena regarda son amie rejoindre les autres. Si elle détestait les questions de Sadie, elle comprenait ses motivations. Et elle savait que son amie avait raison.

Journal d'Alex

19 juillet (suite)

Je savais bien que c'était trop beau pour durer.

Après une belle journée à la plage avec mon amour, je rentre à la maison et c'est le drame.

Ma mère disait que je trouverais Bunny sur mon oreiller. Elle avait en partie raison. Il était bien sur mon oreiller, à me regarder fixement.

Sauf que ce n'était pas lui en chair et en os, du moins en peluche rapiécée. C'était sa photo imprimée en noir et blanc. Une chaussette sur la tête, il était accroché à un olivier par les oreilles, le pistolet à eau de Fred posé sur son ventre.

En bas du cliché, il y avait un message :

« Fais ce que je t'ai demandé ou le lapin y laissera sa peau. RSVP. »

Au verso, il y avait :

« Si tu le dis à quiconque, tu ne le reverras jamais. »

Une partie de moi a envie de féliciter Rupes d'avoir imaginé ce chantage original. Je l'ignorais capable d'une telle créativité. Mais je brûle aussi de lui arracher les yeux et de le mordre jusqu'à ce qu'il me rende mon bien le plus précieux.

Face à ce kidnapping, je dois garder mon calme

et réfléchir de façon rationnelle pour étudier les options qui s'offrent à moi.

Option numéro 1 :

Je me précipite vers ma mère et je lui montre la photo. Furieuse contre Rupes, elle lui ordonnera de me le rendre.

Problème : le message me prévient que je ne reverrai pas Bunny si j'en parle à quelqu'un. Rupes est un adversaire de taille qui mettra certainement sa menace à exécution. Il éliminerait Bunny avant qu'il ne soit en sécurité entre mes mains.

« C'était juste une blague, tata Helena. Malheureusement, j'ai perdu le lapin. Il a disparu. Désolé. Ce n'était qu'un jouet, après tout. » Voilà ce qu'il dira, cet enfoiré. Grrrr… Rien que d'y penser, j'en ai mal au cœur. Avec cette méthode, ma mère serait obligée d'admettre que Rupes n'est qu'un glandeur de première. Je doute que cela me rendrait mon ami en peluche sain et sauf.

Ma vie est peut-être en péril, sans parler de celle de Bunny.

« Oups ! Désolé, tata Helena. J'étais juste à côté d'Alex, sur la terrasse, et je l'ai vu se pencher un peu trop sur la balustrade. J'ai fait de mon mieux pour le retenir de basculer dans le précipice, vers la mort, mais il était trop tard. »

Je frémis. Serais-je parano ? Rupes est peut-être une brute épaisse doublée d'une ordure et d'un meurtrier…

Peut-être.

Option numéro 2 :

J'accède à sa requête.

Résultat : Bunny est sauvé, moi aussi et Rupes a le droit de bécoter Chloé.

Ce dernier point est pire que l'exécution de Bunny et de moi-même. Dire que j'ai une épée de Damoclès au-dessus de la tête est un doux euphémisme.

Allez, Alex, réfléchis ! C'est le moment d'exploiter ton QI surdimensionné, ce « don » qui peut être un boulet. « L'intellect d'Alex l'isole, le rend anormal, crétin, bouffon, débile. »

Pour la petite histoire, je ne suis rien de tout cela. Je suis nul en calcul et la théorie de la relativité d'Einstein, c'est du serbo-croate, pour moi. Quand le serbo-croate était encore une langue officielle, ce qui n'est plus le cas, sauf, peut-être, dans des repaires secrets de l'ex-Yougoslavie.

Enfin, après avoir mangé deux barres chocolatées un peu molles que j'avais gardées dans mon sac à dos, en cas d'urgence, un plan se profile dans mon esprit affûté.

Je sais que je ne peux pas surpasser l'immonde Rupes physiquement. Il pourrait me soulever de terre les doigts dans le nez et m'accrocher à l'olivier à côté de mon pauvre petit compagnon. La branche se briserait, alors.

En revanche, écrire, ça, je sais faire, et dans plusieurs langues.

12

De retour à la maison, Helena confia Immy et Fred à Angelina, qui leur avait préparé des gâteaux. Ensuite, elle rejoignit William à l'étage, dans la salle de bains, alors qu'il sortait de la douche.

— Ça se passe bien avec Sacha ?

— Il a pris un taxi il y a une heure pour rentrer à Londres. Dès demain matin, il lancera la procédure de dépôt de bilan et autres formalités.

— Comment a réagi Julia ?

— Je ne l'ai pas vue. D'après Angelina, elle est rentrée à midi, puis elle est ressortie avec Rupes.

— Sacha compte l'appeler ?

— Il l'a fait. Enfin, il lui a laissé un message sur son portable en disant qu'il avait un problème et qu'il devait partir. Elle a éteint son portable. Elle ne répond pas à Sacha, du moins.

William soupira.

— Il n'est pas bien, reprit-il.

— Je m'en doute. Il sera absent combien de temps ?

— Il m'appellera demain soir pour me donner des nouvelles.

— Il faudrait qu'il parle franchement à Julia dès que possible, non ?

— Je suis d'accord avec toi, mais qu'est-ce qu'on peut faire ? Pour être honnête, il a essayé ce matin. Elle lui a répondu qu'elle n'avait pas le temps de discuter et elle a filé en voiture avec Rupes.

— Autrement dit, on doit faire semblant que tout va pour le mieux en sachant qu'ils sont pratiquement à la rue ?

— En gros, oui.

— Que ressentira Julia lorsqu'elle découvrira qu'on savait et pas elle ? Elle qui aime avoir le contrôle !

Helena ouvrit le robinet de la douche. Il ne sortit qu'un mince filet d'eau tiède.

William boutonna sa chemise.

— Avec un peu de chance, il l'appellera demain après avoir terminé la sale besogne. Elle et les enfants devront rentrer chez eux. Au fait, Alexis est passé. Il voulait savoir s'il pouvait amener sa grand-mère en visite à Pandora. Elle est âgée et de santé fragile. Il paraît qu'elle a travaillé ici, autrefois.

— C'est vrai, confirma Helena se plaçant sous le filet d'eau. Elle a été la première gouvernante d'Angus. Elle était là lorsqu'il a acheté la maison. D'après Angus, elle et le grand-père d'Alexis se sont rencontrés dans les vignes.

— Je les ai invités à boire un verre à sept heures. Je n'ai pas pu refuser.

— C'est gentil de ta part. Elle paraissait déjà vieille quand je l'ai connue. Dieu sait quel âge elle peut avoir aujourd'hui. D'après mon souvenir, elle est un peu… bizarre. Bon, je ferais bien de me dépêcher.

Chloé avait proposé de donner leur bain aux petits. En descendant, Helena les trouva tous les trois blottis sur le canapé devant *Blanche-Neige*.

Helena embrassa son fils sur le front. Il sentait bon le propre.

— Ça va, chéri ?

Fred ne prit pas la peine de sortir son biberon de sa bouche. Il le glissa d'un côté comme une cigarette.

— Je voulais les *Power Rangers*, pas une histoire de filles !

— Ce sera ton tour de choisir demain soir, intervint Chloé d'un ton ferme.

— C'est pas juste !

Ayant exprimé son mécontentement, Fred se remit à boire en enroulant une mèche de ses cheveux sur son index.

— Merci, Chloé, dit Helena avec gratitude.

— Pas de souci. J'adore les films de Disney. Je les coucherai dès que ce sera fini.

Sur la terrasse, Helena trouva Julia de retour de ses pérégrinations, une pile de brochures colorées posée devant elle.

— C'est l'une des vues les plus spectaculaires, disait-elle à Sadie. Encore plus belle que celle-ci. La villa est nichée au cœur d'un demi-hectare de terrain. Il y a quatre chambres et une superbe piscine de vingt mètres.

William apparut à son tour avec une bouteille et des verres. Il se tourna vers sa femme d'un air entendu.

— Quelqu'un a envie d'un verre ? proposa-t-il en posant son plateau.

— Et comment ! s'exclama Julia. Salut Helena. D'après Viola, vous avez passé une journée merveilleuse à la plage. Merci de l'avoir emmenée.

— On s'est bien amusés. Et toi ?

— J'ai cherché une maison, répondit-elle avec un sourire.

— Ah oui ?

Helena afficha un sourire crispé et prit le verre que lui tendait William.

— J'ai un peu d'argent de côté grâce à l'héritage de ma mère. Pourquoi ne pas l'utiliser pour acheter une propriété ici ? Je verserai l'apport en cash et Sacha prendra un crédit auprès d'un de ces agents de change avec qui il passe son temps à la City. Tous nos amis ont une maison à l'étranger ! Sacha a toujours refusé en prétextant que c'est trop de soucis. Résultat, on est obligés de séjourner chez les copains, dans un confort pas toujours au top. Et je déteste être une invitée.

Nul ne sachant que répondre à ces propos, Julia poursuivit sur sa lancée :

— Il est temps que je commence à prendre des décisions. Donc on va acheter une maison. Santé !

— Santé ! firent les autres avant de boire une longue rasade de vin.

— Le marché de l'immobilier est florissant, ici. C'est un peu comme pour une résidence principale, sauf que les règles ont changé depuis que Chypre fait partie de l'Union européenne. Un charmant jeune homme m'a tout expliqué, cet après-midi. Ils gèrent la propriété pour les gens en leur absence et la louent. On a donc des revenus et c'est un bon investissement. Tu ne crois pas, William ?

— Je ne connais pas le marché local, Julia. Je devrais me renseigner avant de te répondre.

Julia se tapota le nez.

— Crois-moi, j'ai un instinct infaillible pour ces

choses-là. N'oublie pas que j'étais un brillant agent immobilier avant d'avoir Rupes. De plus, notre famille aura enfin ce dont elle a besoin, une villa au soleil, où recevoir *nos* amis.

— Tu en as parlé à Sacha ? s'enquit William, gêné.

— Non, répondit-elle, désinvolte. J'ai décidé de l'exclure de ces vacances. S'il revient, il risque d'avoir une surprise. (Elle éclata de rire.) Bref, je vais prendre une douche. Pourvu qu'il y ait de l'eau chaude. Viola est dans la piscine avec Rupes. Vous voulez bien les surveiller ?

Après le départ de Julia, les autres demeurèrent sans voix un long moment.

— Quel numéro, celle-là, maugréa enfin Sadie.

— Elle n'en pense pas la moitié, assura Helena en se levant. Je vais m'occuper du dîner. Je vous laisse tous les deux.

— Sacha est l'un des hommes les plus charmants que je connaisse, souffla Sadie. Qu'est-ce qu'il a pu lui trouver ? Tu dois le savoir, William. Tu es son plus vieil ami.

— C'est vrai. Il n'a jamais pu résister à une jolie fille, même au lycée. À Oxford, il était toujours entouré de belles blondes. Après l'université, il a rencontré Julia. Elle était déjà agent immobilier et représentait l'antithèse de ses anciennes copines : raisonnable, vive et équilibrée.

— S'il voulait une femme qui le prenne en main, qui s'occupe de lui, il a fait le bon choix…

— Je crois que c'est exactement ce qu'il recherchait. Elle était plutôt mignonne et sympa, quand elle était jeune. Elle était folle de Sacha. Elle était prête à n'importe quoi pour lui. Elle a financé ses ambitions d'artiste peintre après nos études à Oxford, lorsque ses parents lui ont coupé les vivres.

— Il a dû lui arriver quelque chose de terrible pour la rendre aussi aigrie, commenta Sadie.

— Si je me souviens bien, les difficultés ont commencé quand Julia est tombée enceinte de Rupes. Elle ne pouvait plus travailler à plein temps et Sacha a dû prendre un véritable emploi. Pour être franc, il n'aurait jamais dû aller à la City. Il parvenait à peine à gérer ses propres finances, alors l'argent des autres… Il a obtenu ce poste uniquement parce qu'il est charmant et qu'il a des relations dans la noblesse.

— C'est ce qui a attiré Julia, aussi. Il est clair qu'elle a envie de s'élever socialement, nota Sadie.

— Elle avait d'énormes ambitions pour eux deux, confirma William. Elle était ravie de ce poste à Singapour. Hélas, c'est la jungle, à la City. La méritocratie règne. Les origines et les études ne comptent plus. On évolue ou on stagne en fonction de ses capacités. Et Sacha a chuté de façon vertigineuse.

— Quelle histoire…

En entendant des pas, Sadie se retourna.

— Tiens ! Regardez qui voilà !

— J'espère que je ne vous dérange pas.

Alexis était accompagné d'une vieille dame frêle et voûtée, toute vêtue de noir. Helena vint à leur rencontre.

— Christina, cela fait bien longtemps !

Elle l'embrassa avec chaleur.

Christina leva les yeux vers elle, puis enserra la main d'Helena de ses doigts crochus. Elle marmonna quelques mots en grec, d'une voix rocailleuse. Enfin, elle contempla Pandora et sourit, révélant une mâchoire presque édentée. Elle murmura quelques paroles à Alexis.

— Elle demande si cela te dérangerait de l'accompagner à l'intérieur, Helena, traduisit-il.

— Avec plaisir ! William, tu veux bien aller voir si Chloé a monté les petits ?

Elle n'avait pas envie qu'Immy et Fred croisent Christina juste avant d'aller se coucher, car la malheureuse n'était pas sans évoquer une sorcière.

— J'y vais, annonça-t-il, comprenant le sous-entendu.

— Et moi, je vais sortir Viola de la piscine, annonça Sadie. Elle doit avoir la peau toute fripée.

Alexis et Helena aidèrent la vieille dame à traverser la terrasse en direction du salon.

— Elle est très malade ? souffla Helena.

— Elle affirme être fatiguée de la vie et avoir fait son temps sur terre, répondit Alexis, impassible.

Dans la pièce désertée, Helena désigna un fauteuil à haut dossier.

— Elle y sera bien, dit-elle.

Ils installèrent Christina et s'assirent de part et d'autre d'elle. La vieille dame balaya le salon du regard avec une vivacité que ne reflétait pas son corps vulnérable.

Ses yeux s'arrêtèrent sur Helena et la fixèrent si intensément que la jeune femme dut se détourner. Puis elle se mit à parler rapidement en grec.

— Elle te trouve très belle, expliqua Alexis. Tu ressembles à une femme qu'elle a connue autrefois et qui venait très souvent.

— Vraiment ? Quelqu'un d'autre me l'a dit, dernièrement. Qui était cette femme ? Tu peux lui poser la question ?

Le quadragénaire leva une main et se concentra sur les propos de son aïeule.

— Cette maison abrite un secret et…

Alexis baissa la tête.

— Quoi ? fit Helena.

— C'est toi qui gardes ce secret, murmura-t-il, gêné.

Le cœur d'Helena se mit à battre à tout rompre.

— Chacun ses mystères, répliqua-t-elle.

Mais il ne l'écoutait pas. Il fixait sa grand-mère, décontenancé. Il lui parla en grec en secouant la tête. Soudain, elle perdit de son énergie et se pencha en arrière, en silence, avant de fermer les yeux.

Alexis sortit un mouchoir immaculé et s'épongea le front.

— Désolé, Helena. Elle est très âgée. Je n'aurais pas dû l'amener ici. Allez, grand-mère, je vais te ramener…

— Je t'en prie ! Qu'est-ce qu'elle a dit ?

— Rien. Les divagations d'une vieille femme un peu gâteuse, assura-t-il en portant presque Christina vers la terrasse. N'y prête pas attention. Désolé de t'avoir dérangée. *Antio*, Helena.

En les regardant s'éloigner, elle dut s'appuyer au chambranle pour ne pas défaillir. Le souffle court, elle avait mal au cœur.

Un bras puissant la prit par la taille.

— Chérie, tu te sens bien ?

— Oui, je…

— Viens t'asseoir. Je vais te chercher un peu d'eau.

William la mena vers le canapé et gagna la cuisine. Elle s'efforça de retrouver une contenance. Angus prétendait que Christina était folle. Il tolérait ses excentricités parce qu'elle travaillait bien. De plus, elle ne comprenait pas l'anglais, ce qui l'empêchait de colporter des ragots au village.

William lui tendit un verre et lui prit la main.

— Tu grelottes… Tu es malade ?

Il lui palpa le front.

— Non, ça va aller…, bredouilla-t-elle en buvant une gorgée d'eau.

— Qu'est-ce qu'elle a fait pour te mettre dans cet état ?

— Rien. Je crois que je suis juste…

— Épuisée.

— Oui. Accorde-moi quelques minutes. Je me sens déjà mieux.

Elle le regarda dans les yeux et se leva, mais ses jambes se dérobèrent et elle dut agripper le bras de son mari.

— Bon, je te monte à l'étage pour te mettre au lit. Et pas un mot de protestation !

Il la souleva aisément et la porta dans l'escalier.

— Et le dîner ? Je dois surveiller la moussaka…

— J'ai dit pas de protestations ! Au cas où tu ne l'aurais pas remarqué, je suis capable de poser un repas sur la table. Et j'ai une équipe de volontaires prêts à mettre la main à la pâte.

William la déposa délicatement sur le lit.

— Pour une fois, fais-moi confiance. Pandora peut tourner quelques heures sans toi. Tu as besoin de repos.

— Merci, chéri, répondit-elle, très faible.

— Helena, tu es pâle comme un linge. Tu es sûre que ça va ?

— Je suis fatiguée, c'est tout.

— Tu sais, insista-t-il en l'embrassant sur le front, si tu as quelque chose, je suis capable de gérer, je t'assure.

— J'irai mieux demain. Ne dis rien aux enfants, d'accord ? Tu connais Alex. Il cède à la panique dès que j'ai un bobo.

— Je dirai que tu voulais te coucher tôt. Tu as le droit, non ?

Il sourit et se leva.

— À présent, essaie de dormir, conclut-il.

— D'accord.

En quittant la chambre, William était persuadé que, malgré ses dénégations, Helena était bouleversée par les propos de la vieille dame. Si seulement elle se confiait à lui ! Lui racontait ce qu'elle pensait, ce qu'elle ressentait !

Helena avait des secrets, c'était manifeste. L'identité du père d'Alex, par exemple. Étant donné la tension de sa femme et la présence quasi constante d'Alexis, nul besoin d'être un génie pour deviner le scénario.

Sa femme lui avait donc menti en jurant qu'elle n'avait pas vu Alexis depuis vingt-quatre ans.

Dans cette maison, le passé d'Helena semblait percuter son présent, et le sien également. Il avait pourtant le droit de savoir, non ?

Pour l'heure, il la laisserait tranquille, mais il était déterminé à ne pas quitter Pandora sans connaître la vérité.

Journal d'Alex

19 juillet (suite)

Eh bien…

Quelle soirée amusante !

L'Enfer de Dante sans l'intensité de l'enfer. Autour de la table, les convives avaient l'air coincés. On a mangé les ailes de poulet de Papa. Il a oublié de sortir la moussaka du four et elle était carbonisée. Il a dû recourir au seul mode de cuisson qu'il connaisse. Les ailes n'étaient pas mauvaises, juste un peu cramées.

J'ai rarement l'impression d'être le boute-en-train de la soirée, ce qui donne une indication de l'ambiance générale. Je pourrais incriminer Julia, qui a fini par contrarier Viola à force de déblatérer sur son abruti de mari ; ou encore Rupes, qui boudait parce que Chloé était allée à un rendez-vous avec un type rencontré à l'aéroport, ou Sadie, qui passait une mauvaise journée à cause de son ex et qui tenait à nous faire part des détails sordides de sa rupture. En distribuant ses offrandes brûlées, Papa avait tout de la Faucheuse.

Ces raisons expliquaient potentiellement la chape de plomb qui s'était abattue sur la table, en plus de la fumée du barbecue, mais aucune n'était la bonne.

En réalité, c'était parce que Maman n'était pas là.

C'est elle qui assure la cohésion de la maisonnée. On ne s'en rend compte que lorsqu'elle est absente et que tout part à vau-l'eau.

Je suis allé prendre de ses nouvelles dès que Papa nous a annoncé qu'elle était montée « se reposer ». C'est un euphémisme qu'utilisent les adultes en présence de leurs enfants et ceux-ci sont tenus de l'accepter pour argent comptant.

Une mère ne se « repose » jamais. C'est inscrit dans son contrat. Elle s'échine jusqu'à s'écrouler dans son lit à l'heure appropriée, autrement dit après la vaisselle.

D'après mon expérience, « monter se reposer » ne signifie pas que ma mère est fatiguée. Cela peut être n'importe quoi, de l'abus de gin tonic au cancer en phase terminale.

Je l'ai observée de près, j'ai reniflé son souffle, je l'ai serrée contre moi : effectivement, elle n'a abusé de rien. Quant au cancer incurable, c'est une possibilité, je suppose. Toutefois, elle était en pleine forme, à la plage. Son déclin aurait été fulgurant.

Peut-être était-elle pâle sous son bronzage… Comment voit-on qu'une personne a mauvaise mine si elle est hâlée ? Encore une de ces questions sans réponses.

Mais je m'égare. Mon instinct me souffle que ma mère n'est pas sur le point de quitter cette Terre. J'en déduis que cette vieille dame en noir qui est venue avec Monsieur Bricolo l'a contrariée.

Ce type n'apporte que des ennuis. J'aimerais bien qu'il reste à distance. Pas de chance, il rapplique à la moindre occasion. Si j'étais Papa, je commencerais à m'énerver, car son objectif est manifeste.

Et cette cible n'est pas disponible.

13

À minuit, Helena avait rendu les armes et avalé un somnifère. Elle en gardait toujours deux dans sa trousse de toilette, en cas de besoin.

La soirée de la veille était une situation d'urgence. Allongée dans son lit, elle avait écouté sa famille dîner, tel un fauve en cage, enfermée avec ses propres pensées qui tournaient en rond dans sa tête.

Elle avait pris son cachet dès qu'elle avait entendu William monter se coucher, puis elle avait fait semblant de dormir et sombré dans un néant bienfaisant.

Face à la joie de se réveiller dans la lumière du matin et non aux premières lueurs de l'aube, elle comprit qu'il lui serait facile de tomber dans l'addiction. Elle étira ses muscles récalcitrants et consulta le réveil : neuf heures trente ! Elle ne s'était pas réveillée aussi tard depuis des années.

Elle trouva un petit mot sur sa table de chevet, appuyé contre une tasse de thé :

« *Chérie,*

J'espère que tu te sens mieux. J'ai viré tout le monde pour que tu sois tranquille. Profites-en bien et ne fais pas le ménage ! À plus, je t'aime, W. »

Helena replia le message en souriant, puis se rappela les propos de la vieille dame.

— Oh non…, murmura-t-elle.

Elle se rallongea dans un silence assourdissant. Pas de cris, de rires, de musique de Disney. La bouche sèche, elle but quelques gorgées de thé tiède.

William lui préparait son thé tous les matins. Il ne savait pas plus faire fonctionner le lave-linge qu'un vaisseau spatial et regardait le cricket à la télévision au lieu de surveiller les enfants, mais il multipliait les petites attentions.

Parce qu'il l'aimait. Dix ans plus tôt, il était entré dans sa vie et il l'avait sauvée. À cette pensée, les entrailles d'Helena se nouèrent. S'il connaissait la vérité, il ne lui pardonnerait jamais. Elle le perdrait, ainsi que la famille qu'ils avaient fondée ensemble.

Au fil des années, elle avait réussi à ne pas y penser pendant des mois d'affilée. La veille, la vieille dame avait lu son âme et compris ce qu'elle renfermait, comme si son contenu était en train de remonter à la surface. Les yeux embués de larmes, elle se mordit la lèvre.

Que faire ?

— D'abord, lève-toi, murmura-t-elle.

Elle détestait s'apitoyer sur elle-même. Sa famille avait besoin d'elle et elle devait se ressaisir.

Elle décida de remplacer sa demi-heure d'assouplissements par vingt longueurs de bassin, histoire de chasser les effets secondaires du somnifère. Elle enfila son bikini et descendit. Dans la cuisine, Angelina débarrassait les vestiges du dîner.

— Quel désordre ! Je suis désolée.

— Je suis payée pour ça, madame. Votre mari

veut que vous vous reposiez, aujourd'hui. C'est moi qui commande !

— Merci, Angelina.

Reconnaissante, Helena plongea et enchaîna les longueurs de bassin. Ces mouvements répétitifs l'apaisèrent et elle reprit peu à peu ses esprits. Ensuite, elle monta chercher l'enveloppe kraft pleine de lettres qu'Alex avait laissée sur sa table de chevet, la veille au soir.

Elle l'emporta au bord de la piscine et s'installa sur une chaise longue avant de sortir une lettre au hasard :

20 avril

Ma chérie,

Je suis assis sous notre arbre et je pense à la dernière fois où tu étais ici même avec moi, dans mes bras. Cela fait moins d'une semaine, or j'ai l'impression que c'était il y a une éternité. Notre séparation est d'autant plus douloureuse que j'ignore quand je te reverrai.

J'ai beaucoup réfléchi à l'idée de retourner en Angleterre, mais te verrais-je davantage ? Ta vie t'éloigne souvent. Ici, au moins, mon travail comble le vide entre tes visites.

De plus, vivre dans la grisaille londonienne, enfermé dans un bureau de l'amirauté, à classer des papiers, ne m'attire guère. Ici, le soleil m'aide à traverser les moments sombres, lorsque je dois accepter que ce qui m'est si cher ne sera jamais à moi.

Ma chérie, tu sais que je ferais n'importe quoi pour être avec toi. J'ai de l'argent. Nous pourrions aller là où personne ne nous connaît et démarrer une nouvelle vie.

Naturellement, j'accepte et je comprends les raisons

pour lesquelles tu n'es pas dans mes bras. Parfois, je me demande si tu m'aimes autant que je t'aime. Si tel était le cas…

Pardonne-moi, ma frustration prend le dessus. Je traverse une période très sombre. Sans toi, la vie n'est qu'un long calvaire. Pardonne-moi, ma chérie, d'être aussi triste. J'aimerais décrire la joie que nous partagerions si la vie était différente.

J'attends ta lettre avec mon impatience habituelle.

Je t'envoie mon cœur débordant d'amour.

A.

Helena replia la feuille de papier et la rangea dans l'enveloppe. L'émotion lui nouait la gorge. Elle avait peine à croire que son parrain si réservé puisse rédiger une lettre aussi passionnée. Il y avait quelque chose d'émouvant dans la façon dont il avait succombé au sentiment le plus essentiel et le plus incontrôlable qui soit.

— Qui était cette femme ? s'interrogea-t-elle tout haut.

Elle se tourna sur le ventre et leva les yeux vers la maison.

Pandora savait, elle.

Deux heures plus tard, dans la cuisine, Helena trouva une salade de chèvre qu'Angelina avait préparée à son intention. Elle déjeuna sur la terrasse. Une nuit de sommeil et, en prime, une matinée de détente avaient calmé les battements de son cœur, à défaut de résoudre son problème.

La lecture des autres lettres d'Angus, en quête d'indices sur son amoureuse, l'avait réconfortée. Personne n'avait une vie sans tache, en dépit des efforts que l'on déployait pour sauver les apparences. Le hasard, les coïncidences intervenaient toujours. Quand elle était jeune, elle avait l'impression d'aller là où le vent la portait. Ces lettres lui démontraient que, malgré sa position d'autorité sur des centaines de soldats, Angus ne contrôlait pas plus son destin qu'elle-même.

Quelle qu'ait été la destinataire de ces lettres, sans doute une femme mariée, Angus avait terminé sa vie en solitaire. Pire encore, ses courriers lui étaient revenus, comme le suggérait le message très sec qui les accompagnait. Le mari trompé, peut-être...

Avait-elle commis une erreur en revenant à Pandora ? Son dernier séjour avait changé sa vie et déclenché une série d'événements qui avaient façonné son existence.

— J'aurais dû lui dire il y a des années, soufflat-elle, les larmes aux yeux. J'aurais dû avoir confiance en son amour.

Elle s'allongea dans le hamac et somnola dans un silence bienfaisant. En entendant un bruit de pas, elle rouvrit les yeux pour voir Alexis traverser la terrasse.

Elle alla à sa rencontre.

— Bonjour, Helena. Où sont les autres ?

— Aucune idée, mais ils ne sont pas là, réponditelle tandis qu'ils entraient dans la cuisine. William trouvait que j'avais besoin d'une pause, alors il les a emmenés. Il est presque quatre heures. Ils ne devraient pas tarder. J'allais préparer du thé. Tu en veux ?

— Ton mari est un homme bien.

Helena remplit la bouilloire.

— Je sais.

— Je suis venu m'excuser au nom de ma grand-mère. Elle est démente, la pauvre. Ses paroles n'ont aucun sens.

— Elle a pourtant raison, soupira Helena avec un sourire triste. Il y a trop de secrets, ici. Il est temps que j'enclenche le processus et que je t'avoue la vérité.

Elle versa l'eau bouillante dans la théière et remua son thé.

— Viens t'asseoir avec moi sur la terrasse, proposa-t-elle. J'ai quelque chose à te dire.

Abasourdi, Alexis la regarda fixement.

— Helena, pourquoi ce silence ? J'aurais été présent pour toi.

— Tu n'aurais rien pu faire.

— Je t'aurais épousée.

— La vérité, c'est que je n'avais pas seize ans. Tu aurais pu être poursuivi pour détournement de mineure. Et j'aurais été coupable de t'avoir menti. J'ai prétendu avoir dix-sept ans, souviens-toi. Je suis vraiment désolée, Alexis.

— Que tu m'aies menti ou non sur ton âge, je t'aurais aimée. Ton âge n'est un problème que pour toi.

— Cet été-là a été décisif pour mon avenir. C'est fou comme chacune de nos décisions affecte la suivante. La vie ressemble à une suite de dominos. Tout est lié. Oublier le passé est impossible car il influe sur le présent et l'avenir.

— Cet été a façonné ton destin, mais le mien aussi. Helena, aucune femme n'a été à ta hauteur, ensuite, avoua-t-il tristement. Je comprends au moins pourquoi tu ne m'as pas contacté quand tu es rentrée en Angleterre. J'ai cru…

Sa voix se brisa d'émotion.

— J'ai cru que tu ne m'aimais plus, reprit-il.

— Bien sûr que je t'aimais ! s'exclama Helena. Quitte à mourir de douleur, je devais couper les ponts. Je ne voulais pas te piéger, t'imposer une décision. J'ai affirmé qu'on ne risquait rien. C'était faux. Je ne savais même pas comment l'on s'y prenait ! J'étais tellement naïve. Je… c'est atroce, je…

— J'aurais été là, si tu me l'avais dit. Tu as préféré garder le silence. Avec le recul, il ne me reste plus qu'à partager ton chagrin et déplorer les conséquences.

— Au moins, tu t'es marié et tu as eu deux fils superbes.

— C'est vrai. Ma femme était une belle personne et je la remercie chaque jour pour les enfants qu'elle m'a donnés. Naturellement, je n'aurais jamais pu ressentir pour elle ce que je ressentais pour toi.

— La vie n'est qu'un compromis, Alexis. On le découvre avec la maturité. Et nous sommes mûrs, à présent.

— Tu n'as pas vieilli.

— C'est gentil, mais c'est faux.

— Tu as parlé de ça à William ?

— Non. J'avais trop honte de ce que j'avais fait.

— Tu devrais peut-être le lui confier, maintenant que je suis au courant. C'est ton mari et il t'aime. Je suis sûr qu'il comprendra.

— Tu sais, il y a beaucoup de choses que je n'ai pas révélées à William, des secrets que je garde pour nous protéger tous.

Helena frémit malgré la chaleur.

— Tu peux me dire n'importe quoi, je ne te jugerais pas, car l'amour que j'éprouvais autrefois... est encore là.

Il avait les larmes aux yeux. Désespérée, Helena secoua la tête.

— Non, Alexis. Je ne suis plus la fille innocente que j'étais. J'ai inventé un tissu de mensonges et de tromperies qui affecte tout le monde. J'ai tué notre enfant lorsque j'avais seize ans. Tu n'imagines pas le nombre de fois où j'ai regretté de ne pas avoir suivi mon destin pour vivre ici avec toi, t'épouser. Je ne me le pardonnerai jamais.

— Helena...

Il se leva et la prit dans ses bras pour la réconforter.

— Je t'en prie, ne culpabilise pas. Tu étais si jeune... Et tu as choisi de porter seule ce fardeau. C'est malheureux, mais tu n'es pas la seule à avoir pris cette terrible décision.

— Je m'en fous, des autres ! Chaque fois que je regarde mes enfants, je pense à celui qui manque. Je vois une chaise vide...

Helena fondit en larmes sur son épaule. Il lui caressa les cheveux en murmurant des mots tendres en grec.

— Maman ! Maman ! On est rentrés ! Tu vas mieux ? Papa a promis que si tu vas mieux, on ira manger des frites et du ketchup au village, ce soir ! Tu seras guérie, hein ? Bonjour, Alexis !

Helena s'écarta vivement de lui et se retourna. William apparut juste derrière Immy.

— Salut, chérie, dit-il froidement.

— Oh ! Maman ! Tu as l'air malade. Tu as les yeux tout rouges. Papa, Maman n'est pas guérie !

Une assiette de frites lui fera peut-être du bien, insista la fillette, inconsciente de la tension qui régnait sur la terrasse.

— Je vous laisse, conclut Alexis. Au revoir Helena, William.

En partant, il croisa ce dernier qui l'ignora superbement.

— L'après-midi a été calme ? demanda William d'un ton chargé de sarcasme.

— Oui, merci. Vous êtes allés où ?

Elle fit de son mieux pour retrouver une contenance.

— À la plage.

— Laquelle ?

— La baie de corail. Je crois que je vais piquer une tête dans la piscine.

Il tourna les talons.

— Je peux m'occuper des enfants… William ?

— Oui ?

— Merci de m'avoir accordé du temps.

— D'autant que tu en as bien profité.

— On peut discuter ? demanda-t-elle en s'avançant vers lui.

Il la repoussa d'un geste.

— Pas maintenant, je t'en prie !

Le cœur gros, Helena le regarda descendre les marches menant à la piscine.

Journal d'Alex

20 juillet 2006

Eh bien !

Que s'est-il passé dans cette maison au cours des dernières vingt-quatre heures ? J'aimerais bien qu'on m'explique, parce qu'il y a anguille sous roche.

Ce soir, au restaurant, c'est Papa qui faisait la tête, comme s'il avait avalé un serpent qui lui rongeait lentement les tripes et répandait son venin dans ses veines. J'ignore si Maman est malade, mais il a l'air sérieusement patraque.

Maman jouait à merveille son sketch « tout va merveilleusement bien et qu'est-ce qu'on s'amuse pendant ces vacances ! ». Elle a peut-être embobiné les autres, mais je ne suis pas dupe.

Et même si je suis ravi de voir la tête de Rupes en entendant Chloé raconter comment elle a embrassé le type de l'aéroport, hier soir, et si j'ai aussi envie de me suicider parce qu'elle a bécoté quelqu'un, je n'arrive pas à chasser le sentiment que quelque chose va de travers, dans cette maison.

Papa paraissait submergé par ses propres malheurs. Il n'a même pas protesté en apprenant que Chloé revoyait le type de l'aéroport, ni quand Fred s'est barbouillé de glace au chocolat avant de piquer une colère parce qu'il en voulait encore.

Papa a aussi bu plus que de coutume. Maman aussi, d'ailleurs. Elle qui ne picole jamais s'est enfilé trois verres sans en laisser une goutte. Ensuite, Papa s'est levé de table en annonçant qu'il ramenait Immy et Fred à la maison pour les coucher. Il est parti sans un mot. Maman, Sadie, Julia la pénible, le beau gosse boudeur, l'adorable Viola et moi sommes restés à table.

Je l'aime bien, Viola. Pour ses dix ans et demi, elle est très cultivée, même si elle a lu beaucoup de romans à l'eau de rose. J'espère avoir réussi à la convaincre de concentrer ses appétits littéraires sur *Jane Eyre*. Il y a un superbe exemplaire dans mon placard à balais. Je crois qu'il lui conviendrait à merveille, car elle est aussi une enfant abandonnée.

Mais je m'égare. Peu après le départ de Papa, la conversation s'est tendue. Julia a continué de babiller sur sa future villa, sans un mot sur son mari qui manque à l'appel.

Je l'ai toujours apprécié, Sacha, même s'il est alcoolique et ressemble étrangement à Oscar Wilde, avec tout ce que ça implique. Dans sa famille et la mienne (à part Viola), les gens lèvent les yeux au ciel en parlant de lui, comme s'il était un enfant gâté et capricieux. Il est pourtant intelligent et, sous son costume de la City, il y a un excentrique qui ne demande qu'à sortir.

Pourvu que mon destin ne soit pas dans la finance ! La Banque d'Angleterre ne s'en remettrait pas. Ce ne serait pas un casse, mais il y aurait de la casse.

Bref, pour en revenir à cette journée, juste après

notre retour de la plage, j'étais en train de sortir les serviettes humides du coffre de la voiture quand j'ai vu passer Monsieur Bricolo, la mine grave.

Il avait rendu visite à Maman en notre absence.

Une pensée horrible s'insinue dans les recoins de mon esprit. Je refuse de la reconnaître : elle deviendrait réelle et c'est juste impossible.

Impossible.

Je concentre donc mes capacités cognitives considérables sur mon autre problème : le sauvetage de Bunny.

La lettre est enfin terminée. Je prends un risque, j'en suis conscient, mais toutes les missions de cette nature comportent une part de risque.

Je relis la lettre et je me permets un ricanement tant elle est habile. La rencontre entre Colette, les trois petits cochons et Alex le Grand.

En français dans le texte.

J'ai évalué les compétences linguistiques de Rupes à son insu. Il sait à peine compter jusqu'à cinq. Chloé, elle, parle cette langue couramment puisqu'elle est à moitié française.

Elle comprendra, *elle*.

J'ai glissé un message sous la porte de Rupes pour lui dire que sa lettre était prête et qu'il pourrait la récupérer à la piscine, à huit heures, demain matin. Ces histoires d'enlèvement et de rançon peuvent mal tourner. Je lui ai donc suggéré de poser le lapin par terre, devant lui, afin qu'il soit visible. Ensuite, il aura sa lettre.

Il la lira et n'y comprendra rien, donc il sera content.

En cas de désastre, je cacherai Immy dans les oliviers et je lui ordonnerai de crier « Maman ! » à tue-tête en cas d'entourloupe. S'il reprenait le lapin et filait avec la lettre, par exemple.

J'ai dépensé une fortune en bonbons pour acheter sa complicité. La fin justifie les moyens, du moment que ça marche. Ensuite, mon ami le plus cher devra subir l'indignité d'être caché dans une vieille niche trouvée au fond de la remise, du moins tant que Rupes sera présent.

Je glisse mon collant sur mon visage et j'éteins la lumière. Je ferme les yeux, mais le sommeil ne vient pas. J'ai une poussée d'adrénaline en pensant à la mission de sauvetage qui m'attend. Une autre pensée me taraude.

Est-ce possible ? Oh non ! Je serais prêt à sacrifier Bunny pour que ce ne soit pas ça.

Maman ne peut pas être amoureuse de ce type.

Elle ne peut pas.

14

— Ah, tu es là ! Je t'ai cherchée partout.

Helena se tourna vers Sadie qui venait de passer la tête dans l'entrebâillement de la porte du salon.

— Désolée, je jetais un coup d'œil dans le bureau d'Angus en quête d'indices sur la femme mystérieuse dont je t'ai parlé hier soir, celle dont il était amoureux.

— Tu as trouvé quelque chose ?

— Non. Mais il y a un tiroir fermé dont il manque la clé.

— Tu vas devoir le forcer. Il faut absolument que tu saches qui c'est. Cette histoire est tellement romantique !

— Je ne veux pas fracturer le bureau si je peux l'éviter. C'est un meuble superbe.

Helena caressa le cuir vert.

— Je voulais aussi t'avertir qu'il s'est passé quelque chose de très bizarre, à la piscine, ce matin…

Sadie se percha sur le bord du bureau.

— Je regardais par la fenêtre de ma chambre quand j'ai vu Rupes et Alex face à face, de part et d'autre du bassin, le torse bombé. On aurait juré un duel, à l'aube, ajouta-t-elle en gloussant. Puis il y a eu un grand plouf, des cris et, enfin, le silence.

— Oh non ! Tu les as revus, ensuite ? demanda Helena, affolée.

— Oui. Rupes est monté dans sa chambre et j'ai aperçu Alex qui disparaissait dans son placard à balais. On aurait dit qu'il s'était baigné tout habillé.

— Ah oui ? J'espère que Rupes ne le harcèle pas. Enfin, ils sont encore en vie… Je vais passer voir Alex. Je suis ici depuis sept heures et je n'ai rien entendu.

— Tu te caches ? fit Sadie au moment où Helena allait quitter la pièce.

— Qu'est-ce que tu veux dire ?

— Tu le sais très bien. En général, au petit déjeuner, c'est toi qui diriges les opérations. Tu ne fouines pas dans le bureau. Tu t'es disputée avec William ?

— Non. Pourquoi ?

— Hier soir, il t'a à peine adressé la parole. En général, il est tellement… attentionné. Il est contrarié.

Sadie croisa les bras.

— Je ne vois pas pourquoi.

— Quant à toi… tu as une mine de déterrée. Excuse-moi, hein.

— Sympa, merci !

— On dirait que tu fronces les sourcils en permanence. Helena, dis-moi ce qui ne va pas. Je suis ta meilleure amie, pas ton ennemie.

— Rien de grave, je t'assure. Depuis quelques jours, je suis un peu patraque.

— Comme tu voudras, soupira Sadie. Mais il règne dans cette maison une ambiance à couper au couteau.

— Ah bon ? Désolée, Sadie. Je suis une mauvaise hôtesse, il faut croire.

— Tu es formidable et tu le sais, alors ne culpabilise pas, parce que ce n'est pas là le problème. Ça n'a pas de rapport avec Alexis, au moins ?

— Pourquoi cette question ? s'enquit Helena, une main sur la poignée de la porte.

— William était en grande forme, hier, à la plage. En rentrant, il s'est rendu sur la terrasse pour te trouver, et voilà qu'Alexis s'éloigne dans l'allée. Il est venu en notre absence.

— Effectivement, soupira Helena, résignée.

— Cela n'a pas dû plaire à ton mari.

— Non, mais je n'arriverai pas à le convaincre qu'il n'y a rien entre nous s'il décide de croire qu'il y a quelque chose. Bref, je vais voir Alex.

Sur ces mots, elle quitta la pièce.

Au bout de quelques instants, Sadie en fit autant et rejoignit William dans la cuisine, où il faisait griller des toasts.

— Salut, dit-elle. Encore une belle journée au paradis. Tu as bien dormi ?

— Bien, merci. Du café ?

— Génial. Au fait, il faut s'habiller comment pour la soirée ?

— Quelle soirée ?

— Les fiançailles du fils d'Alexis. Souviens-toi, il nous a invités. Ce sera peut-être bien.

Après un silence gêné, William déclara :

— J'avais oublié... De même que notre dixième anniversaire de mariage, aujourd'hui. Au vu des circonstances, vous devriez y aller seules. Je resterai ici garder les enfants. Il sera tard pour eux et ils risquent de ne pas être sages, ajouta-t-il d'un ton morose.

— Je crois qu'Helena a déjà demandé à Angelina, commenta Sadie en acceptant la tasse de café qu'il lui tendait. Il faut absolument que tu viennes. C'est une soirée spéciale pour vous deux.

Helena apparut dans la cuisine.

— Qu'est-ce que j'ai demandé à Angelina ? fit-elle.

— De garder les petits pendant qu'on sera chez Alexis, répéta Sadie. Au fait, bon anniversaire de mariage !

— Ah oui, merci Sadie.

Helena lança une œillade à son mari, qui lui tournait le dos.

— J'emporte mon café sur la terrasse, lança-t-il sans la regarder. Tu viens, Sadie ?

Restée seule, Helena s'écroula sur une chaise et se prit la tête dans les mains. William l'ignorait royalement depuis l'après-midi de la veille. En rentrant du village, elle l'avait trouvé au lit, apparemment endormi. Et il ne lui avait même pas souhaité un bon anniversaire de mariage, à l'instant, ni évoqué la carte qu'elle avait posée sur sa table de chevet. Quelle ironie du sort ! Il fallait que cela tombe ce jour-là…

Résistant à son envie de faire ses valises, de prendre ses enfants et de s'enfuir loin de ce havre de paix devenu un enfer, Helena leva les yeux au ciel, en quête d'inspiration.

Et n'en trouva pas.

Julia, Rupes, Sadie et Chloé peaufinaient leur bronzage au bord de la piscine et William était plongé dans un livre. Helena en profita pour s'échapper.

Elle fit monter ses trois enfants et Viola en voiture et mit le cap sur Latchi. Sadie avait raison. Pandora lui faisait l'effet d'une bombe à retardement.

Alors qu'ils roulaient vers la côte, assis à côté d'elle, silencieux, Alex était plus morose que de coutume.

— Tu as les yeux rouges, chéri. Tu es sûr que ça va ?

— Ça va.

— Ce doit être le chlore de la piscine, après ta baignade de ce matin. Il y a un problème entre Rupes et toi ?

— Maman, je t'ai déjà répondu que non.

— Très bien, si tu insistes.

Helena était trop fatiguée pour discuter.

— J'insiste.

— Bref, tu vas adorer la ville de Latchi, dit-elle d'un ton faussement enjoué. C'est très joli et il y a plein de magasins de souvenirs autour du port. Tu pourras dépenser ton argent de poche pour t'offrir ta sélection habituelle de babioles locales.

— C'est un euphémisme pour dire que j'achète de la camelote ? fit Alex avec une moue. Génial.

— Je plaisantais. Tu peux dépenser ton argent comme bon te semble.

— Ouais…, maugréa-t-il en regardant au-dehors.

— Alex, qu'est-ce qui ne va pas ?

— Je pourrais te poser la même question, rétorqua-t-il.

— Ça va, mais merci de t'en inquiéter.

— J'ai failli y croire, marmonna-t-il. Je vais aussi bien que toi.

— D'accord, soupira Helena. On est quittes. Au

cas où tu l'aurais oublié, je suis l'adulte et toi l'enfant. Si tu as un problème, promets-moi de m'en parler.

— Oui.

— Tant mieux. À présent, trouvons un endroit où nous garer.

Assise au bord de l'eau, Helena regardait les enfants jouer dans la mer. Soulagée d'avoir fui l'atmosphère étouffante de Pandora, elle recensa ce qui allait bien, comme toujours dans les moments difficiles.

Sous ses yeux s'ébattaient ses trois enfants, heureux et en bonne santé. Si le pire se produisait, Pandora lui appartenait et ils auraient un toit sur la tête. L'héritage d'Angus leur permettrait de tenir quelques mois. Elle devrait peut-être vendre la maison, retourner en Angleterre, redevenir professeur de danse classique. Ils survivraient. Elle survivrait. Ce ne serait pas la première fois. Elle espérait de tout son cœur qu'ils n'en arriveraient pas là.

— Regarde, Papa ! Maman m'a acheté un cadeau !

Fred posa la voiture miniature sur le ventre huilé de William.

— Ouah ! Encore une voiture ! Tu en as, de la chance !

Il ébouriffa les cheveux de son fils.

— Et moi, j'ai un album d'autocollants, intervint Immy avant de coller une fée rose et scintillante sur le front de son père. C'est pour toi, Papa.

— Merci, Immy.

La fillette s'éloigna vers la piscine pour offrir aux autres baigneurs les fruits de sa générosité. Réveillée par Immy, Chloé s'approcha de son père et s'assit au bord de sa chaise longue.

— Papa…

— Oui, Chloé ?

— À propos de cette fête, ce soir…

— Oui ?

— Je suis obligée d'y aller ?

— Oui. On est tous invités et je tiens à ce que tu sois là.

— D'accord… je peux amener Christoff ?

— Le type que tu as rencontré à l'aéroport ?

— Oui. Il voulait qu'on sorte, alors je me suis dit qu'il pourrait s'incruster avec nous.

— Non, il ne peut pas « s'incruster ». Il n'est pas invité et c'est une sortie en famille.

— Papa ! Je lui dirai de ne pas manger grand-chose.

— Non. Et je ne changerai pas d'avis.

Chloé poussa un long soupir, puis elle haussa les épaules.

— Tant pis.

Elle se leva et s'éloigna en direction de la maison.

Au moment où Helena sortait de la douche, quelqu'un frappa à la porte de sa chambre.

— Entrez !

— Ce n'est que moi.

Julia apparut, le nez brûlé par le soleil. Elle s'assit au bout du lit tandis qu'Helena enfilait vivement un peignoir.

— Helena, tu veux bien venir avec moi visiter un bien que j'envisage d'acheter, demain ? J'ai posé la question à William, mais il n'avait pas l'air intéressé.

Helena hésita un instant avant de répondre :

— D'accord.

— Merci. J'aimerais avoir un autre avis avant de signer et de verser un acompte.

— C'est prévu pour quand ?

— Au cours de la semaine prochaine.

— Eh bien, tu ne perds pas de temps ! Tu vas prévenir Sacha avant de signer ? demanda-t-elle prudemment.

— Qui ?

— Tu n'as pas de nouvelles de lui ?

— Si. Il a laissé plusieurs messages sur mon portable. Il est temps pour moi de prendre certaines décisions sans lui, tu ne crois pas ?

— Écoute, ça ne me regarde pas…

— Non, je sais, admit Julia en examinant ses ongles.

Elle releva les yeux et afficha un large sourire.

— Enfin, si j'achète, on sera presque voisines. La villa est de l'autre côté du village. Ce serait sympa, non ?

— Bien sûr. Au fait, tu n'as pas oublié la fête de ce soir ? interrogea-t-elle, histoire de changer de sujet.

— William me l'a rappelée. J'ai hâte. J'aurai l'occasion de rencontrer des gens du coin.

Julia se leva et balaya la chambre du regard.

— Tu dois être impatiente de faire repeindre cette baraque. Ce gris est déprimant. À plus !

À six heures et demie, ils se réunirent sur la terrasse pour boire un verre avant d'aller à la réception. Sadie avait prévenu la maisonnée que c'était l'anniversaire de mariage d'Helena et William. Elle avait fait en sorte qu'Angelina serve du vin blanc pétillant et des canapés préparés dans la journée.

— Chloé, c'est une ceinture que tu portes autour des hanches ? railla William.

Il considéra avec effroi la minuscule jupe en cuir qui couvrait à peine les fesses de sa fille.

— Papa ! Ne sois pas si coincé ! Ici, on est presque à poil pendant la journée, alors pourquoi se cacher le soir ?

Elle rejeta sa chevelure soyeuse en arrière avant de s'adresser à Rupes, qui arborait une chemise rose criarde qui visait à souligner son teint hâlé.

— Tu es jolie, Maman, commenta Alex. Et bon anniversaire de mariage !

— Merci, chéri, dit-elle avec gratitude.

— Papa, tu ne trouves pas qu'elle est jolie ? insista l'adolescent.

William se retourna et observa la robe en soie bleu clair de sa femme. C'était l'une de ses préférées car elle était assortie à la couleur de ses yeux. Ses cheveux blondis par le soleil encadraient son visage et elle avait le teint doré. Avec tristesse, il songea qu'elle n'avait jamais été aussi belle.

— Oui, répondit-il simplement avant de se détourner.

Une heure plus tard, ils s'entassaient dans les voitures pour se rendre chez Alexis lorsqu'un taxi apparut au bout de l'allée.

— Pas possible ! s'exclama Julia, resplendissante avec son haut doré assorti à son bandeau sur le front.

— C'est Papa ! s'écria Viola avec bonheur.

La fillette courut en direction du véhicule.

— Coucou, mon ange ! lança Sacha tandis que sa fille se jetait à son cou.

— Tu m'as manqué, Papa.

— Toi aussi.

Il leva les yeux vers l'assemblée.

— Eh bien, quel accueil ! Vous êtes bien élégants. Vous sortez ?

— On va à une soirée, expliqua Viola.

— Ah… je peux venir aussi ?

— Bien sûr. Hein, Maman ?

— Il ne rate pas une occasion de boire un coup. Pas vrai, *chéri* ? Tu as sans doute reniflé l'odeur de l'alcool depuis Londres, railla Julia d'un ton sarcastique.

— Et si vous restiez là, tous les deux ? On emmène les enfants pour que vous puissiez bavarder, et vous viendriez nous rejoindre plus tard, suggéra William, plein d'espoir.

— Qu'il vienne plus tard s'il le veut ! Moi, j'y vais tout de suite. Allez, en route ! On va être en retard. À plus, *chéri*…

Elle fit monter ses enfants en voiture. Résigné, Sacha haussa les épaules et regarda sa femme claquer la portière.

— Changement de programme, dit William à Helena. Je reste ici avec Sacha, le temps qu'il se change, puis je l'emmène chez Alexis. Tu t'occupes des autres.

— Tu sais où aller ?

— Vaguement. Je trouverai. Viens, Sacha. On va discuter un peu.

Journal d'Alex

21 juillet 2006

Je ne cède pas souvent à la colère, une de ces rages brûlantes qui rongent de l'intérieur.

Je comprends désormais pourquoi un homme peut tuer dans un moment d'émotion intense. C'est ce que j'ai ressenti ce matin, au bord de la piscine.

J'aurais dû me douter que les choses ne fonctionneraient pas comme prévu.

Immy, ma fidèle assistante, a fait un gros caprice parce qu'elle ne pouvait pas mettre sa tenue préférée pour jouer les espionnes.

Hélas, un gnome hypertrophié drapé de tulle rose vif et chaussé de tongs à paillettes avec des lunettes de soleil en forme d'étoiles ne serait guère passé inaperçu parmi les oliviers. Immy aurait vendu la mèche. J'ai donc dû la laisser faire et affronter seul les retombées.

Rupes s'est présenté à l'heure convenue, avec ses immondes lunettes noires pour se donner un air cool.

— Tu as la lettre ? m'a-t-il demandé, de l'autre côté de la piscine.

Il se tenait les jambes écartées, les bras croisés, tel le capitaine d'une équipe de rugby sur une photo de groupe. Il ne me faisait pas peur. Enfin, pas trop.

— Tu as le lapin ?

— Ouais. Fais voir la lettre, d'abord.

— Fais voir le lapin.

Rupes est allé chercher un sac en plastique sous le matelas d'une chaise longue. Sans doute l'y avait-il caché plus tôt. J'aurais pu le récupérer en évitant ces palabres ! La tête de Bunny dépassait du sac. J'ai donc brandi l'enveloppe.

— Elle est en français, comme promis.

— Lis-la-moi.

— Pas de problème… « Ma Chloé chérie, une nouvelle étoile brille au firmament tel un ange qui éclipse les vieilles planètes usées. Tes yeux sont des… »

— C'est bon, ça suffit ! coupa Rupes, écœuré. Donne-moi ça !

— Je veux Bunny en même temps. On va marcher l'un vers l'autre et effectuer l'échange.

Rupes a haussé les épaules et a contourné le bassin. Nous nous sommes retrouvés du côté le plus profond.

Je voyais bien qu'il était en nage. Moi, j'étais frais comme un gardon.

— Tiens.

J'ai tendu la main pour saisir le sac.

Il a empoigné la lettre et moi les poignées du sac. Au dernier moment, il m'a vivement arraché le sac et l'a jeté à l'eau.

Avec effroi, j'ai compris qu'il n'allait pas flotter. Mon précieux Bunny a sombré lentement.

— Merci pour la lettre, m'a lancé Rupes en brandissant l'enveloppe avec un rire hystérique. Tu n'as qu'à travailler ton style au plongeon pour sauver ce vieux bout de chiffon. Dommage que Chloé ne soit pas là pour t'encourager !

— Salaud !

En déboutonnant mon bermuda, je me suis rendu compte que je ne portais pas de caleçon en dessous, alors je l'ai reboutonné.

— Allez ! Je te regarde ! a raillé Rupes quand j'ai sauté à l'eau.

Mon bermuda trempé aux poches pleines de trucs m'entraînait vers le bas. J'ai pris une grande bouffée d'air et j'ai plongé. Le chlore me brûlait les yeux (Je ne nage jamais sous l'eau sans masque pour ne pas avoir l'air du diable en sortant) et j'ai cherché Bunny à tâtons.

Il n'avait pas pu aller bien loin. Il était tellement léger. Pourquoi n'a-t-il pas flotté ? Je suis remonté prendre un peu d'air, la vision troublée. Rupes était mort de rire. Encore une expression absurde. S'il était mort, il n'aurait pas pu rire. Mais je m'égare.

J'ai replongé, les poumons en feu à cause du manque d'oxygène. Et là, au fond de la piscine, à plus de deux mètres de profondeur, gisait Bunny.

En remontant, j'ai regretté de ne pas pouvoir enlever mon bermuda. Hélas, je n'étais pas en état d'endurer une remarque perfide sur l'aspect lilliputien de mes parties. J'ai donc replongé et, cette fois, j'ai réussi à attraper le sac. J'ai tiré dessus, tiré encore. Il ne bougeait pas. Juste avant de suffoquer, je suis remonté à la surface. La tête me tournait. J'ai dû nager vers le bord et m'accrocher pour reprendre mon souffle. Imaginer Bunny se noyant au fond de l'eau, sa non-fourrure rongée par le chlore, m'a incité à poursuivre le combat. J'ai pris une dernière bouffée d'air et plongé pour saisir les oreilles de mon ami en tirant de toutes mes forces. Il a bougé. J'avais l'impression de traîner un sac de deux tonnes.

J'aurais pu me noyer. Mon pire ennemi et mon meilleur ami m'auraient tué.

Sortant une main de l'eau, j'ai tâtonné avant de me hisser sur le bord, toussotant et suffoquant. J'ai vu Rupes, hilare, au-dessus de moi.

— Je fais simplement ce que ma chère Maman m'a demandé : je te prépare pour la pension. Salut, Alex !

Il s'est éloigné avec un sourire narquois et un signe de la main.

J'avais les jambes en coton en émergeant de la piscine, avec mon Bunny, et je me suis écroulé sur le carrelage.

J'ai observé mon lapin pitoyable et trempé. Et là, j'ai vu qu'il avait une grosse pierre attachée aux pattes. L'oreille par laquelle je l'ai tiré ne tient plus qu'à un fil.

J'ignore comment j'ai survécu à cette journée, mais j'ai tenu le coup. En proie à une fureur et une humiliation sans limite, j'ai songé à m'enfuir, à prendre le prochain vol pour Marrakech. J'aurais pu devenir charmeur de serpents, à condition de surmonter ma phobie des reptiles. Mais je ne voulais pas faire de la peine à ma mère.

Je dois donc me rendre à cette soirée où mon ennemi sera aussi. Je me console en me disant qu'il a l'air d'un gros cochon rose avec cette chemise, et que Chloé l'ignore complètement. J'en profiterai pour élaborer une vengeance adaptée et juste. Il peut me faire confiance pour ça.

15

La fête avait lieu dans une vaste cour, devant une façade couverte de vigne vierge, sur l'un des points culminants du village. Les lieux étaient éclairés de guirlandes lumineuses, dans les branches des oliviers argentés, et de dizaines de torches.

Derrière des buffets, des femmes de la région garnissaient des assiettes de mets appétissants : feuilles de vigne farcies, porc et agneau grillés, *spanakopita* et poisson grillé, sans oublier diverses salades.

À l'arrivée de la délégation de Pandora, la fête battait son plein. Trois musiciens chypriotes jouaient dans un coin, par-dessus le brouhaha des conversations de plus de deux cents invités. Le vin coulait à flots, tiré directement d'énormes tonneaux en chêne.

— Le paradis des poivrots, souffla Julia en prenant un verre de vin blanc. Sacha adorerait…

Sur cette pique, elle disparut dans la foule.

— Je peux avoir du vin, Maman ? demanda Alex.

Chloé et Rupes se servaient déjà.

— Oui, une goutte, concéda Helena.

En buvant une première gorgée, elle se sentit étrangement seule. Elle ne se rappelait pas la dernière fois où elle s'était rendue à une soirée sans William. La situation était d'autant plus troublante qu'ils auraient dû célébrer leurs dix ans de mariage.

— Regarde, Alex, il y a un cracheur de feu, là-bas !

Abandonnée par Julia, Viola désignait l'autre extrémité de la cour.

— On peut aller voir ?

— Pourquoi pas ?

Ils fendirent la foule des invités tous élégamment vêtus.

— Tu crois qu'il va bien, mon Papa ? lui murmura la fillette à l'oreille en se hissant sur la pointe des pieds.

— Je n'en sais rien. Je pense que oui.

— Il ne va pas bien, insista l'enfant. Je le sens.

Alex prit sa petite main dans la sienne.

— Viola, les parents sont souvent bizarres. Essaie de ne pas t'inquiéter. Je suis sûr que s'il y a un problème, il s'arrangera. Je le sais d'expérience.

— William, c'est pas ton vrai Papa, hein ?

— Non.

— Tu savais que le mien non plus ? Et ma Maman non plus ?

— Oui, je le savais.

— Je l'aime comme si c'était mon vrai père. Il a toujours été là. Ça n'a pas d'importance, si ?

— Quoi ?

— D'avoir les mêmes gènes. Je suis sûre que mon vrai père n'aurait pas pu être aussi gentil que celui que j'ai. Tu l'aimes, toi, William ? Je le trouve très gentil, je suis contente qu'il soit mon parrain.

— Je… Oui.

— Tu crois qu'ils nous aiment autant que si on était vraiment leurs enfants ? demanda-t-elle.

— Bien sûr, Viola. Peut-être même davantage. Après tout, ils nous ont choisis.

Il l'étreignit un peu maladroitement, puis désigna les cracheurs de feu.

— Regarde ! Ils lancent les flammes !

— Ouah, fit-elle, émerveillée.

— Vous êtes là, tous les deux ? s'exclama Helena qui apparut derrière eux.

Une serveuse passait avec un plateau chargé de verres. Helena vida le sien et en prit un autre.

— Maman ! Fais attention. Au bout de deux verres, tu es pompette.

— Tu n'es pas là pour me surveiller, Alex. C'est une occasion spéciale.

— Pardon ! Viens, Viola, on verra mieux si on s'approche.

À nouveau seule, Helena erra dans la foule, à écouter les conversations animées de ces gens qui, de près ou de loin, étaient parents à la suite de nombreuses alliances. Parmi les invités réunis autour de l'orchestre, quelques couples commençaient à danser. Démétrios et sa fiancée, Kassie, irradiaient de bonheur.

Helena avait peine à imaginer que leur vie les éloigne un jour de ce lieu. Sans doute engendreraient-ils une génération de beaux garçons qui, à leur tour, reprendraient le vignoble.

Soudain, Helena ressentit de l'envie et une profonde tristesse.

— Comment va mon Helena, ce soir ?

Alexis se tenait derrière elle.

— Bonsoir, souffla-t-elle en se ressaisissant.

Elle ne voulait pas gâcher les festivités en cédant à la mélancolie.

— C'est une soirée merveilleuse. Encore merci de nous avoir invités.

— C'est moi qui vous remercie d'être venus, ainsi que mon fils. J'espère simplement que tu passes un bon moment.

— Oh oui !

Elle hésita un instant à aborder le sujet, mais s'y sentait contrainte :

— Il faut excuser mon éclat d'hier.

Il esquissa un sourire.

— Tu n'as pas à t'excuser. Je regrette simplement que tu ne m'aies rien dit autrefois. Ce qui est fait est fait. L'important, c'est d'avancer. Où est William ? Je ne l'ai pas vu.

— Il viendra plus tard avec le mari de Julia.

— Je vois, soupira Alexis. Je crains qu'il ne soit contrarié parce qu'il m'a vu tenir sa femme dans mes bras.

— Il l'est. Et ce sont nos dix ans de mariage.

— Dans ce cas, tu devrais lui expliquer les circonstances. William doit savoir. Cela l'aidera à te comprendre. Et moi aussi.

Si seulement c'était aussi simple, songea Helena.

La foule acclama les fiancés qui dansaient.

Alexis les regarda et sourit.

— Si seulement nous étions à leur place, à démarrer notre vie ensemble. Le destin en a décidé autrement, hélas. Sache que je l'accepte. Tu es à un autre et il t'aime. Vraiment, Helena, je tiens à m'excuser auprès de vous deux. J'ai eu un comportement inacceptable. Allez, viens, que je te présente quelques visages de ton passé.

Il tendit la main. Après une hésitation, elle la prit.

Les amis qui n'étaient que des gamins quand elle les avait rencontrés étaient à présent mariés. Ils étreignirent Helena avec chaleur, lui posèrent des questions sur sa famille et sur Pandora. Elle apprécia leur attention, mais les paroles d'Alexis résonnaient encore dans son esprit. William allait-il venir ou passerait-elle leur dixième anniversaire de mariage sans lui ?

C'était ce qu'elle méritait.

Les invités envahissaient la piste pour la danse traditionnelle, dont les pas se transmettaient de génération en génération. Julia et Sadie, les bras au-dessus de la tête, tentaient de suivre leurs partenaires.

— Papa ! Viens danser avec nous ! lança Démétrios en lui donnant une tape dans le dos.

— Alexis ! Alexis ! scanda la foule.

— Helena, danse avec lui, comme autrefois, lança Isaák, un vieil ami.

— C'est ça, va te pavaner sur scène. C'est ta spécialité, non ? s'écria Julia.

Plusieurs mains poussèrent Helena vers Alexis, au centre du large cercle d'invités qui s'était formé autour d'eux, et qui se tenaient déjà par les épaules.

— Tu te souviens ? demanda-t-il. La fête de mes dix-huit ans, ici même.

— Comment oublier ? murmura-t-elle.

— On y va ?

Il claqua des doigts au-dessus de sa tête pour signaler au joueur de bouzouki d'entonner les premières notes.

Le cercle se mit à bouger autour d'Helena et Alexis. Ils dansèrent chacun de leur côté. Les pas étaient gravés dans la mémoire d'Helena. La musique prit le pouvoir sur son corps. L'épouse, la mère de famille à l'aube de ses quarante ans avait fait place à l'adolescente insouciante qui dansait dans les vignes, au soleil, avec le garçon qu'elle aimait.

Si les pas étaient simples, au début, ils se compliquaient à mesure que le rythme accélérait. Helena commença à tournoyer autour d'Alexis. La foule les acclamait en tapant du pied. Il la prit dans ses bras et la souleva tel un derviche tourneur passionné.

Helena ouvrit les bras et rejeta la tête en arrière, en totale confiance. Les acclamations résonnaient dans ses oreilles.

Elle dansait ! Elle se sentait vivante, exaltée, merveilleusement bien…

Lorsque la musique ralentit, Alexis la déposa délicatement à terre. Son corps frôla le sien. Il prit ses mains dans les siennes et les embrassa, puis il l'écarta de lui afin qu'ils puissent s'incliner l'un vers l'autre.

La foule en voulait encore. Alexis finit par faire taire les invités :

— Merci, merci ! C'est trop pour un vieil homme.

Il sortit un mouchoir de sa poche et s'épongea le front. La foule protesta, mais il leva les mains pour obtenir le silence.

— Ce soir, nous célébrons les fiançailles de mon fils et de sa ravissante promise.

Helena s'éclipsa tandis qu'Alexis attirait son fils et sa future belle-fille vers lui.

— Tata Helena, tu as été géniale, commenta Viola, admirative.

— Ouah ! C'était sublime ! renchérit Sadie.

Plusieurs personnes se groupèrent autour d'elle.

— Je ne savais pas que tu dansais aussi bien, déclara Rupes.

— Moi non plus, fit une voix, derrière elle.

— William ! Où étais-tu passé ?

— Je m'occupais de Sacha. J'ai l'impression que tu te débrouillais très bien sans moi.

— C'est vrai. J'ai passé un très bon moment, répliqua-t-elle d'un air de défi. J'ai besoin d'un verre d'eau.

— Tu veux que j'aille t'en chercher un ?

— Non, merci. J'irai moi-même.

William lui emboîta le pas.

— Qu'est-ce qui se passe, nom de Dieu ?

— Rien ! Je dansais, c'est tout.

— Helena, tu es ma femme, non ?

— Oui. Qu'est-ce que j'ai fait de mal ?

— Je ne suis pas idiot ! Ça se voit comme le nez au milieu de la figure.

— Quoi ?

— Bon sang ! Tu veux que je te fasse un dessin ? Je t'ai accordé le bénéfice du doute, j'ai essayé d'ignorer que chaque fois que je m'absente de la maison, il rapplique. On dirait un rat parcourant une canalisation, à renifler partout.

Il saisit un verre de vin et en but une gorgée. En remarquant deux serveuses qui les fixaient, il entraîna Helena dans un coin tranquille.

— Je te parle de Monsieur Parfait, Monsieur le bon Samaritain, Monsieur Bricolo, comme l'appelle ton fils ! Hier encore, j'ai sorti les enfants pour que tu puisses te reposer, et qui je vois sur la terrasse en rentrant ? Lui ! Et tu étais dans ses bras, en plus !

— Il est venu voir si j'allais bien, répondit posément Helena.

— Je n'en doute pas une seconde. Et j'arrive ce soir pour vous voir danser ensemble, comme si vous étiez… en couple. Pour une fois, dis-moi la vérité ! Tu es encore amoureuse de lui, n'est-ce pas ? Pour l'amour du ciel, Helena, dis-le ! Dis-le !

Il la saisit un peu brutalement par les épaules.

— Arrête ! Je t'en prie ! Pas ici, pas maintenant… On en parlera plus tard, c'est promis.

Il la dévisagea, puis poussa un soupir à la fois exaspéré et résigné. Il la relâcha et secoua la tête.

— Je vais te dire une chose : je refuse d'être avec une femme qui ne veut pas de moi. Bon anniversaire de mariage, Helena !

Sur ces mots, il tourna les talons et fendit la foule.

Au bord des larmes, elle se dirigea vers un tonneau de vin pour remplir son verre. Au moment où elle le portait à ses lèvres, quelqu'un posa un bras sur ses épaules si maladroitement qu'elle renversa son vin.

— Salut, ma jolie !

— Sacha ! Tu es venu…, bredouilla-t-elle, redoutant le pire.

— Eh oui !

Il brandit une bouteille de cognac et but au goulot.

Bien qu'elle ait abusé de l'alcool, Helena se rendait compte qu'il était ivre mort.

— Tu as une sale tête.

— Sans doute, admit-il, chancelant. Pourtant,

je me sens au top. Vois-tu, mon ange, j'ai des raisons de faire la fête.

— Ah bon ?

— Oh oui !

— Lesquelles ?

Elle n'avait pas vraiment envie de le savoir.

— Dans quelques minutes, je serai libre ! Et tu sais ce que ça veut dire, ma douce Helena ?

— Non, je ne vois pas.

— Mais si… tu le sais ! Pour l'heure, il faut que je trouve ma délicieuse épouse pour lui annoncer la bonne nouvelle.

Il s'inclina devant elle avec emphase, puis s'éloigna en titubant. Helena le vit s'approcher d'Alexis, au centre de la piste. Elle chercha des yeux William, qui demeurait invisible.

— Mesdames et messieurs ! Excusez-moi de m'imposer ! fit-il d'une voix traînante. Je m'appelle Sacha Chandler et je voudrais ajouter mes félicitations à celles de ce monsieur. Quel est votre nom, déjà ?

— Alexis.

— Joli prénom ! répondit Sacha en lui donnant une tape dans le dos. Vous êtes marié ?

— Je l'ai été, oui.

— Oh… cela s'est mal terminé ? Vous avez suivi le parcours du divorce ?

— Non. Ma femme est morte, avoua Alexis, gêné.

La foule silencieuse retenait son souffle. William apparut soudain au côté de Sacha et posa une main sur son épaule.

— Allez, viens, mon vieux. On rentre à la maison.

— À la maison ? Je viens juste d'arriver ! s'écria

Sacha en repoussant William. Et j'ai une annonce à faire, moi aussi ! Où est Julia, ma chère épouse ?

— Je suis là, Sacha, répondit-elle, à l'arrière de l'assistance.

— Bien. J'ai quelque chose à te dire...

Il but une gorgée de cognac.

— Il faut que je le fasse maintenant, reprit-il. Tant que j'en ai encore le courage. Voilà, mon amour : mon entreprise a été liquidée, effacée de la surface de la Terre. Je n'ai plus un sou, plus de maison, non plus, à cause des hypothèques. La banque va la saisir. On est ruinés, mon ange, et je n'ai plus que les vêtements que je porte sur moi. Fini, les écoles privées pour les enfants. Ils devront aller dans le public. Et tes chevaux, ils finiront sans doute dans le wok d'un traiteur chinois !

Sacha rit amèrement de sa plaisanterie de mauvais goût. Il brandit sa bouteille comme pour trinquer avec des spectateurs stupéfaits.

— Alors, mesdames et messieurs, on a deux raisons de faire la fête ! On célèbre le début d'une union et la fin d'une autre. Santé !

Il but à nouveau une longue rasade.

Des murmures parcoururent la foule. Beaucoup demandaient à leurs voisins de traduire ses propos en grec. William parvint à entraîner son ami par le bras.

Helena surgit enfin de sa torpeur et se précipita vers son mari, oubliant provisoirement leur différend pour gérer le drame qui se déroulait.

— Qu'est-ce qu'on fait, maintenant ? souffla-t-elle.

Ils se tournèrent vers Sacha, qui s'appuyait sur son ami pour ne pas tomber.

— Va chercher Julia pour voir ce qu'elle veut faire, suggéra-t-il.

Helena obéit. Hélas, Julia et Rupes semblaient s'être évaporés. Elle ne trouva que Viola qui sanglotait sur l'épaule d'Alex.

— Qu'est-ce qui va se passer, Maman ? s'enquit-il au-dessus des boucles blond vénitien de la fillette.

— Je vais conduire tout le monde à la maison dès que possible. Le temps de réunir le groupe. Emmène Viola à la voiture. Elle n'est pas verrouillée.

— D'accord. Ne tarde pas trop, souffla-t-il.

— Promis.

Helena finit par débusquer William et Sacha sur un muret. Ce dernier était plié en deux.

— Julia a disparu avec Rupes, mais je veux ramener Viola et Alex à Pandora.

— J'ai proposé à William et Sacha de rester ici, ce soir, intervint Alexis. C'est préférable, le temps de calmer les esprits.

Helena interrogea son mari du regard. William opina de la tête.

— J'ai envie de vomir, gémit Sacha. Désolé…

Il fut pris d'une violente nausée.

— Rentre auprès des petits, Helena. Tu ne peux rien faire de plus, ici, dit William en sortant son mouchoir pour débarbouiller son ami.

Alexis fila chercher un verre d'eau.

— Préviens-moi si Julia réapparaît. Je vais rester là pour m'assurer que mon plus vieil ami ne s'étouffe pas dans son vomi.

— Tu es sûr que tu peux rester ici ? demanda-t-elle en espérant que son regard reflète ce qu'elle ressentait face à cette situation.

— Alexis et moi avons discuté à l'instant et il a des chambres d'amis. Je ne veux pas que les enfants voient Sacha dans cet état. De plus, Julia risque de péter les plombs. Elle aurait de quoi, soupira William.

— D'accord. On se tient au courant.

Elle aurait aimé déchiffrer son expression.

— C'est ça, conclut-il avant de reporter son attention sur Sacha.

Journal d'Alex

21 juillet (suite)

Que dire ? Je suis... sans voix. Du moins, je n'ai pas les mots.

Au contraire de certains dont le discours fut... mémorable, ce soir.

Sacha est encore loin de Winston Churchill, il faut bien le reconnaître, mais il était ivre mort et n'a pas bafouillé une seule fois.

Tu parles de vacances tranquilles !

Il est environ une heure et je suis terré dans mon antre. La tragédie grecque qui vient de se dérouler devant les villageois subjugués et ravis m'a affecté.

Je me sens terriblement coupable.

On dit qu'il faut se méfier de ses vœux pieux, car on peut être déçu lorsqu'ils se concrétisent. C'est le cas.

Dans la journée, en accrochant mon pauvre Bunny par les pattes sur une ficelle, à ma fenêtre, pour le faire sécher (je ne voulais pas le laisser sur la corde à linge de peur qu'il ne disparaisse à nouveau), j'ai imploré le ciel de punir Rupes comme il le méritait, car je ne trouvais aucun châtiment assez fort. Avec le temps, une idée aurait germé dans mon cerveau embrumé par le chlore et l'émotion.

Et voilà que le ciel m'a exaucé : Rupes est sans le sou et sans abri. J'aurais préféré qu'il soit castré, mais je ne vais pas chipoter.

Et surtout, il va devoir croupir dans un lycée pourri, si tant est qu'il en existe dans son quartier huppé. Puisqu'ils sont ruinés, ils devront déménager dans un taudis.

Rupes sera sans doute éliminé par une bande de racailles à capuche armées de couteaux qui effaceront les vestiges d'école privée qui restent en lui.

Le bonheur !

En revanche, il risque de prendre le contrôle, de devenir le chef de la bande et de sauver sa famille en devenant dealer. Il forcerait les membres de son gang à troquer joggings et baskets contre des mocassins en cuir et des pardessus de luxe. Il se ferait prendre, à la longue, victime de sa propre arrogance. Il se retrouverait en prison avec des violeurs et des pervers.

Je suis sidéré que mes vœux aient été exaucés, et si rapidement, mais l'expression de la petite Viola suffit à me culpabiliser à mort.

C'est une victoire à la Pyrrhus, hélas.

Julia et Rupes ont disparu comme deux amants, laissant la pauvre Viola pleurer à chaudes larmes sur mon épaule.

En arrivant à la maison, Maman, qui avait dessaoulé depuis son numéro de *dirty dancing* avec Monsieur Bricolo, a couché Viola et nous a ordonné d'en faire autant, à Chloé et moi.

On a bavardé un peu au pied de l'escalier avant de se séparer pour la nuit. Chloé avait l'air de trouver tout ça génial, mais elle avait bu encore plus que Maman, je crois, une habitude dont elle devra se défaire lorsque nous serons fiancés. Elle avait envie de me parler de Michel, le fils cadet rêveur de Monsieur Bricolo, qui est tellement beau... Encore une habitude qu'elle devra perdre.

Elle était fâchée parce que Maman l'avait obligée à quitter la soirée et à rentrer avec nous. Michel lui avait proposé de la raccompagner en scooter, plus tard. Sadie est restée, elle. Elle s'accrochait à un gamin qui voulait lui aussi la ramener en scooter. Je sais, c'est la meilleure copine de Maman et elle est rigolote. Toutefois, je pense qu'il faut savoir accepter qu'on a fait son temps. Vers vingt-cinq ans, disons.

La minijupe de Sadie faisait concurrence à celle de Chloé. Je pense vraiment que quelqu'un, Maman, par exemple, devrait la prendre en main et lui dire d'adopter des tenues plus adultes. De préférence d'inspiration bonne sœur, ou au moins en dessous du genou.

Une Lolita défraîchie, voilà à quoi elle ressemble.

J'ai vu le film *Le Lauréat* et je n'ai pas compris. Vraiment pas.

Je me déshabille et je m'allonge dans mon lit... dans une mare.

Nom de Dieu !

Au-dessus de moi, Bunny tente encore de battre le record du monde de la suspension tête en bas. Il a passé les dernières heures à s'égoutter sur mon oreiller et mes draps. Je me relève pour le détacher. Il est relativement sec. Pas étonnant, car toute l'eau est tombée dans mon lit.

En faisant demi-tour, je m'installe à l'autre

extrémité du matelas. Ce sont mes pieds qui vont choper une pneumonie.

Je ferme les yeux et j'essaie de dormir, mais l'adrénaline m'en empêche. J'ai l'impression de courir vers le sommet d'une colline par cinquante degrés. Je n'arrive pas à calmer les battements de mon cœur, à me détendre, et je sais pourquoi.

Sans parler de Rupes et son étrange famille, la mienne n'est pas au top.

Cette danse... Elle et *lui*.

Les ramifications sont franchement terrifiantes. La pince à linge, l'épingle à nourrice qu'est ma mère semble s'être détachée de Papa. Cela signifie qu'elle pourrait nous priver tous de notre vie.

Le fait que j'aie un beau-père, que nous n'ayons d'autre choix que de nous tolérer mutuellement, qu'il refuse d'acheter des glaces coûtant plus d'une livre sterling, et qu'il me trouve étrange parce que je préfère Platon à Pelé, tout cela est loin d'être la perfection.

Pourtant, ce soir, je me suis rendu compte que ce n'était pas si mal. William est plutôt correct. Il est... rassurant, comparé à d'autres que je ne peux citer... *Il* n'est pas une alternative.

Quelqu'un frappe doucement à ma porte.

— Alex ? Tu es réveillé ?

C'est Viola. Flûte...

— Euh... non, pas vraiment.

— D'accord.

J'entends ses pas feutrés s'éloigner. Je me sens si coupable que j'arrive à me lever pour ouvrir la porte.

— Ça y est, je suis réveillé, dis-je à un petit fantôme en chemise de nuit blanche. Tu vas bien ?

Elle secoue négativement la tête.

— Maman est rentrée avec Rupes. Elle a fermé la porte de sa chambre à clé et m'a dit de m'en aller, murmura-t-elle tristement.

Je tends la main vers elle.

— Tu veux passer un moment dans mon placard à balais ?

— Merci, souffla-t-elle en me prenant la main pour me suivre à l'intérieur.

16

À cinq heures et demie du matin, à son réveil, William vit le soleil entrer par les fenêtres aux volets ouverts. Il mit quelques secondes à se rendre compte qu'il n'était pas à Cedar House, dans le Hampshire, ni à Pandora, mais dans une chambre d'amis de l'élégante demeure d'Alexis Lisle, adjacente à son entreprise viticole.

Peu à peu, les événements de la soirée de la veille envahirent son esprit embrumé.

Quelle pagaille…

Une fois bien réveillé, il se leva et observa la silhouette allongée dans le lit jumeau. Sacha respirait normalement et était profondément endormi. N'ayant guère de chance de se rendormir, William s'habilla et gagna la fraîcheur du couloir carrelé.

Le silence régnait dans la maison. Il sortit par la porte principale et s'aventura dans la longue allée, puis sur le chemin de terre, avant de s'enfoncer dans les rangées de vignes.

En marchant dans la lumière brumeuse du petit matin, il s'efforça de comprendre ce qu'il s'était déroulé lors de la fête. Outre les révélations avinées de Sacha, il se demandait s'il ne s'était pas mal conduit, lui aussi.

Avec Helena…

En la voyant danser avec un tel abandon dans les bras d'Alexis, il s'était senti consumé par la jalousie. Sa colère avait fini par exploser, après des journées de ressentiment et de confusion à s'interroger sur la nature exacte des relations entre Helena et Alexis.

Leur dixième anniversaire de mariage n'avait fait qu'exacerber ces sentiments.

William cueillit une grappe de raisin et mangea quelques grains, sachant que leur chair juteuse n'étancherait pas sa soif. Il faisait déjà très chaud et il avait besoin d'eau. Il revint sur ses pas en réfléchissant à la réticence d'Helena à se confier à lui.

Pourquoi avait-il l'impression qu'elle était toujours dans la retenue ? Cette attitude avait-elle un rapport avec Alexis ?

Il n'y avait qu'un moyen d'en avoir le cœur net : affronter Alexis lui-même.

En entrant, il entendit du bruit au fond d'un couloir. Il s'approcha et ouvrit la porte d'une grande cuisine inondée de lumière. Son hôte préparait du café.

— Comment ça va, William ? Vous avez bien dormi ? s'enquit-il avec un sourire compatissant.

— Pas très longtemps, mais oui, merci. Alexis, je tiens à m'excuser de vous avoir imposé cette scène malheureuse, hier soir.

— Ce sont des choses qui arrivent. Je viens d'aller voir Sacha et il dort comme une masse.

— Cela lui fera du bien de dormir. Il n'a sans doute pas fermé l'œil depuis longtemps.

— Du café ?

— Volontiers. Avec un verre d'eau, s'il vous plaît.

Alexis les servit et posa verre et tasses sur la table.

— Asseyez-vous donc. On pourrait se tutoyer…
Ils s'attablèrent face à face et sirotèrent le breuvage chaud et stimulant.

William rompit le silence :

— Excuse-moi si je choisis mal mon moment, compte tenu des événements d'hier… J'ai une question un peu directe à te poser… Qu'y a-t-il exactement entre toi et Helena ?

Alexis ne répondit pas immédiatement, puis il hocha la tête.

— Je suis content que tu me poses la question. Et que nous ayons cette occasion d'en discuter. J'avais l'intention de trouver un moment pour le faire. Donc… (Il soupira.) Ce n'est un secret pour personne, Helena et moi avons eu une idylle, autrefois. Après son départ, à la fin de l'été, je ne l'ai revue qu'une seule fois.

— Elle m'a affirmé qu'elle ne t'avait jamais recroisé depuis.

— C'est la vérité. Je suis allé la voir danser avec la troupe de la Scala à l'amphithéâtre de Limassol. Elle ignorait que j'étais là.

— Je vois, murmura William.

— Et j'avoue qu'en apprenant qu'elle revenait à Pandora au bout de tant d'années… Je ne peux nier qu'une partie de moi s'est demandé si nos sentiments mutuels pouvaient renaître. Je te le dis franchement, William. Je sais désormais qu'il n'y a que des souvenirs et de l'amitié entre nous. Il est évident qu'elle t'aime. Elle me l'a dit. Il faut me pardonner, William. Ne doute pas de ses sentiments pour toi. Et si j'ai suscité ce doute, je m'en excuse. Ce n'est pas la faute d'Helena, je te le jure.

— Merci, répondit William, soulagé. Mais je sens qu'elle garde des secrets. Il y a autre chose ?

— Pose la question à ta femme, mon ami.

Helena consulta l'horloge. Neuf heures passées ! Pourquoi les petits n'avaient-ils pas grimpé dans son lit ? Elle enfila son peignoir et descendit à la cuisine.

— Coucou, Maman ! Comme tu dormais encore, j'ai préparé le petit déjeuner pour Fred et moi ! annonça fièrement Immy.

Helena constata les dégâts. Elle ramassa une tablette entamée de chocolat à pâtisser et un bocal d'olives retourné. La table et le sol étaient couverts de farine et de sucre. Des bataillons de fourmis n'allaient pas tarder à débarquer.

— Bonjour, Maman, fit une petite voix, sous la table.

Helena souleva la nappe. Il lui suffit d'un regard sur le visage de son fils pour comprendre où était passée la moitié manquante de la tablette de chocolat.

— Bonjour, Fred, soupira-t-elle.

Incapable de se mettre au ménage sans avoir bu un café, elle mit la cafetière en route.

— Est-ce qu'Immy pourra préparer le petit déjeuner tous les jours, Maman ? C'est bon. Meilleur que le tien ! ajouta-t-il en jubilant.

— J'en suis sûre. Pourquoi n'êtes-vous pas venus me réveiller comme d'habitude ?

— On est venus, Maman, mais tu ne t'es pas réveillée. Tu devais être très fatiguée. Tiens, on t'a préparé une boisson.

Immy lui sourit en lui tendant un gobelet en plastique rempli d'une mixture verte malodorante.

— C’est moi qui l’ai fait. Goûte. C’est plein de bonnes choses.

— Je… dans une minute.

L’odeur lui donnait la nausée. La soirée de la veille lui valait une bonne gueule de bois.

— Où il est, Papa ? s’enquit Fred, depuis sa cachette.

— Il est parti avec tonton Sacha pour… travailler. Il reviendra plus tard.

Angelina apparut alors dans la cuisine.

— Bonjour, les petits !

Elle regarda sous la table et embrassa Immy.

— Vous vous êtes bien amusée, hier soir, Helena ?

— Oui, merci.

— D’après mes amis, c’était une belle fête. Et vous avez bien dansé avec Alexis, ajouta-t-elle, le regard pétillant.

— Tu as dansé, Maman ? s’exclama Immy, les yeux écarquillés.

— Absolument. Tout le monde a dansé. Angelina, vous pourriez les emmener à la piscine et les surveiller pendant leur baignade ? Cela vous plairait, vous deux ?

— Oh oui ! s’exclama Fred en émergeant soudain de sous la table.

— Je les emmène, dit Angelina. Mais d’abord…

Elle mit les mains sur les hanches et dévisagea les enfants :

— Qui a mis ce bazar dans ma cuisine ?

— C’est nous ! C’est nous ! cria Fred en sautillant sur place, sous les yeux d’Immy, qui affichait un air coupable.

— Alors on va ranger ensemble et, après, on ira se baigner, OK ?

— OK ! répondirent-ils à l'unisson.

Helena profita de l'occasion pour monter prendre une douche.

— Bonjour, tata Helena, je te cherchais.

Viola l'attendait au sommet de l'escalier.

— Comment ça va, chérie ?

L'enfant haussa tristement les épaules.

— Est-ce que ça n'était qu'un cauchemar ? demanda-t-elle.

— Oh, Viola ! Nous savons toutes les deux que non. Je regrette, ma chérie. Viens dans ma chambre, histoire de bavarder un peu.

— D'accord…

La fillette suivit Helena sur son petit balcon.

— La porte de la chambre de Maman est encore fermée à clé. Je viens d'essayer.

— Elle est sans doute endormie, mais si tu veux la voir, on peut la réveiller.

— Non. Elle dirait encore des horreurs sur Papa. Je suis sûre que tout n'est pas de sa faute.

— Viola chérie…, fit Helena avec compassion, tu dois comprendre qu'elle est aussi bouleversée et choquée que toi.

— Ils vont divorcer, tu crois ? D'après Alex, c'est possible.

— Je ne sais vraiment pas ce qui va se passer. Il faut qu'ils se parlent, c'est certain.

— Ils ne se parlent jamais ! Papa essaie et Maman lui crie dessus. Elle ne l'écoute pas. Qu'est-ce que je vais devenir, tata Helena ?

— Chérie, tu auras encore ton Papa et ta Maman, et Rupes. Tu devrais peut-être déménager, changer d'école, c'est tout.

— Ça, je m'en fiche. Je déteste l'école. Et si Papa et Maman divorcent, je reste avec Papa !

Elle se couvrit le visage de ses mains.

— Je l'aime encore, moi, même si Maman ne l'aime plus.

— Je sais, chérie, et il t'aime aussi.

— Si je ne peux pas vivre avec Papa, je peux habiter chez toi, à la place ? Tu es tellement gentille et Alex aussi. Je promets de t'aider, avec Immy et Fred, proposa Viola, en plein désespoir.

— Nous adorerions t'avoir avec nous, mais je doute que ta Maman soit d'accord.

— Ellc s'cn fichc. Tout cc qu'cllc vcut, c'cst son Rupes adoré. Ils devraient se marier, tellement ils s'aiment.

Viola émit un rire amer.

— Allons, ne dis pas cela ! Ta Maman t'adore.

— Non, tata Helena. Je me demande même pourquoi elle m'a adoptée.

— Parce qu'elle t'aimait et elle t'aime encore très fort.

Helena peinait à trouver des paroles réconfortantes.

— En plus, c'est une menteuse ! ajouta Viola, la mine sombre.

— Pourquoi tu dis cela ?

— Maman a de l'argent dont elle n'a pas parlé à Papa.

Helena se rappela une référence à l'héritage de sa mère, l'autre soir.

— Eh bien, c'est une bonne nouvelle, non ? La situation n'est peut-être pas si noire.

— Elle ne voudra pas partager. Ce n'est pas bien

parce qu'il partage son argent avec nous, lui. Tu crois que je devrais en parler à Papa ?

— Pas pour l'instant, non.

— D'accord... tu crois qu'il viendra nous voir, aujourd'hui ?

— Je n'en ai aucune idée, franchement. C'est à tes parents d'en décider.

— Et moi ?

— Chérie...

Elle attira la fillette sur ses genoux.

— Je suis désolée de ce qui s'est passé, mais, pour l'instant, tu es bien ici, avec nous. Papa et Maman vont trouver une solution, c'est certain. Ils ont subi un grand choc.

— Je veux voir Papa. Il a besoin d'un câlin...

— Je sais et tu lui en feras un bientôt. En attendant, et si tu allais chercher ton maillot de bain pour aller à la piscine avec Immy, Fred et moi ?

— D'accord, marmonna-t-elle en se dégageant de son étreinte.

À onze heures, Helena se sentait beaucoup mieux. Quelques longueurs de bassin et l'enthousiasme de ses enfants l'avaient revigorée, même si elle restait distraite par les événements de la veille.

Alex se joignit à eux, ainsi que Chloé. Ils organisèrent des jeux pour amuser leurs cadets. Helena fut soulagée de voir Viola pousser des cris de joie tandis qu'Alex la pourchassait.

— Helena, fit Angelina en s'approchant. Quand j'aurai fini le ménage, je pourrai emmener les petits au village ? Mes parents voudraient les rencontrer.

Alexis… enfin, je veux dire, Alex, Chloé et Viola sont invités aussi, s'ils le veulent.

— Je suis sûre qu'ils seraient ravis, Angelina. Ne vous donnez pas tant de peine.

— Ce n'est rien. On aime les enfants, ici. Peut-être qu'un jour, j'en aurai à moi. Pour l'instant, j'adopte les vôtres.

— J'en suis ravie, déclara Helena avec un sourire.

En regagnant la maison pour enlever son maillot mouillé, elle trouva Rupes seul sur la terrasse.

— Salut, Rupes, dit-elle, hésitante.

— Salut…

— Tu vas bien ?

Il haussa les épaules.

— Tu as vu ta mère, ce matin ?

Il hocha la tête.

— Elle allait bien ?

— D'après toi ?

Helena s'assit à côté de lui.

— Pas terrible, j'imagine, admit-elle.

— Elle a trop honte pour sortir de sa chambre. Elle ne peut affronter personne, pour l'instant.

— Je la comprends. Tu crois que ça lui ferait du bien que j'aille lui parler ? Si j'essayais de lui faire comprendre que personne ne la juge, que rien n'est de sa faute ? On veut juste l'aider… dans la mesure du possible.

— J'en sais rien, maugréa Rupes en haussant les épaules. Question de fierté, je crois.

— Je vois.

Helena le prit par le bras.

— Tout va s'arranger. Ces choses-là s'arrangent toujours.

— Non ! répliqua Rupes en repoussant sa main. Papa nous a gâché la vie à tous. C'est aussi simple que ça.

Il se leva et alla se réfugier dans les vignes pour qu'elle ne le voie pas pleurer. En entrant dans la cuisine, elle remarqua que son téléphone portable clignotait.

Un texto de William.

« Salut. Sacha est mal. À plus. »

Il manquait quelque chose. Un baiser.

Après le déjeuner, Angelina fit monter les enfants dans sa voiture pour les conduire au village. Rupes était toujours absent et Sadie n'était pas encore rentrée à Pandora. Prenant son courage à deux mains, Helena monta à l'étage et frappa doucement à la porte de la chambre de Julia.

— C'est Helena ! Je peux entrer ?

Pas de réponse.

— Julia, je comprends que tu n'as envie de voir personne, mais je peux peut-être t'apporter du thé ? Du café ? Une triple vodka ?

Au moment où elle allait renoncer, une voix s'éleva :

— Oh, et pourquoi pas, après tout ? Ce sera une quadruple vodka. C'est ouvert !

Helena entra. Assise en tailleur au milieu de son lit, Julia portait encore son haut doré de la veille. La pièce était jonchée de vêtements et l'énorme valise gisait à terre, à moitié pleine.

— Tu t'en vas ?

— J'y ai songé, avoua Julia, puis je me suis souvenue…

Elle ravala un sanglot.
— Je n'ai nulle part où aller…
— Julia…
Helena la prit par les épaules.
— Je suis désolée pour toi.
— Comment a-t-il pu laisser la situation se dégrader à ce point sans m'en parler ? s'écria-t-elle. Je ne suis pas un monstre, quand même ! Hein, Helena ? J'ai bien essayé de le faire parler de son travail… Mais, à chaque fois, il se ferme comme une huître et se sert à boire.
— Je suis sûre qu'il voulait te le dire. Les choses ont dû atteindre le point de non-retour où on a tellement menti qu'un mensonge de plus ne fait plus de différence. (Helena soupira.) Il a été bête de ne pas se confier à toi. Rien n'est de ta faute. Ne l'oublie pas.
— J'essaie, mais alors je le revois, en train d'exposer notre linge sale devant ces inconnus. Qu'est-ce qu'ils ont dû penser de moi ? Une femme dont le mari n'a pas pu se tourner vers son épouse dans une période difficile. Je me suis efforcée d'être une bonne épouse. Et ça n'a pas toujours été facile. Sacha n'est pas William.
— Je sais. Écoute, les enfants sont au village avec Angelina. La maison est vide. Et si tu faisais un brin de toilette avant de descendre manger un morceau avec moi, sur la terrasse ?
— D'accord. Merci, Helena.
Dix minutes plus tard, Julia était attablée et dévorait un sandwich au poulet qu'Helena lui avait préparé à la hâte, en buvant un grand verre de vin.
— Pour être honnête, je n'en reviens pas. Je ne

sais pas quoi dire. Je suppose que je devrais prendre Sacha au mot.

— Ce qu'il te faut, c'est une discussion franche avec lui pour savoir où vous en êtes.

— Je sais ce qui va se passer si je pose les yeux sur cet abruti : il n'aura plus une seule dent ! Non, je suis incapable de l'affronter pour le moment. Et s'il t'appelle, dis-lui de ne pas m'approcher avant que je ne l'y autorise.

— Si ça peut te consoler, il ne se sent pas mieux que toi.

— Plus jamais je n'aurai de compassion pour lui. La situation est assez grave ! Pourquoi m'humilier publiquement, ainsi que les enfants ? Je ne comprends pas. Qu'est-ce qui lui a pris, Helena ?

— Le désespoir, l'alcool…

— Oh, je sais qu'il a un problème avec l'alcool et il ne date pas d'hier. J'ai baissé les bras. Si j'ose en parler, il me traite de mégère. Que faire, dans ces conditions ? Tant qu'il n'aura pas reconnu qu'il a un problème, on est dans l'impasse. Comme mes perspectives d'avenir.

— Ça s'annonce mal, en effet. Il y a toujours une solution…

— Je sais que tu essaies de m'aider, mais je ne suis pas d'humeur à écouter les platitudes d'usage. En vérité, il ne m'a jamais aimée. Je me demande même pourquoi il m'a épousée.

— Ne dis pas ça, Julia ! Bien sûr qu'il t'aime !

— Non. Il ne m'aime pas et ne m'a jamais aimée. C'est un fait. Je le sais depuis le départ. Le problème, c'est que je l'ai laissé s'en tirer à bon compte pendant des années uniquement pour le garder, pleine de gratitude pour le peu d'affection qu'il m'octroyait.

— Je suis sûre...

— Ne te fatigue pas ! coupa Julia. Je sais que ça m'a rendue amère. Si tu savais sur quoi j'ai dû fermer les yeux, tu ne me croirais pas...

Julia se tut et se retourna pour étouffer un sanglot.

— J'ai tout essayé, j'ai soutenu ses ambitions d'artiste peintre, j'ai eu des enfants, j'ai même adopté la petite fille qu'il disait vouloir lorsqu'on n'a pas réussi à en faire une, je lui ai assuré un foyer confortable, un repas chaud sur la table chaque soir. J'ai même acheté des dessous affriolants, mais ça n'a rien changé. On ne peut pas forcer quelqu'un quand... il n'y a rien.

Helena ne savait que dire.

— Sacha cherchait quelqu'un qui le « répare », reprit Julia. J'ai toujours été raisonnable, et lui, un rêveur, la tête dans les nuages. Je l'ai fait redescendre sur terre. Je l'ai structuré. Le sens des responsabilités n'a jamais été son point fort, soupira-t-elle. Tu sais ce qui me tue vraiment ?

— Quoi ?

— La façon dont les gens ont pitié de lui ! Pauvre Sacha, obligé de vivre avec cette mégère ! Ne me dis pas que William et toi ne pensez pas la même chose ! Tout le monde est du même avis !

Julia frappa du poing sur la table. Helena attrapa la bouteille de vin avant qu'elle ne se renverse.

— Encore maintenant, je parie que les gens ont de la compassion pour lui et pas pour moi. Même Viola, ma propre fille, le protège et le défend contre moi. Une certaine personne sera ravie de me voir recevoir ce que je mérite.

— Je n'en suis pas si sûre.

— Allons, Helena ! Toi et William, vous me tolérez pour pouvoir le voir lui ! Je ne suis pas complètement idiote. Et j'en ai marre ! Vraiment marre !

Julia remplit son verre sous le regard d'Helena.

— J'aimerais tant être comme toi.

— Pourquoi voudrais-tu me ressembler ?

— Parce que tout le monde t'adore, Helena. Tu es entourée d'une aura, tu réunis les gens autour de toi, tu les inondes de ta lumière. Ensuite, ils ont la sensation que ta magie a déteint sur eux. Moi, je ne possède pas ton empathie, ton charme naturel. Je suis mal à l'aise en société. Eh oui, je suis timide, si tu veux le savoir ! Mes paroles et mes actes paraissent souvent déplacés. Alors que toi, même si tu te trompes, tu sais te racheter.

— Je te garantis que non, Julia. J'ai commis d'énormes erreurs, assura Helena avec ferveur.

— Comme nous tous.

Julia se détourna et but une autre gorgée de vin.

— Et peut-être... peut-être... que c'est préférable, souffla-t-elle. J'ai besoin de prendre un nouveau départ. Bon sang, je veux juste quelqu'un qui m'aime. C'est aussi simple que ça. Quoi qu'il arrive, je sais que je vais devoir affronter Sacha et discuter de la situation, mais pas encore, pas tant que je n'aurai pas remis de l'ordre dans mes idées. Il n'y a qu'une chose dont je sois sûre, c'est que notre couple est fini. Mort et enterré. Et ne me dis pas le contraire, je t'en prie, parce que je risque de hurler !

— Je ne dirai rien, promis.

— Ne t'en fais pas, je ne compte pas m'éterniser ici. Ma famille a déjà gâché ce qui aurait dû être des vacances reposantes pour vous. Accorde-moi quelques jours pour réfléchir, d'accord ?

— Rien ne presse, Julia. Reste aussi longtemps que tu voudras.

— Tu sais quoi, Helena ? Tu es adorable, en dépit de tout le reste…, soupira Julia. Bon, je monte essayer de dormir un peu. Ce vin m'a assommée. Cette nuit, je n'ai pas fermé l'œil.

— Je serai là au retour des enfants, ne t'inquiète pas.

— Merci. Et peu importe ce qui est arrivé par le passé, tu as toujours été une bonne amie. C'est important à mes yeux.

Julia serra si fort la main d'Helena que celle-ci grimaça presque de douleur.

Le cœur gros, Helena la regarda regagner la maison.

Et se demanda laquelle des deux se sentait le plus mal.

Journal d'Alex

22 juillet 2006

Cet après-midi, on s'est bien amusés. Une famille entière de Chypriotes inconnus nous a offert du gâteau dégoûtant, des biscuits immangeables et du café avec une substance bizarre, au fond.

Ils nous ont beaucoup parlé, aussi, malgré un léger problème : c'était du grec, autant dire de l'hébreu.

Au milieu de ce « thé chez les fous » digne d'*Alice au pays des merveilles*, Chloé a disparu en prétextant un saut à l'épicerie. Je l'ai implorée de me laisser l'accompagner, mais elle m'a répondu avoir besoin d'acheter des « trucs de fille », un argument rédhibitoire.

Cette zone secrète de la vie d'une fille est un autre univers. Dans mon ancien collège, elles passaient des heures dans un coin à se raconter leurs « ragnagnas ». Dès qu'un garçon s'approchait, elles gloussaient et chuchotaient, puis lui disaient de dégager.

Il est vraiment dommage que le grand fossé entre hommes et femmes se produise avec la puberté. Jusqu'à l'âge de onze ans, j'avais une meilleure amie, Ellie. On se pourchassait dans la cour et on partageait notre déjeuner, nos secrets. Elle me confiait ses béguins et je lui répondais que je n'en avais pas. Cette école ne regorgeait pas de sosies de Scarlett Johansson ou Lindsay Lohan.

C'est bien joli, la beauté intérieure, mais choisit-on un canapé hideux sur lequel on va s'asseoir pendant trente ans simplement parce qu'il est confortable ? Non seulement il est moche, mais les invités y voient une faute de goût.

Quitte à passer pour un type superficiel, j'opterais pour la version élégante et inconfortable.

Chloé, elle, est une méridienne design. Fine, le dos superbement sculpté, les bras délicats. Impossible de faire la sieste dessus. Un bel objet qui partirait pour des milliers de livres chez Sotheby's dans cent ans.

Elle me rappelle ma mère. Bien qu'elles ne soient pas parentes, elles ont des qualités en commun.

Dont la fidélité, j'espère.

Pour en revenir à Ellie, j'ai toujours senti que c'était pour moi qu'elle avait le béguin. C'était l'époque bénie où je n'avais pas besoin d'une échelle pour regarder une camarade dans les yeux.

En fait, j'étais le beau gosse de ma classe. Après le spectacle de fin d'année, *Oliver Twist*, durant lequel j'avais si bien chanté que le directeur avait séché quelques larmes, les filles faisaient la queue pour m'embrasser. Elles se jetaient à mon cou.

J'ai découvert que la notoriété était un aphrodisiaque puissant. Juste avant que les filles ne deviennent des géantes, en cinquième, et ne se métamorphosent en créatures mystérieuses venues d'une autre planète. Les tailles de soutien-gorge, le brillant à lèvres et… les ragnagnas s'allient pour créer un monde inaccessible aux garçons, comme si les hormones creusaient un fossé entre nous sans jamais le combler.

Il est presque minuit.

Papa et Sacha sont toujours absents et ne reviendront pas tant que Maman n'aura pas caché les objets tranchants de la maison pour empêcher Julia de tuer son mari. Julia a emmené Rupes et Viola dîner au village et Sadie est portée disparue, même si elle a envoyé un texto à Maman pour lui confier les détails sordides de sa fête du slip.

Maman devrait savoir que si elle laisse traîner son portable, je lis ses messages. Elle n'a jamais rien compris aux mots de passe et je ne vais certainement pas éclairer sa lanterne.

C'était plutôt agréable de dîner juste avec Maman et les petits. Je m'étais faufilé dans la chambre de Maman, dans l'après-midi, pour vérifier qu'elle n'avait pas bouclé ses valises. Et Papa non plus. Il ne l'a donc pas quittée. Pas encore. Lors du repas, elle ne semblait pas avoir envie de se séparer de lui. Pas encore.

Elle s'inquiétait surtout d'un texto de Chloé lui indiquant qu'elle et Michel rentreraient « plus tard ». Voilà donc où elle est partie, pendant le thé ! Oh non… je dois serrer les dents. Chloé a droit à sa liberté jusqu'à ce qu'on soit mariés. Parfois, c'est dur. D'autant plus qu'elle est avec le fils de Monsieur Bricolo…

En rentrant de notre thé, Viola a imploré Angelina de s'arrêter chez lui pour qu'elle puisse embrasser son père. Quel comble de l'ironie : un alcoolique ruiné qui se réfugie sur une exploitation viticole ! Viola a fait de moi son complice.

Lorsque nous sommes descendus de voiture, Monsieur Bricolo sortait du chai, tout sourire. Il a dit à Viola que Sacha était parti avec William et qu'il l'informerait qu'elle était passée le voir. En lot de consolation, il nous a emmenés dans la grange pour nous montrer une portée de chatons.

— Ce doit être très dur pour elle, m'a-t-il soufflé tandis que Viola caressait les petites boules de poils. Heureusement que tu es là.

— Je ne suis pas sûr qu'elle voie les choses comme ça, ai-je marmonné.

— Ne te sous-estime pas, Alex. Tu es un jeune homme gentil et bienveillant.

Il a invité Viola à venir voir les chatons quand elle le souhaiterait, puis nous sommes partis.

J'ai apprécié ce compliment. L'autre bonne nouvelle, c'est que même si Papa loge chez Monsieur Bricolo, ils ne se sont pas encore entre-tués. À moins qu'il n'ait menti et que Papa et Sacha ne soient enterrés quelque part dans les vignes…

En entendant frapper à ma porte, je me lève.

— Alex ? Tu es réveillé ?

— Oui, Maman.

Elle essaie d'ouvrir la porte que j'ai fermée à clé pour éviter toute intrusion.

Je ferais mieux de la laisser entrer.

17

— Je m'inquiète pour Chloé. Elle n'est pas encore rentrée, dit Helena en passant la tête dans l'entrebâillement de la porte.

— Elle rentre toujours tard, Maman.

— Je sais, mais, en l'absence de Papa, je suis responsable d'elle et je n'ai aucune idée de l'endroit où elle se trouve. Elle ne répond pas sur son portable. Tu n'as pas de nouvelles ?

— Non, désolé. Elle est avec le fils d'Alexis, non ?

— Oui. Je ne peux pas aller me coucher tant qu'elle ne sera pas rentrée et je suis crevée.

— Appelle Alexis pour voir s'il sait où ils sont allés.

— Il est presque une heure du matin et il a dû se coucher tôt, après la fête. Non… je vais devoir l'attendre, soupira Helena. Désolée de t'avoir dérangé, Alex. Dors bien.

Elle afficha un sourire las et referma la porte avant de retourner à la cuisine.

Elle se prépara une infusion de menthe et s'installa sur la terrasse pour guetter le retour de l'adolescente. Elle s'efforça de ne pas songer à ce que les trois hommes avaient pu se raconter, au domaine viticole.

En entendant une mobylette sur le gravier, elle sursauta et consulta sa montre. Deux heures et demie ! Sans doute s'était-elle assoupie. Au bout de dix bonnes minutes, Chloé foula les dalles de la terrasse à pas de loup.

— Bonsoir, Chloé, ou devrais-je dire bonjour ?

La jeune fille sursauta.

— Waouh, tu es encore debout ?

— J'attendais ton retour. Viens boire une tisane à la cuisine.

Ce n'était pas une suggestion, mais un ordre. Chloé la suivit docilement.

— Je peux avoir juste un verre d'eau ? demanda-t-elle en s'attablant. Tu comptes me passer un savon ?

— Oui et non, répondit Helena en remplissant deux verres. En l'absence de ton père, j'assure l'intérim. Je m'inquiétais pour toi.

— Je suis désolée, Helena. Papa rentre bientôt ? ajouta-t-elle, histoire de changer de sujet.

— On doit se parler demain et il me dira ce que Sacha compte faire. Julia est en haut. Elle refuse de lui parler.

— Ça ne m'étonne pas. Hier soir, c'était gênant.

— La situation n'est pas terrible, j'en conviens. Qu'en a pensé Michel ?

Helena voulait ramener la conversation sur le sujet qui la préoccupait.

— Que c'était le meilleur spectacle gratuit qu'ait eu le village depuis des années. Les gens ne parlent plus que de ça.

— C'est là que tu as passé la soirée ? Au village ?

— Oui. On est allés dans ce nouveau bar, en face de la banque.

— Je sais que tu as bu, Chloé. Je le sens à ton haleine.

— Tout le monde boit, à quatorze ans, de nos jours. Je n'ai pris que quelques verres de vin. J'ai passé une super soirée ! Michel m'a présenté ses copains. Ils sont cool, même si leur anglais est limité.

— Jusqu'à deux heures du matin ? Le bar ne ferme pas ?

— Michel m'a emmenée faire un tour en mobylette, ensuite, admit la jeune fille en rougissant.

— Chloé chérie, Michel a dix-huit ans et toi quatorze. N'est-il pas un peu trop âgé pour toi ?

— J'ai quinze ans le mois prochain, je te signale ! Papa et toi, vous avez bien six ans de différence. C'est quoi, le problème ?

— À ton âge, c'est beaucoup. C'est un adulte et toi, tu es encore une enfant. Au regard de la loi, au moins.

— Les garçons de mon âge m'ennuient, protesta l'adolescente avec arrogance. Rupes, par exemple. Quel crétin, celui-là ! Il m'a écrit une lettre d'amour en français. C'était ridicule ! Truffée de fautes et ringarde. Michel, c'est le mec le plus cool que je connaisse. Il est différent.

— Ah bon ?

— Oui ! Il est tellement doux, intelligent. Il me parle comme à une adulte et j'adore son accent. En général, j'ai l'impression d'avoir le contrôle, reprit-elle sans dissimuler un frisson de plaisir. Je sais que les garçons veulent sortir avec moi, mais je ne leur ai jamais accordé d'importance, si tu vois ce que je veux dire.

Helena voyait très bien.

— Il veut te revoir ?

— Il dit qu'il va emprunter la voiture de son père, demain, pour m'emmener voir le rocher d'Aphrodite, puis déjeuner.

— Chloé, je ne voudrais pas te faire la morale ou me prendre pour ta mère…

— Alors ne le fais pas.

— D'accord… Mais je t'en prie, sois prudente.

— C'est promis. Je ne suis pas débile. Sache que je le suis toujours, si tu vois ce que je veux dire. La plupart de mes copines ne le sont plus.

— Fais en sorte que cela continue. Et dans le cas contraire, viens me voir et… on s'organisera.

— Merci, Helena. Tu es vraiment cool.

— Je ne cautionne pas, Chloé. Cependant, il vaut mieux prévenir que guérir. Et n'oublie pas que ce ne sera pas plus qu'un amour de vacances.

— Pourquoi ? Michel me disait justement qu'il a envie de vivre en Angleterre lorsqu'il aurait obtenu sa licence à l'université de Limassol.

— Je n'en doute pas. De toute façon, cette conversation ne rime à rien. Tu ne le connais que depuis hier…

— J'ai l'impression de le connaître depuis toujours.

— Je comprends, mais si tu dois le voir régulièrement, on doit fixer certaines règles, d'accord ?

— D'accord, fit-elle en haussant les épaules. Je peux sortir avec lui, demain ? S'il te plaît ?

— Je dois d'abord en parler à ton père. Et si Michel est aussi mûr que tu le dis, il comprendra qu'on veuille savoir où tu es. Tu es mineure.

— D'accord.

— Et la règle fondamentale, c'est que tu dois être

rentrée à minuit. Ainsi, on pourra aller se coucher en te sachant saine et sauve. D'ailleurs, j'y vais de ce pas.

— Écoute, puisque je serai partie toute la journée, je me lèverai pour les petits, demain matin, et je leur préparerai leur petit déjeuner. Comme ça, tu pourras faire la grasse matinée. Qu'est-ce que tu en penses ?

— Marché conclu. Tu dois être amoureuse…

— Merci ! À demain.

Quelques minutes plus tard, allongée dans son lit, Helena était trop fatiguée pour trouver le sommeil. Autrefois, c'était elle qui regagnait Pandora à pas de loup, au petit matin. Et Angus, qui avait guetté son retour dans son bureau, la réprimandait.

Et voilà qu'elle avait la même conversation avec sa belle-fille, à propos du fils de l'homme qu'elle avait aimé…

Les choses étaient différentes, à présent. Il existait une liberté à laquelle Alexis et elle n'avaient pas eu droit. Les barrières étaient tombées dans bien des domaines.

S'ils le voulaient vraiment, Chloé et Michel avaient peut-être une chance.

Helena se rendit compte, non sans amertume, qu'une union entre leurs enfants ferait d'eux des parents par alliance. Loin de ce qu'ils avaient imaginé à l'époque…

À l'étage, Helena aidait Angelina à changer les draps, le lendemain, lorsque Alex apparut, son portable à la main.

— C'est Papa. Il veut te parler, annonça-t-il.

— Merci… Allô, chéri ? Qu'est-ce qui se passe ? Je me suis inquiétée.

Alex faisait mine de s'attarder. Elle sortit sur le balcon.

— Salut, répondit William. Je voulais savoir si Sacha était avec toi.

— Non. Je le croyais avec toi.

— Nom de Dieu ! s'exclama William. Il paraissait plus calme, en émergeant, ce matin. Un peu plus raisonnable. Alexis et moi lui avons servi un petit déjeuner en discutant avec lui. Je lui ai dit qu'il devait rentrer en Angleterre dès que possible pour négocier avec les banques. Il a alors déclaré qu'il voulait faire un tour en voiture, être un peu seul. Je lui ai prêté la voiture en lui faisant promettre de revenir quelques heures plus tard. Il n'est pas encore rentré et il est presque deux heures. Je pensais qu'il était peut-être allé à Pandora voir Julia. Au fait, elle a débarqué ici, tout à l'heure, pour s'excuser auprès d'Alexis.

— Sacha n'est pas là. Quand est-il parti ?

— Vers dix heures. Il y a presque quatre heures et il ne répond pas sur son portable. Je n'aurais pas dû le laisser prendre le volant. Et s'il avait eu un accident ?

— Il était sobre en partant ?

— Oui, mais ça ne veut rien dire, soupira William.

— Que pense Julia de sa disparition ?

— Elle est partie avec Alexis, qui voulait lui montrer quelque chose. Elle affirme qu'elle se fout de savoir où est son mari. Comment vont les enfants, d'ailleurs ?

— Tout le monde va bien. Tu sais peut-être déjà

que Chloé est sortie avec Michel, le fils d'Alexis ? Je t'ai envoyé un texto. Il est venu la chercher ce matin et a promis de veiller sur elle.

— Oui, je l'ai vu partir.

Un silence s'installa entre eux.

— Bon, je vais rester ici un peu plus longtemps pour voir si Sacha revient. Ensuite, je rentrerai.

— OK.

Elle respira profondément, redoutant la conversation qu'ils devraient avoir à son retour. En rentrant à l'intérieur, elle trouva Alex, qui traînait encore dans la chambre.

— Tout va bien ?

— À peu près. Papa va bientôt revenir.

— Tant mieux. Et Sacha ?

— Pour l'instant, on n'en sait rien, mais il va réapparaître.

Elle le prit dans ses bras.

— Je suis désolée que les choses soient un peu compliquées, ces derniers jours. Et merci d'être aussi gentil avec Viola.

— Franchement, Maman, il y a un problème entre Papa et toi ?

— Bien sûr que non ! Pourquoi cette question ?

— À la fête, il était furieux de te voir danser avec Monsieur Bri… enfin Alexis.

— Nous avions trop bu et les choses ont un peu dérapé, rien de plus.

— Ouais… Maman ?

— Oui ?

— Tu me jures que tu ne vas pas partir avec Alexis ?

Elle prit son visage hâlé entre ses mains et lui sourit.

— Je te le jure, chéri. Ce n'est qu'un vieil ami. J'aime William, j'aime notre famille. Vous comptez tous énormément pour moi, je t'assure.

— Ah..., soupira Alex, soulagé. Tant mieux. Et...

— Oui ?

L'adolescent sembla prendre son élan.

— J'ai... j'ai une autre question à te poser.

— Je t'écoute !

— Je ne me fâcherai pas. J'ai juste besoin de savoir. Est-ce qu'il... enfin, Alexis... est-ce que c'est mon...

— Helena ! Tu es là-haut ? Ah, te voilà !

Julia entra en trombe dans la chambre, les joues rouges, le regard fébrile.

— Devine quoi !

Alex leva les yeux au ciel et quitta la chambre d'un pas traînant.

— Qu'est-ce qui se passe, Julia ?

— Je suis allée voir Alexis chez lui et il m'a invitée à boire un verre de vin. Je me suis excusée, à propos de la fête. Il a été adorable. Selon lui, la plupart des invités n'ont rien compris ou étaient trop ivres pour comprendre, souffla Julia. Je me suis immédiatement sentie plus légère, au point que j'ai fini par lui raconter cette sombre histoire en déjeunant avec lui.

— Ça t'a fait du bien ? Tu as meilleure mine.

— Oh oui ! Tu savais sans doute presque tout, grâce à William. Il s'est montré plein de compassion et de compréhension ! Il m'a demandé ce que j'allais faire, maintenant. J'ai répondu que je n'en savais rien, car ma maison en Angleterre allait être vendue et que je ne voulais pas m'imposer à toi...

Elle reprit son souffle.

— Ensuite, il a déclaré avoir une maison à nous prêter, le temps qu'on retombe sur nos pieds. N'est-ce pas adorable ?

— Eh bien ! C'est adorable, en effet.

— J'ai proposé de lui verser un loyer. Je t'ai dit que j'avais un peu d'argent qui me vient de ma mère. Il n'a pas voulu en entendre parler. Il a affirmé qu'elle était vide, puis il m'a emmenée la voir et, pour être honnête, je m'attendais à une vieille baraque aussi délabrée que Pandora. Devine quoi ! Elle est flambant neuve ! Il l'a fait construire l'an dernier pour s'y installer le jour où son fils aura besoin de la grande maison. Helena, elle est sublime ! Au bout d'un chemin, en partant des vignes, entièrement meublée et avec une immense piscine. Alexis a choisi ce site parce qu'il offre la plus belle vue de tout le village. Je peux y rester aussi longtemps qu'il me plaira et il fournit le vin à volonté !

Épuisée, Julia s'écroula sur le lit d'Helena.

— Qu'est-ce que tu en dis ?

— On dirait bien que tu as trouvé ton preux chevalier, commenta Helena avec autant d'enthousiasme qu'elle le put. Je suis très contente pour toi, Julia. Tu sais que tu es la bienvenue ici, mais je comprendrais que tu veuilles ton espace personnel.

— Cet homme est un gentleman à l'ancienne. Je vais devoir l'inviter à dîner pour le remercier. Il ne sera qu'au bout du chemin…

Julia rayonnait comme une adolescente. Du jour au lendemain, elle avait rajeuni. Alexis avait dû lui accorder l'attention dont elle avait tant besoin.

— Bon, fit Julia en se levant. Tu as l'air crevée,

Helena. Je vais descendre tous les enfants à la piscine pour que tu puisses te reposer. OK ?

— OK.

Dans un élan d'affection peu coutumier, elle étreignit Helena.

— Merci pour tout.

Helena se réfugia sur le hamac. Elle avait besoin de réfléchir avant le retour de William.

Alors qu'elle s'assoupissait, elle entendit des pas fouler le tapis de feuilles couvrant le sol.

— Salut, ma jolie !

Elle sentit un baiser sur son front et ouvrit les yeux. Sacha.

— Qu'est-ce que tu fais là ? demanda-t-elle en se redressant. William se fait un sang d'encre !

— J'avais besoin d'un peu de temps pour moi, pour réfléchir. Où sont Julia et les enfants ?

— À la piscine.

— Ah, fit Sacha en hochant la tête. Je suis passé leur dire au revoir. Je prends l'avion aujourd'hui.

— Bien.

— J'ai pas mal de choses à régler en Angleterre. Dans ma tête et concrètement.

— Je m'en doute. Viola est dévastée.

— Elle a des raisons de l'être. Écoute, je voulais juste te dire, tant que j'en ai l'occasion, que je suis désolé pour… tout.

— Merci, répondit Helena en quittant le hamac. Tu devrais aller voir ta femme. Attends ici cinq minutes, que je sorte les enfants de la piscine. Tu as besoin de parler à Julia en tête à tête.

— Je sais. Écoute… je comprends que j'ai foiré.

J'ai été égoïste. J'ai fait du mal à tant de gens. Je les ai malmenés, y compris toi et William. Et je ne peux m'en prendre qu'à moi-même. Si je ne peux pas changer le passé, je tiens à me racheter.

— Ne serait-ce que pour tes enfants, déclara Helena, les bras croisés.

— Oui. Je… Helena, avant de partir… il y a une chose que je voudrais te demander… Je… Helena, je t'en prie !

Mais elle s'éloignait déjà.

Moins d'une demi-heure plus tard, Julia regagna la maison et trouva Helena dans la cuisine. Elle servait de la citronnade à Viola et aux petits, ainsi que du gâteau préparé par Angelina.

— Ça va ? hasarda Helena, prudente.

— Oui. Viola ? Ton Papa est au bord de la piscine, dit Julia. Tu veux aller le voir ?

— Oh oui ! s'exclama-t-elle en s'illuminant. Je peux quitter la table, tata Helena ?

— Bien sûr.

— Et nous ? firent Immy et Fred en chœur.

— Non, répondit Helena.

Viola partit en courant.

— Je suis contente que ce soit terminé, avoua brusquement Julia après le départ de la fillette. Je lui ai annoncé mon intention de divorcer.

— Tu es sûre de toi ? Tu ne préfères pas attendre que les choses se tassent ?

— Non. Je peux boire un verre ? Il est plus de six heures.

— Bien sûr.

— Bref, il acceptera mes conditions, apparemment. Il semblait sobre, pour une fois.

Julia gloussa en se servant du vin :

— Au contraire de sa future ex-femme, ajouta-t-elle.

— Il m'a dit qu'il retournait en Angleterre, déclara Helena.

— Oui, et je lui ai annoncé que je restais ici avec les enfants pour le reste de l'été. Il n'a qu'à se battre avec les huissiers pour savoir ce qu'on peut garder. Les chevaux doivent avoir de la valeur. Au moins, ils sont à mon nom. Il les vendra au meilleur prix, j'espère.

— Bonne idée, admit Helena, qui ne pouvait s'empêcher d'admirer Julia.

— Rupes refuse de voir son père. Il lui en veut terriblement. Il rêvait d'aller à Oundle ! Je vais devoir appeler l'intendant pour voir s'il peut l'aider.

— Ça vaut la peine d'essayer.

— Oui. En tout cas, le divorce ne traînera pas. Il n'y a pratiquement rien à partager. Grâce à l'argent de ma mère, je peux tenir le temps de retrouver un toit. Je dois repartir de zéro. J'ai besoin de réfléchir, mais les choses sont claires, enfin. Viola sera anéantie par le divorce. Au final, c'est sans doute préférable.

Journal d'Alex

23 juillet 2006

J'espère que, dans mon nouveau collège, on ne me demandera pas la traditionnelle rédaction sur le thème des vacances. Mon devoir serait si palpitant qu'ils me prendraient pour un mytho, un affabulateur. Ce ne serait pas la première fois, je l'avoue.

Faisons un point sur les effectifs actuels à Pandora :

Sacha est revenu et reparti.

Papa est arrivé, puis est parti conduire Sacha à l'aéroport. Avant de revenir.

Julia est partie. Et revenue.

Chloé est arrivée.

Michel est arrivé avec elle et reparti.

Papa est sur le point de repartir.

Maman part avec lui.

Sadie n'est pas encore rentrée ni repartie.

Et moi non plus.

Julia joue les baby-sitters pour tous les enfants afin que Papa et Maman puissent dîner ensemble et fêter avec retard leur dixième anniversaire de mariage. C'est bon signe. Quand on pense que

Julia et Sacha divorcent, elle a l'air gaie comme un pinson, ce soir.

Pourquoi un pinson ?

Au moins, Chloé est à la maison, ce soir. Michel l'a ramenée il y a une heure pour le dîner.

Il est beau gosse, ce Michel. Je l'ai bien observé, aujourd'hui, alors qu'il était attablé sur la terrasse. Chloé jouait les timides et lui tenait la main sous la table. Il est grand, mince, bronzé, et il a les yeux bleus de son père. Il ne me ressemble en rien et je serais vraiment étonné qu'il soit mon demi-frère, finalement.

Cela dit, l'apparence ne compte guère dans la loterie génétique. On voit souvent des enfants superbes se promener avec des parents dignes de la famille Addams.

Hier, j'étais à deux doigts...

J'avais réuni tout mon courage pour poser la question cruciale, j'avais coincé ma mère et je crois qu'elle était sur le point de me répondre. Et cette abrutie de Julia a débarqué pour tout gâcher.

Sois assurée, chère mère, que l'occasion se représentera. Je veux rentrer chez moi en sachant qui je suis.

Ces derniers temps, une pensée terrible me traverse l'esprit : Et si ma mère ne savait vraiment pas ?

Et si – comble de l'horreur – j'étais le fruit d'une aventure d'une nuit, après une soirée trop arrosée ?

Cette pensée m'afflige, mais pourquoi la moitié de mon patrimoine génétique est-elle un secret mieux gardé que le dénouement du dernier *Harry Potter* ?

Ce ne peut être aussi grave...

Comme toujours, je me laisse emporter par mon

imagination. Je suis vraiment obsessionnel depuis quelque temps. Aujourd'hui, j'ai presque réussi à lui poser franchement la question pour la première fois. Il suffirait peut-être que j'aie une discussion posée, de mère à fils, et que je lui demande sans détour.

C'est ça…

Sinon, je suis content. En fait, je ne me sens plus de joie. Mon ennemi juré part demain matin. Je n'aurai plus à m'enfermer dans mon placard à balais en attendant que les premiers effluves puants de lotion après-rasage flottent par le trou de la serrure pour m'alerter qu'il rôde dans le secteur. Bunny est enfin sec et mes draps aussi. Mon lapin a meilleure allure, après ce bain forcé. J'avais oublié qu'il avait été blanc.

Ce soir, Julia n'a pas arrêté de vanter les charmes de Monsieur Bricolo. Si elle parvient à fermer la bouche pendant quelques secondes, il y a des chances qu'elle lui plaise, à condition de lui bander les yeux et de lui enfiler un sac sur la tête.

Bon, là je fantasme.

Au moins, Maman m'a juré qu'elle n'allait pas s'enfuir avec lui. Je dois la croire. J'espère qu'elle dira la même chose à Papa, ce soir.

Et si cette histoire avec Michel n'est pas une simple tocade, je devrai trouver des moyens d'y remédier. Pour l'heure, je me contente de laisser faire.

Donc l'ambiance est plus calme. Le seul problème, c'est la pauvre Viola, qui erre dans la maison comme une âme en peine. Elle semble s'être attachée à moi, ce qui n'a rien d'étonnant vu que sa mère lui répète de ne pas se laisser aller, quelques heures à peine après que son père lui a annoncé le divorce de ses parents.

Chloé est gentille avec elle, elle aussi. Elle l'a emmenée dans sa chambre pour discuter entre filles. Après tout, c'est une enfant du divorce aussi. Ensuite, Viola s'est présentée à ma porte. J'ai d'abord cru que c'était Chloé tant elle embaumait de son parfum capiteux. Chloé lui en a offert un petit flacon, ainsi qu'un bracelet, pour lui remonter le moral.

Ce soir, Viola m'a confié que je l'avais aidée. C'est gentil. J'ai fait de mon mieux pour les câlins, je l'ai laissée pleurer. J'ai bien cru que mon lit allait être trempé, une fois de plus, alors qu'il vient à peine de sécher.

Je lui ai donné un autre livre de la bibliothèque, que j'ai classée par ordre alphabétique d'auteurs. J'ai sélectionné *Nicholas Nickleby*, de Dickens, qui aidera Viola à comprendre que certains ont une vie encore plus horrible que la sienne, même si la sienne n'est pas évidente, en ce moment.

Pour ce qui est de ma propre famille, il ne me reste qu'à espérer que le dîner de ce soir soit un succès.

18

— Bonne nuit, chéri. À demain, dit Helena en embrassant Fred sur le front, avant de se pencher vers Immy.

— Où tu vas ? demanda la fillette d'un air soupçonneux. Tu as du rouge à lèvres.

— Je sors avec Papa.

— Je peux venir ?

— Non. C'est juste Papa et moi. Chloé est à la maison. Il y a aussi Alex et Julia.

— Je l'aime pas, Julia ! Elle sent mauvais, commenta Fred.

— Ça suffit, gronda Helena en éteignant la lumière. Faites de beaux rêves !

En allant chercher son sac à main, elle entendit son portable sonner. Elle réussit tout juste à prendre l'appel.

— Helena ! *Cara !* Comment ça va ?

Cette voix du passé, elle l'aurait reconnue entre mille.

— Fabio ! Mon Dieu ! Quel plaisir d'avoir de tes nouvelles !

— C'est une surprise, non ?

— Tu m'étonnes ! Ça doit bien faire… plus de dix ans.

— Au moins.

— Qu'est-ce que tu deviens ? Et où as-tu obtenu mon numéro ?

— C'est une longue histoire, *cara*, que je te raconterai volontiers.

William appela Helena depuis le rez-de-chaussée.

— Fabio, je bavarderai volontiers avec toi pendant des heures, mais nous sortons dîner. Donne-moi ton numéro. Où es-tu, d'ailleurs ? Toujours à New York ?

— Non. Je suis de retour à Milan, en ce moment. Je voyage souvent pour la troupe de la Scala. Tu es en Angleterre ?

— La plupart du temps, oui. Là, je suis à Chypre. Mon parrain est mort et m'a légué sa maison. J'y passe l'été avec ma famille.

— Je viens à Limassol dans trois semaines ! Tu te rappelles notre danse, un soir d'été, dans ce superbe amphithéâtre ? Cela doit bien faire quinze ans...

— Comment l'oublier ?

Ce simple souvenir lui fit presque monter les larmes aux yeux.

— En réalité, nous ne sommes pas très loin de Limassol. Fabio, j'aimerais beaucoup te voir.

— Moi aussi, *cara*. Cela fait si longtemps. Je vais essayer d'avancer mon voyage à Chypre, histoire de m'incruster chez toi pendant un jour ou deux, annonça Fabio.

— Génial. C'est à ce numéro que je peux te joindre le plus facilement ?

— *Sì*, c'est mon portable. Tu peux m'appeler à n'importe quelle heure du jour ou de la nuit. Très bien, mon Helena, on se parle demain pour tout organiser. *Ciao!*

— *Ciao*, Fabio.

Helena demeura un moment interdite, son téléphone à la main, plongée dans ses souvenirs.

— C'était qui, Maman ? demanda Alex, sur le seuil.

— Mon ancien partenaire de danse à qui je n'ai pas parlé depuis au moins dix ans. Je suis contente d'avoir de ses nouvelles.

Elle sourit et embrassa son fils.

— Bon, je dois y aller, reprit-elle. Papa m'attend.

Assise à côté de William, dans la voiture, elle sentit son ventre se serrer à l'idée d'être enfin seule avec lui.

— On va où ? Je préfère éviter la taverne de Perséphone.

— Peyia ? suggéra-t-elle. Une jolie petite ville à quelques kilomètres d'ici, vers la côte. C'est moins pittoresque que Kathikas, mais je me rappelle un petit restaurant où Angus m'a emmenée, une fois. Le panorama était magnifique.

— Ça me va. C'est parti pour Peyia !

Au terme de quelques détours, ils atteignirent la bourgade qui grouillait de touristes. William gara la voiture et alla se renseigner sur le restaurant évoqué par Helena.

— On a de la chance, annonça-t-il en remontant en voiture. Le commerçant connaissait l'endroit dont tu parlais. Il m'a même dessiné un plan.

En se référant au bout de papier froissé, ils finirent par arriver à destination. Quelques marches de pierre menaient à une terrasse dallée. Les tables étaient éclairées par des chandelles, à l'abri d'une immense pergola couverte de vigne vierge. Ils parvinrent à trouver une table libre près d'un muret offrant une vue spectaculaire sur la côte.

— Bonsoir, Helena, je m'appelle William. Ravi de te rencontrer à nouveau.

Il lui tendit la main. Elle la prit et la serra poliment.

— Tu as raison, ça fait longtemps…

— D'une façon ou d'une autre, ces vacances ne sont pas celles qu'on avait imaginées… Enfin… Sacha est reparti pour l'Angleterre, Julia et compagnie s'installent dans la villa d'Alexis demain. Espérons que tout rentre dans l'ordre. Tu as choisi ?

— Je prendrai les souvlakis de poulet, répondit-elle, alors qu'elle n'avait aucun appétit.

— Et moi, le poisson.

William héla le serveur et passa commande, puis il leva son verre.

— Santé ! Et bon anniversaire de mariage, avec un peu de retard, chérie.

— Merci. Toi aussi, répliqua-t-elle, tendue.

— Tu disais dans la voiture que le fameux Fabio vient à Chypre. Tous les chemins mènent à Pandora, apparemment, qu'ils soient passés, présents ou à venir.

— Pure coïncidence. La troupe de danse de la Scala donne une semaine de représentations à l'amphithéâtre de Limassol, comme autrefois.

— J'aurais aimé te voir danser.

— Tu me vois tous les matins.

— Et le soir, aussi, ajouta-t-il avec un sourire narquois. Je voulais dire sur scène, chaussée de pointes et du tulle autour de la taille.

— En tutu.

— C'est ça, en tutu, railla William en buvant une gorgée de vin. Alors, comment ça s'est passé, pour toi, ces derniers jours ?

— Bien. J'étais occupée à veiller sur tout le monde.

— Ce n'est pas ce que je voulais dire.

— Je sais.

Elle tripota nerveusement un morceau de pain et décida de détourner la conversation.

— Sadie n'est pas rentrée. Tu te rends compte ? Elle est au village, avec ce garçon qu'elle a rencontré à la fête. Il paraît qu'il a vingt-cinq ans et est menuisier. Il a le plus beau corps qu'elle ait jamais vu, dit-elle.

— Tant mieux pour elle. Chérie, il faut vraiment qu'on parle. Alexis et moi avons eu une conversation. Il s'est excusé de son comportement inapproprié. J'admets qu'il est désagréable de voir un autre homme désirer ma femme. Bref, j'ai accepté ses excuses. C'est un type bien. Donc, ça, c'était son côté du problème. Et toi, Helena ? Tu as toujours des sentiments pour lui, au fond de ton cœur ?

— Non, William, je te jure que ce n'est pas le cas. Le revoir a fait remonter des souvenirs de jeunesse, c'est sûr, mais rien de plus, je te le promets. J'aimerais tellement t'en convaincre, soupira-t-elle.

— Je te crois. Qu'est-ce qu'on deviendrait si je ne te croyais pas ? J'ai eu tort de douter de toi. La confiance est ce qu'il y a de plus important dans un couple. Parfois, je me demande si tu en es consciente. Tu ne me confies jamais tes pensées intimes…

— C'est vrai, admit-elle. C'est quelque chose de difficile pour moi.

— D'après Alexis, tu as quelque chose à me dire.

— Ah bon ? balbutia Helena.

— Oui. En d'autres termes, il considère que tu dois me parler… pour ton bien.

William lui prit la main.

— Alors, chérie… de quoi s'agit-il ? Que t'est-il arrivé ?

— Je… je n'y arrive pas.

Helena sentit les larmes lui monter aux yeux.

— Bien sûr que si !

Ils furent interrompus un instant par le serveur. Helena en profita pour se ressaisir. Lorsqu'il se fut éloigné, William reprit la main de sa femme et poursuivit :

— Chérie, j'ai beaucoup réfléchi, ces derniers jours. Pas besoin d'être un génie pour deviner, alors je vais te faciliter la tâche. Alexis t'a mise enceinte, c'est ça ?

— Oui.

Enfin, cette vérité était sortie ! Même si Helena paraissait au bord du malaise.

— Qu'est devenu l'enfant ?

— J'ai avorté.

— Alexis le savait ?

— Pas à l'époque. J'ai découvert ma grossesse à mon retour en Angleterre.

— Tu la lui as cachée ?

— Oui. Il n'est au courant que depuis l'après-midi où tu as emmené les enfants à la plage.

— D'où votre trouble, à notre retour ! Je me doutais qu'il s'était passé quelque chose. J'ai soupçonné le pire. Maintenant, je comprends qu'il t'ait consolée. J'aurais réagi de la même manière si tu m'avais fait suffisamment confiance pour te confier.

Elle décela dans son regard de la colère mêlée à de la compassion.

— Je ne pouvais pas garder le bébé, expliqua-t-elle lentement. Comme j'étais interne au Royal Ballet School, j'ai dû attendre les vacances scolaires. J'ai trouvé l'adresse d'une clinique et j'ai pris rendez-vous. De retour chez moi, j'ai raconté à ma mère que j'avais mal au ventre et j'ai passé le reste de la semaine au lit.

— Tu as traversé cette épreuve seule ?

— Je ne pouvais le dire à personne. Je venais d'avoir seize ans et j'étais terrifiée.

— Et Alexis ? Tu aurais pu lui écrire, non ? Cela dit, il n'aurait jamais dû avoir de rapports sexuels avec une fille de quinze ans. Une partie de moi a envie de l'étrangler.

— J'ai prétendu avoir presque dix-sept ans. Je lui ai menti parce que je savais qu'il ne me toucherait pas, sinon.

— Et tu voulais qu'il te touche, fit William avec une moue. Désolé, Helena… cette conversation m'est pénible.

— Voilà pourquoi je ne t'ai jamais rien dit, murmura-t-elle.

— C'est aussi pour ça que tu étais tendue, avant de venir à Pandora ? Tu pensais qu'Alexis serait encore là et que la vérité sortirait au grand jour ?

— En partie, oui, avoua-t-elle. Je n'imaginais pas que tu t'en rendrais compte.

— Bien sûr que je m'en suis rendu compte ! Tout le monde a remarqué. On s'est tous inquiétés pour toi.

— Ah bon ? J'en suis désolée. Je...

Helena secoua la tête et tenta d'endiguer les larmes qu'elle ne se sentait pas en droit de verser.

— Je ne savais pas quoi faire.

— Pour ma part, répliqua son mari, je trouve que la vérité, même douloureuse, est toujours la meilleure solution. Maintenant que je suis au courant, chérie, je suis désolé que tu aies traversé cette épreuve seule, et si jeune.

— Tu n'as pas à t'excuser, William. Mon geste me hante. Je n'arriverai jamais à me pardonner.

— Il faudra essayer. Chacun agit pour le mieux, à un moment donné. Tu dois te rendre compte, avec le recul, que tu as pris la bonne décision. À moins, bien sûr, que tu n'aies vraiment voulu revenir ici pour épouser Alexis.

— C'était un amour d'été... Je... nous venions de deux univers différents et nous étions si jeunes ! J'ai coupé les ponts. J'ai jugé préférable qu'il ne sache rien.

— Tu as conservé ce secret pendant toutes ces années, sans jamais en parler à personne ?

— Oui.

— Et tu n'as eu aucun contact avec Alexis, ensuite ?

— Je viens de le dire... j'en étais incapable.

Ses yeux s'embuèrent à nouveau de larmes.

— Tu n'imagines pas la honte que j'ai ressentie... et que je ressens encore.

— À présent, tu iras mieux, j'espère. Et tu comprendras que tu n'avais pas le choix. Tu n'étais qu'une gamine à peine plus âgée que Chloé. Et tu connaissais moins la vie. Quel dommage que tu n'aies pas pu te confier à ta mère...

— William ! s'exclama-t-elle, horrifiée par cette simple pensée. Elle m'aurait fichue à la porte. Elle était très vieux jeu, comme une grand-mère, je suppose.

— Le fait de ne pas avoir une mère vers qui se tourner explique peut-être pourquoi tu as tant de mal à compter sur les autres. Et à faire confiance. Je t'en prie, chérie, tu sais que je suis là pour toi. Je suis sincère.

Il serra doucement sa main dans la sienne.

— Je sais. Je suis désolée.

— Puisque la franchise est de mise, j'ai une autre petite question.

— Laquelle ?

— Tu es certaine de ne pas vouloir me dire qui est le père d'Alex ? J'étais persuadé que c'était Alexis, et c'est aussi ce qu'il croit. Je suis revenu au point de départ.

— William ! Je te l'ai dit : ce n'était qu'un coup d'un soir.

Visiblement tendue, Helena fronça les sourcils.

— Je sais. Cependant, telle que je te connais, et surtout après ce que tu viens de me révéler, j'ai peine à y croire. Ce n'est pas toi, Helena ! Ou alors tu étais une autre, à l'époque.

— Une traînée, tu veux dire ? C'est ce que tu penses ?

— Bien sûr que non. Tu avais vingt-neuf ans quand je t'ai épousée. Tu avais un passé sentimental. J'avais connu des femmes, moi aussi. Ne crois pas que je te juge, mais, au bout de dix ans de mariage, j'aimerais connaître la vérité.

— On peut changer de sujet ? Je t'ai avoué ce que tu voulais savoir et...

Des larmes de fatigue et de frustration lui montèrent aux yeux.

— C'est bon, on arrête, concéda-t-il en la voyant désemparée. Merci de m'avoir parlé de ce bébé, chérie. Le pire est passé.

Si seulement, songea-t-elle avec tristesse.

Sur le chemin du retour, William lui prit la main, comme autrefois. Il semblait détendu. En garant la voiture devant Pandora, il se tourna vers elle.

— Je t'aime, Helena. Il faut me croire. Ce que tu as fait par le passé ne compte pas. Tu es une épouse, une mère, une femme merveilleuse, alors cesse de te torturer.

Il l'embrassa et lui caressa les cheveux.

— Je n'ai qu'une envie, t'emmener au lit. Rentrons discrètement par la porte de la cuisine...

Ils gagnèrent l'arrière de la maison. William ouvrit doucement la porte, puis ils montèrent l'escalier à pas de loup.

Plus tard, allongée dans les bras de son mari, elle savoura la fraîcheur de la brise du ventilateur sur sa peau nue. Naturellement, William s'était endormi juste après leur étreinte. Dans la tension des dernières semaines, elle avait oublié à quel point faire l'amour était réconfortant. Elle était heureuse de lui avoir parlé, même s'il y avait encore beaucoup de choses qu'il ne devait jamais savoir.

L'espace d'un instant, Helena se demanda si son histoire pourrait demeurer cachée, si elle pouvait rester ainsi pour toujours, à l'abri dans les bras de William. Sans appréhender le moment où il découvrirait la vérité… et la quitterait.

Helena ferma les yeux. Ce soir, il était avec elle et ils étaient à nouveau proches. Rien que pour cela, elle devait se réjouir. Enfin, elle s'endormit.

— Maman, tu es réveillée ?

Les cheveux soyeux d'Immy lui chatouillèrent le nez.

— Non. Je dors à poings fermés.

Elle savait que sa fille l'observait avec attention.

— Tu me parles, c'est que tu es réveillée.

Fred lui pinça le bras.

— Aïe ! s'écria Helena en sursautant. Arrête !

— Je te réveille, expliqua-t-il en toute logique. Je veux du lait.

— Bonjour, chérie, dit William en caressant l'épaule d'Helena. Je descends préparer du thé. Venez, vous deux ! Vous allez m'aider.

— Papa, pourquoi vous êtes tous nus, avec Maman ? demanda Immy tandis que son père l'entraîna hors de la chambre.

— Il a fait très chaud, cette nuit.

— Je trouve que tu devrais garder ta culotte, au lit, Papa.

— Moi aussi, renchérit Fred.

Helena sourit en entendant cet échange. Elle se sentait revigorée, comme dans la fraîcheur qui suit la tempête.

— On va peut-être profiter de nos vacances finalement, murmura-t-elle pour elle-même.

Août 2006

Les départs

Journal d'Alex

8 août 2006

Ces dernières semaines ont été ce que des vacances en famille devraient être.

Finis les tragédies grecques, les enlèvements de lapin, les fouleurs de raisin, les divorces et les ivrognes.

Après ces tensions, c'est plutôt plaisant.

Je déteste ce mot, « plaisant ». On dirait que l'on parle d'un pavillon de banlieue, d'un chien bien dressé, de rouler en Nissan Micra. La médiocrité de la petite bourgeoisie, la majorité du monde occidental.

Personne ne se trouve ordinaire. Dans ce cas, les gens se suicideraient. Nous aspirons tous à être spéciaux. Nous ne sommes pas des fourmis dont les colonies et l'organisation superbe ne cessent de m'impressionner. Elles me font penser aux nazis ou au Parti socialiste soviétique, ou aux millions d'adeptes de Mao : hyperentraînés et décérébrés.

J'aimerais bien rencontrer le chef des fourmis. J'imagine qu'il est sans doute, comme tous les dictateurs psychopathes, petit et moche, avec un penchant pour la moustache.

J'aurais peut-être un avenir tout tracé si je me laissais pousser la moustache…

À propos de suicide, Michel et Chloé sont toujours ensemble. En fait, ils ne se séparent presque jamais. Pire encore, il est sympa et je l'apprécie. Il est gentil, intelligent et poli.

Il adore Chloé et c'est réciproque.

Ma seule consolation, c'est qu'elle doit bientôt partir rejoindre sa mère dans le sud de la France. Elle va me manquer cruellement, bien sûr. Au moins, elle sera en sécurité. Et notre prochaine entrevue aura lieu à la maison ou sur le territoire scolaire.

Encore un cheveu dans la soupe. En arrivant ici, j'avais un été entier avant que la rentrée ne pointe le bout de son nez. Soudain, c'est le mois d'août. On n'est plus au début des vacances. On est sur la pente descendante.

L'autre jour, j'ai entendu ma mère commander des étiquettes à mon nom, au téléphone : *Alexander R. Beaumont.*

Je refuse de révéler à quoi correspond l'initiale « R » de mon second prénom. Je me contenterai de préciser qu'il est aussi horrible que l'uniforme sur lequel il sera cousu. Dans ce journal, je m'abstiens aussi de citer le nom du collège que je vais fréquenter. Tout ce que je peux dire, c'est qu'on y prend son petit déjeuner en cravate et queue-de-pie et que des générations de rois d'Angleterre y ont fait leurs études.

J'ai obtenu une bourse. On ne va pas se mentir, je ne serais jamais entré là-bas parce que j'étais bien né. Je connais uniquement la provenance de l'ovaire, pas celle du spermatozoïde.

Les autres sauront-ils que je suis un enfant illégitime ?

Au moins, cela prouve à quel point les mentalités ont changé. Cela étant dit, étant donné ce que j'ai lu sur la famille royale, je ne serai pas le seul à être de patrimoine génétique inconnu.

Ce qui m'angoisse, c'est que mes camarades ne connaîtront de moi que mon nom. Je vais devoir faire mes preuves face à de nouvelles personnes avec qui je vais cohabiter les cinq prochaines années, que cela nous plaise ou non. Mon port t'attache, la seule personne qui me comprenne, sera à des kilomètres de moi. Ma chambre, à la maison, restera vide pendant des semaines d'affilée.

Fred a déjà demandé à récupérer mon poisson rouge lorsque je partirai, et Immy mon lecteur de DVD. Ces petits vautours se délectent de mon départ prochain. J'aime à croire que je vais leur manquer. Malheureusement, ils vont s'habituer à mon absence. Cette famille est un seau d'eau. Si on en enlève un verre (moi), cela ne se voit pas.

Et s'ils ressemblaient tous à Rupes ? Je ne survivrais pas jusqu'à Halloween.

Je commence à paniquer sérieusement à la pensée d'intégrer mon nouveau collège dans moins d'un mois. Je ne suis qu'un garçon issu d'une famille normale, qui ne va pas à la chasse et ne joue pas au polo. Mon ancienne école était dépourvue d'équipements, aussi nous emmenait-on à la piscine en car une fois par semaine.

J'étais censé décider si je voulais aller dans ce collège, mais le jour où j'ai obtenu cette bourse, personne n'a pensé à me consulter. Ils ont tous considéré que ma décision allait de soi.

L'avantage, c'est qu'au moins, Chloé sera à quelques

kilomètres de moi. Nos deux établissements organisent des « danses ». Je ferais bien de travailler ma valse et ma rumba, moi qui ai déjà du mal à me trémousser sur *Crazy* de Gnarls Barkley…

Si cela me fend le cœur de voir Chloé avec Michel, la perspective de la savoir si proche de moi, à la rentrée, me rassure. Loin des yeux, loin du cœur ? Chloé est impressionnée que j'aie décroché cette bourse d'études. Maigre consolation face à un avenir solitaire en uniforme noir.

Je suis allongé sur mon lit, dans mon placard à balais. Je précise qu'il y a désormais une chambre libre, à l'étage, et que ma mère m'a proposé d'y retourner. J'ai décliné son offre. Bizarrement, je préfère rester ici. J'y suis à l'aise et je ne manque pas de lecture.

Ce soir, j'ai choisi des poèmes de Keats et je lis… *Lettres à Fanny*. C'est superbe. La tristesse et l'amour font bon ménage : c'est un truisme. Ça me fait du bien de savoir que quelqu'un d'autre a ressenti la même chose que moi, autrefois.

« Vous, votre âme, par pitié, donnez-moi tout, ne retenez pas un atome ou je me meurs. »

J'entends soudain des pas hésitants, dans le couloir. Une démarche masculine, et une féminine. Les larmes me montent aux yeux.

Je ne connais que trop bien la douleur d'un amour non réciproque.

19

Helena s'étira et effectua une arabesque. Elle garda cette position pendant quelques secondes, puis elle enchaîna les pirouettes sur la terrasse avant de s'effondrer sur une chaise, en nage.

À huit heures et demie, le soleil dardait déjà ses rayons brûlants. En ce mois d'août, la température avait monté d'un cran. Les occupants de Pandora étaient plus détendus. Même les petits semblaient en pleine torpeur. La chaleur avait eu le dessus sur leur énergie débordante. Ils dormaient jusqu'à neuf heures passées et la maison vivait au ralenti.

C'était ainsi qu'Helena s'était imaginé ce séjour à Pandora : des journées au bord de la piscine ou à la plage, la sieste après le déjeuner. William avait oublié son travail pour passer du temps en famille. Depuis qu'elle lui avait parlé de son avortement, ils s'étaient rapprochés, aussi bien physiquement qu'affectivement. Jamais Helena ne s'était sentie aussi épanouie et aimée qu'au cours des derniers jours. Après le chaos initial, Pandora était en train d'envoûter ses habitants.

Durant les longues soirées, ils restaient entre eux, sur la terrasse, sans invités. Michel faisait presque partie de la famille. Helena et William trouvaient préférable de l'accueillir sous leur toit et pour avoir un semblant de contrôle sur Chloé. La réprobation parentale et le frisson de l'interdit sont un mélange dangereux.

Si William était contrarié que sa fille soit amoureuse du fils de l'ex-amant de sa propre femme, il le cachait à merveille.

Alexis était venu dîner, convié par William. Tout malaise paraissait s'être dissipé. Les deux hommes étaient désormais liés par un respect réciproque et sincère. Sadie et Andreas, le jeune menuisier dont elle avait fait la conquête, se joignaient parfois à eux. Si la conversation d'Andreas était quasi inexistante à cause de son anglais limité, ils nageaient dans le bonheur. Selon les termes de Sadie, ils communiquaient sur ce qui comptait vraiment. Même Helena admettait que cet Adonis, tel qu'ils le surnommaient, était beau comme un dieu.

— Je vis le moment présent et je paierai l'addition demain, avait répondu Sadie, lorsque Helena lui avait demandé si cette histoire allait durer. Et même si je le savais, je serais incapable de le dire en grec. Ça me convient parfaitement.

Ils n'avaient pas souvent vu Julia depuis qu'elle avait quitté Pandora avec les enfants pour la villa d'Alexis. Viola en revanche revenait régulièrement grâce au vélo qu'Helena lui avait suggéré d'emprunter. Selon elle, sa mère allait bien. Helena se promit d'appeler Julia dans la journée. Elle ne voulait pas qu'elle se sente abandonnée, mais redoutait de faire quoi que ce soit qui puisse troubler la paix qui régnait enfin à Pandora.

Dès qu'elle eut retrouvé son souffle, après ses

exercices, elle traversa la terrasse en s'arrêtant pour admirer les fleurs qu'elle avait plantées dans les jardinières, déjà présentes du temps d'Angus. En cueillant quelques fleurs flétries, elle vérifia machinalement si la terre était humide. Les plantes étaient superbes. Les géraniums roses et blancs étaient deux fois plus grands que ceux qu'elle cultivait dans son jardin du Hampshire. Ils côtoyaient avantageusement les gardénias parfumés et les hibiscus rouges.

À l'extrémité de la terrasse, elle se pencha sur la balustrade pour contempler le reste du jardin, en direction des oliviers. Avec l'aide d'Anatole, un parent d'Angelina, elle avait entrepris de planter des lauriers-roses et de la lavande qui, avec un peu de chance, survivraient à la chaleur au fil des ans. Un papillon jaune voletait contre un ciel d'azur. Seul le chant des cigales rompait le silence.

Helena gagna la cuisine. Avec le recul, elle comprenait à quel point William avait raison. L'organisation de ces vacances avait été source de stress. Avant de revenir ici, elle ignorait ce qu'elle ressentirait en revoyant Alexis. Comment lui expliquer sa disparition, tant d'années plus tôt, après l'été qu'ils avaient partagé ? À présent, l'œil du cyclone était passé, emportant les toiles d'araignées pour ne laisser que la structure de ce puzzle complexe façonné par le destin et ses propres mains, si maladroites parfois…

Mieux valait vivre le moment présent, d'autant que c'était une très belle journée.

— Bonjour, chérie.

William apparut et l'embrassa sur l'épaule tandis qu'elle remplissait la bouilloire.

— Qu'est-ce qu'il y a de prévu pour aujourd'hui ? demanda-t-il.

— Pas grand-chose. Angelina doit préparer une chambre d'amis pour Fabio, qui arrive dans quelques jours.

— Je suis sûr que tu es impatiente de le voir. Je dois admettre que c'était génial d'être entre nous.

Il l'enlaça et l'embrassa dans le cou.

— C'est vrai, mais tu as vu juste : je suis excitée comme une puce. Cela fait si longtemps ! N'oublie pas que tu dois arracher Chloé à Michel pendant quelques heures pour l'emmener déjeuner, avant son départ. Tu devrais profiter d'un moment père-fille tant que c'est possible.

— Je ferai de mon mieux. Je vais avoir du mal à la convaincre de déjeuner avec son vieux père, quand on voit le charme et la jeunesse de Michel.

— Au fait, tu pourrais jeter un coup d'œil à ce tiroir dont je t'ai parlé, dans le bureau d'Angus ? Je ne voudrais pas l'abîmer en forçant la serrure, mais je brûle de savoir ce qu'il contient.

— J'emmène les enfants se baigner, puis je verrai ce que je peux faire.

Helena consulta sa montre.

— Il est presque dix heures ! Je n'aurais pas cru dire ça un jour, mais peux-tu aller réveiller Immy et Fred ? Sinon, ils refuseront de se coucher avant minuit.

Helena se mit à chantonner tandis que William s'éloignait. En regardant par la fenêtre, elle assista à un spectacle insolite. Rupes descendait l'allée, en équilibre précaire sur le petit vélo de Viola.

Il s'arrêta près de la porte du fond et s'approcha.

— Entre ! C'est ouvert ! lança Helena.

Rupes apparut, le visage écarlate et le tee-shirt trempé de sueur.

— Salut, Rupes. Tu veux un verre d'eau ?

— Oui, s'il te plaît. Quelle chaleur ! Je serai content de rentrer en Angleterre. La climatisation de la villa m'empêche de dormir.

— Hier, le journal titrait que c'est l'été le plus chaud depuis cent ans.

Helena alla chercher de l'eau fraîche dans le réfrigérateur et tendit un verre à l'adolescent.

— Comment va ta mère ?

— Ça va, répondit-il en vidant son verre en trois gorgées. Mieux, en fait. Ça ne pouvait pas aller plus mal, de toute façon.

— Non. C'est sympa de te voir.

— Ouais. J'ai un message. Deux choses : Maman veut vous inviter tous à dîner, ce soir, à la villa, si vous n'êtes pas pris.

— C'est gentil. J'allais l'appeler pour lui proposer la même chose. Il va falloir que je prévienne Angelina pour qu'elle garde les enfants, car il sera trop tard pour Immy et Fred...

— Et aussi... Alex est là ?

— Il doit être quelque part, oui. Tu veux que je l'appelle ?

— Merci.

Helena sortit dans le couloir.

— Alex ? Tu as de la visite, chéri !

— J'arrive, grommela une voix ensommeillée.

— Le voilà levé. On a tous pris l'habitude de faire la grasse matinée. Viola va bien ? Elle n'est pas venue nous voir, hier.

— Elle va bien. Notre père lui manque et elle ne supporte pas bien la chaleur, elle non plus.

— C'est normal, avec son teint de rousse.

Ne trouvant rien à ajouter, elle fut soulagée de voir entrer Alex. En constatant que son visiteur n'était que Rupes, il parut contrarié.

— Salut, Rupes.

— Salut, Alex.

— Qu'est-ce que je peux faire pour toi ?

— Eh bien…

— Je vous laisse entre vous, coupa Helena. À ce soir, Rupes. Vers huit heures ?

— Oui, d'accord. Alex… Tu sais, ce qui s'est passé dans notre famille ?

— Oui.

— Le problème, c'est que mes parents n'ont plus les moyens de m'envoyer à Oundle, même avec ma bourse de sport-études, qui ne représente que vingt pour cent des frais de scolarité.

— Je vois.

— Maman a appelé l'intendant pour lui expliquer la situation. Ils pourraient m'accorder une bourse intégrale, mais il faut que je passe des examens. Ils me veulent pour le rugby et je postule pour l'équipe d'Angleterre des moins de dix-huit ans, dans quelques semaines.

— C'est une bonne nouvelle, non ?

— Plus ou moins… En fait, je n'ai pas très bien réussi à mon examen général d'admission. Je n'avais pas vraiment travaillé parce que je savais qu'ils me prendraient pour le sport. Pour décrocher cette bourse, je dois passer un concours dans une semaine.

— Ah, fit Alex.

— Si je rate mon coup, je vais me retrouver dans un lycée pourri, continua-t-il, penaud.

— Pas faux. Qu'est-ce que je viens faire dans cette histoire ?

— D'après toi ? Chacun sait que tu as un cerveau grand comme la Russie !

— La Russie a perdu de sa grandeur, mais merci quand même.

— Alex, reprit Rupes en posant les mains à plat sur la table, il faut absolument que je réussisse cet examen. Je suis nul en anglais, encore pire en français et à peine passable en maths et en sciences. J'ai besoin de cours de soutien en sciences humaines. Tu… tu voudrais bien m'aider ?

Alex émit un sifflement.

— En gros, tu veux que je te donne des cours ?

— C'est ça. Maman s'est fait envoyer des annales. Tu serais d'accord pour les étudier avec moi ?

Alex poussa un soupir.

— Pour être honnête, Rupes, je ne suis pas sûr d'être la bonne personne. Je n'ai jamais enseigné.

— Tu es mon seul espoir ! Je te paierai, si tu veux. J'ai un peu d'argent de côté, contrairement à mes parents. Je suis prêt à tout.

— Rien ne garantit le résultat. Ça dépendra de toi, au final.

— Je vais bosser. Je ferai ce que tu me diras. S'il te plaît !

— D'accord, mais je ne veux pas de ton argent. J'exige que tu t'excuses d'avoir été salaud.

Rupes poussa un long soupir.

— Je m'excuse, souffla-t-il.

— D'avoir été salaud.

— D'avoir été salaud.

— Bien. Tu veux commencer quand ?

— Dès que possible.

— Autant s'y mettre tout de suite alors. Cet après-midi, je veux que tu rédiges un texte de cinq cents mots sur les solutions pour éradiquer le harcèlement scolaire et les sanctions à infliger aux harceleurs. Je te noterai et on passera tes erreurs en revue. OK ?

Rupert acquiesça en rougissant.

— Ça marche. Bon, je te laisse.

— À plus !

— C'est ça, à plus…

— Chérie ! J'ai réussi à ouvrir ce tiroir ! annonça William en entrant dans la chambre, ce soir-là.

— Ah bon ? fit-elle, impatiente. Alors ?

— Il est vide, hélas, mais il faudrait traiter le bois contre les vers qui sont en train de le ronger.

— Je pensais qu'on y trouverait un indice sur l'amoureuse d'Angus…, répondit-elle, déçue.

— Au moins j'ai réussi à l'ouvrir sans casser la serrure. Tu es prête ? Il est presque huit heures.

— Julia, tu es superbe ! N'est-ce pas, Helena ? fit William.

— Absolument, admit-elle.

En deux semaines, Julia avait perdu du poids et sa nouvelle silhouette lui donnait une certaine élégance en soulignant ses jambes fermes et bronzées. Ses cheveux châtains étaient striés de blond et accentuaient ses pommettes saillantes. Ses yeux sombres pétillaient d'une assurance renouvelée.

— Flatteurs !

Elle les conduisit sur la terrasse de la villa.

— J'avais perdu l'appétit. Un traumatisme est le meilleur des régimes. Et c'est gratuit, fit-elle avec un rire amer. Chloé n'est pas là ?

— Non. Elle est sortie avec Michel, naturellement, répondit Helena. Ils n'ont plus que quelques soirées ensemble avant qu'elle ne parte pour la France.

— Michel est un gentil garçon, déclara Julia. Il est venu réparer la climatisation, tout à l'heure. On prend un verre ?

— Bonjour, tata Helena et tonton William, dit Viola en embrassant son parrain, avant d'enlacer Helena. Devinez quoi ! Maman m'a laissée adopter un chaton !

— Seulement pour les vacances, Viola, corrigea Julia. Alexis s'en occupera après notre départ.

— Tu viens la voir ? fit la fillette en tirant Helena par le bras. Elle dort sur mon lit. Elle est tellement mignonne ! Je l'ai appelée Aphro, comme la déesse et parce qu'elle a de longs poils frisés, expliqua la fillette tandis qu'elles entraient dans la villa.

Quelques secondes plus tard, Rupes se présenta et fit signe à Alex, qui le suivit à l'intérieur.

— Alors, William, dit Julia alors qu'ils se retrouvaient tous les deux. Cette maison te plaît ?

Il foula les dalles neuves de la terrasse.

— La vue est digne de celle de Pandora, c'est certain, admit-il.

Julia désigna la vallée :

— Alexis l'a construite de façon à jouir de la meilleure vue sur la mer, entre ces deux collines, expliqua-t-elle. J'adore cet endroit. Tout est neuf, confortable. Si seulement je pouvais rester plus longtemps…

— Comment ça se passe ? s'enquit William. Je n'ai pas eu de nouvelles de Sacha depuis son retour en Angleterre. Pourtant, je lui ai laissé plusieurs messages.

— On communique par e-mails. Ils lui ont accordé six semaines pour faire les cartons et s'en aller. J'ai refusé de l'aider. Pour être honnête, je n'en ai pas la force. S'il avait mis l'acte de propriété à mon nom également, ce serait une autre histoire.

— C'est sûr, reconnut William. Que vont devenir tes affaires ?

— Il les mettra dans un garde-meubles jusqu'à ce que j'aie décidé où nous allons vivre, nous trois.

— Tu as une idée ?

Julia haussa les épaules.

— Je suis en stand-by. J'espère que Rupes obtiendra une bourse intégrale pour Oundle. Encore faut-il qu'il réussisse l'examen. Et si je retourne en Angleterre, je m'installerai sans doute près de son collège, en location. Viola devra fréquenter une école publique en attendant.

— Ça me paraît raisonnable.

— Une partie de moi refuse de retourner en Angleterre, comme tu l'imagines. Je suis bien, ici. Malheureusement, je vais devoir travailler.

— Que feras-tu ?

— J'étais un excellent agent immobilier avant de laisser tomber pour élever Rupes. Je trouverai bien quelqu'un qui m'engagera sur mon expérience.

— Je suis content que tu avances, Julia. Tu as passé une mauvaise période.

— Je n'ai pas vraiment le choix. C'est marche ou crève. Alexis a été génial. Il est l'opposé de Sacha à tous points de vue. Il est très attentionné avec nous, il partage même nos repas et pour lui rien n'est grave. Il a dû se rendre à Limassol, aujourd'hui, il sera donc un peu en retard.

— Maman, tata Helena a adoré le chaton ! annonça Viola.

La fillette franchit la porte-fenêtre en compagnie d'Helena.

— Comment ne pas craquer ? Elle est adorable, dit Julia en souriant à sa fille. Si on passait à table ?

William, Helena et Alex partirent juste avant minuit.

— On prend un cognac sur la terrasse ? suggéra William dès qu'Alex fut allé se coucher.

— Non merci. En revanche, je veux bien te tenir compagnie, répondit Helena.

Elle s'installa sous la pergola pendant que son mari allait chercher la bouteille.

— Encore un ciel limpide, commenta-t-elle.

— Oui. Les étoiles sont sublimes.

— Julia a changé, non ? Elle m'a paru plus… douce.

— Je vois ce que tu veux dire. C'est paradoxal, parce qu'elle a toutes les raisons d'être amère. Elle est moins brusque, plus heureuse et détendue que jamais. Tu as remarqué la même chose que moi, ce soir ?

— Tu veux dire Julia et Alexis ?

— Oui. Ils semblaient très à l'aise ensemble.

J'ignore si c'est réciproque, mais elle a clairement craqué pour lui.

— Qui sait ? Ils ont tous les deux besoin d'amour et d'une présence.

— Il y a quelques semaines, cette pensée ne m'aurait même pas effleuré, admit William d'un ton pensif. Même si ce n'est qu'une passade, cela ne leur ferait pas de mal.

— Il n'est pas homme à faire souffrir quelqu'un. Je suis curieuse d'assister à la suite des événements.

— S'ils allaient plus loin, cela te ferait quelque chose ?

Helena prit la main de William dans la sienne.

— Je te jure que cela ne me poserait aucun problème.

Journal d'Alex

9 août 2006

Je comprends à présent pourquoi les obsédés du contrôle se muent en monstres de pouvoir et pètent les plombs.

Henri VIII, qui a évincé Dieu pour reprendre son rôle en fondant l'anglicanisme.

Staline, Hitler, Mao, ces incarnations du diable.

George Bush, qui ne tolère que son propre Dieu.

Et Tony Blair, qui a perdu ses cheveux en même temps que ses bonnes intentions.

Ce soir, en lisant la dissertation affligeante de Rupes, qui ne lui permettrait même pas d'entrer à la maternelle, d'autant moins dans un pensionnat huppé, j'ai soudain eu cette impression.

Tandis qu'il me dévisageait en quête d'une réaction positive, j'ai senti que j'avais le pouvoir de vie ou de mort sur lui.

C'était magique ! L'espace de quelques secondes.

Ensuite, il m'a fait de la peine. Mon cœur généreux m'empêchera d'atteindre les sommets du pouvoir, car je ne supporte pas de voir quelqu'un souffrir. C'est un truc de fille, je sais, mais je suis né ainsi. Je vois toujours l'autre côté du miroir.

Si j'avais présidé le procès d'un tortionnaire criminel de guerre, j'imagine ce qu'il se serait passé. J'aurais avant tout vu un vieillard brisé, dément et triste.

Il lui aurait suffi de dire un truc du genre « ma mère ne m'aimait pas » et je l'aurais envoyé dans une prison confortable où il aurait passé le reste de sa vie à suivre une thérapie et à regarder les rediffusions de *Friends*.

Serais-je destiné à voter libéral démocrate ?

Même Rupes, mon ennemi juré qui est pire que le supplice de l'eau et les piqûres de moustiques réunis, a réussi à me toucher aujourd'hui. J'ai décelé sa vulnérabilité.

C'est un sportif un peu bas de plafond, une brute épaisse, dont l'avenir est compromis si je ne lui donne pas un coup de main. Et je vais l'aider.

Priorité absolue : l'orthographe. Après avoir dressé une liste d'adjectifs ronflants pour en parsemer ses devoirs, histoire de leur donner un air de fête, je l'ai incité à se plonger dans le *dixionnère.*

Il est tellement nul en français que j'ai bien envie d'appeler Chloé à sa rescousse, à condition qu'elle porte un tchador pour lui faire réviser ses conjugaisons, afin qu'il ne se laisse pas distraire.

Rupes, mon vieux, tu es pour moi le défi ultime ! J'ai beau rêver de te croiser dans la rue, SDF, avec pour toute compagnie un chien galeux, je refuse de contribuer à ta chute. De plus, cette expérience de « formateur » gonflera mon CV.

Je finis par me coucher. Rupes vient à onze heures prendre une leçon et je réfléchis à ce que je vais lui faire faire. Soudain, je me réjouis que la partie inconnue de mon patrimoine génétique m'ait procuré un cerveau qui fonctionne sans effort.

Ce qui me ramène au sujet de mes origines. Si j'ai apprécié cette vie sans stress des dernières semaines, je n'ai pas oublié la question dont je tiens à obtenir la réponse avant de quitter Pandora.

Méfie-toi, chère mère. Tu n'es pas tirée d'affaire.

Je vais te la poser, cette question.

20

— Bonjour, Papa, fit Chloé d'une voix ensommeillée en entrant dans la cuisine. Vous avez passé une bonne soirée, hier ?

— Bizarrement, c'était très sympa. Julia était en grande forme.

— Cool…

Chloé ouvrit la porte du réfrigérateur et but du jus d'orange à la bouteille.

— Au fait, je voulais te parler, reprit son père.

Elle fit volte-face, soudain bien réveillée.

— Moi aussi, justement.

— Tant mieux. Sortons déjeuner ensemble.

— Rien que toi et moi ?

— Pourquoi pas ? Tu t'en vas dans quelques jours et je t'ai à peine croisée ces derniers temps.

— Ouais, c'est ce dont je voulais te parler.

— De quoi ?

— De mon dép…

— Coucou, Chloé ! Il est où, Michel ? s'exclama Fred en lui enlaçant les jambes. Il a dit qu'il apporterait un vrai fusil pour me montrer comment il tire sur des rats.

Le petit garçon se mit à courir autour de la pièce

en faisant mine d'éliminer des rongeurs imaginaires en criant « Pan ! Pan ! » à pleins poumons.

— Il viendra plus tard, chouchou, répondit Chloé.

— Partons vers midi pour déjeuner tranquillement, d'accord ? suggéra William.

— D'accord, mais je dois être de retour pour trois heures. Michel m'emmène aux cascades.

— Tu seras rentrée à temps, assura son père.

Il attrapa Fred par la taille et le fit asseoir à table.

— À présent, jeune homme, tu vas prendre ton petit déjeuner.

William emmena Chloé au restaurant dans lequel Helena et lui avaient dîné, à Peyia. Ainsi, les habitants de Kathikas, que la jeune fille connaissait presque tous, ne viendraient pas les déranger.

— Alors ? Qu'est-ce que tu veux ? s'enquit-il en buvant une gorgée de bière.

— Que tu demandes à Maman si je peux rester ici pour le reste de l'été.

— Je vois... Ce n'est pas gagné.

— Je ne veux pas aller en France. Maman sera avec l'immonde Andy. Il n'y aura rien à faire, là-bas, et je ne connais personne. Je préfère rester ici avec vous.

— Chérie, tu es là depuis presque un mois. Ta mère voudra te voir, tu ne crois pas ?

— Elle sera contente pendant quelques heures, puis elle m'ignorera et je serai de trop. Andy me déteste. C'est vraiment un enfoiré, ce type. Maman ne sait vraiment pas choisir ses mecs.

— Merci ! s'offusqua William en riant.

— Je ne parlais pas de toi, Papa ! Alors ? Tu lui parleras ?

— Pour être honnête, communiquer avec ta mère n'a jamais été facile. Il y a des chances qu'elle me raccroche au nez.

— Papa ! Essaie, au moins ! Pour moi..., implora-t-elle. Je n'ai vraiment pas envie de partir.

William soupira.

— Écoute, j'ai déjà évoqué plusieurs fois ce problème avec ta mère. Elle va m'accuser de chantage affectif et de tenter de marquer des points auprès de toi. Je regrette, Chloé, c'est ainsi.

— Je sais à quel point elle est difficile. Je veux dire... Je l'aime, c'est ma mère, mais je ne suis pas étonnée que tu aies divorcé. Il suffit de voir la façon dont elle traite ses petits amis. Elle a besoin d'attention en permanence.

William se garda d'approuver ses propos.

— Écoute, je suis désolé d'avoir été... démissionnaire.

— Je sais qu'elle t'en a fait baver après ton mariage avec Helena, chaque fois que tu voulais me voir.

— Ce n'est pas faute d'avoir essayé, crois-moi. Sache que tu n'as pas quitté mes pensées.

— J'ai vu clair dans le jeu de Maman le jour où j'ai trouvé une carte d'anniversaire venant de toi dans la poubelle, en mille morceaux. J'ai compris que tu m'aimais encore et que tu ne m'avais pas oubliée. Il fallait que je donne le change avec Maman. Elle est tellement colérique et jalouse d'Helena ! Un jour, je lui ai dit que je trouvais Helena sympa et elle a pété un câble. Ne t'en fais pas, c'est cool.

Elle posa une main sur celle de son père.

— Non, je ne suis pas cool, comme tu dis, soupira William. J'ai toujours refusé de t'impliquer dans nos problèmes. Je ne voulais pas que tu serves de monnaie d'échange.

— Perso, je m'en moque de ce qui s'est passé entre vous. Tu es mon père et je t'aimerai quoi qu'il arrive.

— J'ai bien de la chance d'avoir une fille aussi équilibrée et aussi belle, répondit William, touché. Tu m'as tellement manqué, quand tu étais petite, que je souffrais physiquement. J'ai même songé à t'enlever.

— Ah oui ? Trop cool ! Enfin, c'est terminé, tout ça. J'ai bientôt quinze ans et je suis en âge de prendre mes propres décisions. Et je veux vous voir davantage, toi et ma famille, que cela plaise ou non à Maman.

— Cela ne lui plaira pas.

— Ce n'est pas son problème et si elle me fait des misères, je la menacerai de venir vivre chez vous. Ça devrait suffire à la calmer. De plus, si elle épouse Andy, ce trou du...

— Chloé !

— Désolée, c'est la vérité. Si elle l'épouse, ce sera l'enfer, chez eux. Demande-lui si je peux rester ici ! insista-t-elle, revenant au sujet initial.

— Écoute, je suis ravi que tu aies apprécié ton séjour, mais, soyons honnêtes, ce n'est pas seulement pour nous que tu ne veux pas quitter Chypre. Je me trompe ?

— Papa ! s'offusqua-t-elle. J'ai passé des moments trop cool avec vous ! J'adore les petits. Alex est adorable et Helena aussi... C'est une vraie famille. Je ne m'attendais pas à ça. Je pensais m'ennuyer et j'ai passé les plus belles semaines de ma vie !

— La rencontre de Michel n'y est pas pour rien.

— C'est vrai.

— C'est un garçon bien, concéda William, et tu en rencontreras d'autres, j'en suis sûr.

— Pas comme lui, répliqua l'adolescente d'un air de défi. Je l'aime.

William suivit le conseil d'Helena et n'entra pas dans son jeu.

— Je n'en doute pas… Tiens, voici nos *mezze* !

— Je ne sais pas si je dois parler à Cécile, avoua William en s'asseyant à l'extrémité de la chaise longue d'Helena.

Dès leur retour à la maison, Chloé avait disparu dans un nuage de fumée à l'arrière de la mobylette de Michel.

— Si tu lui poses la question, elle dira forcément non, pour te faire enrager.

— Exactement.

— Mais si tu ne lui parles pas, Chloé croira que tu ne la soutiens pas. Il faut trouver un compromis.

— Lequel ?

— Appelle Cécile en proposant que Chloé revienne ici quelques jours à la fin de son séjour en France. Ainsi, Cécile verra sa fille, qui errera comme une âme en peine, à se languir de Michel. Les tourtereaux seront ravis de nous la renvoyer.

— Une idée de génie ! Bravo, chérie !

— Ce n'est peut-être pas exactement ce que Chloé a envie d'entendre, mais c'est la meilleure solution.

— Tu sais, c'est une fille raisonnable et équilibrée. Elle voit clair dans le jeu de sa mère, contrairement à moi, autrefois, soupira William.

— Elle a mûri durant ces vacances.

— Je refuse de m'aventurer sur ce terrain, marmonna-t-il.

— Ce n'est pas ce à quoi je faisais allusion, répondit Helena en se redressant. On a longuement discuté et elle a la tête sur les épaules, alors ne t'inquiète pas.

— Maman ! Téléphone ! cria Alex depuis la terrasse.

Une demi-heure plus tard, Helena était attablée en face de Sadie dans la taverne du village. En recevant son appel à l'aide, elle s'était attendue au pire : la fin d'une idylle sublime, une Sadie dévastée... Pourtant, son amie était radieuse et ses yeux pétillaient.

— Alors ? Qu'est-ce qui se passe ?

— J'ai des nouvelles, ma belle.

— Je m'en doutais.

— Bonnes ou mauvaises ?

— Question de point de vue, je suppose. Un peu les deux.

— Allez, lâche le morceau !

— J'y viens. Une minute...

Sadie chercha dans son énorme sac pour en sortir un bâtonnet en plastique blanc qu'elle tendit à Helena.

— Qu'est-ce que tu en penses ?

— C'est un test de grossesse.

— Je sais. Lis le résultat.

— Je vois deux lignes roses, ce qui signifie... Oh, mon Dieu ! Sadie !

— Oui ! répondit-elle en tapant des mains. C'est positif, n'est-ce pas ? Tu as plus d'expérience que moi en la matière.

— Ces tests sont tous différents, mais je vois bien deux traits.

— Donc je suis enceinte !

— D'après ce test, oui. Ouah !

Helena dévisagea son amie.

— Tu es heureuse ? lui demanda-t-elle.

— Je… je ne sais pas trop. Je ne le sais que depuis quelques heures. Cela remonte à notre première nuit ensemble, après la fête apocalyptique chez Alexis. On était trop bourrés pour prendre des précautions. Je n'y crois pas ! Franchement, j'avais abandonné tout espoir. J'ai trente-neuf ans. Le miracle s'est produit !

Soudain, ses yeux s'emplirent de larmes.

— Je vais avoir un bébé, Helena. Je vais être mère…

Helena pensa à l'époque où elles rêvaient du prince charmant, d'une belle maison et de bébés. Cette réalité, au vu de la situation de Sadie, était bien différente.

— Et Andreas ? Qu'est-ce qu'il en pense ?

Sadie prit le temps de la réflexion :

— Aucune idée. Je ne le lui ai pas encore révélé.

— Je vois.

— En fait… J'ignore encore si je vais l'en informer ou pas, avoua-t-elle.

— Il risque de s'en rendre compte d'ici quelques mois.

— Pas si je suis en Angleterre…

— Vous avez rompu ?

— Bien sûr que non ! Se disputer dans deux langues différentes n'a rien d'évident, je t'assure. On est bien, ensemble.

— Alors où est le problème ?

— C'est évident, non ? Il est charpentier dans un village chypriote, il ne parle que trois mots d'anglais et a quatorze ans de moins que moi. Soyons réalistes. Tu nous imagines jouant les petites familles modèles ?

— Tu l'aimes ?

— Non.

Helena fut abasourdie par la réponse franche de Sadie.

— J'ai beaucoup de tendresse pour Andreas. Il est adorable et, physiquement, c'est le meilleur amant que j'aie connu.

— C'est déjà beaucoup, venant de toi.

— Il m'a offert un superbe été d'évasion. N'oublie pas que j'étais au plus bas. Andreas a boosté mon ego. Néanmoins, je sais depuis le départ que je vais retourner en Angleterre. J'ai un important projet professionnel qui démarre la semaine prochaine. Cette liaison était vouée à n'être qu'un souvenir merveilleux.

— Chérie, si tu mènes cette grossesse à terme, tu auras un souvenir concret et bien vivant pour le reste de ta vie, lui rappela Helena. Pour être honnête, je suis sous le choc. Je ne sais pas quoi te dire.

— J'ai décidé de garder ce bébé, ma seule chance d'en avoir un. Je ne veux pas avoir de regrets, plus tard.

— Tu as sûrement raison, admit Helena, émue.

— Le vrai dilemme, c'est de savoir si j'en parle à Andreas avant de partir. Ça n'a rien d'illégal, j'espère. Il ne peut pas m'accuser de vol de sperme, ou un truc comme ça ?

— Aucune idée, Sadie. Il pourrait probablement exiger un droit de visite.

Helena but une gorgée de son café très fort.

— Écoute, sans vouloir gâcher ton plaisir ou te donner des leçons, je suis passée par là.

— Par où ?

— J'ai été célibataire et enceinte. C'est difficile à bien des égards…

— Je ne sais pas ce que tu as traversé, Helena. Tu ne m'as pas vraiment parlé de ton époque viennoise, quand Alex était bébé. Ce ne doit pas être sorcier. Je suis indépendante financièrement, j'ai une maison et je travaille en free lance. J'embaucherai une nounou, voilà tout.

Helena poussa un soupir. À entendre Sadie, avoir un enfant n'était qu'un incident facile à gérer en engageant du personnel. Au souvenir de ces jours sombres en solitaire, elle sentit l'émotion monter en elle.

— Sadie, ce n'est pas qu'une question de logistique. Il y a aussi l'aspect psychologique. Tu vivras une grossesse et un accouchement sans personne pour te soutenir. Ensuite, chaque fois que le bébé pleurera, en pleine nuit, ou tombera malade, tu seras l'unique responsable.

— C'est vrai, mais je suis enceinte, Helena ! Quels que soient les problèmes, je m'arrangerai !

— J'en suis certaine. Ne m'en veux pas de te faire la morale. Ton bonheur me fait plaisir. Je te conseille simplement de réfléchir avant d'exclure Andreas. Moralement, il a le droit de savoir.

— Peut-être. Je vais rentrer en Angleterre, histoire de mettre un peu de distance entre nous, puis je déciderai si je lui en parle ou pas. Passer ma vie avec un homme uniquement parce qu'il m'a mise enceinte, c'est moyenâgeux et ce n'est bon pour personne. Je peux me débrouiller seule, j'en suis sûre.

— Je te souhaite bonne chance, fit Helena avec un sourire forcé. Tu sais que tu peux compter sur moi. Quand rentres-tu ?

— Dès que possible. Je demanderai peut-être à William de me conduire à l'aéroport, demain, si je trouve un billet d'avion.

— Andreas sera anéanti.

Sadie observa Helena avec étonnement.

— N'exagère pas ! Il aura un passage à vide et, dès qu'une jolie fille bien plus jeune que moi pointera le bout de son nez, il m'oubliera.

— Personnellement, je ne parierais pas là-dessus. D'après ce que j'ai vu, il est amoureux.

— Tu crois vraiment ? s'inquiéta Sadie, au bord de la panique. Il ne ferait pas la bêtise de me suivre en Angleterre ?

— Qui sait ?

— C'est dingue, ça ! Je tombe toujours amoureuse d'hommes qui ne veulent pas de moi. Et quand il y en a un qui veut de moi, c'est moi qui ne veux pas de lui ! Désolée, il faut que j'aille aux toilettes. J'ai très mal au cœur.

La mine verdâtre, elle se leva.

— Je reviens tout de suite…

Helena la regarda s'éloigner en courant. Pourquoi se sentait-elle un peu déprimée ? Son amie semblait folle de joie.

Puis elle comprit : Sadie se comportait comme un homme.

Journal d'Alex

11 août 2006

Aujourd'hui, la brigade des Kleenex a eu fort à faire, à Pandora.

Sadie a débarqué avec sa valise et les larmes ont jailli lorsqu'elle a dit au revoir à Maman, avant que Papa ne l'emmène à l'aéroport. J'en déduis que son menuisier est hors jeu et qu'elle est promise à un autre avenir à Londres. Ensuite, Maman a craqué en regardant Sadie s'en aller. Je lui ai demandé pourquoi, mais elle a prétendu que ça allait à travers ses larmes, avec une tête indiquant que ce n'était pas le cas, loin de là.

Depuis quelques heures, Chloé inonde la maison. Elle est inconsolable à la perspective de prendre l'avion pour la France et de rejoindre sa mère, demain, et parce qu'elle n'a pas le droit de rester ici. Elle espère revenir avant la fin de l'été, ce qui ne la console pas car, pour être honnête, c'est très improbable.

Quand Michel est venu lui faire ses adieux, ils se sont enfermés dans sa chambre. Une flaque d'eau est en train de se former sous la porte.

J'y suis allé de ma petite larme, moi aussi. Chloé va me manquer terriblement.

Immy s'est blessé l'orteil en sortant de la piscine

et a saigné. Si l'on ajoute à cela l'absence de sparadraps à l'effigie de Barbie, l'explosion lacrymale était inévitable.

Quant à Fred, il a piqué une énorme colère. Nul ne sait ce qui l'a déclenchée, une histoire de chocolat, apparemment. Maman l'a envoyé se coucher et je l'entends hurler à pleins poumons dans sa chambre.

La fête à la maison…

Je suis tout seul sur la terrasse. Maman est montée prendre un bain et je crois que Papa, qui est rentré de l'aéroport, est avec elle. Je suis en train de corriger le devoir de Rupes, qui est truffé de fautes. Le moment étant mal choisi pour demander à Chloé de l'aider en français, je fais des heures sup en essayant de ne pas penser à son départ imminent.

Je pose mon stylo et je lève les yeux vers les étoiles. Il me reste deux semaines entières à passer ici, alors pourquoi cette impression de fin de vacances ?

— Alex.

Je sursaute. Maman apparaît tel un fantôme avec son caftan blanc.

— Oui, Maman.

— Je peux me joindre à toi ?

— Bien sûr.

— Qu'est-ce que tu fais ? s'enquit-elle en se penchant sur mon épaule.

— Je donne un coup de main à Rupes. Il doit passer un examen pour obtenir sa bourse.

— C'est gentil de ta part.

— Fred a arrêté de hurler ? Je ne l'entends plus.

Mieux vaut rester sur un terrain neutre, car je sens qu'elle est d'une humeur particulière.

— Oui. Il a fini par s'endormir. C'est fou ce qu'il peut crier, soupire-t-elle. Tout va bien, chéri ?

— C'est plutôt moi qui devrais te poser cette question.

— J'étais triste de voir partir Sadie.

— Tu la reverras en Angleterre.

— Je sais. C'est dur, la fin des vacances…

— Je me disais la même chose, même si ce n'est pas terminé.

— C'est vrai, dit-elle en me dévisageant. Tu es sûr que ça va ?

— Ouais… Chloé va me manquer, remarque.

— Tu l'aimes beaucoup, n'est-ce pas ?

J'acquiesce, puis je prends mon stylo pour faire semblant d'annoter le devoir de Rupes.

— Fabio, mon ancien partenaire de danse, arrive demain pour quelques jours, m'annonce-t-elle de but en blanc. Je vais le chercher à l'aéroport de Paphos, demain midi. Il est très drôle. Enfin, il l'était, il y a onze ans. Tu ne te souviens pas de lui. Tu n'avais que deux ans la dernière fois qu'il t'a vu.

Je fouille des souvenirs gris et flous.

— Non, je ne m'en souviens pas.

— C'est lui qui t'a offert Bunny, précisa-t-elle avec un sourire nostalgique.

— Ah bon ?

— Oui. Il est venu nous voir à l'hôpital, après ta naissance, et il a posé le lapin dans ton berceau.

— Mais… je croyais…

— MAMAN !

— Viens par ici, Immy. Je suis sur la terrasse avec Alex !

— Je ne peux pas ! Mon doigt de pied saigne ! AU SECOURS !

Ma mère se lève. Je proteste :

— Maman !

— Excuse-moi, Alex. Je reviens.

Satanée Immy ! Il ne faut pas que je rate cette occasion. J'attrape ma mère par le bras.

— Je croyais que c'était mon pè...

— MAMAN !

— J'en ai pour une minute, chéri.

Sur ces mots, elle disparaît dans la maison et je sais qu'elle ne reviendra pas avant une éternité. Par « une minute », elle entend des paroles de consolation, des sparadraps, un verre de lait, une histoire. Telle que je connais Immy, les œuvres complètes d'Andersen.

Fou de rage, je me défoule sur le devoir de Rupes. J'y étais presque ! Elle m'avait dit que mon lapin me venait de mon père. J'en suis presque certain. C'est pourquoi je suis prêt à risquer ma vie pour sauver sa peau... enfin, sa peluche.

Si j'ai bien compris, la pièce manquante de mon puzzle sera de retour dans ma vie d'ici quelques heures. Fabio. Un nom un peu snob. C'est toujours mieux qu'Archibald ou Bert.

Chez nous, il y a une photo encadrée de lui dansant avec Maman. Elle a une jambe enroulée autour de son dos et un genou sur son bas-ventre. Ils semblent proches, même s'il est plus maquillé qu'elle. Ses traits sont difficiles à discerner. Je ne l'ai jamais regardé de très près.

Demain, je me rattraperai.

Une question demeure : si Fabio est mon *padre*, pourquoi me l'a-t-elle caché ?

21

Le lendemain matin, Helena se leva à cinq heures et demie, pleine d'énergie et d'appréhension. Fabio avait appelé la veille, très tard, pour annoncer qu'il arrivait de Milan à midi. Une fois de plus, elle avait à peine dormi. Pourquoi diable avait-elle accepté de le recevoir à Pandora ?

S'ils s'étaient perdus de vue, ces dernières années, c'était de sa faute à elle. Elle aurait pu le retrouver grâce au New York City Ballet. Elle ne l'avait pas cherché parce que c'était dangereux. En quittant Vienne, elle avait tourné la page sur son passé et Fabio, hélas, parce qu'il en savait trop.

À l'idée de le revoir, Helena était tiraillée entre terreur et exaltation.

Dans un premier temps, elle l'emmènerait déjeuner. Elle avait tant de choses à lui raconter ! Elle voulait aussi le briefer avant qu'il ne rencontre sa famille. À la moindre gaffe… La jeune femme frémit. Les conséquences étaient trop effrayantes.

Oui, elle prenait un risque. Elle avait tellement envie de le voir, lui, le seul qui l'avait soutenue dans la tourmente. Il aurait peine à croire ce qu'il s'était passé depuis leur dernière entrevue. Helena n'en revenait pas elle-même.

En descendant l'escalier, elle entendit la porte du fond se refermer, puis des pas s'éloigner sur le gravier. Elle trouva Chloé en sanglots, sur une chaise de la cuisine.

Par la fenêtre, Helena vit Michel s'éloigner en courant.

Elle soupira et mit de l'eau à chauffer.

— Du thé ?

— Tu vas le dire à Papa ? s'enquit Chloé, inquiète.

— Que Michel a filé aux aurores ? En ce qui me concerne, je n'ai rien vu.

— Merci, Helena. Je… c'était notre dernière nuit. Hier soir, Michel a fait mine de partir, il a garé sa mobylette au sommet de la pente, dans les vignes, et il est revenu par-derrière…

— Je préfère ne pas savoir, Chloé.

— Je ne sais pas quand je le reverrai. Comment vivre sans lui ? Je l'aime. Je l'aime tant !

Posant sa bouilloire, Helena prit la jeune fille dans ses bras et lui caressa les cheveux tandis qu'elle pleurait à chaudes larmes.

— Je ne veux pas aller en France. Je ne veux pas rentrer en Angleterre. Je veux rester ici avec Michel…, hoqueta-t-elle. Ne m'oblige pas à y aller !

— Je sais, chérie. Le premier amour, c'est le plus douloureux.

— Non ! C'est le plus beau et c'est pour toujours !

— Dans ce cas, tu survivras à quelques jours de séparation, objecta Helena en approchant une chaise pour s'asseoir à côté d'elle.

— Mais à la rentrée… Je dois retourner au collège.

— Il y aura d'autres vacances. Michel viendra te voir en Angleterre.

— Maman ne lui permettra jamais de dormir chez nous ! Elle le prendra pour un plouc chypriote. Elle veut que j'épouse un homme plein de fric. Papa et toi, vous l'accueilleriez chez vous, s'il venait ?

— Je n'y vois pas d'inconvénient. Après tout, il a passé le plus clair de son temps ici.

Chloé prit les mains d'Helena dans les siennes.

— Merci ! Je ne sais pas comment je vais gérer…

— N'oublie pas que Michel souffre autant que toi. Fais confiance au destin.

— Tu penses vraiment qu'il est malheureux ?

— J'en suis sûre. Crois-moi, c'est celui qui en bave le plus. Alors, on le boit, ce thé ?

Lorsqu'elle voulut se lever, Chloé s'accrocha à elle.

— Si seulement c'était toi, ma mère, Helena. Je te trouve géniale !

— Chloé…

Touchée, Helena étreignit sa belle-fille.

— J'aimerais bien que tu sois ma fille.

Une heure plus tard, Helena monta une tasse de thé à William.

— Tu pars pour l'aéroport dans trois quarts d'heure. Chloé prend une douche.

— Merci, chérie. Puisque je serai à l'aéroport, veux-tu que j'en profite pour récupérer Fabio ?

— Non merci. J'ai des courses à faire à Paphos et ce serait bien qu'on déjeune ensemble, Fabio et moi, avant de rentrer à Pandora, histoire d'échanger les dernières nouvelles.

— D'accord. Au moins tu auras un peu de calme. Tout le monde veut venir avec moi dire au revoir à

Chloé, même Alex. Je crois qu'il a le béguin pour elle.

— Oui, moi aussi.

Helena évita les railleries du style : « Tu as mis combien de semaines à t'en rendre compte ? »

— C'est sympa que les enfants veuillent lui dire au revoir. Elle est adorable.

À l'aéroport, William enregistra sa fille, qui était aussi morose que les autres.

— Bon, je crois que ça y est, dit l'adolescente en s'agenouillant devant Fred.

— Faut pas partir, Coé ! Reste avec nous. On t'aime !

— Je vous aime aussi, mes trésors. J'aimerais bien rester.

— Y aura personne pour regarder des DVD de Disney avec nous, renchérit Immy.

— Il y aura Alex. N'est-ce pas ? fit-elle en se tournant vers l'intéressé.

— Euh… d'accord. Je veux bien essayer…

— Merci. Au revoir, Alex. Tu vas me manquer.

— Ah bon ?

— Bien sûr ! Tu es tellement cool, mignon et intelligent.

— Tu trouves ?

— Oui ! Et tu le sais bien.

Elle l'embrassa et se tourna vers William pour l'étreindre longuement.

— Au revoir, Papa. C'était génial. Merci pour tout.

— Au revoir, chérie. Tu vas nous manquer.

— Oh oui ! renchérirent les autres en chœur.

— Je reviendrai si Maman le veut bien, mais j'en doute, fit-elle, les yeux embués de larmes.

Avec un signe de la main, elle s'éloigna vers les contrôles de sécurité.

— Je veux que Coé revienne ! geignit Fred.

Immy pleurait à chaudes larmes et Alex passa discrètement une main sur sa joue.

— Bon, fit William d'une voix brisée, si on allait au *McDo*, histoire de se remonter le moral ?

Une heure plus tard, Helena se présenta à son tour à l'aéroport. Sur des charbons ardents, elle guetta l'arrivée de Fabio.

— Helena *bella* !

— Fabio !

Il la fit tournoyer dans les airs sous le regard médusé des badauds, puis il la reposa à terre en riant, avant de la serrer contre lui.

— C'est bon de te revoir, dit-elle.

Son parfum familier évoquait tant de souvenirs qu'elle en fut bouleversée.

— Je suis heureux, moi aussi, avoua-t-il en rivant sur elle ses yeux noirs. Tu es superbe, *cara.* Un peu plus lourde qu'à l'époque où je te portais à bout de bras, sur scène... On ne rajeunit pas. Et si on déjeunait ? Je n'ai rien avalé depuis que j'ai quitté Milan, à sept heures. Tu sais que je ne mange pas ce qu'on nous sert dans l'avion.

Ils se rendirent dans un restaurant situé un peu à l'écart du port grouillant d'activité. Ils choisirent une table en terrasse qui donnait sur les eaux scintillantes, derrière les palmiers. Fabio commanda une demi-bouteille de chianti et un soda pour Helena. Il sortit des lunettes de lecture pour étudier la carte.

— Je déteste la cuisine chypriote. Ces gens-là n'y connaissent rien, se plaignit-il à voix haute.

— Prends une salade. Ils ne peuvent pas rater une salade.

— Tu serais étonnée… Bon, j'ai choisi.

Il claqua des doigts pour appeler le serveur et lui expliqua en détail ce qu'il voulait.

Helena l'observa d'un œil amusé. Ses excentricités n'étaient pas toutes agréables. Il semblait en forme, même si son crâne se dégarnissait, ce qui l'avait toujours obsédé.

— Pourquoi tu fixes le sommet de ma tête ? demanda-t-il dès que le serveur se fut éloigné. Je perds mes cheveux ?

— Un peu, c'est vrai.

— Je déteste ça. Je suis un homme entre deux âges un peu parano. L'année prochaine, je ferai des implants.

— Franchement, Fabio, tu n'en es pas à ce point-là. Tu es superbe.

— C'est comme si la marée baissait sans jamais remonter. Donc je dois y remédier. Regarde, je me suis fait refaire les dents, l'an dernier, à Los Angeles. Elles sont réussies, non ?

— Elles sont… d'une blancheur impressionnante, confirma Helena en se retenant de rire.

— Et regarde : mon front est lisse !

— Très.

— Botox. Tu devrais essayer, Helena.

— Pourquoi ? Je suis ridée ?

— Il faut commencer avant que cela ne se remarque.

— D'accord, fit-elle en feignant le plus grand sérieux. J'avais oublié à quel point tu étais superficiel.

— Quand on a été beau garçon, c'est plus difficile de vieillir. Chaque fois que je me vois dans une glace, je souffre. À présent, *cara*, je vais boire du vin et on va se raconter nos années de séparation.

Helena posa une main sur la sienne.

— Fabio, avant tout, j'ai besoin que tu m'écoutes.

Il fronça les sourcils.

— Tu m'as l'air bien grave. Tu n'es pas malade, au moins ?

— Non. Tu vas rencontrer ma famille et il y a quelque chose que tu dois savoir.

— Je vais avoir besoin d'un verre ?

— Oh oui ! Et moi aussi. Tu ne vas pas me croire.

Fabio avala une longue rasade de chianti.

— Vas-y. Je suis prêt.

Détendu, en pleine torpeur, William était allongé au bord de la piscine pendant que les petits regardaient un DVD de Disney.

Ces trois dernières semaines avaient été merveilleuses, après la tempête des Chandler et la révélation d'Helena. Si elle avait eu du mal à parler, ce secret était bien moins grave que les scénarios qu'il avait envisagés.

Il ne se berçait guère d'illusions : elle ne lui avait pas tout dit. Lors de leur rencontre, onze ans plus tôt, à Vienne, elle était déjà mystérieuse. William s'était demandé pourquoi cette femme élégante et belle, dont l'accent trahissait des origines aisées, était serveuse dans un café. Dès qu'il avait posé les yeux sur elle, il avait succombé à son charme.

Ils avaient bavardé et, sur une impulsion, il l'avait invitée à boire un verre après son service. Naturellement, elle avait refusé, mais il avait persévéré. Dès lors, il avait oublié les beautés de Vienne pour se rendre dans ce café chaque fois qu'elle était de service, avec un livre. Elle avait fini par accepter un verre.

Elle lui avait raconté qu'elle avait arrêté sa carrière de danseuse classique trois ans plus tôt pour avoir un fils dont elle parlait avec passion. Alex était sa vie.

William avait compris dès le départ qu'Helena n'évoquait pas son passé ou le père d'Alex. Il l'avait courtisée avec détermination, enchaînant les allers-retours entre Vienne et Londres. Enfin, au bout de neuf mois, il l'avait convaincue de regagner Londres avec lui. Ils s'étaient tous les trois installés dans le modeste cottage qu'il avait loué à la hâte, après son divorce.

Il se rappelait le jour de leur mariage. Elle était si belle en satin ivoire ! La mariée avait fait l'unanimité. Et pourtant, lorsqu'elle l'avait rejoint devant l'autel et qu'après les vœux, il avait soulevé sa voilette pour l'embrasser, il avait cru déceler de la peur dans son regard.

Un crissement de pneus sur le gravier de l'allée le fit émerger de sa rêverie.

— Papa ! C'est Maman ! cria Immy.

William enfila sa chemise.

— Papa, le monsieur, il a un short rose et une écharpe ! Et il marche comme une fille, chuchota Immy en observant le passager qui sortait de la voiture.

— C’est un danseur, Immy. Chut ! ordonna William.

— *Ciao*, William ! Enfin, on se rencontre ! C’est un plaisir, déclara Fabio en s’inclinant.

— Pour moi aussi, Fabio.

— Bonjour, Immy. Tu es une version miniature de ta maman. Je m’appelle Fabio. Et toi, tu dois être Frederick. Helena m’a beaucoup parlé de vous deux.

— Bonjour, monsieur Fabio. Maman et vous, vous étiez célèbres ? demanda Immy en le fixant de ses grands yeux bleus.

— À une époque, nous étions invincibles, n’est-ce pas, Helena ? Les nouveaux Margot Fonteyn et Rudolf Noureev… Enfin ! souffla-t-il en haussant les épaules. Ta Maman a fait quelque chose de sa vie, au lieu de pourchasser un rêve. Elle a une famille superbe. Où est Alex ? La dernière fois que je l’ai vu, il était tout petit.

— Il est dans la maison. Je vais l’appeler. Du thé, Fabio ? proposa William.

— Du café, si possible, mais du déca.

— On doit en avoir. Et toi, chérie ?

Il sourit à sa femme, qu’il trouva tendue.

— Je veux bien. Viens t’asseoir, Fabio, tu vas admirer la vue.

— Quel paysage superbe, commenta-t-il en prenant place avec grâce. William est très séduisant. Je le déteste ! Il a plus de cheveux que moi, murmura-t-il.

Immy s’approcha de lui.

— Vous êtes danseur, monsieur Fabio ? interrogea-t-elle timidement.

— Oui. J'ai dansé toute ma vie.

— Vous avez dansé avec Maman, à Vienne, le soir où elle a rencontré le prince ?

— Ah, le prince ! répéta-t-il en souriant. Oui. Nous dansions *Giselle*, n'est-ce pas, Helena ?

— *La Sylphide*, corrigea-t-elle.

— Tu as raison. Immy, un soir, ta Maman a reçu un bouquet de sa part. Dans ce bouquet, il y avait un collier de diamants. Ensuite, il l'a invitée à un bal dans un vrai palais.

Immy était captivée.

— Oh ! Comme Cendrillon !

Elle se tourna vers sa mère et mit les mains sur les hanches d'un air réprobateur.

— Pourquoi tu t'es pas mariée avec le prince ?

— Autrement dit, pourquoi n'es-tu pas la princesse Immy, pourquoi tu vis dans une maison normale et pourquoi tu dois supporter ton vieux Papa ? intervint William en apportant un plateau.

— Je ne l'aimais pas, Immy, expliqua Helena.

— Moi, je me serais mariée avec lui pour le collier de diamants et le palais.

— On n'en doute pas, lança William en riant. Un déca pour Fabio.

— *Grazie*.

— Alors ? Vous avez eu le temps de bavarder, pendant le déjeuner ?

— Si peu. N'est-ce pas, Helena ?

— C'est surtout moi qui ai parlé, donc j'ignore encore un tas de choses sur Fabio.

— Helena m'a raconté que vous étiez parti aux États-Unis avant que je ne la rencontre. C'est bien cela ?

— Effectivement, j'ai passé presque dix ans avec le New York City Ballet. Et l'an dernier, je me suis dit : Fabio, il est temps de rentrer à la maison. Donc je suis de retour à la Scala. J'assure les cours du matin et j'interprète les rôles qui conviennent à un homme de mon âge. Je gagne ma vie, conclut-il en haussant les épaules.

— Vous devez avoir plusieurs années de moins que moi et vous parlez comme si vous étiez bon pour la retraite, s'étonna William en riant.

— La carrière d'un danseur est très courte.

— Je vais chercher Alex et m'occuper du dîner, annonça Helena en se levant.

— Je lui confiais récemment combien je regrettais de ne pas l'avoir vue sur scène, reprit William, qui se retrouva en tête à tête avec Fabio.

— Elle était sublime ! La meilleure de mes partenaires. Quel dommage qu'elle n'ait pas continué après la naissance d'Alex. Elle aurait été l'une des plus grandes…

— Excellente question. Une femme peut danser après avoir eu un bébé, non ?

— L'accouchement a été difficile, William. Elle était seule et voulait être présente pour le bébé, soupira Fabio. Notre binôme était spécial. Une telle entente, c'est rarissime. Je n'ai pas retrouvé une telle partenaire, ni le succès que j'ai eu avec elle.

— Vous occupiez une grande place dans sa vie. C'est bizarre que je n'en sache presque rien.

— J'ignorais tout de votre existence et de celle de vos enfants avant de parler à Helena, il y a quelques semaines. Nous nous sommes perdus de vue après mon départ pour New York. Je l'appelais à Vienne.

Personne ne savait où elle était. Naturellement, elle se trouvait en Angleterre, avec vous.

— Comment l'avez-vous localisée ?

— C'est le destin. J'étais au service de presse à la Scala et j'ai vu une pile d'enveloppes, sur le bureau, un mailing annonçant la prochaine saison. Et sur le dessus, une enveloppe adressée à Mme Helena Beaumont ! C'est fou, non ? J'ai trouvé son numéro de portable dans les fichiers, et voilà ! Le destin, je vous dis !

— Ma femme évoque rarement son passé. Vous êtes la première personne que je rencontre, à part quelqu'un qu'elle a connu ici, à Chypre. Ne m'en veuillez pas d'être curieux.

— Parfois, il vaut mieux tourner la page et se tourner vers l'avenir, non ?

Fabio fit mine de bâiller.

— Je crois que je vais me retirer dans ma chambre, reprit-il. Je me suis levé très tôt, ce matin.

Au moment où il se levait, Alex fit son apparition sur la terrasse.

— Bonjour, Fabio. Je suis Alex. Ravi de vous rencontrer.

Il tendit timidement la main. Fabio l'ignora pour serrer l'adolescent dans ses bras et l'embrasser avec effusion.

— Alex ! Mon grand ! Tu es un homme, à présent !

— Pas encore. J'espère grandir un peu.

Fabio le prit par les épaules, les yeux embués de larmes.

— Tu te souviens de moi ?

— Peut-être, marmonna-t-il pour ne pas être impoli.

— Non. Tu ne te souviens pas. Tu étais si petit. Il paraît que tu es un garçon très intelligent, mais tu n'es pas taillé pour la danse, dit Fabio en examinant son torse. Le rugby, peut-être ?

— J'aime bien le rugby, oui...

— Si tu veux bien m'excuser, je monte me reposer. Ensuite, nous discuterons, histoire de faire connaissance, d'accord ?

— *Sì*, répondit Alex en s'efforçant de sourire.

Journal d'Alex

12 août 2006

Dois-je penser à la bonne nouvelle ou à la mauvaise ?

Dois-je nager dans le bonheur en me rappelant les dernières paroles de Chloé ?

Cool… mignon… intelligent…

Ouah !

Ça, c'était la bonne nouvelle.

À présent, la mauvaise, et elle est vraiment mauvaise.

J'ai rencontré l'homme (et je pèse mes mots) qui pourrait être mon père. Peu importe qu'il soit italien. J'aime bien l'Italie, les pâtes, les glaces. Peu importe qu'il soit danseur. Les danseurs sont minces et bien musclés.

Ce qui compte, c'est que tout en lui, ses vêtements, sa façon de passer une main dans les quelques cheveux qu'il lui reste, sa démarche, son accent, m'entraîne vers une conclusion : Fabio est… comment dire ? Oh non…

GAY ! Et rien ne me persuadera du contraire.

Je suis prêt à accepter qu'un certain degré de féminité n'empêche pas un homme de plaire à une femme, mais Fabio est plus qu'efféminé !

En réfléchissant posément à cette information, je n'en tire que des conclusions négatives.

Et si, autrefois, Fabio s'était... « cherché » sur le plan sexuel ? En tant que partenaire de ma mère, il passait son temps à... la toucher. Auraient-ils eu une liaison ? Ma mère serait tombée enceinte et Fabio aurait joué au Papa attentionné à ma naissance ?

Puis, un jour, il aurait viré de bord. Il aimait encore ma mère, et moi aussi, j'espère, mais était incapable de vivre dans le mensonge. Alors il serait parti aux États-Unis démarrer une nouvelle vie, laissant ma mère seule et dévastée à Vienne, avec moi.

Ce qui expliquerait pourquoi elle ne l'a pas suivi à New York et a arrêté la danse...

Ce scénario répond aussi à une question essentielle : pourquoi elle ne m'a pas dit qui était mon père.

Quel garçon ne serait pas mortifié ? Rien que de penser à la réaction de mes camarades de collège si Fabio se présentait à un match de rugby... J'en ai des sueurs froides. Il ne manquerait plus qu'il fasse des entrechats sur la ligne de touche !

Reste à savoir si l'homosexualité est génétique. À qui demander ? J'ai besoin d'en avoir le cœur net.

Je tiens à souligner que je ne suis en rien homophobe. Les gens mènent la vie qu'ils veulent au grand jour, pas de problème. Fabio a l'air génial : drôle, intelligent et GAY.

Il a le droit d'être ce qu'il est, du moment qu'il n'est pas comme moi.

Enfin, que je ne suis pas comme lui.

22

Ce soir-là, ils se réunirent sur la terrasse pour boire un verre. Les petits avaient été couchés de bonne heure. Fabio arborait une chemise en soie turquoise et un pantalon de cuir moulant.

— Il risque de transpirer, là-dedans, non ? souffla Alex à William tandis qu'ils préparaient les plateaux.

— Il est italien. Sans doute est-il habitué à la chaleur.

— Papa, tu crois que Fabio est… euh… ?

— Gay ?

— Oui.

— Il l'est. Ta mère me l'a dit.

— Ah…

— Cela te dérange, Alex ?

— Non… Enfin oui.

— Pourquoi ?

— Oh, pour rien, fit-il en haussant les épaules. Je peux emporter ce plateau ?

Ayant briefé Fabio lors de leur déjeuner, Helena était plus détendue et passait un merveilleux moment. Au cours du repas, elle et Fabio évoquèrent leurs souvenirs. Fascinés, Alex et William découvrirent certains détails du passé d'Helena.

— Nous nous sommes rencontrés à l'opéra de

Covent Garden, à Londres, expliqua Fabio. Helena venait d'être nommée première danseuse et moi, j'arrivais de la Scala pour une saison. Elle avait un partenaire effroyable qui la jetait comme un sac de pommes de terre et oubliait de la rattraper…

— Stuart danse encore, tu sais, coupa Helena.

— Bref, Stuart a la grippe et je me retrouve à danser avec Helena pour une représentation en matinée de *La Fille mal gardée*. Vous connaissez la suite…

— On est restés deux saisons, se souvint Helena. Ensuite, la troupe de l'Opéra de Vienne nous a proposé un contrat de premiers danseurs. On ne pouvait pas refuser.

— Souviens-toi, ça ne m'enchantait guère, au départ. Il fait froid, là-bas, en hiver, et je suis tombé malade, frémit Fabio.

— Tu es vraiment le pire des hypocondriaques ! gronda Helena en riant. En tournée, il emportait une valise pleine de médicaments. Ne le nie pas, Fabio !

— D'accord, *cara*. J'ai la phobie des microbes.

— Donc vous allez rester à la Scala ? s'enquit William en remplissant les verres.

— Je l'espère. Ça dépend de Dan, mon compagnon. Il est créateur de décors à New York. Il me manque. Il espère décrocher un poste à Milan.

— Je suis contente que tu aies trouvé ton âme sœur, dit Helena avec un sourire.

— Et toi la tienne, répondit-il. J'ai apporté des photos d'Helena du temps où nous dansions ensemble. Vous voulez les voir, William et Alex ?

— Avec grand plaisir, merci !

— *Prego*. Je vais les chercher.

— En attendant, je vais préparer le café, annonça William.

Tandis qu'ils s'éloignaient, Helena observa Alex.

— Tu es bien silencieux, chéri. Tout va bien ?

— Ça va, merci…

— Que penses-tu de Fabio ?

— Il est… très gentil.

— Je suis contente de le revoir.

William réapparut avec un plateau, suivi de Fabio.

— Les voilà, lança-t-il en brandissant une énorme enveloppe. Alex, regarde ta mère dans *L'Après-midi d'un faune*.

— De quoi ça parle ?

— C'est l'histoire d'une fille réveillée par un faune qui entre par la fenêtre de sa chambre, expliqua Helena. Un rôle superbe pour un danseur. Fabio a adoré. N'est-ce pas ?

— Oh oui. C'est l'un de mes préférés. Ce ballet qui permet à l'homme de démontrer son talent, et non la femme. Nijinski, Noureev… les plus grands l'ont interprété. William, voici votre femme dans *La Fille mal gardée*. N'est-elle pas magnifique ?

— Absolument.

— Et là, à la fin du *Lac des cygnes*.

— Papa, il faudrait montrer celle-ci à Immy, où Maman porte un diadème et tient des bouquets de fleurs.

— Là, c'est notre café préféré, à Vienne, avec… Tu te souviens de Jean-Louis, Helena ?

— Mon Dieu, oui ! Un homme étrange. Il ne mangeait que du muesli. Passe-moi cette photo, Alex.

— Et voici Helena au café avec…

En posant les yeux sur le cliché, Fabio blêmit soudain et, pris de panique, tenta de reprendre la photo.

— C'est sans importance. Je vais en trouver une autre.

Mais William ne voulut pas la lui rendre.

— Non. Je veux les voir toutes. Donc c'est Helena et… ?

Fabio observa Helena avec effroi. William leva lui aussi les yeux vers elle, visiblement troublé.

— Je… je ne comprends pas, bredouilla-t-il. De quand date cette photo ? Qu'est-ce qu'il faisait là, lui ?

— Qui ? s'enquit Alex en se penchant sur le cliché. Ah oui ! Qu'est-ce qu'il faisait avec toi, Maman ?

— Mais… tu ne le connaissais pas encore, à l'époque. Comment pouvait-il se trouver à Vienne, avec Fabio et toi ? Désolé, chérie, je ne saisis pas.

Tous les regards se posèrent sur elle. Le moment qu'elle redoutait était arrivé.

— Va dans ta chambre, Alex.

— Oh non, Maman !

— Fais ce que je te dis ! Et tout de suite !

— Bon, ça va, j'y vais !

Alex se leva et s'éloigna en bougonnant.

— Helena, *cara*, je suis désolé… Il vaut mieux que je monte me coucher. Je vous laisse tous les deux. *Buona notte, cara.*

Au bord des larmes, Fabio embrassa Helena et se retira.

William attendit qu'il ait disparu, puis il désigna la bouteille.

— Un cognac ? Je vais en avoir besoin, je crois.

— Non merci.

— Bon…, fit-il en brandissant la photo. Tu vas m'expliquer comment tu en es venue à avoir un tête-à-tête avec mon plus vieil ami plusieurs années avant notre rencontre ?

— Je…

— Vas-y, crache le morceau ! Il doit y avoir une explication…

Pétrifiée, Helena regarda au loin.

— Plus tu tardes, plus j'imagine le pire… C'est insupportable !

Elle se mura dans le silence.

— Je te pose à nouveau la question, Helena : que fait Sacha sur cette photo, à t'enlacer ? Et pourquoi m'avoir caché que tu le connaissais avant notre rencontre ?

Helena se sentit soudain oppressée. Enfin, ses lèvres remuèrent.

— Je l'ai connu à Vienne.

— Ça me paraît évident. Alors ?

— Je…

Elle secoua la tête, incapable d'aller plus loin.

William examina le cliché.

— Il a l'air plutôt jeune. Toi aussi. Cette photo remonte à des années.

— Euh… oui.

— Helena, je suis à bout de patience. Parle, pour l'amour du ciel ! Quelle était la nature de vos relations et pourquoi n'en as-tu jamais parlé ?

William se mit à marteler la table d'un poing rageur, faisant trembler les tasses sur les soucoupes.

L'une d'elles tomba à terre et se brisa en mille morceaux.

— J'exige des réponses, nom de Dieu !

— Je vais te les donner… Sache que je suis vraiment désolée…

— Cette photo me prouve que mon meilleur ami et ma femme me mentent depuis des années ! Qu'est-ce qu'il peut y avoir de pire ? Pas étonnant que tu m'aies caché ton passé ! Qu'est-ce qui me prouve que tu ne couches plus avec lui ?

— Ce n'est pas ce que tu crois, William, je t'en prie !

Il s'efforça de se maîtriser.

— Dans ce cas, explique-moi tes relations avec Sacha. Et cette fois, ne me traite pas comme le cocu que j'ai été pendant ces dix années, bordel !

— William ! Les enfants ! Je…

— Je me fous qu'ils entendent que leur mère est menteuse et infidèle ! Tu ne t'en tireras pas à bon compte, cette fois, *chérie*. Je veux tout savoir.

— D'accord ! Je vais te le dire, mais arrête de crier !

Helena fondit en larmes.

— Je regrette, William. Je suis vraiment désolée…

Il vida son verre d'une traite et se resservit.

— Je crois que le mot « désolée » ne va pas suffire, cette fois. Continue à me débiter tes excuses pathétiques. Je comprends à présent pourquoi tu as toujours été solidaire de Julia. Je croyais que c'était par gentillesse. En réalité, c'était par culpabilité.

— Tu m'écoutes ou tu cries ? demanda-t-elle en croisant son regard.

— Je t'écoute.

Elle respira profondément.

— D'accord... J'ai rencontré Sacha à Vienne, quelques années avant de te connaître.

— Bon sang ! maugréa William en passant une main dans ses cheveux. C'est là qu'il m'a conseillé d'aller pour me remettre de mon divorce d'avec Cécile ! Et abruti que je suis, j'y suis allé. Il m'a dit un truc du genre : « J'y ai trouvé l'amour, une fois. » Il parlait de toi ?

— Si tu veux tout savoir, laisse-moi parler !

Il se tut. Et Helena se lança...

Helena

Vienne, septembre 1992

Il n'y a rien de plus beau au monde, songea Helena en déambulant dans les rues élégantes de Vienne pour se rendre au café. La chaleur de cette fin d'après-midi était inhabituelle pour un mois de septembre. Le soleil baignait les somptueuses façades d'une douce lumière dorée qui reflétait à merveille l'humeur de la jeune femme.

Depuis son arrivée pour devenir première danseuse du ballet de l'Opéra de Vienne, Helena avait adopté cette ville. Son studio de Prinz Eugen Straße, une vaste pièce dans un superbe bâtiment du dix-neuvième siècle, avec une belle hauteur sous plafond et des moulures, sans oublier d'immenses fenêtres, se trouvait à vingt minutes à pied du cœur de la capitale autrichienne. La jeune femme ne se lassait pas des avenues bordées de structures de style classique ou Art nouveau, des parcs immaculés et de leurs kiosques à musique. La ville entière était un festin pour les sens.

Elle n'avait pas eu trop de mal à convaincre Fabio d'accepter la proposition de Gustav Lehmann, le directeur artistique de l'opéra national de Vienne.

Le duo s'était laissé séduire par la perspective d'un nouveau spectacle créé pour eux. Intitulé *L'Artiste*, il s'inspirait d'une peinture de Degas, avec Fabio dans le rôle-titre et Helena dans celui de la petite ballerine, sa muse. La première était prévue pour le début de la saison de printemps. Helena et Fabio avaient déjà rencontré le jeune chorégraphe français et le compositeur très avant-garde de ce spectacle moderne et la jeune femme frémissait d'impatience de relever ce nouveau défi.

Helena avait une autre raison d'être heureuse : elle était amoureuse.

Elle l'avait rencontré quelques semaines plus tôt, dans une galerie attenante à l'Académie des beaux-arts. Elle fronçait les sourcils face à une toile particulièrement effrayante intitulée *Cauchemar à Paris* qui, selon elle, n'avait ni queue ni tête.

— Cette toile ne vous plaît pas.

En se tournant, elle avait croisé le regard vert d'un jeune homme aux boucles auburn. Avec sa veste en velours délavée et son foulard noué négligemment sur le col ouvert de sa chemise blanche, il lui avait fait penser à Oscar Wilde.

Elle avait reporté son attention sur les traînées rouges, bleues et vertes de la toile.

— Disons que je ne comprends pas.

— Je suis de votre avis. Je ne devrais pas dénigrer l'œuvre d'un camarade d'études. Cette toile a remporté un prix lors de l'exposition de l'an dernier.

— Vous êtes étudiant ici ? s'était-elle étonnée.

Il s'exprimait comme un Anglais issu de la haute société et semblait avoir quelques années de plus qu'elle.

— Oui. Du moins, je le serai bientôt. Je commence un master début octobre. Je suis passionné par Klimt et Schiele, d'où le choix de Vienne. J'ai débarqué ici il y a trois jours pour chercher un appartement avant le début des cours et pour décrasser mon allemand un peu rouillé.

— Je suis là depuis trois semaines, mais mon allemand ne s'améliore guère, avait-elle admis en souriant.

— Vous êtes anglaise, vous aussi ?

Il la regardait si intensément qu'elle avait rougi.

— Oui. Je travaille ici.

— Je peux vous demander ce que vous faites dans la vie ?

— Je suis danseuse à l'Opéra de Vienne.

— Ah, je comprends mieux.

— Quoi ?

— Votre posture. Vous feriez un modèle idéal pour un peintre. Vous savez sans doute que Klimt était fasciné par la forme féminine.

Helena s'était empourprée davantage. Que répondre à un tel compliment ?

— Et si nous faisions le tour de la galerie ? avait-il suggéré. Il est utile d'entendre les commentaires d'un observateur impartial. Ensuite, je vous montrerai quelques chefs-d'œuvre de la collection permanente. C'est davantage mon style et le vôtre aussi, je parie. Au fait, je m'appelle Alexander.

Il lui avait tendu la main.

— Helena.

Devait-elle accepter son invitation ? En général, elle repoussait les avances des hommes, qui étaient fréquentes. Néanmoins, ce garçon avait quelque chose… Elle avait accepté presque malgré elle.

Ensuite, ils étaient allés boire un café et avaient passé deux heures à discuter peinture, danse, musique et littérature. Alexander avait passé une licence d'histoire de l'art à Oxford, avant de s'essayer à la peinture, en Angleterre. Ne gagnant que de quoi s'acheter de nouveaux châssis, de son propre aveu, il avait décidé de compléter ses connaissances par des études à Vienne.

— Au pire, un master me permettra de décrocher un entretien chez Sotheby's.

Elle avait accepté de le revoir le lendemain, pour un café, ce qui était vite devenu une habitude. Sa compagnie était agréable. Doté d'un humour étrange, le jeune artiste était optimiste et enjoué, très intelligent et avait une telle passion pour les arts qu'ils pouvaient se lancer dans un débat animé sur un livre ou une œuvre. Il l'avait tant suppliée d'être son modèle qu'elle avait fini par céder.

C'était alors que tout avait commencé…

En arrivant pour sa première séance de pose dans son appartement qui servait aussi d'atelier, sous le toit d'une maison ancienne sur Elisabethstraße, elle avait frappé à la porte avec un mélange d'inquiétude et d'excitation.

— Entre donc !

En découvrant le chaos qui régnait dans la mansarde, elle avait souri. La moindre surface était occupée par des pinceaux, des tubes de peinture, des livres, des verres sales, des bouteilles vides. Des toiles étaient appuyées contre les murs et même le lit, dans un coin. Il avait installé son chevalet près d'une grande fenêtre ouverte.

— Avant que tu ne dises quoi que ce soit, je sais que mon appartement ressemble à un décor de *La Bohème*, avait-il admis face à son air médusé.

De façon un peu illusoire, il avait entrepris de faire le ménage.

— Au coucher du soleil, il y a une lumière magnifique.

— Un cadre idéal pour un peintre sans le sou, avait-elle plaisanté.

Helena s'était assise sur une chaise tandis que l'artiste se perchait sur le rebord de la fenêtre, muni d'un carnet de croquis et d'un crayon.

— Pose le bras sur le dossier… non, derrière la tête… l'autre main sous le menton… croise les jambes…

Enfin satisfait, il s'était mis à dessiner.

Dès lors, Helena s'était rendue chez lui chaque matin, après sa répétition. Ils buvaient du vin, riaient, discutaient, tandis que lui dessinait sans discontinuer. En sa présence, elle se sentait insouciante. Lors de la quatrième séance, il avait jeté son carnet à terre avec un soupir de frustration.

— J'adore t'avoir ici, mais ça ne fonctionne pas.

— Qu'est-ce qui ne fonctionne pas ?

— Ton portrait. Je n'y arrive pas.

— Je suis désolée, Alexander. Ça vient peut-être de moi. Je n'ai jamais posé auparavant.

Elle s'était levée en soupirant, le corps engourdi, et s'était étirée.

— Voilà ! s'était-il exclamé. Tu es danseuse ! Tu as besoin de bouger !

Le lendemain, il lui avait donné rendez-vous au Schiller Park, devant son immeuble, dans sa robe la plus simple, et il lui avait demandé de danser pour lui.

— Danser ? Ici ?

Helena avait observé les promeneurs de chiens, les pique-niqueurs et les couples qui déambulaient bras dessus bras dessous.

— Oui, ici, avait insisté Alexander. Enlève tes chaussures. Je vais te dessiner.

— Qu'est-ce que je danse ?

— Ce que tu veux.

— J'ai besoin de musique.

— Je fredonnerais bien, mais je chante faux. Tu peux sans doute entendre de la musique dans ta tête, non ?

— Je veux bien essayer.

Helena, qui avait passé sa vie à faire des jetés sur scène, devant des salles pleines, était aussi intimidée qu'une enfant.

— Imagine que tu es une feuille… comme celle qui vient de tomber de ce châtaignier. Tu voles dans la brise, heureuse d'être libre… Oui, Helena, c'est ça… parfait !

Elle avait fermé les yeux brièvement et son corps frêle s'était mis à onduler, et lui s'était mis à la croquer fébrilement. Elle avait tournoyé avec grâce, telle la feuille qu'elle s'imaginait.

— Ouah, avait-il murmuré quand Helena s'était couchée à terre, sans se soucier des passants qui s'étaient arrêtés pour admirer sa prestation.

Il s'était avancé pour l'aider à se relever.

— Helena, tu es sublime. Tout bonnement incroyable…

Il avait ôté une feuille de ses cheveux, puis effleuré sa joue avant de lever vers lui son visage. Leurs regards s'étaient croisés et, lentement, leurs lèvres s'étaient trouvées.

Ensuite, ils avaient regagné l'appartement d'Alexander. Ils avaient fait l'amour, montant crescendo vers l'extase tandis que le soleil se couchait sur les toits de Vienne.

Ainsi allait-elle le rejoindre dans leur café préféré, sur la Franziskanerplatz, une charmante place pavée située à quelques minutes à pied de l'opéra. Lorsqu'elle l'aperçut, assis en terrasse, son cœur s'emballa.

— Tu es venue, mon ange, dit-il en se levant.

Il l'attira vers lui pour l'embrasser. Alors qu'ils passaient commande, Helena entendit une voix familière.

— Helena *cara* ! lança Fabio.

Il vint aussitôt à leur rencontre. La grâce de sa démarche ne laissait aucun doute quant à sa profession. Comme toujours, il arborait une tenue flamboyante, un costume en lin jaune et des mocassins en daim marron. Un panama dissimulait ses cheveux clairsemés et il portait un appareil photo en bandoulière.

— Je pensais bien t'avoir reconnue !

— Fabio !

Elle l'embrassa avec effusion, avec un regard indiquant qu'il ne tombait pas très bien. Fabio ne se laissa pas repousser aussi facilement.

— Tu ne me présentes pas ton… ami ?

— Alexander, voici Fabio, mon partenaire de danse. Fabio, Alexander.

— Enchanté, Fabio. Joignez-vous donc à nous, proposa-t-il poliment.

— Volontiers, mais je ne reste pas longtemps. Je viens d'acheter cet appareil photo et je joue les touristes, aujourd'hui.

Très à l'aise, Fabio héla le serveur. Helena soupira intérieurement. Après tout, il fallait bien que les deux hommes se croisent à un moment ou à un autre. Elle les observa tandis qu'ils bavardaient, un peu gênée d'entendre Fabio interroger son amoureux tel un père protecteur. Helena allait protester lorsque Fabio, sentant son irritation, changea brusquement de sujet, et questionna Alexander sur sa peinture.

— Mes cours n'ont pas encore démarré. Vienne m'inspire terriblement.

Il sourit et posa une main sur le bras d'Helena.

— Moi aussi ! Et j'aimerais avoir des clichés de cette ville magnifique au soleil, d'où cet appareil. Et si je commençais par vous deux ?

Il braqua sur eux son objectif.

— Fabio, tu es vraiment obligé ? Tu sais bien que je déteste être prise en photo ! implora la jeune femme.

— Vous formez un couple si charmant ! Allez, fais-moi un sourire, *cara*. Vous aussi, Alexander. Je vous assure que c'est indolore.

Fabio se mit à les mitrailler, indiquant à Alexander de l'enlacer, avec des réflexions si flatteuses qu'ils finirent par s'esclaffer avec lui. Ensuite Fabio finit son vin et les salua.

— Je vous souhaite un bon après-midi. À demain, Helena, pour notre première répétition. Couche-toi tôt…

Après un clin d'œil entendu, il s'éloigna.

Le lendemain, Fabio aborda le sujet lors de leur pause du déjeuner.

— Cet Alexander… c'est du sérieux ?

— Je… Je ne sais pas. Il est trop tôt pour le dire. On s'apprécie, répondit-elle prudemment.

Fabio fit un geste de dédain.

— Helena *cara*, je vois sur ton visage que tu es amoureuse de lui. Je comprends que tu n'aies pas envie de me fournir des détails, mais je sais que vous avez déjà… consommé.

Helena s'empourpra.

— Et alors ? Il n'y a rien de mal à ça !

Fabio poussa un long soupir et la dévisagea avec attention.

— Bien sûr que non. Mais tu es parfois si naïve que je m'inquiète. Que sais-tu de cet homme, au juste ?

— Suffisamment, merci, répliqua-t-elle d'un air de défi. C'est un peintre très doué, il me fait rire et…

— Tu n'as pas remarqué qu'il s'est montré très vague quand je l'ai interrogé sur son passé ? Je vais être franc : quelque chose en lui ne m'inspire pas confiance. Attribue ça à mon instinct. Je crois que c'est un joueur. Et il te cache quelque chose. Il a le regard fuyant.

— Fabio ! Tu ne l'as vu que pendant une demi-heure. Tu as du culot d'affirmer une chose pareille !

— Fais-moi confiance, insista-t-il en se tapotant le nez. Je ne me trompe jamais sur un homme.

— À croire que tu es jaloux ! s'emporta-t-elle en se levant. De toute façon, cela ne te regarde pas. Alors n'en parlons plus, d'accord ?

— Comme tu voudras. Je t'aurai prévenue !

Les jours suivants, Helena demeura froide durant les répétitions, mais Fabio ne revint pas sur le sujet. Elle devait l'admettre, Alexander était resté très évasif sur sa vie en Angleterre. Elle savait qu'il habitait un petit cottage dans le sud du pays et que ses parents, fortunés, l'avaient déshonoré car il refusait d'exercer un métier « convenable ». Elle lui avait demandé comment il finançait cette formation coûteuse. Il avait, selon ses dires, utilisé ce qu'il restait de son fonds de placement et qu'il jouait à « quitte ou double ».

Les réticences de Fabio ne devaient pas gâcher son bonheur. Il se montrait trop protecteur. Toutefois, elle était incapable de rester fâchée contre lui très longtemps, de sorte qu'ils retrouvèrent vite leur complicité.

Les amoureux se voyaient le plus souvent possible. Helena était accaparée par la troupe, ce qui ne facilitait pas les choses, et les cours d'Alexander avaient enfin débuté.

Jamais elle ne s'était autant sentie elle-même avec quelqu'un. Il lui laissait des petits mots dans son appartement, lui écrivait des poèmes et ne cessait de lui exprimer son amour.

Helena en vint rapidement à envisager un avenir avec lui. Même s'il demeurait réservé sur ses projets, après la fin de ses cours, elle espérait qu'il resterait à Vienne. Elle pouvait aussi retourner en Angleterre, au Royal Ballet, pour être proche de lui, si Fabio l'acceptait…

Ils étaient enlacés dans le lit d'Helena, tandis que le vent d'automne fouettait les carreaux, lorsque Alexander lui annonça qu'il regagnait l'Angleterre le lendemain matin.

— Un problème familial. Avec un peu de chance, je ne serai parti que deux ou trois semaines.

— Tu peux manquer tes cours aux Beaux-Arts pendant aussi longtemps ? s'enquit Helena, déconcertée. On est en plein semestre. Ça ne peut pas attendre les vacances de Noël ?

— Pas vraiment. J'ai des… choses à régler, là-bas.

— Quelles choses ?

— Ne t'en fais pas pour ça. Je serai vite de retour, mon ange, je te le promets.

Sur ces mots, il l'embrassa. Il refusa de lui expliquer quel était ce problème et Helena dut se satisfaire d'une promesse de ne pas s'absenter trop longtemps. Cette nuit-là, ils firent l'amour avec une passion décuplée.

Helena n'eut guère le temps de se languir d'Alexander, trop occupée par ses répétitions de *L'Après-midi d'un faune*, *La Fille mal gardée* et *La Sylphide*, sans oublier les deux après-midi qu'elle passait chaque semaine avec le chorégraphe et le compositeur de *L'Artiste*.

À la date prévue pour le retour d'Alexander, elle

s'efforça de ne pas céder à la panique lorsqu'il ne donna aucun signe de vie. Elle se mit à consulter le panneau d'affichage de l'opéra au cas où il aurait laissé un message pour elle. Bêtement, il avait oublié de lui laisser un numéro où le contacter en Angleterre, comme il l'avait promis.

À l'approche du mois de décembre, elle se rendit aux Beaux-Arts.

— Je viens me renseigner sur un ami étudiant en master. Je voudrais savoir quand il reviendra à l'Académie.

La secrétaire observa Helena par-dessus ses lunettes.

— Nous ne fournissons pas ce type d'informations, *Fräulein.*

— Je vous en prie, c'est une urgence ! Il est parti régler un problème familial en Angleterre et devrait être rentré. Il n'y a pas de mal à consulter un dossier…

La secrétaire soupira.

— Bon… comment s'appelle-t-il ?

— Alexander Nicholls.

— Je vais voir. Nicholls, dites-vous ?

— Oui.

— Veuillez attendre ici.

L'employée disparut pendant quelques minutes. À son retour, elle secoua négativement la tête.

— Nous n'avons aucun étudiant du nom de Nicholls, ici.

Désemparée, folle d'inquiétude à l'idée qu'il lui soit arrivé quelque chose, un accident, un décès dans la famille, Helena se présenta chez lui. Le concierge lui apprit que le monsieur du 14a avait déménagé un mois plus tôt et que son studio était loué à quelqu'un d'autre.

Les jambes en coton, Helena se dirigea aveuglément vers le parc, là où elle avait dansé pour lui, et s'effondra sur le premier banc.

Le châtaignier n'avait plus de feuilles dans le brouillard morne de novembre.

Elle se couvrit le visage de ses mains tremblantes. À l'instar des feuilles, Alexander et leur amour venaient de s'évaporer.

23

— J'ai fini par comprendre qu'il ne reviendrait pas. Et voilà, fin de l'histoire.

Au terme d'un long silence, William prit la parole :

— Tu te rends compte que tu n'as pas été la seule, j'espère. Il a toujours papillonné avec les jolies femmes. Il est amoureux de l'amour. Ne te fais pas d'illusions, Helena. Je te garantis que tu n'étais qu'une conquête parmi tant d'autres.

— Je n'en doute pas, rétorqua-t-elle, refusant de céder à cette provocation bien méritée.

— Je suis sidéré qu'il ne m'ait jamais parlé de toi. En général, il me décrit par le menu ses aventures extraconjugales.

William émit un rire amer.

— Si je t'avais connue, à l'époque, j'aurais pu te mettre en garde. Naturellement, dans ce cas… Eh bien, nous ne serions pas là. Je ne me serais pas contenté de ses restes.

Helena puisa au fond d'elle-même la force de ne pas fuir les paroles terribles de William. Avec ce qu'il venait d'apprendre, il était en droit de riposter.

— Il s'est peut-être tu par honte, murmura-t-elle, gênée.

— Sacha ? Honte d'avoir couché avec une

femme ? Tu rigoles ! Il ne vit que pour ça. Pourquoi en aurait-il honte ?

— J'ai découvert, bien plus tard, qu'il était rentré en Angleterre parce que Julia était enceinte de Rupes.

— Je vois. Le choc a dû être rude.

— Oh oui. Et je ne savais pas non plus qu'il était marié.

— Ah bon ? Comme par hasard !

— Il s'est bien gardé de m'en faire part, William. Je n'ai rien soupçonné, je te le jure !

— Après notre rencontre, il ne t'est jamais venu à l'idée que ton amant de Vienne n'était autre que mon meilleur ami ?

— Lorsque tu m'as parlé pour la première fois de Sacha Chandler, qui était allé à Oxford avec toi et t'avait conseillé Vienne, je ne pouvais pas deviner que c'était la même personne. Il se faisait appeler Alexander Nicholls.

— Je t'ai expliqué que Sacha est son surnom d'enfance et que son nom de famille en entier est Chandler-Nicholls. J'ai peine à croire que tu l'aies ignoré, puisque vous étiez si… proches.

— William, notre relation n'a duré que quelques mois. Nous étions deux inconnus dans une ville étrangère. Tu peux me trouver naïve, mais je ne savais pas grand-chose de lui. Sans vouloir me chercher des excuses, jusqu'à ce que je pose les yeux sur lui, le jour de notre mariage, je n'avais aucune raison de m'en douter.

William la foudroya du regard. Helena comprit que rien de ce qu'elle dirait n'atténuerait son état de choc.

— Soit. De toute évidence, tu étais anéantie. Que s'est-il passé ensuite ? Il t'a contactée ?

— Non. Je n'ai eu aucune nouvelle. Je sais à présent qu'il a trouvé du travail à la City et que Julia a mis Rupes au monde quelques mois plus tard…

— Attends une minute…

Un déclic venait de se faire dans l'esprit de William.

— Nom de Dieu !

Son visage exprima soudain une horreur indicible.

— Il y a encore pire que ce que tu viens de me raconter, n'est-ce pas ? Bien pire ?

Elle garda le silence.

— Alex et Rupes n'ont que quatre mois d'écart… n'est-ce pas ?

— Oui.

William leva les yeux vers le ciel nocturne parsemé d'étoiles. Plus rien ne serait pareil…

Enfin, il se leva.

— Je comprends. Pas étonnant que tu ne m'aies pas révélé qui était le père d'Alex. Je n'ose croire à ce qu'il ressentira en l'apprenant. Dieu vienne en aide à ton pauvre fils !

Il se mit à marcher de long en large sur la terrasse.

— Je cherche un moyen de surmonter cette horreur, mais je n'en vois aucun, avoua-t-il en secouant la tête.

— Je sais. William, je…

— Désolé, fit-il en tendant les mains pour se protéger d'elle. Je ne peux pas. Il faut que je parte. Tout de suite.

Il disparut dans la maison. Dix minutes plus tard, Helena entendit une voiture démarrer en trombe.

Journal d'Alex

12 août (suite)

Je suis assis au bout de mon lit…

À attendre.

Attendre que ma mère vienne me réveiller. Elle va entrer et me prendre dans ses bras, comme quand j'étais petit, me caresser les cheveux, m'expliquer que j'ai fait un cauchemar. Qu'il ne s'est rien passé, que je n'ai pas entendu ces paroles horribles, sur la terrasse, sous ma fenêtre. Que mon père qui n'est pas mon père n'est pas parti en voiture, pour ne jamais revenir, peut-être.

À cause de l'identité de mon vrai père.

Ma tête va exploser, se répandre en mille morceaux sur les murs. Elle n'arrive pas à contenir ce que je sais, à gérer cette information. Elle tourne en rond, elle mouline dans le vide.

Je me frappe les genoux de mes poings. Je me fais mal pour que la douleur physique couvre la souffrance mentale. Ça ne fonctionne pas.

Plus rien ne fonctionne.

Rien ne peut soulager la douleur qui m'étreint.

Le pire, c'est que la personne qui a toujours tout arrangé est à l'origine de cette souffrance.

Alors je suis seul dans le noir.

Dès que mon cerveau se remettra en branle, il digérera les conséquences de ce que je viens d'entendre. J'ai au moins une certitude : je ne suis plus celui que je croyais être.

Et ma mère non plus.

24

Les mains tremblantes, Helena se servit du cognac et vida son verre d'une traite. La chaleur de l'alcool la réconforta, mais elle n'effacerait jamais l'horreur de ce qu'il venait de se produire. Elle se leva et se dirigea vers la chambre d'Alex. Puisant ses dernières forces, elle frappa à sa porte.

— Je peux entrer ?

N'obtenant pas de réponse, elle ouvrit.

La chambre était plongée dans le noir. Au clair de lune, elle aperçut une silhouette assise au bord du lit.

— On peut parler ? demanda-t-elle doucement.

— Papa est parti ?

— Oui.

— Il va revenir ?

— Je... Je n'en sais rien.

Elle avança à tâtons vers le lit et s'assit de peur que ses jambes ne se dérobent.

— Tu as écouté ?

Alex ne s'exprima pas tout de suite.

— Oui.

— Donc... tu sais qui est ton père biologique ?

Silence.

— Tu comprends pourquoi je ne t'ai rien dit ? Ni à personne, d'ailleurs.

— Maman, je ne peux pas en parler... je ne peux pas.

— Papa... William n'a pas voulu en savoir plus. Je comprends que toi non plus. En revanche, je tiens à finir mon histoire, à te raconter ce qui s'est passé après que... Sacha, comme tu l'appelles, m'a laissée à Vienne. Je t'en prie, écoute-moi, Alex. Il est essentiel que tu saches. Et que je t'explique le rapport avec Alexis.

Faute de réponse, elle commença son récit :

— J'ai découvert que j'étais enceinte juste après Noël...

Helena

Vienne, décembre 1992

Le souffle d'Helena formait de délicates volutes de buée tandis qu'elle se rendait à sa séance de travail du matin.

Durant les fêtes, la ville était particulièrement enchanteresse. Après la chute de neige de la nuit, les guirlandes lumineuses s'ornaient de givre. En cette veille de Nouvel An, l'atmosphère était festive et tout le monde était enjoué.

Tout le monde, sauf elle. Serait-elle à nouveau heureuse et enthousiaste ? Elle se demandait même si elle ressentirait un jour quelque chose. Cela faisait presque deux mois qu'Alexander était parti. Ses journées de désolation et ses nuits à sangloter avaient fini par la plonger dans une torpeur qui s'insinuait au plus profond de son âme. Pour une raison ou pour une autre, Alexander ne reviendrait pas.

Helena s'arrêta devant l'Opéra et leva les yeux vers les voûtes dorées qui, à la nuit tombée, brilleraient de mille feux. Ce soir-là, elle interprétait le rôle-titre lors d'une soirée de gala présentant *La Sylphide*. *L'Artiste* prenait forme et serait la plus importante production de la prochaine saison. Créer ce rôle serait un coup d'accélérateur à sa carrière, mais elle n'avait pas la force de s'en soucier.

Au moins, songea-t-elle en se dirigeant vers l'entrée des artistes, la discipline et la rigueur de son métier lui avaient évité de perdre totalement la raison.

Helena salua le gardien, puis longea un labyrinthe de couloirs jusqu'à sa loge. Elle troqua son manteau à col de fourrure contre un justaucorps et des jambières, sans oublier son cache-cœur préféré, le temps de réchauffer son corps svelte.

Elle releva sa crinière blonde en chignon et noua les rubans de ses pointes autour de ses chevilles avant de quitter le sanctuaire de sa loge.

Plusieurs membres de la troupe attendaient déjà sur le vaste plateau, bavardant par petits groupes ou faisant des exercices d'échauffement à la barre. Helena ne put réprimer un sourire triste face à cet assortiment disparate de tenues, de collants troués et de visages sans maquillage, si loin de leur splendeur sur scène. En se tournant vers la salle déserte et plongée dans l'obscurité, elle eut un frisson. Dans la soirée, elle serait somptueuse, avec ses balcons dorés et deux mille spectateurs enthousiastes.

Helena salua les danseurs et prit place à la barre. Le répétiteur se présenta et le pianiste entonna les premières notes. Helena n'avait pas à réfléchir. Son corps avait effectué ces mouvements tant de fois qu'il était en pilote automatique. La veille, lors de la répétition en costume, tout s'était déroulé à merveille. Elle était un peu anxieuse, mais donnerait le meilleur d'elle-même face au public.

— Bonjour, Helena *cara* ! lança Fabio en prenant place derrière elle.

— Tu es encore en retard, gronda-t-elle tandis qu'ils faisaient demi-tour pour travailler l'autre jambe.

— Une panne de réveil, fit-il avec une lueur espiègle dans le regard.

Autrement dit, il avait rencontré quelqu'un.

— Tu me raconteras ça plus tard.

Ce soir-là, Helena apportait les dernières touches à son maquillage, dans sa loge, au terme d'une journée étourdissante. La répétition du matin avait été suivie d'une série d'entretiens avec les médias. Pour se changer les idées, elle prit la carte posée à côté d'un énorme bouquet de roses blanches, le plus gros et le plus somptueux qu'elle ait reçu.

« *Ma très chère Helena,*

Merci encore pour le plaisir de ce dîner, la semaine dernière. Je suis honoré que vous ayez accepté de m'accompagner au bal de demain soir. Je vous souhaite le meilleur pour cette première. Je serai aux premières loges pour vous admirer.

Votre dévoué,

Prince Friedrich von Etzendorf. »

Niché parmi les fleurs, elle remarqua un écrin enveloppé de soie argentée. En soulevant le couvercle, elle découvrit un collier délicat comprenant trois diamants étincelants sur une chaîne très fine. Submergée par l'extravagance de ce cadeau, elle regarda son reflet dans le miroir. Quelle ironie du sort ! Devait-elle en rire ou en pleurer ?

Un mois plus tôt, on lui avait présenté le prince Friedrich lors d'une réception après un spectacle. Il descendait de l'une des plus anciennes familles autrichiennes et avait la passion des arts. Séduisant et courtois, il ne l'avait guère impressionnée. Ce n'était pas Alexander. Friedrich était à première vue tout ce dont une femme pouvait rêver, ce qui n'était que plus déprimant.

Le lendemain, elle avait reçu une carte l'invitant à dîner avec lui. Malgré son envie de refuser d'emblée, elle avait besoin de tourner la page. Dans les coulisses, juste avant leur entrée, elle avait parlé à Fabio de cette invitation.

— Tu crois que je devrais y aller ?

— Helena, c'est un prince de conte de fées. Bien sûr que tu dois y aller !

De mauvaise grâce, elle avait accepté. Et cela s'était passé… correctement.

Depuis, ils s'étaient revus plusieurs fois. Friedrich était bien plus disposé qu'elle à profiter des occasions que permettait l'emploi du temps de la jeune femme. Il semblait trop beau pour être honnête.

Fabio avait levé les yeux au ciel face à son manque de motivation.

— Que demander de plus ? Je ne te comprends pas, *cara* !

Rien, avait songé Helena.

En plaçant le collier autour de son cou, en cet instant, pour constater qu'il lui allait à ravir, elle avait l'impression d'avoir perdu toute capacité à ressentir quoi que ce soit.

— Vous êtes ma Grace Kelly, avait déclaré

Friedrich la dernière fois qu'elle l'avait vu. Je veux faire de vous ma princesse.

Il l'avait invitée officiellement à être sa cavalière lors du bal du Nouvel An organisé au célèbre palais de Hofburg.

— J'aimerais vous avoir à mon bras…

Elle n'était guère d'humeur à faire la fête, mais n'avait pas osé décliner l'invitation à l'un des événements majeurs de la vie viennoise. Au moins, elle ne serait pas seule lorsque les cloches sonneraient pour annoncer la nouvelle année.

Helena avait ensuite réalisé qu'elle n'avait rien à se mettre. Elle avait expliqué la situation à Klara, la costumière du théâtre qui, telle une fée bienveillante, l'avait emmenée dans son antre où elle avait choisi une superbe robe de bal rose pâle.

En cet instant, Helena observait la robe dans sa housse. Après quelques retouches, elle était prête et elle l'emporterait chez elle à la fin de la représentation de ce soir. Klara surgit dans la loge, portant plusieurs couches de tulle blanc, de mousseline de soie et de sequins.

— *Frau* Beaumont, il est l'heure de vous préparer. Le temps presse, ordonna-t-elle.

Elle releva les cheveux d'Helena en un chignon parsemé de perles et de brillants avant d'aider la jeune femme à enfiler son costume.

— C'est un cadeau ? demanda-t-elle en posant les yeux sur l'écrin de velours posé sur la coiffeuse.

— Oui.

— De qui ?

— Un ami.

— Vous voulez dire le prince ?

Gênée, Helena acquiesça.

— Ne soyez pas timide. Vous êtes une femme superbe. Je sais qu'il vous emmène au bal, demain soir. Ce collier sera absolument parfait avec votre robe.

— Je le suppose.

— *Frau* Beaumont… Demain, je pourrais passer chez vous pour vous aider à vous préparer.

Klara considérait l'affaire comme acquise.

— Ce n'est vraiment pas nécessaire, protesta Helena.

— Comment allez-vous boutonner la robe sans moi ? Et je vous ferai une coiffure à l'ancienne qui vous ira à merveille.

Helena capitula, sachant que toute résistance était futile.

— Merci. C'est très gentil.

En entendant la sonnerie indiquant qu'il restait cinq minutes, Klara ajouta un peu de laque, puis Helena se leva pour inspecter sa tenue dans le miroir. Le corset orné de perles et le jupon fluide illustraient la légèreté du personnage éthéré.

— Vous êtes prête, décréta Klara tandis qu'une voix résonnait dans l'interphone. À vous de jouer…, souffla-t-elle tandis qu'Helena quittait la loge.

Deux heures plus tard, Fabio entraîna Helena vers le devant de la scène sous un tonnerre d'applaudissements, à l'issue d'une prestation magique. Les spectateurs se levèrent en les acclamant. Des fleurs volèrent sur la scène.

Après le dernier rideau, Helena regagna sa loge sur un petit nuage. Presque aussitôt, quelqu'un frappa à la porte, annonçant l'arrivée d'un flot de visiteurs venus la congratuler.

Un visage séduisant encadré de cheveux blonds apparut.

— Je ne vous dérange pas, j'espère...

— Je vous en prie, Friedrich, entrez donc.

Son invité était très distingué en queue-de-pie, avec sa ceinture rouge aux armes de sa famille. Friedrich lui baisa la main.

— Il n'y a pas de mots pour exprimer combien votre talent m'a subjugué, ce soir. Vous êtes une sylphide de rêve. Je vois que vous avez reçu mes fleurs...

— Elles sont magnifiques. Sans parler du collier... Friedrich, il ne fallait pas. Vous êtes bien trop généreux...

— Allons, ma chère, ce n'est pas grand-chose et bien mérité. J'espère que vous porterez mon cadeau pour le bal.

— Avec joie et je vous en remercie.

— Mon remerciement sera de vous avoir à mon bras au palais de Hofburg.

Helena allait lui répondre quand quelqu'un frappa à la porte.

— Je vais vous laisser, Helena. J'ai hâte d'être à demain.

Sur ces mots, le prince s'inclina et sortit, laissant sa place à une foule d'admirateurs qui encerclèrent la jeune femme.

Enfin, Helena se retrouva seule dans sa loge. Sa poussée d'adrénaline étant retombée, elle se sentait vidée. Lorsque Klara l'eut aidée à se changer, elle enfila son jean et son pull, puis son manteau, avant de quitter le théâtre.

Le lendemain, Helena rejoignit Fabio pour un déjeuner de la Saint-Sylvestre chez *Griechenbeisl*, le plus ancien restaurant de Vienne.

— *Cara*, dit-il en se levant pour l'accueillir. Assieds-toi. Célébrons le succès du spectacle d'hier.

Il prit une bouteille de champagne dans un seau à glace et servit deux coupes.

— À nous ! Et à cette fin d'année !

Ils trinquèrent.

— J'ai déjà lu les critiques de *La Sylphide* dans les journaux, déclara-t-il. Elles sont formidables ! Tu es l'étoile montante. Lors de la première de notre nouveau ballet, ils sauront qu'il faut compter avec nous. On est en route vers le sommet, Helena !

Helena aurait aimé partager son enthousiasme. Hélas, elle ne parvint qu'à esquisser un sourire peu convaincu.

— En plus de ton triomphe d'hier soir, tu vas au bal du Nouvel An avec le beau prince, ce soir ! Le rêve de toute femme… et de bien des hommes.

— Fabio, je ne… Je ne peux pas chasser de mon esprit ce qui s'est passé.

— Pff… tu parles encore de cet enfoiré d'Alexander ? Il t'a fait souffrir, *cara*. Oublie-le ! La vie continue. Je croyais que le prince te plaisait !

— Je… c'est vrai, mais… Je ne suis pas sûre d'être prête.

— C'est peut-être un coup de fatigue.

Il se pencha pour la dévisager avec attention.

— Tu es pâle et tu n'as pas bu une gorgée de ton champagne. Tu n'es pas malade, au moins ?

— Non, non... Je vais bien. Je suis fatiguée.

Elle se mordit la lèvre et sa voix s'éteignit.

— Dans ce cas, dès que nous aurons fini de déjeuner, je te ferai ramener chez toi en taxi. Tu dois te reposer pour être en forme, ce soir, et te préparer. Je veux que tu t'amuses.

— Tu as raison, fit-elle avec un sourire forcé. J'irai mieux après un petit somme.

Fabio posa sur elle un regard soupçonneux en se gardant de tout commentaire. Il l'interrogea sur la robe qu'elle porterait pour le bal, puis il lui fit part de quelques potins sur d'autres membres de la troupe. Lorsqu'ils furent servis, elle toucha à peine à son assiette.

Il est au courant, songea-t-elle.

Après le déjeuner, elle rentra chez elle et s'allongea comme Fabio le lui avait recommandé. Hélas, elle ne trouva pas le sommeil. L'esprit en ébullition, l'estomac barbouillé, elle refit ses calculs. Peut-être s'affolait-elle pour rien...

Après son premier rapport sexuel avec Alexander, dans le tourbillon de la saison, elle avait pris la pilule sans discontinuer pour éviter les règles, une pratique habituelle chez les danseuses. Elle ignorait donc à quand remontaient ses dernières véritables règles. Elle souffrait de nausées, de maux d'estomac, elle était fatiguée... Les mêmes symptômes que la dernière fois...

Renonçant à se reposer, elle se leva. Il n'existait qu'un moyen d'en avoir le cœur net. La pharmacie du coin de la rue fermerait sans doute plus tôt. Elle sortit à la hâte acheter ce dont elle avait besoin. À son retour, Klara l'attendait dans l'entrée de l'immeuble.

Oh non.

— Désolée de vous avoir fait patienter dans le froid, Klara. J'étais en panne de… dentifrice.

Klara pinça les lèvres.

— Il faut s'y mettre si vous voulez être prête à temps.

Dans l'appartement, Klara babilla sur la soirée qui s'annonçait. Distraite, Helena se contenta de hocher la tête de temps en temps.

Je n'aurais pas dû accepter cette invitation. Je mène Friedrich en bateau… Que faire si jamais… ?

Quand Klara fut satisfaite de sa tenue, Helena se leva, incapable de supporter plus longtemps cette tension. Elle s'enferma dans la salle de bains et déballa le test de grossesse, le cœur battant.

Soudain, quelqu'un sonna à la porte d'entrée.

— *Frau* Beaumont ! Votre voiture est arrivée ! Le prince vous attend ! lança Klara.

— J'arrive !

Helena hésita un instant et fourra le bâtonnet blanc dans sa pochette avant de sortir.

Klara tenait une étole en soie dans une main et une paire de longs gants dans l'autre. Elle aida la jeune femme à les enfiler et drapa les épaules graciles d'Helena de l'étole. Puis elle inspecta son œuvre. Le corset de la robe rose pâle soulignait son décolleté de rêve et accentuait sa taille avant de retomber en une cascade de mousseline. Quelques mèches blondes encadraient son visage et le collier scintillait sur son cou.

— Vous êtes sublime, commenta Klara. À présent, *liebling*, allez vite retrouver votre prince.

Elle la mit dehors et la poussa vers l'ascenseur.

— Excellente soirée ! cria-t-elle tandis que les portes se refermaient.

Très élégant, Friedrich l'attendait dans le hall et eut le souffle coupé en la voyant. Il prit ses mains gantées dans les siennes et la toisa longuement, avant de l'attirer vers lui pour l'embrasser sur les deux joues.

— Vous êtes radieuse, murmura-t-il. Tous les hommes vont m'envier.

Il lui offrit son bras pour l'emmener vers la limousine.

Il tombait une légère poudreuse sur l'opulente façade du palais. Ils franchirent un portique monumental vers une cour illuminée. Lorsque Helena descendit de voiture, elle prit la main que lui tendait Friedrich et ils gravirent un escalier majestueux. Le salon de réception était digne d'un conte de fées.

Helena accepta une coupe de champagne et en but une gorgée dans l'espoir de se détendre un peu. Il lui faudrait du courage pour survivre à cette soirée. De nombreuses personnes la saluèrent avec respect en la félicitant pour son talent.

Le prince et elle finirent par gagner leur table où une bouteille de champagne les attendait. Des serveurs leur présentèrent des plateaux de mises en bouche. Helena ne mangea rien. Le prince avait-il remarqué son absence d'appétit ? Il n'en laissait rien paraître.

Les invités furent conviés à entrer dans la grande salle de bal. Helena admira les colonnes en marbre et le plafond à caissons, sans oublier les dizaines de lustres en cristal. Sur une estrade, un orchestre jouait une valse viennoise.

Le silence se fit et des files de jeunes femmes en robe blanche firent leur entrée au bras de leur cavalier.

— Qui est-ce ? demanda Helena.

— Ce sont les débutantes. Elles vont danser pour marquer leur entrée officielle dans la société viennoise.

Pratiquait-on encore ce rituel du temps passé ? Helena ne put s'empêcher d'avoir de la peine pour ces innocentes au visage radieux qui avaient la vie devant elles.

Comme elle, naguère.

Elle revint à la réalité lorsque les débutantes se retirèrent sous les applaudissements de l'assemblée. Les cordons rouges furent enlevés pour permettre aux invités de danser. Helena perdit toute notion du temps. Dans les bras de Friedrich, elle tournoya sur la piste. D'autres messieurs la sollicitèrent et elle fit de son mieux pour sourire et les charmer telle la princesse que Friedrich voyait en elle.

— Vous êtes si ravissante, ce soir, Helena. Vous m'avez ensorcelé, ainsi que tous les hommes présents, murmura-t-il lorsque l'orchestre ralentit le rythme.

Il en profita pour l'attirer plus près de lui. Helena se sentit étrangement détachée, comme si elle se regardait d'en haut.

— J'espère que vous et moi aurons l'occasion de

passer davantage de temps ensemble au cours de l'année à venir, lui confia-t-il en se penchant pour lui caresser la nuque.

— Euh... j'en suis certaine, répondit-elle malgré elle.

Encouragé, Friedrich posa une joue contre les cheveux de la jeune femme.

— Je vous en prie, Helena... Dites-moi que vous rentrerez avec moi, ce soir.

Aussitôt, Helena redescendit sur terre. Elle leva la tête vers lui et lut de l'adoration dans son regard. *Qu'est-ce que je fais là ?* songea-t-elle, au bord de la panique.

Prise d'un vertige et nauséeuse, elle consulta l'horloge. Il restait un peu plus de dix minutes avant minuit. Friedrich parut soudain inquiet.

— Helena, *liebling*, tout va bien ?

— Je ne sais pas. Je me sens un peu... bizarre. J'ai besoin de m'asseoir.

Le prince l'escorta vers leur table, puis alla lui chercher un verre d'eau. Elle demeura immobile. La tête lui tournait. Désireuse d'être seule, elle se dirigea vers les toilettes.

Après s'être aspergé le visage d'eau, elle se sentit un peu mieux et regarda son reflet dans la glace. Elle ouvrit son sac pour prendre son rouge à lèvres. Les mains tremblantes, elle le fit tomber et son contenu se répandit sur le sol. En ramassant ses effets, elle vit sa minuscule épée de Damoclès.

Comment envisager une relation avec un autre homme alors qu'elle était complètement dans le doute ?

Friedrich allait l'attendre. Le moment était mal choisi, mais il fallait qu'elle sache.

Son avenir dépendait de ce bâtonnet en plastique. Le cœur battant, elle s'enferma dans une cabine.

Trois minutes plus tard, elle avait sa réponse.

Les invités qui déambulaient par petits groupes dans le foyer remarquèrent à peine la jeune femme qui courait sur le sol en marbre, en robe de bal rose pâle.

Elle descendit les marches menant à l'entrée principale et s'arrêta le temps d'ôter ses escarpins qu'elle jeta de côté avant de sortir dans la nuit étoilée.

Au moment précis où les cloches sonnèrent les douze coups de minuit, annonçant la nouvelle année.

En traversant la cour, elle ne sentit pas le froid sous ses pieds malgré ses bas très fins. Lorsqu'elle émergea enfin dans la rue, le sang pulsait si fort à ses oreilles qu'elle entendit à peine une voix d'homme crier son prénom.

Elle ne se retourna pas.

25

Par la fenêtre de la chambre d'Alex, Helena observa la pleine lune, comme cette nuit où elle s'était enfuie du palais de Hofburg. L'astre veillait sur les humains qui trébuchaient et chutaient et éclairait leur chemin quand ils se relevaient.

Helena émergea de ses souvenirs.

— Voilà mon histoire. J'aurais aimé qu'elle soit plus belle, Alex. C'est ainsi.

Enfin, il s'exprima :

— Je ne comprends toujours pas le rapport avec Alexis.

— Je…

Helena s'interrompit, à l'agonie. Devait-elle le lui dire ? C'était trop, pour un garçon de treize ans.

— Maman, ça ne peut pas être pire, alors vas-y, crache le morceau.

— Je suis tombée enceinte d'Alexis lors de mon dernier séjour à Pandora.

— Mais… tu n'avais que quinze ans, lâcha doucement Alex.

— Oui… et je n'ai pas eu ce bébé. Je n'avais pas le choix. C'était vraiment atroce. Je ne me suis jamais pardonné ce que j'ai fait. Alors, lorsque j'ai découvert que j'étais enceinte de toi, j'ai été incapable de recommencer. Il fallait que je te mette au monde quel qu'en soit le prix.

Helena n'entendait que le souffle d'Alex.

— À l'approche du nouveau ballet, il n'était pas honnête que je reste à l'Opéra. Je ne pouvais pas incarner la petite ballerine à six mois de grossesse. J'ai dit à Fabio de trouver une autre partenaire et, fin janvier, j'ai quitté la troupe. J'ai décidé de rester à Vienne. Il n'était pas question de rentrer en Angleterre. J'avais de l'argent de côté grâce à l'héritage de ma mère. Il m'a permis de tenir le temps de ma grossesse. Je suis devenue serveuse au *Café Landtmann*. Ils appréciaient que je parle anglais et ils ont été très gentils. J'ai travaillé jusqu'à la veille de mon accouchement. Tu es né avec un mois d'avance. Tu étais magnifique, ajouta-t-elle d'une voix brisée par l'émotion. Je t'ai appelé Alexander en l'honneur du bébé que je n'avais pas eu et de ton père biologique. Cela allait de soi, fit-elle avec l'esquisse d'un sourire. Et Rudolf en deuxième prénom, en l'honneur de Noureev, grand danseur mort trop tôt, quasiment au moment où j'ai appris que j'étais enceinte.

Alex garda le silence, comme elle s'y attendait.

— Après ta naissance, j'ai connu une période difficile. En tant que prématuré, tu avais besoin de soins et je n'allais pas très bien, moi non plus. Sans vouloir t'effrayer, j'ai failli mourir. J'ai mis longtemps à recouvrer la santé. Nous sommes restés plus de deux mois à l'hôpital. Ensuite, il m'était impossible de reprendre la danse. Cela te paraîtra peut-être ridicule, mais une danseuse classique doit être aussi en forme, voire davantage, qu'un joueur de football de première division. Dieu merci, je me suis remise.

Pendant la première année, j'étais simplement heureuse d'être avec toi. Fabio a été adorable. Il jouait avec toi, t'emmenait en promenade. Il a vraiment joué le rôle d'un père. Tu sais qu'il t'a offert Bunny...

Helena s'interrompit, incapable de déchiffrer l'expression de son fils, dans la pénombre.

— Ensuite, il y a eu Gretchen, qui vivait au-dessus de chez nous. Quand je suis retournée travailler au café, car j'avais besoin d'argent, elle t'a gardé. Tu l'adorais. Elle était pulpeuse, enjouée et te gavait de strudels et de crêpes. Tu t'en souviens ?

— Non...

— Bref, j'ai finalement repris des cours de danse dans l'idée de reconstituer notre duo. Fabio m'a annoncé qu'il avait reçu une proposition du New York City Ballet. Il m'a implorée de le suivre, avec toi. Les danseurs du New York City Ballet comptent parmi les plus athlétiques. Je ne voulais pas nuire à la carrière de Fabio en n'étant pas à la hauteur. Cela aurait été injuste. Je lui ai donc expliqué que je ne voulais pas nous déraciner. J'ai renoncé à la danse et je suis restée serveuse. Ensuite, il a fallu quitter notre appartement et Gretchen, faute de moyens, pour emménager dans un véritable clapier au-dessus du café. J'étais vraiment fauchée, à l'époque. Quelques mois plus tard, j'ai rencontré William.

Helena marqua une pause pour reprendre son souffle.

— Il m'a ramenée à la vie. Il était tellement gentil, équilibré et sincèrement bon. Peu à peu, je suis tombée amoureuse de lui. Pas avec la même intensité qu'avec Alexis, mon premier amour, ni la passion partagée avec Sacha. C'était un sentiment plus profond et plus fort. Si je te raconte ça, c'est parce que c'est aussi ton histoire. Je ne m'attends pas à ce que tu me comprennes ou me pardonnes…

Elle observa l'ombre de son fils au clair de lune.

— Le jour où William m'a proposé de rentrer avec lui en Angleterre, j'ai accepté. Je voulais être certaine de ne pas m'accrocher à lui pour de mauvaises raisons. Il n'était pas particulièrement fortuné, à l'époque. Cécile avait obtenu la maison après le divorce. Il habitait un petit cottage miteux. Nous y avons été très heureux ! Je ne m'étais pas trompée. Lorsqu'il m'a demandée en mariage, j'ai dit oui. On a acheté Cedar House aux enchères et j'en ai fait notre foyer. Franchement, je n'ai jamais été aussi épanouie. Enfin, jusqu'au jour de notre mariage…

— Que s'est-il passé ? marmonna Alex.

— William m'avait parlé de Sacha, son ami, son camarade d'école et d'université, qui vivait à Singapour. Il faisait le déplacement pour la cérémonie, avec sa femme. Je longeais l'allée centrale, dans la salle de mariage, lorsque j'ai croisé son regard. Tu imagines le choc. Plus tard, William m'a présenté Sacha, qui est un diminutif d'Alexander. J'ai failli m'évanouir lors de l'échange des consentements.

— Tu lui as parlé, ensuite ?

— Non. Pas en privé. Sacha a bu comme un trou et il a fallu le porter jusqu'à leur chambre d'hôtel. Julia avait fait ta connaissance. Elle m'a parlé de Rupert, leur fils né quatre mois avant toi. C'est là que j'ai compris pourquoi Alexander n'était jamais revenu à Vienne.

Helena se prit la tête dans les mains.

— Seigneur… C'était horrible… horrible. Pendant

notre voyage de noces en Thaïlande, je n'ai pas fermé l'œil de la nuit. Devais-je avouer la vérité à William ? Ensuite, il n'aurait qu'à décider s'il voulait divorcer. Mais j'avais trop peur de le perdre. Je l'aimais. J'étais tellement heureuse ! Tu l'étais aussi... J'ai été incapable de prononcer les mots qui auraient transformé le conte de fées en cauchemar. Je me consolais en me disant que Sacha vivait à l'autre bout du monde. Même s'ils étaient amis, nos chemins ne risquaient pas de se croiser très souvent. Les premières années, j'ai même réussi à oublier, parfois. À ranger cet épisode de ma vie au fond de mon esprit.

Helena passa distraitement une main dans ses cheveux.

— Avec le recul, je sais aujourd'hui que j'aurais dû dire la vérité dès le départ, au lieu de vivre avec ce terrible secret en attendant qu'il sorte au grand jour. Ensuite, Sacha, Julia et les enfants sont rentrés en Angleterre. Heureusement, on ne les fréquentait pas beaucoup. Ils venaient parfois pour le week-end. William voyait Sacha à Londres. En apprenant que nous venions à Pandora, Julia s'est invitée parce qu'elle avait besoin de changer d'air. Comment refuser ? J'étais terrorisée, pressentant une catastrophe. Mon instinct ne m'a pas trompée.

Helena secoua lentement la tête dans le noir.

— C'est tout, chéri. Il n'y a rien de plus à dire. Si je t'ai anéanti, je ne peux qu'implorer ton pardon et te répéter que je t'aime plus que tout au monde. J'ai gardé ce secret pour vous protéger, toi, William, notre famille.

— Et toi-même, Maman, maugréa Alex un peu durement.

— Tu as raison. Je sais que je ne peux m'en prendre qu'à moi-même. Le pire, c'est que William a été pour toi le meilleur des pères. À cause de ma stupidité et de mon égoïsme, je t'ai privé de la seule chose que j'ai toujours voulue pour toi. Si seulement il était ton vrai père ! J'aimerais revenir en arrière. Je regrette d'avoir foiré. William ne me pardonnera jamais…

— Est-ce que Sacha est au courant ? Il sait que je suis son… ?

La voix d'Alex s'éteignit.

— Oui. Il l'a compris dès qu'il t'a vu, au mariage. Dans l'intérêt des personnes concernées, nous avons conclu un accord tacite.

— Tu comptais me l'apprendre un jour ?

— Je… je ne sais pas. J'étais incapable d'en parler et je ne voulais pas te mentir, non plus. Si Sacha est ton père biologique, il n'a jamais joué le moindre rôle dans ta vie.

— Tu l'aimes encore ?

— Non. Bien au contraire. Je…

Elle s'interrompit. Son fils venait de découvrir qui était son véritable père et elle ne voulait pas se lancer dans une diatribe négative.

— Une partie de moi regrette de l'avoir rencontré, mais, chéri, sans lui je ne t'aurais pas eu, toi.

— D'accord. Va-t'en, maintenant, s'il te plaît.

Helena ravala un sanglot, puis elle tendit une main hésitante. Elle ne sentit que de la peluche humide. Les larmes de son fils avaient trempé son cher Bunny.

— Je m'en veux tellement… Je t'aime, Alex.

Sur ces mots, elle se leva et quitta la pièce.

Journal d'Alex

12 août (suite)

Je
n'ai
rien
à
dire.

26

Le lendemain matin, sur la terrasse, Helena regardait le jour se lever après une nuit sans sommeil. Maigre consolation, elle avait déjà ressenti la souffrance de la rupture, d'une vie bouleversée, d'un avenir tracé soudain interrompu. Elle survivrait, comme chaque fois.

La différence aujourd'hui, c'était qu'il n'était pas question d'*elle*.

Elle était capable de tout supporter, sauf la douleur de ses enfants. Pire encore, une souffrance dont elle était l'unique responsable. Son cœur se serra lorsqu'elle imagina Alex dévasté, perdu. Son rôle de mère était de le réconforter, le protéger, le guider, et elle l'avait brisé.

De même que William.

Épuisée, Helena s'installa dans le hamac. En contemplant les premières lueurs de l'aube, elle comprit pourquoi certains ne parvenaient plus à vivre. Il ne s'agissait pas uniquement d'événements extérieurs, mais de la perception que l'on avait de soi-même. Avoir l'impression d'être quelqu'un de bien, de traiter ses proches avec amour et respect, était essentiel. Elle devrait vivre avec elle-même pour le reste de ses jours, et ceux qu'elle aimait sauraient qu'elle avait failli à son rôle. C'était insupportable.

Helena trouverait la force d'avancer. Pour l'heure, en dépit de la beauté du soleil qui faisait son entrée sur la scène céleste, elle avait aussi froid que ce jour où elle avait attendu dans ce parc, à Vienne, consciente qu'Alexander ne reviendrait pas.

Elle finit par monter dans sa chambre. L'armoire était ouverte. Le côté de William était vide et son sac de voyage avait disparu. Elle ferma tristement la porte, puis s'allongea sur le lit et ferma les yeux.

— Maman ! Maman ! Il est où, Papa ? Je lui ai fait un dessin de toi et Fabio en train de danser. Regarde !

Dès qu'elle ouvrit les yeux, le souvenir de la veille la frappa de plein fouet et des larmes lui montèrent aux yeux.

— Maman ! Regarde mon dessin, insista Immy en brandissant une feuille de papier.

— Il est superbe, chérie. Bravo, commenta-t-elle en se redressant sur les avant-bras.

— Je peux le donner à Papa ? Il est en bas ?

— Non. Il a dû partir à cause d'un problème au travail.

— On est en vacances ! Pourquoi il nous a pas dit au revoir ?

— Il a reçu un appel très tard et a dû prendre l'avion en urgence ce matin, improvisa Helena, qui s'en voulut de proférer de nouveaux mensonges.

— Ah… Il revient bientôt ?

— Je n'en sais rien.

— Ah… Maman ?

— Oui ?

— Pourquoi tu portes encore ta robe d'hier ?

— J'étais fatiguée, Immy.

— Tu m'obliges toujours à mettre mon pyjama quand je dis ça !

— C'est vrai…

— Tu es encore malade, Maman ?

— Non. Je vais bien, mentit-elle en se levant du lit. Où est Fred ?

— Il dort. Tu veux que je te prépare ton petit déjeuner ?

— Non merci, chérie. Ça ira. Je descends avec toi.

Helena parvint à survivre à cette matinée. Elle surveilla Immy et Fred qui se baignaient dans la piscine, le cœur brisé par leurs mines insouciantes. Que ressentiraient-ils en comprenant que leur cellule familiale avait explosé du jour au lendemain ? Que leur père était peut-être parti pour de bon ? Et par sa faute, à elle…

À dix heures et demie, Fabio entra dans la cuisine, la mine aussi décomposée que la sienne.

Il la serra affectueusement dans ses bras.

— Je regrette tellement… Je suis le seul fautif.

— Pas de compassion, Fabio, je t'en prie. Sinon, je vais pleurer. Et c'est moi, la coupable, à cent pour cent.

— Helena, ton mari est un homme bien et il t'aime. Il va réfléchir et il comprendra. Et il reviendra. Cette coïncidence… est un coup tordu du destin.

Helena secoua la tête.

— Non, c'est fichu. Je lui ai menti, je l'ai trompé dès le début de notre mariage.

— Tu ne savais pas !

— Pas au début, mais j'aurais dû parler dès que j'ai su !

— Peut-être. C'est tellement plus facile, avec le recul. Où est-il parti ?

— Je suppose qu'il a pris l'avion pour l'Angleterre. Tel que je le connais, il voudra prendre le maximum de distance.

— Dans ce cas, suis-le et explique-toi.

— Il refuse de m'écouter. J'ai essayé, hier soir.

— Il était sous le choc, *cara*. Accorde-lui un peu de temps.

— Comment envisager un avenir ensemble, désormais ? Il ne me fera plus confiance et je le comprends. La confiance est essentielle, dans un couple, Fabio.

— Tant qu'il y a de l'amour, il y a de l'espoir.

— Arrête, Fabio, grommela Helena. Ne me fais pas miroiter un avenir là où il n'y en a pas. Je n'ai pas les idées très claires. De plus… Julia est à Kathikas ! Je n'ose imaginer sa réaction ! William va sûrement le lui dire. Je le ferais, à sa place. Elle croit que je suis son amie ! Seigneur, quelle histoire…

Elle s'assit et se prit le visage dans les mains.

— C'est vrai, admit Fabio. La vie est ainsi. À toi de trouver une solution.

— Tu crois que je devrais aller voir Julia ? Lui parler avant William ? Je lui dois bien ça.

— Non. Pour l'heure, elle n'a pas besoin de savoir. Tu m'as dit hier qu'ils allaient divorcer ?

— Oui.

— Alors pourquoi lui faire plus de mal ? Autant que William lui parle… Laisse les choses se tasser un peu.

— J'avais trop envie de te voir et j'ai tenté le diable. J'aurais dû laisser le passé là où il était.

— N'est-il pas bon que ton Fabio soit de retour pour te ramasser à la petite cuillère ? Et n'oublie pas ce que ce type t'a infligé, ce que tu as ressenti lorsqu'il est parti. C'est à lui qu'il faut t'en prendre ! À l'époque, je t'avais mise en garde. Dès que je l'ai vu, j'ai su qu'il t'attirerait des ennuis.

— Je regrette de ne pas t'avoir écouté.

— Dans ce cas, Alex ne serait pas né et Alexander n'aurait pas envoyé William à Vienne. Tu n'aurais pas vécu ces années avec lui et tu n'aurais pas ces enfants superbes. Il ne faut rien regretter ! C'est notre histoire qui fait de nous ce que nous sommes !

Helena prit sa main dans la sienne.

— J'avais oublié à quel point tu étais avisé. Merci, Fabio chéri.

— Et Alex ? Comment va-t-il ? Il est sous le choc, je suppose.

— Il est prostré. J'ai essayé de lui expliquer, hier soir. Chaque mot a dû lui faire l'effet d'une flèche en plein cœur. Il est déjà assez difficile de découvrir qui est son père biologique, mais devoir accepter que sa mère est une menteuse… Je l'aime tant, Fabio. Je l'ai déçu, blessé…

Elle fondit en larmes sur son épaule.

— Helena *cara*… c'est un garçon intelligent. À deux ans, il parlait déjà ! Dans un premier temps, il te détestera peut-être parce que tu lui as menti. Il a le droit, car la colère fait partie du processus de deuil. Ensuite, son cerveau si vif et généreux raisonnera. Il analysera la situation et comprendra à quel point tu l'aimes. Tu es une bonne *mamma* qui ne veut que son bonheur.

— Je suis une mère épouvantable ! Tu imagines ce qu'il a entendu, hier soir ? Je lui ai aussi parlé de mon avortement. J'ai perdu son respect.

— Helena, fit Fabio en lui prenant le menton, tu n'es pas juste une mère, mais un être humain, imparfait par nature. Cette révélation vient à tous les enfants et elle est difficile à accepter, surtout à son âge. Mais ton fils est mûr et il s'en remettra. Accorde-lui du temps, à lui aussi, *cara*.

— Il y a tant de ramifications… Son demi-frère est aussi son pire ennemi, par exemple, répondit-elle avec un frisson d'effroi.

— Tu veux que j'essaie de lui parler ? suggéra Fabio. Quelqu'un d'extérieur expliquerait mieux la situation. Après tout, je l'ai connu alors qu'il n'avait que quelques heures d'existence.

— Tu peux essayer. J'ai frappé trois fois à sa porte, ce matin. Il m'a dit de m'en aller.

— *Prego*, laisse-moi y aller, insista Fabio en consultant sa montre. Je dois partir pour Paphos chercher ma voiture de location à deux heures.

— Il faut vraiment que tu partes ? fit Helena en s'accrochant à lui. Tu ne peux pas rester un peu plus longtemps ?

— Tu connais l'emploi du temps d'un danseur. J'adorerais rester. Hélas, c'est impossible. Viens donc à Limassol, la semaine prochaine ! On dînera ensemble. Je vais réserver un taxi pour Paphos.

— Non, je t'y conduirai. Je préfère m'occuper et sortir de Pandora. Cette maison superbe ne m'attire que des ennuis depuis notre arrivée.

Fabio s'éloigna.

— Dis à Alex que je l'aime et que je reg…

La voix d'Helena se brisa. Désespérée, elle haussa les épaules.

Le danseur longea le couloir jusqu'à la chambre de l'adolescent.

— Alex ? C'est moi, Fabio. On peut parler ? Je voudrais discuter avec toi de ce qui s'est passé.

— Laisse-moi tranquille ! Je n'ai pas envie de parler. À personne ! fit une voix étouffée.

— Je comprends. Alors je vais rester derrière la porte. Tu m'écouteras uniquement si tu le veux, d'accord ?

Pas de réponse.

— D'accord… Je n'ai qu'une chose à te dire, Alex : j'étais là quand ta mère a découvert qu'elle t'attendait. Je lui ai conseillé de ne pas garder ce bébé, car il n'aurait pas de père, de penser à sa carrière, de ne pas gâcher sa vie. Elle a persisté à avoir cet enfant. Elle n'avait qu'une idée en tête : te mettre au monde. Et le jour où tu es né, tu es devenu son univers.

Fabio marqua une pause, puis reprit :

— Est-ce le comportement d'une mauvaise mère ? Non. C'est celui d'une maman qui aime son fils au point de renoncer à sa passion pour lui. Elle t'a élevé seule sans se plaindre. Lorsqu'un homme bien est entré dans sa vie, elle a reconnu la clé de votre bonheur. Elle voulait assurer ta sécurité, te donner la meilleure vie possible. Tu comprends, Alex ?

Toujours pas de réponse.

— Et le destin a frappé. Elle a revu l'odieux

Alexander le jour de son mariage et choisi de garder son secret. Elle a commis une erreur, mais elle a agi par amour pour toi. Il faut absolument que tu le comprennes ! Je t'en prie ! Elle est la personne la plus courageuse que je connaisse et elle souffre, elle aussi. Elle a besoin de toi comme tu avais besoin d'elle quand tu étais bébé. Tu es un garçon brillant. Aide-la !

Fabio sortit un mouchoir et se moucha bruyamment.

— Voilà ce que j'avais à te dire. J'espère que tout va s'arranger et que je te reverrai bientôt. Au revoir…

Après avoir soudoyé les petits en leur promettant un repas chez *McDonald's*, Helena les emmena à Paphos avec Fabio. Elle était soulagée de quitter la maison. Alex refusait toujours de sortir de sa chambre. Heureusement, Angelina faisait le ménage, de sorte qu'il n'était pas seul.

— Tu viens à Limassol, la semaine prochaine, Helena ? s'enquit Fabio au moment des adieux.

— Je ferai de mon mieux. Je ne te promets rien.

— Tant de choses peuvent changer, en une semaine, assura-t-il avec un sourire de compassion. Au moins, nous avons retrouvé notre amitié. Je serai toujours là pour toi, *cara*. Appelle-moi autant que tu voudras.

— Merci, Fabio. Tu m'as manqué, tu sais.

— *Ciao, cara. Ciao*, les petits !

Ils le saluèrent de la main. Soudain, Helena se rappela ce qu'était la solitude.

Journal d'Alex

13 août 2006

Ce matin, à mon réveil, j'ai compris que je devais partir. Quelque part, n'importe où, fuir la douleur... et *elle*.

Allongé sur mon lit, hier soir, après le départ d'Helena – je n'arrive plus à l'appeler Maman, pour l'instant –, j'avais l'esprit encombré d'images. Je me voyais au volant d'une Chevrolet, sur une autoroute américaine. En arrivant dans une bourgade perdue, je ne m'arrêtais que pour manger un burger et dormir dans un motel avant de reprendre la route.

Puis je me suis souvenu que j'étais trop jeune pour conduire. Et, surtout, pas assez mûr pour avoir de la barbe, un élément incontournable du road-movie.

Où fuir, alors ?

Passer des nuits à la belle étoile dans les profondeurs de la campagne chypriote ne me dit rien, à cause de ma phobie des moustiques et autres insectes. D'ailleurs, je déteste le camping.

Je n'ai que douze livres et trente-deux pence sur mon compte épargne, ayant dépensé le reste dans la boutique de souvenirs de Latchi, ce qui limite encore mes options. Quant à vendre mes trésors, je doute de faire fortune avec un pointeur laser, un mug et un coffret en bois portant l'inscription « Chypre ».

En ce moment, je déteste cette femme que j'adore depuis toujours. Elle est tombée de son piédestal et s'est brisée en mille morceaux. J'ai songé à piétiner sa tête pour la casser davantage. Cela m'aurait fait du bien, certes, mais n'aurait pas résolu le problème.

Je me rends compte qu'un traumatisme et le manque de sommeil embrument le cerveau. Je ne suis même pas sûr qu'il m'en reste un. J'ai aussi très faim, je meurs de soif. Comme je refuse d'ouvrir la porte de ma chambre de peur de croiser soit mon demi-frère ou ma demi-sœur, soit Helena en personne, je reste terré dans mon placard à balais. Elle ne cesse de frapper à ma porte et je m'abstiens de répondre.

Je veux la punir.

Et voilà que, soudain, c'est Fabio qui vient frapper.

Il me parle d'elle et… Stupeur, ma colère se dissipe peu à peu. Il ne le saura jamais, mais il m'a fait pleurer à chaudes larmes. Après son départ, je réfléchis de façon plus rationnelle sur les révélations d'hier soir.

Ma raison, qui m'avait fui pour se faire bronzer sur une plage des Bahamas, a décidé d'écourter ses vacances pour revenir vers moi.

Plus je réfléchis, plus je me rends compte que Fabio a raison : en réalité, ce n'était pas de sa faute à *elle*. J'ai même réussi à sourire tristement en pensant à sa soirée au bal. Un remake postmoderniste de *Cendrillon*. Immy serait traumatisée si son film préféré se terminait par une Cendrillon seule et enceinte…

Cela ne m'enchante pas d'imaginer la femme qui m'a donné la vie en pleine partie de jambes en l'air avec un homme, surtout mon père biologique. Néanmoins, elle aurait pu me tuer et elle ne l'a pas fait.

Parce qu'elle m'aime.

J'ai une envie furieuse de faire pipi. Dès que le silence revient dans la maison et que j'entends les pneus crisser sur le gravier, je sors sur la pointe des pieds et je monte dans la salle de bains. Après avoir rempli tous les verres à dents, ainsi que l'arrosoir en plastique dont Fred se sert pour torturer Immy dans la baignoire, je regagne ma tanière muni de mes réserves d'eau.

— Bonjour, Alex.

Je m'arrête si brutalement que j'en renverse la moitié par terre.

— Tu es là ! Angelina me l'avait bien dit.

C'est Viola. Il ne manquait plus que ça ! Elle ne vient me voir que pour me confier ses problèmes. Or j'ai les miens à gérer, c'est le moins qu'on puisse dire.

— Oui, je suis là…

— Tu vas bien, Alex ?

Elle me suit jusqu'à la porte de ma chambre et observe mes récipients.

— Tu as des plantes à arroser ? reprend-elle en voyant l'arrosoir.

— Non. Viola, excuse-moi, je ne peux pas te parler en ce moment.

— Pas de problème. Je venais t'annoncer que Maman, Rupes et moi on retourne en Angleterre à la fin de la semaine. Elle veut qu'on s'installe dans notre nouvelle maison avant la rentrée. Et Rupes m'a chargée de te dire qu'il a réussi son test et qu'il te remercie. Il est très content.

— Tant mieux. C'est super pour lui.

Je suis ravi pour Rupes, mon demi-frère. Je pourrais éclater d'un rire hystérique face à l'absurdité de la situation et de la vie en général.

— Merci d'être venue, Viola, dis-je en faisant mine d'entrer dans ma chambre.

— Alex, Papa est ici, à Chypre, enchaîne-t-elle, déterminée. Hier soir, il a ramené Rupes de son concours et a essayé de persuader Maman de lui donner une autre chance.

— Qu'est-ce qu'elle a répondu ?

— Non. Après, elle l'a traité d'ivrogne et de salaud et elle l'a chassé. Je m'inquiète pour lui... Tu ne l'as pas vu, par hasard ? Je me disais qu'il serait peut-être à Pandora.

Cet épisode de ma vie est en train de devenir une farce !

— Non, Viola. Désolé.

— Ah...

Je vois des larmes perler dans ses yeux et je m'en veux d'avoir été brusque.

— Tu aimes ton Papa, n'est-ce pas ?

Je meurs d'envie d'ajouter : même si c'est un enfoiré qui a gâché la vie de ton frère, toi, ta mère, ma mère, et celle de Papa, autrement dit William, Immy et Fred. Et la mienne aussi.

— Bien sûr que je l'aime, répond-elle. Il n'a pas fait exprès de perdre son entreprise.

Oh, Viola, si tu savais...

Son amour inconditionnel me touche, d'autant

qu'elle n'est pas sa fille biologique, contrairement à certains, hélas.

— C'est sûr, dis-je, en serrant les dents.

Viola n'est pour rien dans cette histoire.

— Bon, j'y vais, conclut-elle. Je t'ai rapporté *Nicholas Nickleby*. C'est le meilleur livre que j'aie lu.

— Tant mieux.

— Je vais lire un roman de Jane Austen, maintenant, comme tu me l'as conseillé.

— Excellent choix.

— Oh, et j'ai quelque chose pour toi, au cas où je ne te reverrais pas. Pour te remercier d'avoir été si gentil pendant ces vacances.

Elle me tend une enveloppe, puis se hisse timidement sur la pointe des pieds pour m'embrasser sur la joue.

— Au revoir, Alex.

— Au revoir, Viola.

Je la regarde s'éloigner dans le couloir, ses pieds délicats touchant à peine le sol. Elle flotte, comme Mam… Helena.

C'est peut-être le stress et l'épuisement qui font monter des larmes dans mes yeux. L'enveloppe est couverte de fleurs et de cœurs tracés au feutre. Je suis ému par la gentillesse de Viola. En portant les vestiges de mes réserves d'eau dans ma chambre, je regrette d'être le demi-frère de Rupes et non le sien.

Je m'assieds sur le lit et, après m'être réhydraté, j'ouvre l'enveloppe.

« Cher Alex, je t'ai écrit un poème parce que tu aimes ça. Il n'est pas très beau, je sais, et il s'intitule

“L’Amitié”. *J’espère que tu resteras mon ami pour toujours.*

Merci pour tout, Viola. »

Je déplie la feuille et je lis le poème. Pour être honnête, il est médiocre sur le plan du pentamètre iambique et de la rime, mais il vient du cœur et me donne, une fois de plus, envie de pleurer. Ce sont les grandes eaux. Pas étonnant que j’aie soif.

Je regarde Bunny, le lapin que mon tonton Fabio m’a offert, autrefois. Au moins, je sais d’où vient mon deuxième prénom. C’était dur de croire qu’il me venait d’un renne au nez rouge. Et je pense à Viola et à son amour fidèle pour l’ivrogne qui m’a engendré.

Pour la première fois depuis hier soir, je me rends compte que cela aurait pu être pire. Si l’on excepte la terrible coïncidence ayant fait que Papa et… Papa sont amis, j’ai des origines nobles. Et Sacha a au moins deux neurones, quand ils ne sont pas imbibés d’alcool. Je devrais faire attention, car j’ai lu la semaine dernière que les addictions sont héréditaires.

L’autre bonne nouvelle, c’est que mon géniteur est grand, qu’il a des cheveux et la taille fine. Et de beaux yeux…

Oh, mon Dieu ! Je me lève pour me regarder dans la glace. Et ils sont là, ces indices présents dès le départ, dans mes orbites. Personne n’a remarqué ce qui se voyait comme le nez au milieu de la figure. Moi y compris.

Je ne suis donc pas la progéniture d’un fouleur de raisin ou d’un danseur classique, ni d’un pilote de ligne, d'un Chinois... Je suis le fils d'un Anglais bien né qui me connaît depuis que je suis tout petit.

Le meilleur ami de mon beau-père.

Papa... pauvre Papa. J'ai de la peine pour lui, aussi. Penser que sa femme a eu des rapports intimes avec son meilleur ami doit être insupportable. J'ai déjà eu du mal à supporter que Chloé embrasse le type de l'aéroport et Michel.

Papa parviendra-t-il à pardonner à Helena ?

Et moi ?

Papa et moi sommes à bord du même bateau. Est-ce qu'il a pleuré autant que moi ? J'ai peine à l'imaginer. Si quelqu'un se sent aussi mal que moi, c'est bien lui.

J'ai enfin trouvé un lien entre nous. Ce n'est ni le football, ni le cricket, ni les théières qu'il collectionne, c'est Helena et la souffrance qu'elle nous a infligée.

J'essaie de vider l'arrosoir de Fred dans ma bouche et je ne parviens qu'à prendre une douche faciale. Je me souviens d'avoir entendu des sanglots sur la terrasse, après que je l'ai chassée, hier soir.

Je pense à ce qu'elle m'a dit.

Elle a abandonné une brillante carrière de danseuse enveloppée de tulle pour me garder...

Je pleure encore. Pour elle, cette fois.

Quelques minutes plus tard, ma décision est prise. Et je commence à la mettre en œuvre.

27

Après avoir déposé Fabio, Helena appela Angelina pour prendre des nouvelles d'Alex. Elle apprit que Viola était venue le voir et qu'il était sorti de sa chambre pour lui parler.

Elle passa le reste de l'après-midi à la plage avec les petits. À six heures, de retour à Pandora, Helena alla frapper à la porte de son fils.

— C'est moi. Tu me laisses entrer, s'il te plaît ?

Pas de réponse.

— Écoute, chéri, tu dois avoir faim. Je vais te laisser un plateau devant la porte. Je vais baigner les petits, leur lire une histoire et les coucher. Ensuite, je reviendrai.

À huit heures, assise sur la terrasse, elle écoutait le silence d'une maison qui, jusqu'à la veille, débordait de vie et de joie. En rentrant, elle constata que le plateau qu'elle avait déposé devant la porte était intact.

— Alex, chéri, sors ! Je t'en prie ! Les petits sont au lit et il n'y a personne d'autre. On peut discuter ?

Rien.

Helena s'assit par terre, déterminée à obtenir une réaction.

— Je t'en prie, dis-moi quelque chose pour me

prouver que tu vas bien. Je comprends que tu me détestes, que tu ne veuilles pas me voir, mais c'est insupportable !

Pas de réponse.

— D'accord, je rentre quand même.

Helena tenta d'actionner la poignée. La porte était verrouillée.

— Je vais tout défoncer ! Je t'en prie, parle-moi.

De sinistres pensées commençaient à envahir son esprit. Des larmes de frustration et de terreur se mirent à couler sur ses joues.

— Alex, si tu m'entends, ouvre cette porte, pour l'amour du ciel !

Affolée, elle sortit sur la terrasse pour ramasser son portable et, les mains tremblantes, elle appela Alexis.

— Helena ?

— Il faut que tu viennes sur-le-champ ! J'ai besoin de toi.

Dix minutes plus tard, il se présenta à l'arrière de la maison où elle l'attendait.

— Que se passe-t-il ?

— C'est Alex ! Il refuse d'ouvrir sa porte et je crois… enfin, j'ai peur qu'il ait fait une bêtise… Je t'en prie, viens voir !

Elle l'entraîna à l'intérieur.

— Où est William ? demanda-t-il, déconcerté.

— Parti ! Il faut que j'entre dans la chambre d'Alex tout de suite !

— Helena, calme-toi ! On va entrer.

Il tenta de défoncer le battant d'un coup d'épaule, sans résultat.

— Alex ! Tu m'entends ? Réponds !

Helena se mit à marteler la porte de ses poings.

Alexis l'écarta et se projeta littéralement contre la porte, en vain.

— Je vais essayer de passer par la fenêtre. J'ai besoin de grimper sur quelque chose.

Il alla vite chercher une chaise sur la terrasse. Il la posa sous la fenêtre et se percha dessus.

— Dis-moi ce qui s'est passé, Helena !

— Je te raconterai plus tard. Pour l'instant, regarde si mon fils est en vie !

— D'accord… attends une minute !

— Il est là ? Il est… Oh, seigneur…

Alexis redescendit enfin.

— La pièce est vide.

28

— Son sac à dos a disparu et Bunny, son lapin, aussi !

Helena ôta tout ce qu'il y avait sur le lit. Alex était parti en verrouillant la porte derrière lui. Alexis avait dû casser une vitre pour ouvrir la fenêtre.

— Pourquoi s'est-il enfui ?

— C'est une longue histoire. Il faut fouiller la propriété ! lança-t-elle en ressortant de la pièce.

— Alex n'aurait pas pris un sac à dos pour se promener dans le jardin, Helena.

— Je vais tout de même vérifier, au cas où il se cacherait.

Helena fouilla le terrain dans ses moindres recoins, ainsi que les dépendances. Alexis parcourut les vignes à la lueur d'une torche, puis ils se retrouvèrent sur la terrasse.

— Rien. Il a fugué, Helena.

— Je réessaie son portable.

Helena composa fébrilement son numéro, mais tomba à nouveau sur la boîte vocale.

« Chéri, c'est Maman. Je t'en supplie, appelle-moi pour me dire que tu vas bien. »

Helena se mit à marcher de long en large et s'efforça de réfléchir.

— Si tu me racontais pourquoi il a disparu, je pourrais peut-être réfléchir avec toi, déclara Alexis.

Elle se tourna vers lui.

— Hier soir, il a découvert qui était son père. Et William aussi. Voilà pourquoi ils ne sont plus là ni l'un ni l'autre. Ils m'ont… quittée.

— Je vois. Viens, Helena, tu es épuisée. Assieds-toi.

Il la prit par la main et la mena vers une chaise.

— Je vais te chercher à boire.

— Non. En revanche, je veux bien une cigarette.

Elle prit le paquet posé sur la table.

— Donc cet homme… le père d'Alex… il n'est pas… Ton mari et ton fils ne l'apprécient pas ?

— Non. Vois-tu…, soupira-t-elle, honteuse. C'est Sacha, le mari de Julia, que j'ai connu autrefois sous un autre nom, Alexander.

— C'est aussi mon nom et celui d'Alex, répondit-il, abasourdi. Ce n'est pas une bonne nouvelle. Il doit y avoir une explication, mais le moment est sans doute mal choisi pour en parler.

— En effet, confirma Helena en aspirant la fumée. Tu crois qu'il ferait… une bêtise ?

— Non. Alex est un garçon raisonnable. Il a sans doute besoin d'être seul pour réfléchir. À sa place, j'en ferais autant.

— Ce n'est qu'un enfant dans un pays étranger. Où diable a-t-il pu aller ?

— Aucune idée. Il a dû planifier son coup.

Elle porta les doigts à ses tempes, puis elle leva les yeux vers Alexis.

— Il n'irait pas chez Julia, quand même ? Pour le lui dire ?

— J'y étais tout à l'heure et je n'ai pas vu Alex, mais… j'en doute. Ils ne sont pas proches et il déteste Rupes. Je peux appeler Rupes, si tu veux.

— Non. Tu as raison. Il n'irait pas là-bas. Et il ne connaît personne d'autre, ici, à part toi et Angelina. Et s'il était en difficulté ? Et s'il avait simplement voulu faire une promenade et… ?

— Helena, garde ton calme. Il a emporté son sac à dos. Il s'est préparé. Reste à savoir où il est parti.

— Aucune idée…, soupira-t-elle en éteignant sa cigarette. Connaissant Alex, il cherchera un endroit familier où il se sent en sécurité.

— Sa maison, en Angleterre ?

— Comment ferait-il ? Attends ! Son passeport ! Elle courut dans sa chambre et ouvrit le tiroir contenant les passeports et les billets d'avion. Celui d'Alex avait disparu.

— Il l'a emporté ! annonça-t-elle à Alexis. Il peut être n'importe où…

Elle s'écroula sur une chaise et fondit en sanglots.

— Il a de l'argent ?

— Il a une carte qui lui sert à retirer de l'argent sur son livret. J'ignore combien il a. Pas grand-chose. C'est un vrai panier percé.

— Et William ? Où est-il ?

— Je n'en sais rien ! s'écria-t-elle.

— Il faut l'appeler, Helena. Il faut qu'il sache qu'Alex a disparu.

— S'il voit que c'est moi, il ne répondra pas.

— Dans ce cas, je m'en charge, déclara Alexis en sortant son téléphone. Donne-moi son numéro.

Il s'exécuta et patienta, mais n'obtint qu'une invitation enregistrée à rappeler plus tard.

— Et en Angleterre ? William s'y trouve peut-être.

— S'il est retourné là-bas, il peut être soit à la maison, soit dans notre pied-à-terre londonien. Essaie les deux.

Là encore, il tomba sur des répondeurs et laissa deux messages.

— Tu veux que j'aille me renseigner au village ?

— Oui, s'il te plaît, Alexis.

— Reste ici au cas où il reviendrait. Tu sais à quelle heure il est parti ?

— Après le départ d'Angelina. Jamais je n'aurais dû conduire Fabio à Paphos. Je ne pensais pas qu'il fuguerait...

— Ne perds pas ton sang-froid, dans l'intérêt d'Alex et dans le tien, lui conseilla-t-il en lui prenant les mains. On va le retrouver, je te le promets.

Alexis revint une heure plus tard. Helena scruta son visage en quête de nouvelles.

— Personne ne l'a vu. On cherchera encore demain. En attendant, il n'y a pas grand-chose à faire.

— Il faudrait peut-être appeler la police...

— Helena, il est minuit passé. Ils ne pourront rien faire dans l'immédiat. Nous les alerterons demain.

Alexis lui caressa la joue.

— Mon Helena, essaie de dormir. Tu auras besoin de toutes tes forces, demain.

— Je n'arriverai pas à dormir.

— Essaie, au moins ! Pour moi. Viens...

Il l'emmena au salon en lui intimant de s'étendre sur le canapé.

— Tu veux bien rester un peu ? souffla-t-elle. Au cas où...

— Bien sûr. Je suis là, comme toujours.

— Merci, murmura-t-elle en fermant les yeux.

Alexis demeura près d'elle, se rappelant cette soirée, quinze ans plus tôt, où il l'avait vue danser *L'Oiseau de feu* avec la troupe de la Scala, sur la scène de l'amphithéâtre de Limassol. Il avait eu peine à croire que cette artiste extraordinaire qui captivait deux mille spectateurs était la jeune fille qu'il aimait tant.

Helena ignorait sa présence. À présent, seul avec elle, il savait que, quoi qu'elle ait fait, il ne cesserait de l'aimer.

Helena se réveilla en sursaut. Il faisait jour. Elle se redressa et tendit la main vers son téléphone. Elle avait un texto :

« Au vu des circonstances, je veux entamer une procédure de divorce dès que possible. Indique-moi le nom de ton avocat. W. »

Désespérée, elle retomba en arrière.

Alexis contacta la police locale tandis qu'Angelina, folle d'angoisse, emmenait les petits au village. Helena faisait les cent pas sur la terrasse, appelant le portable d'Alex toutes les cinq minutes.

William n'avait pas répondu à Alexis non plus. Helena contacta Julia et Sadie. Personne n'avait la moindre nouvelle.

Helena regarda Alexis accueillir l'agent de police et l'amener sur la terrasse.

— Helena, je te présente un ami, le sergent Korda. Il va faire le maximum pour retrouver Alex.

— Bonjour, dit-elle en se levant.

Il fallait qu'elle se ressaisisse car elle était à deux doigts de hurler.

— Asseyez-vous, je vous en prie.

— Merci. Alexis va me fournir les détails, cela ira plus vite.

— D'accord. Je peux vous offrir quelque chose à boire ?

— De l'eau, s'il vous plaît.

Helena alla chercher des verres et un pichet à la cuisine tandis que son ami s'exprimait en grec. Elle s'attarda un instant et s'affaira à ranger les lieux pour s'occuper, ne pas trop penser à son angoisse.

Lorsqu'elle les rejoignit enfin, le sergent Korda s'apprêtait à prendre congé. Il lui sourit.

— Très bien, je dispose de tous les éléments. Il nous faudra une photo de votre fils. Vous en avez une ?

— Oui, dans mon portefeuille.

Helena courut dans sa chambre chercher son sac à main.

Les larmes aux yeux, elle remit le cliché au policier.

— Elle date de l'an dernier. Il n'a pas beaucoup changé.

— Merci. Je vais la confier à mes agents.

— Attendez une minute… Je crois que ma carte de crédit a disparu…

— Tu en es sûre ?

— Oui. Tu crois qu'Alex l'a prise ? Il connaît mon code parce que je lui demande parfois de retirer de l'argent pour moi au distributeur.

— C'est une bonne nouvelle, commenta le policier. Si votre fils l'a utilisée, nous parviendrons à le localiser. Veuillez noter vos coordonnées bancaires sur mon calepin. Et vos adresses en Angleterre. Je vais contacter mes homologues britanniques. Nous vérifierons les vols en partance de Paphos à partir de seize heures. Puisque vous ne parvenez pas à joindre votre mari, nous suggérerons à la police de se rendre à vos deux adresses.

— Merci beaucoup, sergent, conclut Helena quand elle eut remis au policier les informations dont il avait besoin. Je suis désolée de créer tant de remous. Ce n'est pas de la faute de mon fils, vous savez. C'est de la mienne.

Lorsque la voiture s'éloigna, Alexis posa un bras sur les épaules d'Helena.

— Je vais aller vérifier mes mails à mon bureau, prendre une douche et me changer. Je reviens très vite. Tu peux rester seule pendant une heure ?

— Bien sûr. Merci, Alexis.

— Je suis là et je le serai toujours. À très vite…

La jeune femme regagna la terrasse et essaya une nouvelle fois de téléphoner à Alex, puis à William, à Cedar House et à Londres. Toujours aucune réponse.

En remarquant un tee-shirt appartenant à Alex, sur la corde à linge, elle alla le décrocher pour humer son parfum.

Quelques minutes plus tard, une voiture s'arrêta devant la maison et Julia apparut.

— Je venais voir s'il y avait des nouvelles.

— Aucune.

— Helena, ce doit être terrible pour toi ! Tu es seule ?

— Oui.

— Où est William ?

— Aucune idée, admit Helena, qui n'avait pas la force de mentir.

— Comment ça ?

— Il est parti je ne sais où.

— William a disparu aussi ? s'étonna Julia en la dévisageant. Tu me caches quelque chose, Helena. Que s'est-il passé ?

— C'est une longue histoire, dit Helena, incapable de soutenir son regard.

— Je vais devoir réunir les morceaux du puzzle moi-même. Tu leur as fait part d'une information qu'ils ignoraient ou bien ils l'ont apprise par accident. Dis-moi !

— Est-ce qu'on peut en rester là pour le moment, Julia ? C'est trop ! Je n'y arrive pas !

— Non. Je crois savoir ce dont il s'agit.

— Cela m'étonnerait.

— Selon moi, c'est mon futur ex-mari errant qui est à l'origine de tout. Je me trompe ?

Ahurie, Helena leva les yeux vers elle.

— J'ai toujours su, pour Sacha et toi. Et pour Alex, ajouta-t-elle.

Helena en perdit un instant l'usage de la parole.

— Comment ?

— Lorsqu'il est rentré de Vienne, il était manifeste qu'il s'était passé quelque chose, là-bas. Tel que je le connaissais, il ne pouvait s'agir que d'une femme. Il ne m'avait contactée que deux ou trois fois après son départ d'Angleterre. Pour être honnête, notre relation battait de l'aile. Nous étions mariés depuis cinq ans et je savais qu'il avait eu plusieurs aventures. Il était déprimé parce que ses toiles ne se vendaient pas et je faisais des horaires de folle à l'agence immobilière. J'ai décidé qu'on avait besoin d'air et je lui ai proposé de financer une année d'études pour qu'il passe un master. Ce diplôme l'aurait au moins aidé à travailler dans une galerie ou à enseigner. De plus, tu connais l'adage : quand on aime quelqu'un, il faut le laisser partir. C'est ce que j'ai fait.

— Julia, c'était un sacrifice énorme !

— Oui, mais je connaissais Sacha. Il est incapable de se débrouiller seul. J'espérais qu'il se rendrait compte à quel point il avait besoin de moi et qu'il me reviendrait la queue entre les jambes. Avant son départ, je lui ai dit que je n'étais pas disposée à supporter ses liaisons plus longtemps. Je ne pensais pas qu'il te rencontrerait. Ni que je me retrouverais enceinte de Rupes. Pendant plusieurs semaines, j'ai failli avorter sans en informer Sacha. Plus j'attendais, plus le petit être qui poussait en moi devenait réel. J'ai fini par lui écrire à Vienne, pour lui demander de rentrer car j'étais enceinte. À son retour, j'ai compris que je garderais le bébé.

— Mon Dieu..., souffla Helena.

— Les premières semaines, il supportait à peine de me voir. Il errait dans le brouillard, passant le plus clair de son temps enfermé dans son atelier, à peindre. J'ai cru qu'il allait me quitter. J'ai soif. Je peux avoir un verre d'eau ?

— Bien sûr, murmura Helena.

Julia se dirigea vers la cuisine, laissant Helena pétrifiée, l'esprit embrumé.

— J'ai changé d'avis. On va toutes les deux boire un verre de vin sans culpabiliser. Tiens. Tu en as besoin, toi aussi.

Elle posa un verre devant Helena.

— Merci.

— Bref, un jour, je suis allée dans son atelier pour lui dire quelque chose. Il était parti pour l'une de ses longues marches. Il disparaissait souvent pendant des heures. Sur son bureau, j'ai vu de superbes dessins représentant une danseuse. Ils portaient le titre d'*Helena*.

En dépit de sa nausée, Helena but une grande gorgée de vin.

— Je les ai déchirés en mille morceaux. C'est dommage, parce que ces dessins étaient ce qu'il avait réussi de mieux. Il n'a jamais eu beaucoup de talent. L'amour l'avait transcendé, je suppose. Ce soir-là, j'étais prête à en découdre quand il aurait trouvé ses dessins déchiquetés sur le sol. Étrangement, il est rentré et m'a prise dans ses bras. Il s'est excusé d'avoir été distant et m'a expliqué qu'il avait un problème à régler. Il n'a pas donné de détails, mais on sait toutes les deux ce que c'était et de qui il parlait.

Les deux femmes gardèrent le silence pendant un instant, perdues dans leurs souvenirs du même homme.

— Les jours suivants, continua Julia, on a commencé à parler de l'avenir. Sacha devait prendre un travail à plein temps, car je renoncerais au mien après la naissance du bébé, du moins pendant quelque temps. Et ses peintures ne rapportaient pas de quoi nourrir une famille, loin de là... Il a donc contacté d'anciens camarades d'Oxford et a décroché quelques entretiens dans la City. Il a fini par trouver un emploi dans une société de courtage à laquelle son père avait fait appel pendant des années. Rupes est né et Sacha s'est mis au travail. Il s'en sortait plutôt bien. Comme tu l'imagines, son charisme et son physique faisaient des miracles auprès des vieilles dames ayant de l'argent à investir.

Écœurée, Julia leva les yeux au ciel et but une gorgée de vin.

— Trois ans plus tard, après l'adoption de Viola, Sacha s'est vu proposer un poste à Singapour. Il fallait absolument qu'il accepte. Je voulais prendre un nouveau départ. On a adoré Singapour. Tout allait bien. Jusqu'à notre retour en Angleterre, quelques mois plus tard, pour ton mariage avec William. Je t'ai immédiatement reconnue grâce aux dessins, sans parler de l'expression de Sacha quand il t'a vue remonter l'allée !

Julia émit un rire amer.

— Même si je n'avais rien su, ce simple regard aurait suffi à me convaincre qu'il y avait eu quelque chose entre vous deux.

— Julia, je suis désolée..., bredouilla Helena. J'ignorais que tu étais au courant.

— Comment aurais-tu pu le savoir ? Grâce aux informations glanées à ton mariage, j'ai eu la confirmation de mes soupçons. Un invité m'a dit que tu étais une ancienne danseuse classique, puis William a déclaré lors de son discours qu'il t'avait rencontrée à Vienne parce que Sacha lui avait conseillé d'y aller pour trouver l'amour... (Julia réprima un frisson.) Ensuite, lors de la réception, j'ai remarqué Alex, accroché à tes basques, pauvre ange perdu... et j'ai compris. S'il ne ressemble pas beaucoup à Sacha, il a ses yeux.

— C'est vrai...

Helena observa cette femme étonnante qui, assise à sa table, lui expliquait posément qu'elle savait tout depuis le départ.

— Je ne sais vraiment pas quoi dire, Julia, si ce n'est que je suis atterrée de la souffrance que je t'ai infligée. Sacha ne m'a jamais avoué qu'il était marié. Il se faisait appeler Alexander Nicholls. En fait, sa vie en Angleterre était un mystère pour moi.

— Je ne suis pas étonnée, maugréa Julia. Il devait être heureux de se réinventer un personnage et d'oublier qu'il était marié.

— Sacha savait que c'était moi que William épousait, d'après toi ?

— Lorsqu'on a reçu le faire-part, je me souviens qu'on a vu ton prénom à côté de celui de William. Helena. Il a dû penser, comme moi, que la coïncidence était trop incroyable.

— Si j'avais su... Je me suis toujours demandé pourquoi il n'avait pas essayé de me joindre pour me prévenir.

— Vous voir côte à côte, le jour de votre mariage, a été un châtiment suffisant, si j'avais voulu qu'il souffre. Et quand Sacha a posé les yeux sur Alex, ce jour-là...

Julia soupira.

— Ça a dû être l'enfer. Surtout pour toi, Helena. Après tout, j'ai toujours su. Pas William. Apprendre qu'Alex est le fils de mon mari a été un choc, je l'avoue. À quoi bon piquer une crise et divorcer ? On ne t'a vue que quelques minutes et je n'avais pas à redouter que vous ne partiez ensemble. Il était manifeste que vous vous aimiez, William et toi.

— C'est vrai, du moins... Je l'aime encore.

Franchement, je ne comprends pas comment tu as tenu le coup pendant toutes ces années, Julia. J'en aurais été incapable.

— Bien sûr, j'aurais préféré que tu n'aies pas une liaison torride avec mon mari pendant que je me morfondais, solitaire et enceinte, en Angleterre, mais au moins je savais. La connaissance est un pouvoir. C'est moi qui ai décidé de rester. Être mère célibataire, très peu pour moi. Je voulais que mon fils ait un père. Je le répète, je l'aimais, à l'époque, cet homme bourré de défauts. Le cœur a ses raisons, tu es mieux placée que quiconque pour le savoir. Tu aimais Sacha, j'imagine ?

— Autrefois, oui.

— J'étais sincèrement peinée pour toi, Helena, de devoir vivre dans le mensonge… Comment William a-t-il appris la vérité, finalement ?

— Fabio, mon ancien partenaire, est passé nous voir. Il a montré à William des photos de Vienne. Sur l'une d'elles, j'étais avec Sacha.

— Oups ! Il est très en colère, j'imagine ?

— Il demande le divorce. J'ai reçu un texto ce matin.

— Une réaction viscérale très compréhensible. Et Alex ? Il est horrifié à l'idée d'être le fils de Sacha ?

— Oui. C'est pourquoi il a fugué. La police le recherche en Angleterre.

— Alex va rentrer. Et il se remettra du choc. Il te pardonnera. Il t'adore ! Et maintenant que William et moi sommes hors du coup, je suppose que les deux anciens amants peuvent reprendre leur passion torride.

— Non, Julia. Je…

— Helena, tu peux ! Cela fait longtemps que je suis au parfum. Ce divorce est la meilleure chose qui pouvait m'arriver. Avec le recul, je comprends à quel point ce salaud égoïste me rendait malheureuse. Si tu veux de lui, sers-toi, je suis sûre qu'il serait partant. Il a toujours cru que tu étais l'amour de sa vie. C'est évident chaque fois qu'il pose les yeux sur toi. En vérité, Sacha est incapable d'aimer quelqu'un d'autre que lui-même.

— Je te le jure, Julia, Sacha est la dernière personne au monde avec qui j'ai envie d'être. Il m'a menti, puis a disparu sans laisser d'adresse, me laissant en galère à Vienne. Franchement, j'ai même du mal à me trouver dans la même pièce que lui. J'aime William et je voudrais tant qu'il revienne…

Elle essuya ses larmes d'un geste rageur.

— Pardon, je ne suis pas en droit de pleurer, reprit-elle. Tu dois me haïr.

— J'ai détesté la femme représentée sur ces dessins, oui, mais comment te haïr, toi, Helena ? Tu es sincèrement gentille, malgré ta tendance innée à rendre les hommes amoureux de toi. On ne peut pas dire qu'elle t'ait apporté le bonheur… En fait, il me semble qu'elle t'a plutôt infligé le chaos et la tristesse.

— Je…

Le portable d'Helena se mit à sonner. Elle décrocha fébrilement.

— Allô ? William, tu es au courant ? Alex a disparu et… Ah bon ? Oh ! Dieu merci ! D'accord… Je peux lui parler ? Bon, je comprends. Dis-lui que je l'aime… salut.

Elle posa son portable et se prit la tête dans les mains.

— Dieu merci… Dieu merci…, répéta-t-elle, en larmes.

— Alex est retrouvé ?

— Oui. Il est avec William en Angleterre. Quel soulagement !

Julia se leva et la prit par les épaules.

— Tu vois ? Je te l'avais dit. C'est un survivant, à l'image de son père. À propos de Sacha, je l'ai mis à la porte, hier soir. Il est arrivé comme par enchantement, avec Rupes. Ivre mort, inutile de le préciser. Et il m'a suppliée de le reprendre. J'ai éprouvé un plaisir jubilatoire à l'envoyer sur les roses. Il a dû dormir à la belle étoile parce qu'il puait. (Julia fit la moue.) Il a sérieusement besoin d'aide. Heureusement, je n'ai plus à être celle qui devra le convaincre de se soigner.

— Non, fit Helena, qui ne l'écoutait que d'une oreille distraite, tant elle était soulagée de savoir Alex en sécurité auprès de William.

— Donc, on s'en va dans quelques jours. J'ai trouvé un adorable petit cottage à louer près du nouveau collège de Rupes. Pas vraiment ce à quoi on était habitués. Enfin… j'ai contacté des agences immobilières du coin et décroché quelques entretiens. Ça me fera du bien de reprendre le boulot. Il y a aussi une école très bien pour Viola.

— Je croyais que tu te plaisais ici…

— C'est vrai, mais on ne va pas se mentir, Helena, ce ne serait qu'une fuite. Et je dois penser aux enfants.

— En effet, admit Helena. Je… tu vas leur dire qu'Alex est le fils de Sacha ?

— Non. Ils ont déjà assez de problèmes à gérer dans l'immédiat. De plus, c'est à Sacha de leur annoncer, pas à moi. Je suis sûre qu'il ne le fera pas. Il est trop lâche. Enfin…, soupira Julia. Il est temps de se dire au revoir. Merci de m'avoir soutenue tout au long de cet été, Helena. On pourrait peut-être songer à devenir de vraies amies, désormais. Donne-moi des nouvelles, en Angleterre, d'accord ?

— Bien sûr. Même si je n'ai pas la moindre idée de l'endroit où je vais habiter.

— Tu n'as pas à t'en faire pour ça ! conclut Julia d'un ton enjoué. Au contraire de Sacha, William t'aime trop pour renoncer à toi.

Journal d'Alex

14 août 2006

Eh bien… Quelle aventure ! Au cours des dernières vingt-quatre heures, le garçon de treize ans un peu rondouillard et insignifiant s'est mué en un fugitif, un voleur, un renégat inscrit sur la liste des personnes disparues dans toute l'Europe.

Ont-ils prévenu Interpol ? Je l'espère, cela ferait bien dans ma future biographie.

Ayant décidé de faire d'une pierre deux coups, j'ai agi rapidement. Je savais où Maman rangeait mon passeport, sa carte de crédit et un peu d'argent chypriote. J'ai appelé la société de taxis qu'elle utilise et un gentil monsieur m'a conduit à l'aéroport de Paphos. En route, j'ai pris soin d'expliquer que j'avais une urgence familiale, invoquant la santé fragile de ma grand-mère déjà morte – paix à son âme. En arrivant à l'aéroport, j'étais presque persuadé qu'elle n'avait plus que quelques heures à vivre. Et lui aussi.

Je lui ai donné un gros pourboire pour qu'il achète à ma place un billet sur le prochain vol pour l'Angleterre au guichet de la compagnie aérienne chypriote, car je ne parle pas grec. Je lui ai raconté que mon père m'avait prévenu par texto qu'il était en retard. Un enfant peut prendre l'avion seul à partir de douze ans sur certaines compagnies, mais pas sur d'autres.

Le destin m'a souri. Dans la file d'attente pour l'enregistrement, j'ai sympathisé avec une adorable vieille dame. Je l'ai aidée à poser sa valise sur le tapis roulant, puis à sortir son billet et son passeport d'une pochette parce qu'elle tremblait et j'ai remis le tout à l'employée, avec mes documents. On s'est donc retrouvés côte à côte dans l'avion. J'ai employé la même ruse au moment d'embarquer. L'hôtesse a cru que je voyageais avec la dame.

Heureusement, une fois à bord, ma fausse mamie s'est endormie. J'ai donc eu tout le temps pour réfléchir. Des idées qui ne m'avaient jamais effleuré me sont venues.

Dans ma quête pour découvrir la moitié manquante de mon patrimoine génétique, je n'avais pas remarqué ce qui se trouvait sous mon nez.

Je suis de retour en Angleterre.

Pour moi et pour elle.

Je suis sur le point d'avoir la plus importante conversation de ma vie.

Il faut que cette journée se termine bien.

Parce que j'aime ma mère.

Et mon père.

29

William mit de l'eau à chauffer pour le thé, puis il regarda par la fenêtre. Les balançoires des enfants, dans un coin du jardin, le précieux pistolet à eau de Fred, presque aussi grand que lui, gisant dans l'herbe…

Situé aux environs du superbe village de Beaulieu, dans le Hampshire, Cedar House n'était qu'une ruine lorsqu'ils l'avaient acquise, juste avant leur mariage. Peu à peu, Helena et lui avaient redonné vie au cottage. C'était juste après son divorce et avant que son cabinet d'architecture ne prospère. Ils avaient dû se serrer la ceinture pour transformer cette austère bâtisse édouardienne en un foyer accueillant. William avait conçu une immense cuisine dotée d'une baie vitrée donnant sur la terrasse et le jardin. Il avait abattu des cloisons pour laisser entrer la lumière. Helena s'était chargée de la décoration. Elle avait l'art d'harmoniser les couleurs, les tissus, les meubles chinés, les souvenirs de voyages. Ils avaient créé un intérieur chaleureux et éclectique.

William frémit. Il était fier de ce qu'ils avaient accompli. Ce jour-là pourtant, la maison était bien triste.

Comme lors de son premier divorce, il perdrait sans doute sa demeure, qui reviendrait à Helena ou serait vendue à un couple plus heureux. Une fissure de plus dans son cœur déjà brisé.

— Le thé est prêt, Alex ! cria-t-il dans l'escalier.

— J'arrive, Papa !

William ouvrit la porte-fenêtre pour sortir sur la terrasse ensoleillée. Il s'assit sur un banc en fer forgé, près d'une glycine centenaire et de rosiers odorants. Les plantes avaient bien profité du beau temps et avaient besoin d'être taillées.

— Merci, Papa, dit Alex en le rejoignant, sa tasse à la main.

— Ça fait bizarre d'être à la maison, hein ?

— Oui. C'est calme. Je viens seulement de me rendre compte qu'on était bruyants.

— Ce voyage épique a dû te fatiguer.

— Pas vraiment. C'était plutôt… exaltant.

— Ne le répète pas, surtout : je n'ai jamais roulé aussi vite. Je ne suis arrivé ici que dix minutes avant toi.

— Tu étais à l'appartement de Londres quand la police est arrivée ?

— Oui. Lorsqu'ils ont sonné à la porte, j'ai craint le pire. Ils m'ont informé que tu étais sur le vol à destination de l'aéroport de Gatwick et que l'avion s'était posé juste avant minuit. Ils ignoraient où tu étais passé ensuite.

— Pardon…

— Je me doutais que tu viendrais ici.

— Si j'avais su que tu étais à Londres, je t'aurais rejoint là-bas. J'ai dû passer la nuit à la gare de Waterloo parce que j'avais raté le dernier train pour Beaulieu. C'était flippant. Un tas de SDF et d'ivrognes, et moi.

— Je te crois.

Ils burent leur thé dans un silence complice.

— Maman va bien ?

— Elle va mieux, maintenant qu'elle te sait sain et sauf. Elle était folle d'angoisse, tu sais.

— Ouais… je n'ai pas été très sympa de faire ça… J'avais mes raisons.

— Elle a réagi comment à mon départ ? s'enquit William.

— Mal. Elle est venue dans ma chambre pour s'expliquer et m'a raconté ce qui s'est passé quand je suis né. Tu savais qu'elle avait failli mourir, après son accouchement ?

— Non, mais il y a un tas de choses que je n'ai jamais sues.

— Tu crois que Maman est une mauvaise personne ?

— Non, pas vraiment.

— Une menteuse et une traîtresse, alors ?

William se tourna vers lui.

— Tu nous écoutais.

— Oui. Désolé.

— Ta mère n'est pas une mauvaise personne. J'étais juste… furieux. Je le suis toujours.

— Moi aussi, j'étais en colère. Je me suis calmé.

— Comment cela ?

— Parce que je crois que je comprends.

— Tu comprends que ta mère t'ait menti, ainsi qu'à moi, pendant des années ?

— Pour être honnête, elle ne m'a pas exactement menti… Elle a juste… gardé le silence.

— Je suppose que tu as raison…

— Dans l'avion, je me suis demandé ce que j'aurais fait à sa place.

— Alors ?

— Je crois que j'aurais menti, moi aussi. Et toi ?

— Franchement, je n'en sais rien, répondit William en haussant les épaules.

— C'est le problème, non ? Personne ne sait ce qu'il ferait dans une situation donnée tant qu'elle ne se présente pas.

— Peut-être, soupira William. Cela ne change rien. Je regrette, Alex, mais j'ai averti ta mère que j'entamais une procédure de divorce.

— C'est bon, je comprends.

— Ah oui ?

— Oui, même si c'est dommage. Tu aimes Maman et elle t'aime, et pas qu'un peu, surtout maintenant qu'elle n'a plus besoin de mentir. Quant à Immy et Fred, ça ne va pas être facile pour eux. À ta place, je ressentirais peut-être la même chose.

Alex donna des coups de pied dans la mousse qui poussait entre les dalles.

— Je veux dire... C'est une histoire d'orgueil masculin, non ?

— Un peu, admit William.

— Quand on y pense, ça s'est produit avant votre rencontre. Maman n'est pas partie avec un autre. Elle n'a rien fait de mal depuis que vous êtes mariés, non ?

— Pas à ma connaissance. Elle l'a peut-être revu. Elle est peut-être encore amoureuse de lui, qu'est-ce que j'en sais ?

Il n'en revenait pas d'avoir cette conversation avec un garçon de treize ans.

— Si elle voulait être avec lui, tu ne penses pas

qu'elle t'aurait quitté il y a longtemps ? Ce n'est pas lui qu'elle aime, c'est toi.

— Il n'en demeure pas moins qu'elle m'a menti, Alex.

— On sait tous les deux pourquoi. Papa ? Tu l'aimes ?

— Évidemment.

— Alors pourquoi divorcer ?

— Alex, bien que tu sois mûr pour ton âge, il y a des choses que tu ne peux pas comprendre.

— Tu as la possibilité de divorcer de ma mère et moi pas. Je dois la garder à vie. Dis-moi en quoi c'est pire pour toi que pour moi. Je dois aussi gérer le fait que Sacha est mon père biologique.

— Je sais.

— Et qu'il a laissé ma mère en galère alors qu'elle était enceinte. Tout à l'heure, je me disais aussi…

— Quoi ?

— D'après Maman, il a affirmé s'appeler Alexander Nicholls.

— En fait, c'est son vrai nom.

— On l'appelle généralement Sacha Chandler, alors pourquoi ?

— Je l'ignore. Il cherchait peut-être à s'inventer un personnage d'artiste.

— Moi, je crois qu'il couvrait ses arrières. Il était déjà marié avec Julia, à l'époque. Comment Maman pouvait-elle savoir que c'était lui, ton meilleur ami ? Jusqu'à ce qu'elle le découvre, bien sûr.

— J'entends bien, mais elle aurait pu m'en parler immédiatement. En vérité, elle ne m'a jamais fait confiance.

— Peut-être…, soupira Alex. Elle a du mal à

accorder sa confiance, d'une manière générale. J'ai l'impression qu'elle a eu une enfance pourrie. Sa mère ne voulait pas d'elle, d'après ce que je sais. Elle a dû se débrouiller seule.

— Le peu qu'elle m'a raconté n'était pas très réjouissant, en effet.

Le silence s'installa entre eux.

— Tu sais ce qu'il y a de pire ? reprit l'adolescent. Rupes est mon demi-frère ! J'ai du mal avec cette idée. C'est l'horreur de penser qu'on a des gènes en commun.

— C'est bizarre, la génétique, parfois.

— Moi, je ne peux pas divorcer de ma mère et m'en aller, alors je dois l'accepter. Comme le fait que Sacha est mon père biologique. Et tu as beau être furieux que ton meilleur ami ait eu une histoire d'amour avec Maman, c'était avant que tu ne la rencontres. S'il a été ton meilleur ami, c'est qu'il y a du bon en lui. Sacha est toujours le même, non ? Et Maman aussi. La seule différence, c'est que toi et moi, on connaît le secret.

William se tourna lentement vers lui.

— Comment peux-tu avoir une telle sagesse ?

— C'est dans mes gènes. Ou pas.

Il haussa les épaules et se mit à rire.

— Tu voudras le voir ?

— Tu veux dire, en tant que « père » ? Nouer des liens avec lui et tout ça ?

— Oui.

— Qui sait ? Je vais y réfléchir. Pour l'instant, je le déteste. Lorsque je m'en serai remis, on verra, soupira-t-il. Ce n'est pas le problème et cela ne l'a jamais été. Je viens de m'en rendre compte.

— Que veux-tu dire ?

— Tu te souviens du jour où je suis tombé du toboggan la tête la première et que tu m'as conduit à l'hôpital ?

— Bien sûr que je m'en souviens ! Maman attendait Immy. J'ai bien cru qu'elle allait accoucher en te voyant saigner.

— Et quand tu m'as appris à faire du vélo ? Tu m'as emmené vers les courts de tennis et tu as enlevé les petites roues, puis tu as couru derrière moi, en me tenant, essoufflé, avant de me lâcher.

— Je me rappelle.

— Et le jour où je n'ai pas intégré l'équipe de rugby des Colts. J'étais déçu. Tu m'as raconté la fois où tu n'as pas été accepté dans l'équipe de cricket et que, l'année suivante, tu avais été pris ?

— Oui.

— Papa ?

— Oui ?

— Tu vois, le problème, c'est que…

Il prit la main de William.

— C'est toi, mon père.

30

En apprenant qu'Alex était sain et sauf, Julia se retira. Helena décida de réfléchir à leur conversation plus tard. Sa vie en lambeaux n'était rien à côté de la sécurité de son fils.

Elle appela tout le monde pour les rassurer, puis elle monta prendre une douche. Elle informa Angelina qu'elle pouvait ramener les enfants. Elle avait désespérément besoin d'entendre leur voix. Ce silence lui rappelait trop ce qu'elle avait perdu et l'avenir sombre qui l'attendait.

Épuisée, elle s'installa dans le hamac. Au lieu de remettre de l'ordre dans ses idées, elle ferma les yeux et s'assoupit, bercée par le doux balancement. Elle rouvrit les yeux en entendant une voiture s'arrêter dans l'allée. Angelina, sans doute, avec les enfants. Sur les marches menant à la terrasse, elle aperçut Sacha.

— Salut, Helena.

— Qu'est-ce que tu veux ?

— Un verre de vin ou du whisky, si tu en as, répondit-il en lui emboîtant le pas dans la cuisine. J'imagine que c'est la fête à la maison, depuis que la bombe est lâchée. Je suis passé dire au revoir aux enfants, et Julia m'a appris que William était au courant.

— On peut dire ça comme ça. Les pires vingt-quatre heures de mon existence. Alex a fugué et je viens seulement d'apprendre qu'il allait bien.

— Il est en Angleterre avec William.

— Oui.

Elle lui offrit un verre. Il but avidement, puis tendit le verre afin qu'elle le resserve.

— Qu'est-ce que tu fais là ? demanda-t-elle d'un ton las.

— Ce n'est pas évident ? Je suis venu te voir !

Alors qu'elle rangeait la bouteille dans le réfrigérateur, il s'approcha d'elle et l'enlaça par-derrière.

— Où sont les petits ?

— Angelina les ramène dans une minute, répondit-elle en essayant de se libérer. Lâche-moi !

— Ne te débats pas, dit-il en essayant de l'embrasser dans le cou. On attend ce moment depuis des années, pas vrai, ma belle ?

— Non ! Arrête !

Elle se dégagea de son emprise.

— Qu'est-ce que tu racontes ?

— Helena, tu dois savoir ce que j'ai ressenti pendant ces années. J'ai dû te regarder avec William, en regrettant que tu ne sois pas à moi. Tu te souviens de Vienne ? Les plus belles semaines de ma vie. Plus rien ne nous empêche d'être ensemble. On est libres, mon ange.

Lorsqu'il s'avança vers elle, elle recula.

— Je me souviens d'un homme qui m'a promis de revenir et qui n'est pas revenu.

— C'est pour ça que tu es fâchée ? Au bout de

tant d'années ? Tu as compris pourquoi je ne pouvais pas revenir. Julia était enceinte. Je ne pouvais pas l'abandonner. Mais je n'ai pas cessé de penser à toi, pas un instant.

— Et moi, je n'ai pas cessé de penser au fait que tu m'avais caché que tu étais marié.

— J'ai dû te le dire. Tu ne voulais pas l'entendre.

— Non ! Épargne-moi ton baratin ! Tu ne m'as rien dit et je n'ai plus eu de tes nouvelles.

— Je t'ai forcément écrit pour m'expliquer, non ?

— Pour l'amour du ciel, Sacha !

Elle claqua la porte du réfrigérateur.

— Tu es pathétique. Pauvre type !

— Tu n'aimes pas William, n'est-ce pas ? Il était là pour te sauver quand tu en avais besoin.

— Je me fous de ton opinion.

— Il demande le divorce ? Je parie que oui. Ce bon vieux William ! Toujours intègre. Lui, mon meilleur ami ? On n'a rien en commun, fit-il d'une voix traînante.

— Ferme-la, Sacha ! Je l'aimerai toujours, qu'on soit ensemble ou pas.

— Et Alex ? C'est mon fils, après tout. Je suis resté en retrait pour des raisons évidentes, mais j'ai envie de le connaître un peu mieux.

— Je…

Helena s'efforça de maîtriser sa rage.

— J'apprécierais que tu évites de contacter Alex. S'il a envie de te *connaître*, c'est à lui d'en décider.

— C'est mon fils. Je fais ce que je veux.

Helena eut envie de le frapper, ce qui ne servirait à rien.

— D'accord. Dans ce cas, je te supplie de le

laisser tranquille jusqu'à ce qu'il ait digéré tout ça. Si tu ne le fais pas pour moi, fais-le pour ton plus vieil ami, qui se sent trahi.

— Tu le protèges encore, fit Sacha en l'applaudissant. Bien joué, Helena. Tu as toujours aimé avoir l'air parfaite. Je vais devoir dire la vérité à Julia, bien sûr.

— Vas-y. Elle est déjà au courant.

— Comment ? répliqua Sacha, abasourdi.

— Elle a compris le jour du mariage. Elle trouve qu'Alex a tes yeux.

— Bon sang… je l'ignorais. Elle n'en a jamais dit un mot, fit-il en s'asseyant lourdement.

— Ta femme est assez extraordinaire. Elle t'aimait assez pour fermer les yeux sur cette trahison et les autres. C'est incroyable.

— Génial… Je passe pour le dernier des salauds. C'est ce que tu penses, n'est-ce pas ?

Helena refusa de mordre à l'hameçon.

— Ce que je pense, c'est que je ne suis plus la même qu'à Vienne, alors que toi, tu n'as pas changé.

Sacha passa une main dans ses boucles auburn.

— Tu es en train de me dire que même si tu es libre, tu n'envisages pas de nous donner une autre chance ?

Helena faillit s'esclaffer.

— En gros, c'est ça. Je te le répète : j'aime William. Et même dans le cas contraire, ce serait pareil. Désolée.

— Allons, mon ange… Tu m'en veux encore de ne pas être revenu, voilà tout.

— Pense ce que tu veux, on n'a aucun avenir. C'est clair ?

— J'ai compris. Il est trop tôt. J'aurais dû attendre quelques jours avant de venir te voir. Tu es sous le choc. Je ne renoncerai pas à toi, conclut-il en se levant.

— Fais ce que tu veux, Sacha. Je t'assure que tu perds ton temps. Tu as un fils et une fille, sans parler d'une épouse dont tu viens de briser la vie. Il serait temps que tu grandisses et que tu prennes tes responsabilités, pour eux et pour toi-même.

— D'accord, mais je parie que tu changeras d'avis en prenant conscience de ta solitude. Je ne te vois pas longtemps sans homme. Ce n'est pas ton genre.

Helena ignora cette pique.

— Il est temps que tu partes, dit-elle.

— Bon, je m'en vais.

Sur le seuil, il se retourna, l'air contrit.

— Pardonne-moi, mon ange, je t'en supplie.

— Je t'ai déjà pardonné autrefois.

— Je t'aime, tu sais.

— Au revoir, Sacha et bon vent !

Elle le regarda tituber vers sa voiture de location.

— Tu ne devrais pas prendre le volant ! cria-t-elle, à la porte de service.

Autant parler à un mur. Il claqua la portière et démarra en trombe.

Helena se sentit soulagée.

Quoi que lui réserve l'avenir, elle avait tourné le dos à son passé.

Journal d'Alex

14 août (suite)

J'ai laissé Papa réfléchir.

Au terme de notre petite conversation, il est devenu très silencieux. Puis il m'a annoncé qu'il allait tondre la pelouse. Je l'ai observé depuis la fenêtre de ma chambre. Il a chevauché sa précieuse machine et tourné en rond dans le jardin pour soumettre le gazon rebelle. J'ai eu pitié de ces brins d'herbe. À présent, il est au rez-de-chaussée, mais je sens que je ne dois pas le déranger. Il commence à faire nuit et la maison est trop calme. Je n'ai pas l'habitude et je n'aime pas ça.

Si seulement il se dépêchait de monter et de décider de ce qu'il va faire : Divorcer ou ne pas divorcer, telle est la question.

Ensuite, je pourrai descendre et me préparer une soupe en sachet, car c'est tout ce qu'il y a dans le placard. J'ai vérifié et je meurs de faim !

Donc je réfléchis pour passer le temps : pourquoi les hommes ont-ils tant de mal à exprimer leurs émotions ? La plupart d'entre eux préféreraient mourir que d'admettre qu'ils sont terrorisés. Je songe aux tranchées de la Première Guerre mondiale et à cette chair à canon qui avançait vers l'ennemi, la fleur au fusil pour se faire cribler de balles ou survivre avec un ou deux membres en moins, l'esprit encore plus abîmé que le corps.

Je frémis rien que d'y penser. À leur place, j'aurais fait dans mon froc et claqué des dents. Ils auraient sans doute dû me droguer avant de m'exposer aux balles ennemies.

Ce qui me ramène à mon principal sujet de réflexion : Que veulent les femmes ?

Il y a Chloé, l'amour de ma vie (jusqu'à présent), qui a d'abord craqué pour ce décérébré de Rupes. Elle adorait son côté Cro-Magnon de la gonflette persuadé de pouvoir tuer un mammouth, puis de le porter sur son épaule pour le ramener dans sa grotte aménagée avec un goût exquis.

Ensuite, après un vague flirt avec le type de l'aéroport, elle a foncé droit sur Michel. Il est sympa. En arrivant sur sa mobylette, il a frimé en roulant sur une roue. Plutôt viril, comme attitude. Très *bad boy*. Moi, j'en suis toujours à Bunny, le lapin en peluche…

Je suis sensible et tactile. Dieu sait si j'ai envie de toucher Chloé. Pas seulement de façon physique. Affectivement aussi. Mon empathie naturelle m'enlève-t-elle mon charme ?

Pourtant… Mes sources d'information sur le sujet, notamment un article du *Daily Mail* que j'ai lu hier, dans l'avion, les « Cinq raisons principales de divorce », me portent à croire que les femmes veulent un homme qui soit capable de saisir leurs émotions.

Comme Sadie comprend Maman d'instinct. Elles

veulent un homme qui soit leur meilleur ami. Peut-on incarner la quintessence de l'homme et de la femme ? Si les femmes ne savent pas ce qu'elles veulent, nous, les hommes, on aura toujours faux.

Et Papa est un homme dans toute sa splendeur.

J'espère que Maman sait ce qu'elle veut.

J'espère aussi que Papa a compris mon propos. Après ce temps passé à tondre la pelouse, il a dû y réfléchir, penser à Maman et moi, à Immy et Fred et, j'espère, à Chloé.

Notre famille. Elle n'est peut-être pas très conventionnelle, mais elle n'en est pas mauvaise pour autant.

Nous formons la plus belle famille que je connaisse. Dans l'avion, je pensais aux bons moments partagés, nos rires, notre amour pour Papa. Il m'aura fallu un « vrai » père pour comprendre combien la version « de remplacement » compte à mes yeux et me manquera. Ce qui risque d'arriver, s'il choisit le divorce.

Depuis le départ, il me traite comme si j'étais son propre enfant. Si mes sautes d'humeur l'agacent, ce n'est pas parce que je ne suis pas de son sang. C'est parce que je suis son fils et que je peux être agaçant.

William n'est pas parfait, à l'image de n'importe quel être humain, y compris ma mère. Elle et lui ont plus de qualités que de défauts. On ne peut rien espérer de plus. Chacun d'entre nous se trouve quelque part entre le noir et le blanc, sur un large spectre. On oscille en permanence au sein d'une marge étroite.

Tant que personne ne s'approche pas trop des extrêmes, ça va. Maman, Papa et moi, et même Sacha et l'ignoble Rupes se situent au milieu.

Je recolle mentalement les morceaux de la statue brisée de ma mère, mais je laisse le piédestal là où il est. Elle se tiendra désormais sur ses pieds, par terre. Ni sainte, ni pécheresse. Un être humain tel que Papa.

Et si, je dis bien si, il parvient à ravaler sa fierté et à reprendre Maman, je vais lui demander de m'adopter. On fera les choses légalement et, par respect et par amour, je prendrai son nom. Je deviendrai enfin un membre de la famille portant le même nom que les autres.

« Alexander R. Cooke ». Cooke comme « cuisinier ». D'ailleurs, je meurs de faim. Je n'ai rien mangé depuis hier, dans l'avion.

Toute ma vie, j'ai cherché quelque chose que je croyais vouloir et, maintenant que je l'ai, je n'en veux plus.

Je veux retrouver ce que j'avais avant.

Attendez ! Papa frappe à ma porte. J'ai le cœur qui bat.

— Entre !

— Tu as faim ? dit Papa en passant la tête dans l'entrebâillement.

— Et comment !

— Un indien, ça te tente ?

— Oui.

— On devrait manger quelque chose d'ici pendant qu'on le peut encore.

— Pourquoi ?

Il détourne les yeux, puis me sourit.

— On retourne au pays de la feta dès demain matin. Je viens de réserver nos places.

31

À son réveil, Helena découvrit une journée superbe. Étonnamment, elle avait bien dormi et se sentait sereine.

Elle se leva, mit son justaucorps et ses chaussons de danse et descendit sur la terrasse. Dès qu'elle commença ses assouplissements, son corps se mit en pilote automatique, ce qui permit à son cerveau de réfléchir.

La maison… Pandora… son instinct ne l'avait pas trompée. Elle avait ouvert la boîte de Pandore. Son contenu poussiéreux avait jailli des recoins les plus sombres et engendré chaos et souffrance. Et pourtant, tout espoir n'était pas mort.

Il n'y avait plus de secrets, plus rien à cacher, plus de fantômes qui viendraient la hanter. Quoi qu'il arrive à présent, l'honnêteté était de mise. Même si un monde sans William serait invivable. La vérité serait sa chute ou sa victoire.

Alexis se présenta à dix heures, alors qu'Helena, Immy et Fred prenaient un petit déjeuner tardif sur la terrasse.

— Coucou, Alexis, dit Fred. Tu m'as apporté un cadeau ?

— Fred ! gronda Immy. Il demande la même chose à tout le monde et c'est malpoli !

Alexis embrassa Helena avec chaleur.

— Comment vas-tu ?

— Bien mieux. Merci de m'avoir aidée. Je suis désolée d'avoir perdu les pédales, l'autre soir.

— C'est compréhensible. Il n'y a rien de pire que de savoir son enfant en danger ou en souffrance.

— Tu veux du café ? proposa Immy en saisissant la cafetière avec le plus grand sérieux.

— Volontiers, Immy.

— Je vais te chercher une tasse à la cuisine.

— J'y vais aussi, renchérit Fred qui emboîta le pas à sa sœur.

— Tes enfants sont adorables, Helena.

— Pour une fois, je l'admets. Ces dernières vingt-quatre heures, ils ont été angéliques.

— Ils ont peut-être senti que leur mère avait besoin qu'ils soient sages.

— Tu as raison.

— Alors... quand Alex revient-il ?

— Aucune idée. Je lui ai envoyé un texto hier soir pour savoir s'il voulait que je rentre à la maison. Pas de réponse. Il doit être en colère. Au moins, il est en sécurité.

— Tu risques de partir bientôt ?

— Si Alex a besoin de moi en Angleterre, j'irai, bien sûr.

— Helena, j'aimerais te montrer quelque chose.

— Qu'est-ce qui se passe, Alexis ? s'enquit-elle, alarmée par son expression.

— Je suis venu pour t'en parler à maintes reprises,

mais… le moment était toujours mal choisi. Angelina est là ?

— Elle fait les lits à l'étage.

— Peut-elle surveiller les enfants ? J'ai besoin de t'emmener quelque part. Ne t'en fais pas, c'est tout près.

— Je t'en prie, pas de mauvaises nouvelles ! Je n'ai pas la force d'en supporter davantage, gémit-elle.

— Ce ne sont pas de mauvaises nouvelles, ne t'inquiète pas, assura-t-il en posant une main rassurante sur son épaule. Tu peux me faire confiance.

— D'accord. Je préviens Angelina et on y va.

— Où diable m'emmènes-tu ? demanda-t-elle quelques minutes plus tard, tandis qu'ils descendaient en direction de la piscine.

— Tu verras bien.

Il ouvrit la barrière en bois séparant le jardin de l'oliveraie.

— Je n'avais jamais prêté attention à ce passage…

— Tu n'étais pas censée t'y intéresser. C'était un secret.

— Qui l'a aménagé ?

Elle suivit Alexis parmi les arbres.

— Patience, Helena…

Ils marchèrent un moment jusqu'à une petite clairière. Côte à côte, ils observèrent les montagnes et les oliviers qui tapissaient les versants de colline, au-dessus de la mer scintillante, en contrebas.

— C'est ce que tu voulais me faire voir ?

— Ce site, répondit-il en tendant la main vers sa droite. Et surtout ceci.

Helena suivit son regard, mais il s'éloignait déjà.
— Quelle merveille ! C'est une statue d'Aphrodite, n'est-ce pas ?
— Non, pas exactement.
— Dans ce cas, qui est-ce ? Et qu'est-ce qu'elle fait ici ?
— Lis le nom figurant sur le piédestal.
Elle se pencha vers l'inscription.
— C'est à peine lisible tant la pierre est usée…
Elle écarta les feuilles et essuya la plaque.
— Je discerne un « I », un « E »… et un « N ». La première lettre est un « V ».
Interloquée, elle leva les yeux vers Alexis.
— Vivienne ?
— Oui.
— Mais… c'était le prénom de ma mère.
— En effet.
— Qu'est-ce que cela signifie ? Cette statue est censée la représenter ? Sous les traits d'Aphrodite ?
Helena caressa le visage d'albâtre.
— C'est cela.
— Pourquoi ? Et pourquoi ici ?
— Angus l'a fait sculpter après la mort de Vivienne. D'après ma grand-mère Christina, c'était l'endroit préféré de ta mère.
— Je… je sais qu'elle venait régulièrement à Chypre et qu'elle adorait cette île. En revanche…
Elle croisa le regard d'Alexis et, soudain, elle comprit.
— Tu es en train de me dire qu'Angus était amoureux d'elle ?
— Oui. Vivienne a séjourné de nombreuses fois à Pandora. Elle était connue ici et au village.

— Vraiment ? Voilà donc pourquoi tant d'habitants du coin m'ont dit que je leur rappelais quelqu'un. Je lui ressemble.

— Beaucoup. Ma grand-mère n'en revenait pas lorsqu'elle t'a vue à Pandora, l'autre soir.

— Elle figure sur les vieilles photos que j'ai dénichées dans le grenier… Ces lettres qu'Alex a trouvées étaient adressées à ma mère ? C'était elle, la femme mystère…

— Tu as deviné.

— Comment es-tu au courant ?

— Ma grand-mère a travaillé pendant presque trente ans à Pandora. Elle a tout vu. Ces lettres, c'est ton père qui les a renvoyées à Angus.

— Il était donc au courant ?

— Il faut croire.

— Eh bien…, souffla Helena. Pour être honnête, mes parents n'ont jamais semblé très proches. Mon père passait le plus clair de son temps au Kenya. Je le voyais rarement.

— C'était peut-être un arrangement. Chaque couple est particulier, commenta Alexis.

— Mais alors, pourquoi ma mère et Angus n'ont-ils pas vécu ensemble ? Il est manifeste qu'il l'aimait à la folie.

— Qui sait ? Nous savons tous les deux que les gens qui s'aiment ne vivent pas forcément en couple.

Pensive, Helena ramassa une feuille morte et caressa sa surface rugueuse.

— Angus m'a tout légué.

— C'est vrai.

— J'étais sa filleule.

— Sa filleule et…

— Et quoi, Alexis ?

— Christina s'est toujours demandé si tu n'étais pas plus que cela.

— Que cherches-tu à me dire ?

— Je crois que tu le sais, Helena.

— Oui…, murmura-t-elle.

— Ces lettres sont revenues peu après ta naissance. Ma grand-mère s'en souvient clairement. Elle a trouvé Angus en larmes dans son bureau. Ta mère n'est plus revenue.

— Moi si… quelques mois après la mort de mon père.

— En t'envoyant à Pandora, ta mère cherchait peut-être à exprimer son amour.

— Pourquoi n'est-elle pas venue elle-même ?

— Helena, je l'ignore. Peut-être a-t-elle préféré ne pas attiser la flamme… À moins que la vie d'ici ne lui ait pas convenu.

— Va savoir… Je ne pourrai jamais lui poser la question ni découvrir qui était mon véritable père.

— Quelle importance ? Angus t'aimait comme sa propre fille. Il t'a donné Pandora. Tout le monde a ses secrets. Les gens ne sont pas toujours ceux que l'on croit.

— Sans doute. Tu en as, toi ?

— Je ne te cache rien, mais j'ai dissimulé certaines choses à ma femme. Elle ignorait pourquoi je ne pouvais l'aimer assez. Je me sens encore coupable. Viens, il est temps de rentrer.

Il lui offrit son bras.

— Merci de m'avoir montré cette statue, dit-elle sur le chemin de la maison.

— C'est ce qu'on appelle placer une femme sur un piédestal, railla-t-il.
— C'est très dangereux, soupira-t-elle.

Après le départ d'Alexis, Helena gagna la cuisine. Immy et Fred étaient à table. Épuisée par ces émotions, elle s'assit.
— Te voilà ! J'ai préparé un truc avec du miel et des graines de sésame, déclara Immy.
— Et moi, je l'ai aidée ! renchérit Fred.
— Maman, tu as l'air bizarre, fit la fillette en se hissant sur ses genoux.
— Maman, tu as l'air bizarre, répéta Fred en riant.
Lorsqu'il voulut monter à son tour, Helena le percha sur un genou libéré par sa sœur, puis elle les serra contre elle.
— On t'aime, Maman ! s'exclama Immy en l'embrassant. Hein, Fred ?
— Oui, confirma-t-il.
— Moi aussi, je vous aime, répondit-elle en embrassant à son tour leurs joues poisseuses. Et si on allait à la plage ?
— Ouiii ! s'exclamèrent-ils en chœur.

Ils rentrèrent à Pandora au moment où le soleil commençait à se coucher. Helena fit dîner les petits et les installa devant un DVD de *Cendrillon*, au salon.
Elle emporta un verre de vin sur le balcon de sa chambre. Il faisait presque nuit alors qu'il était tout juste sept heures. C'était la fin de l'été.
Pourrait-elle vivre à Pandora, puisqu'elle n'était plus la bienvenue à Cedar House ?

La réponse était non. Comme sa mère avant elle, peut-être, elle savait que sa vie était ailleurs. Restait à savoir où, avec qui et dans quelles conditions…

Un sentiment de solitude la submergea. Son mari et son fils lui manquaient terriblement.

Elle rentra et ferma la porte-fenêtre. Après sa douche, elle s'installa à sa coiffeuse pour brosser ses cheveux. Posant sa brosse, elle effleura le couvercle incrusté de nacre du coffret à bijoux qu'Alexis avait récupéré dans les ordures.

— La boîte de Pandore, murmura-t-elle.

Alors, elle les vit.

Ses initiales, ainsi que celles de ses parents, entrelacées au cœur du motif ouvragé.

Les larmes lui montèrent aux yeux.

Elle descendit voir ses enfants, qui étaient captivés par *Cendrillon*. En sortant sur la terrasse, elle sursauta : deux silhouettes jaillirent de l'ombre et gravirent les marches surplombant la piscine.

— Salut, Maman ! Papa et moi, on s'est dit qu'on piquerait bien une tête pour se rafraîchir, après le voyage.

— Alex !

— Oui, c'est moi. Ne m'embrasse pas. Je suis tout mouillé.

— Je m'en moque ! affirma-t-elle, les bras tendus vers lui. Comment vas-tu ?

— Très bien.

Il riva sur elle son regard vert.

— Je t'aime, Maman, murmura-t-il.

— Moi aussi, Alex.

— Où sont Immy et Fred ?

— Ils regardent un DVD au salon.

— J'ai promis à Chloé d'essayer un Disney, alors j'y vais. À plus tard.

Elle le regarda s'éloigner sans lui recommander de ne pas s'asseoir sur le canapé dans cette tenue. Cela n'avait aucune importance.

— Bonsoir, Helena…

Elle en eut le souffle coupé. William était là, face à elle, tout aussi trempé qu'Alex.

— Comment ça va ? s'enquit-il.

— Bien.

— Tu es sûre ? Pourquoi ces larmes ?

— Parce que si tu es simplement venu chaperonner Alex et que tu es sur le point de repartir, je… je ne supporterai pas de te voir.

— Je peux passer la nuit ici, au moins ? Voir Immy et Fred ?

— Oui, bien sûr.

— Et demain aussi ? Et après-demain ?

— Je…

Elle le dévisagea. Que voulait-il, au juste ?

— Helena, tu as… enfin, nous avons un fils merveilleux. Il… Alex m'a montré le chemin du retour. Vers toi.

— Ah oui ?

— Et… je ne veux plus jamais repartir. Je t'aime, avoua-t-il d'une voix brisée.

— Je t'aime aussi, chéri. Crois-moi.

Quelques mètres les séparaient. Chacun brûlait de combler cette distance entre eux.

— Mais tu dois me promettre une chose, Helena :

plus de secrets. Je t'en prie, s'il y a quelque chose que je dois savoir, dis-le-moi sans tarder.

— En fait, il s'est passé quelque chose, tout à l'heure.

— Ah oui ? fit William, visiblement tendu.

— C'est un énorme secret. Le plus gros de tous. Et…

— Seigneur ! De quoi s'agit-il ?

Elle sourit enfin et vint lentement à sa rencontre.

— Je suis impatiente de te le raconter.

Journal d'Alex

25 août 2006

Demain, nous rentrons à la maison.

Je parle de notre famille.

La boîte de Pandore reste ici.

Maman m'a parlé du coffret et m'a emmené voir la statue de Granny à poil, dans les oliviers.

Même si c'est répréhensible, sur le plan moral, les personnes impliquées sont mortes, sauf ma mère, que cela ne semble pas déranger outre mesure, donc l'histoire peut être belle.

Maman et moi, on a un point commun, à présent, et j'adore ça.

Et j'ai appris deux vérités pour le prix d'une seule : j'ai trouvé mon père et j'ai gagné un grand-père en prime !

Je suis heureux d'être probablement du même sang qu'Angus. C'était un homme, un vrai, qui commandait une armée et, en même temps, pleurait comme une fille et savait aimer. J'ai désormais quelqu'un d'autre dont je peux m'inspirer, en plus de mon père.

L'entreprise qui fabrique les étiquettes nominatives et le notaire sont au courant. On en est à « Beaumont-Cooke ». J'ai décidé d'honorer mes deux parents. Au vu des circonstances, ce n'est que justice. Je ne voulais pas que Maman se sente exclue.

Papa et moi serons officiellement liés dans quelques mois. Pour le moment, j'utiliserai son nom illégalement à la rentrée.

À la réflexion, je suis triste de rentrer à la maison.

Et en même temps, je ne le suis pas.

C'étaient moins des vacances qu'un parcours du combattant jalonné d'embûches émotionnelles et physiques. Notre famille a été sérieusement secouée. Mais elle n'en est ressortie que plus forte, du moins je l'espère.

Hier, j'ai eu une conversation avec mes parents sur ma situation scolaire. Il se trouve que Maman redoute de me voir partir en pension et que Papa est juste fier que j'aie obtenu cette bourse. Selon lui, c'est une opportunité à ne pas manquer.

Ils pensaient tous les deux que je voulais y aller. Je leur ai expliqué que je croyais qu'ils voulaient à tout prix que j'y aille. Bref, j'irai, au moins pour un semestre ou deux et si je déteste l'internat, je rentrerai chez moi.

Maintenant que je comprends qu'ils n'ont pas l'intention de célébrer mon départ dès que j'aurai emménagé dans mon nouveau placard à balais, je suis bien plus détendu. Je comprends qu'ils ne veulent que mon bien.

Au cours des dernières semaines, j'ai grandi. Littéralement.

Maman a pris mes mensurations pour commander

mon horrible uniforme. Je mesure un mètre soixante-cinq.

Que m'ont enseigné ces vacances ? Qu'il existe de nombreuses formes d'amour. Que l'on peut le gagner, le donner, mais pas l'acheter. Et que quand il est là, il s'accroche.

Alex

Pandora, Chypre

19 juillet 2016

Je tourne la page de mon journal d'adolescent : le reste du carnet est vide, comme si j'étais mort le lendemain.

Il est minuit, heure locale. J'emporte le carnet dans la maison en fermant les volets derrière moi. Ce geste simple me rappelle à quel point les choses ont changé depuis mon dernier séjour ici. Je suis désormais l'adulte, celui qui prend les responsabilités et à qui l'on fait confiance.

Je longe le couloir et, au bas des marches, j'hésite, puis je continue en direction de mon placard à balais. J'actionne l'interrupteur pour allumer la lumière et le ventilateur, qui gémit après des années d'oisiveté.

Il n'y a pas de draps sur le lit de camp, ni de collants pour me protéger des insectes.

Entre-temps, j'ai voyagé en Amérique du Sud où j'ai passé des nuits sous la tente, en Amazonie. J'ai croisé des araignées de la taille d'une assiette et des cafards volants qui auraient pu nourrir deux personnes. Les moustiques ne sont plus qu'un aléa sans importance.

Je me déshabille et je m'allonge avant d'éteindre.

L'atmosphère de Pandora m'enveloppe. Des visages du passé m'apparaissent tel un défilé de mode. Ils me rappellent les protagonistes du drame qui s'est déroulé en ce lieu, il y a dix ans. Ces personnes arriveront dans moins de quarante-huit heures.

Toutes sauf une…

Je m'endors profondément et, pour une fois, aucun cauchemar ne vient me hanter. Je vérifie l'heure sur mon portable. Dix heures. Je monte à l'étage prendre une douche froide. Ensuite, je descends me faire du café que je sirote, en clignant les yeux sous le soleil matinal.

Je devrais aérer les chambres, les débarrasser de leur odeur de renfermé. Aucun d'entre nous n'a évité délibérément Pandora. La vie a juste suivi son cours…

En ouvrant les volets, je constate avec plaisir que les lits sont déjà faits, avec des draps blancs et des serviettes de toilette. Angelina a pris grand soin de Pandora, au fil des années. En sortant sur la terrasse, je me demande ce que je vais faire, à présent. Un crissement de pneus sur le gravier de l'allée m'incite à me retourner. Une camionnette blanche s'approche. Deux silhouettes familières en descendent pour venir à ma rencontre.

— Alex ! Seigneur ! C'est bien toi ?

Alexis semble s'être un peu tassé. Il m'étreint, puis je le regarde dans les yeux.

— Oui, c'est bien moi.

— Comment vas-tu ? Cela fait si longtemps ! Je comprends tes raisons, soupire-t-il. Et bien sûr…

Il désigne la femme qui se tient près de lui, un peu timide.

— Tu te souviens d'Angelina ?

— Bien sûr. Et de ses talents de pâtissière.

— Bonjour, Alex, dit-elle en m'embrassant. Quel beau jeune homme tu es devenu ! On dirait Brad Pitt.

— Ah bon ?

Elle me plaît encore plus que dans mes souvenirs...

— Oui. J'ai un tas de provisions, dans la camionnette. Je dois commencer la cuisine pour demain.

— Et si tu me donnais un coup de main pour décharger le vin et les verres, Alex ?

Tandis que nous portons les victuailles et les caisses de bouteilles dans le cellier, j'observe Alexis à la dérobée. Il n'a pas trop vieilli et ses cheveux poivre et sel lui donnent une certaine classe.

— Allons boire un verre d'eau à la cuisine, suggère-t-il ensuite.

Angelina est déjà en train de remplir le réfrigérateur. À ma grande surprise, Alexis s'approche d'elle et pose les mains sur ses épaules, puis il l'embrasse en saisissant une bouteille d'eau.

— Tiens...

— Merci.

— Pourquoi cet air intrigué ?

— Est-ce que... vous êtes ensemble, Angelina et toi ?

— Oui, répond-il avec un sourire. Après le départ de ta famille, Angelina n'avait plus de travail à Pandora. Je l'ai engagée en tant que gouvernante. Une chose menant à une autre... Nous sommes mariés depuis six ans et je suis redevenu Papa il y a deux ans, le jour de mon cinquantième anniversaire ! J'ai eu un autre fils.

— Et moi, je vis dans une maison pleine d'hommes,

renchérit Angelina avec bonheur. À présent, quittez ma cuisine que je puisse préparer un festin.

— Je dois retourner au bureau, déclara Alexis en consultant sa montre. Passe donc à l'exploitation, quand tu auras le temps. Nous avons doublé de volume. Démétrios travaille avec moi.

— Et Michel ?

— Il gère les ventes en ligne de l'entreprise. Une véritable affaire de famille. Tu verras mes fils plus tard car nous avons à faire à Pandora. Appelle-moi si tu as besoin de quelque chose. J'ai hâte de savoir ce que tu es devenu, depuis dix ans.

Il envoie un baiser à sa femme. De ses yeux noirs enamourés, elle le regarde s'éloigner.

— Je peux me rendre utile, Angelina ?

— Non merci. Et si tu allais profiter de la piscine ?

Manifestement, elle cherche à se débarrasser de moi. Je suis donc son conseil. Je songe au sauvetage effroyable de mon pauvre Bunny. J'ai l'impression d'être dans *Alice au Pays des merveilles*. La piscine paraît avoir rétréci car je parcours la longueur en cinq brasses au lieu de dix.

De retour dans mon placard à balais, je saisis mon recueil de Keats dont quelques bouts de papier s'échappent. L'un d'eux me fait monter les larmes aux yeux. En le lisant, je sens mon cœur s'emballer.

Viendra-t-elle ?
Je n'en ai aucune idée.

Pandora a décidément le pouvoir de libérer les émotions. Ses murs semblent receler une énergie qui vient à bout des barrières et s'insinue dans l'âme pour révéler la moindre source de douleur. Comme un scalpel qui tranche dans le vif pour crever un abcès.

Bon sang, si je commence déjà à stresser, qu'est-ce que ce sera demain soir ?

Je remets le recueil de poèmes en place sur l'étagère pour reprendre mon journal. N'ayant rien d'autre à faire, je sors un stylo et mes lunettes de soleil de mon sac à dos et je vais chercher une bière fraîche à la cuisine avant de m'attabler sur la terrasse.

J'ouvre le carnet sur une page vierge. Je déteste l'inachevé. J'imagine la frustration d'un lecteur, dans cinquante ans. Faute de rivaliser avec Samuel Pepys, qui tint un journal détaillé pendant neuf ans, je me contenterai de *mémoires* consacrés à ces dix dernières années. Il en restera au moins une trace, ce qui est mieux que rien.

Ou pas.

On verra bien…

Mémoires d'Alex

Septembre 2006-juin 2016

Le collège

Ce collège où l'on mange ses céréales du matin en queue-de-pie et cravate. Quoi qu'en disent les défenseurs de l'internat, mon premier trimestre fut un cauchemar.

Dans ces établissements, le bizutage et le harcèlement ne sont plus considérés comme une façon d'endurcir les élèves, d'en « faire des hommes ». Autrefois, les enseignants encourageaient presque les harceleurs. De nos jours, les maltraitances sont secrètes et insidieuses.

Les harceleurs sont de véritables tortionnaires renégats formés par les services secrets. Ils vous proposent une bataille de polochons « amicale » et, alors que vous maniez un simple oreiller, ils vous frappent à l'aide d'un sac en toile plein d'objets métalliques. Ou alors ils vous envoient des textos haineux depuis un portable jetable impossible à repérer. Ou encore ils vont sur votre page Facebook pour modifier votre statut en « en couple avec un travesti ».

Par chance, j'ai tiré des enseignements de ma mésaventure avec Bunny, à Chypre, le seul service que Rupes m'ait jamais rendu. Bunny était à l'abri dans une poche en coton que j'avais discrètement épinglée au sommier de mon lit. Pendant la nuit, même si nous sommes séparés par un matelas, je pouvais glisser un bras vers lui et être rassuré par le contact de sa non-fourrure. Je pouvais murmurer entre les lattes.

Durant ces premières semaines d'enfer, j'ai failli fuguer. Mais je n'allais pas donner à Rupes la satisfaction de jubiler. De plus, l'enseignement était de haut niveau.

À mesure que je grandissais, physiquement et dans ma tête, les choses se sont améliorées. C'est fréquent, dans ces situations. Arrivé en terminale, j'avais un très bon dossier et d'excellents résultats. Cinquante ans plus tôt, j'aurais eu un bizut, un élève de sixième en guise d'esclave. Il aurait ciré mes chaussures, fait griller mes tartines. Cette pratique a été abolie dans les années soixante-dix. Cependant, certains de mes camarades continuaient à faire comme si ce n'était pas le cas. Ils y voyaient un « rite de passage ».

Bref, au terme de mes cinq ans d'internat, j'ai décroché une place à l'université d'Oxford pour étudier la philosophie.

La famille

Maman, Papa, Immy et Fred ont évolué de leur côté. Fred a réussi à tuer mon poisson rouge moins de deux semaines après mon départ pour la pension. Lorsque je lui ai demandé s'il avait eu droit à des funérailles décentes, il m'a répondu qu'il l'avait jeté dans les toilettes car il tenait à l'enterrer dans de l'eau.

Maman était plus épanouie que jamais. Un peu trop même car dès que Fred est entré en classe, elle a annoncé son intention d'établir sa propre école de danse.

La Beaumont School of Dance est vite devenue une entreprise multinationale… Si l'on excepte l'argent qu'une telle entreprise est censée rapporter. Fidèle à elle-même, Maman ne faisait pas payer grand monde. Quand je rentrais chez moi pour les vacances, je trouvais généralement une personne en sanglots et en justaucorps attablée dans la cuisine, profitant de son oreille compatissante pour s'épancher.

Jusqu'à ce que les mots que tout le monde redoute ne soient prononcés à cette même table. Maman s'est alors retrouvée face à ses propres difficultés.

Je m'interromps encore car je ne trouve pas les mots pour décrire l'horreur du moment où Papa et Maman me l'ont annoncé. Je me lève pour aller chercher une autre bière dans le réfrigérateur, histoire de noyer ce souvenir. Je comblerai les lacunes plus tard.

La famille, suite

À part le problème de Maman, qui a naturellement bouleversé nos vies, Immy et Fred ont grandi tranquillement. Ils n'avaient peut-être pas le choix, au vu des circonstances.

Papa endossait le gros de la pression si Maman en était incapable. Il est devenu un pro du sèche-linge et du micro-ondes. C'est vraiment un type bien, mon père. L'adopter légalement et prendre son nom de famille est ce que j'ai fait de mieux.

En ce qui concerne mon géniteur, il s'est présenté un jour, un peu avant Noël, à Cedar House, l'année suivant cet été apocalyptique. Il a exigé de me voir, moi, son « fils ». Maman est montée dans ma chambre, affichant cet air alarmé que je connais si bien, pour m'expliquer que Sacha était en bas. Elle a précisé que je n'étais pas obligé de le voir. Je lui ai répondu de ne pas s'inquiéter, que je lui parlerais.

Je l'ai trouvé dans la cuisine, en train de vider d'une traite le verre que mon père venait de lui tendre. Il avait une mine épouvantable. Les mains tremblantes, la peau sur les os. En dépit de ma détermination à le haïr, j'ai eu pitié de lui.

Il m'a proposé d'entretenir une « relation » avec lui.

Ce pauvre type était le dernier homme sur Terre que je voulais compter parmi les relations. Au prix d'un gros effort, je lui ai donc dit non. En fait, je le lui ai répété plusieurs fois, comme un mantra. Papa a compris que j'en avais assez et l'a reconduit à la gare.

Je ne l'ai plus jamais revu jusqu'à…

Je vais avancer.

Le reste de la bande de Pandora

Sadie a eu son bébé, une adorable petite fille qu'elle a baptisée Peaches, un nom bizarre, mais qui ne m'a pas étonné de sa part. Quelle idée d'appeler une enfant « pêche » ! Et elle m'a demandé d'être son parrain !

C'était vraiment sympa, même si j'ai toujours du mal à m'habituer à ce prénom fruitier. C'est une enfant sage qui a vu défiler une succession de « tontons », car Sadie change de petit ami comme de chemise.

Andreas le menuisier ignore l'existence de sa fille. C'est peut-être la raison pour laquelle Sadie m'a nommé parrain. Elle croit que, lorsque le moment sera venu pour Peaches de découvrir les « péchés » de sa mère, je serai de bon conseil.

Quant au reste du clan Chandler : Julia s'est installée dans son cottage près d'Oundle avec Rupes et Viola. Elle s'est enracinée comme une variété de lierre. D'après sa lettre annuelle, postée avec précision le 1er décembre pour arriver le 4, au moment où les autres dressent tout juste la liste des gens à qui ils doivent envoyer une carte, elle s'est vite retrouvée à la tête des associations de parents d'élèves et de charité. Elle doit être de toutes les fêtes et kermesses, à soutirer du temps et de l'argent aux autres parents.

En gros, elle est allée à l'école avec Rupes (qui a terminé capitaine de l'équipe première de rugby, ce dont elle a dû se réjouir). Entre-temps, elle a réussi à maintenir la cohésion de sa famille en travaillant dans l'immobilier.

Je dois reconnaître que, même si elle est l'être humain le plus agaçant que je connaisse, elle est efficace. Un parfait adjudant.

Viola signait les lettres de Julia. J'en déduisais qu'elle était toujours en vie, même si je ne l'ai revue que pour…

Je dois m'excuser auprès de mes lecteurs pour cette suite de phrases qui reste en suspens. J'ai un tas de choses à raconter et certaines vont être difficiles à décrire. Je vous prie de ne pas m'en vouloir.

Enfin, et non des moindres, il y a Chloé. Je l'ai croisée assez souvent, au cours de ces dix ans. Nos collèges respectifs organisaient bien des soirées dansantes, sur une piste improvisée, dans la grande salle.

Encore amoureuse de Michel, elle me demandait de la protéger de l'attention des autres garçons. Nous restions dans notre coin, à boire un soda, pendant qu'elle me confiait combien il lui manquait.

Elle passait beaucoup de temps à Cedar House. Elle est devenue un membre indispensable de la famille, surtout pour les petits.

J'ai donc attendu mon heure en espérant qu'elle se débarrasse de son obsession pour Michel. Ce n'est pas arrivé. Et je n'ai pas cessé d'être obsédé par elle. Au moins, j'étais proche d'elle. Elle m'appelait son « meilleur ami ».

Tout meilleur ami d'une fille sait qu'essayer d'aller plus loin ne fait que l'éloigner.

Après le lycée, elle a pris une année sabbatique, puis elle est partie faire des études de stylisme à Londres.

Lorsqu'elle a passé son diplôme, Michel a enfin perdu son aura. Elle a pleuré sur mon épaule en affirmant qu'elle l'aimait encore, mais que cet amour à distance n'avait pas surmonté l'épreuve du temps. Tout était fini entre eux.

À peu près à la même époque, ma vie a changé.

32

Je pose mon stylo et je m'étire. Le soleil et la bière m'ont plongé dans une douce torpeur, sans parler des souvenirs de ces dix dernières années dont l'évocation m'a épuisé. Je parcours mon récit au cas où j'aurais oublié quelqu'un. Eh bien oui : moi. Du moins, la suite de l'histoire. J'ai chaud et je suis trop fatigué et triste pour continuer.

De plus, une voiture et la camionnette blanche viennent de se garer dans l'allée. Les deux hommes qui en descendent sont les fils d'Alexis. Ce dernier apparaît à son tour, tenant la main d'un petit garçon, et vient vers moi pendant que Démétrios et Michel déchargent d'autres caisses.

L'enfant, qui ressemble à Angelina, m'observe timidement.

— Dis bonjour, Gustus, l'encourage son père.

Le bambin se cache derrière les jambes d'Alexis.

— Nous pensions installer des lampes sur la terrasse et suspendre des lanternes aux oliviers.

— Bonne idée, dis-je.

— Il faut que ce soit une célébration, non ? poursuit le Chypriote en me dévisageant.

— Oui. Absolument.

Nous passons quelques heures à transpirer à grosses gouttes pour installer des guirlandes lumineuses sur les balcons, à l'étage, et sur la pergola. Nous n'échangeons que des propos anodins sur le football. Entre hommes.

Lors de mes voyages, j'ai remarqué que ma qualité d'Anglais fait de moi un expert en football aux yeux des étrangers. Surtout en ce qui concerne Manchester United, l'équipe que soutiennent les Lisle.

Étant plutôt rugby, je peine à leur fournir les informations qu'ils me demandent. Michel est encore plus séduisant qu'autrefois. J'ai envie de lui demander s'il a une petite amie, une fiancée, une femme, mais nous n'évoquons rien d'aussi intime.

Angelina nous apporte un grand pichet de citronnade, suivie du petit Gustus, qui grimpe sur les genoux de son père.

— C'est bizarre, non ? s'esclaffe Alexis. J'espérais tant devenir grand-père, et me voilà père d'un petit alors que les deux grands n'ont toujours pas d'enfants.

— Papa, j'ai à peine plus de trente ans et Kassie en a vingt-neuf, proteste gentiment Démétrios. Nous avons le temps. De plus, tu nous fais travailler trop dur. Nous n'avons pas le temps d'avoir des enfants.

— Tu n'es pas marié, Michel ?

— Non.

— Je crois que mon fils est un célibataire endurci, soupire Alexis. Aucune femme ne réussit à le prendre dans ses filets. Et toi, Alex ? As-tu trouvé l'amour de ta vie ?

— Oui, réponds-je après une hésitation.

— Papa ! s'exclame Gustus, les doigts dans la bouche, avant de babiller en grec.

— Gustus a faim. Nous devons rentrer, traduit Alexis.

Il appelle Angelina, qui me donne ses instructions. En gros, je ne dois toucher à rien dans la cuisine ou le cellier jusqu'à son retour, à l'aube. Comme si j'allais tout dévorer en une nuit.

— Tu viens dîner à la maison ? me propose Alexis.

— C'est très gentil, mais demain sera une longue journée. Je crois que je vais rester et me coucher de bonne heure.

Alexis prend l'enfant dans ses bras hâlés.

— Dans ce cas, bonne nuit.

Je les regarde s'éloigner. La nuit tombe sur Pandora, comme chaque jour depuis dix ans, sans un regard humain pour apprécier sa beauté. Dans la cuisine, je découvre des plats couverts de papier d'aluminium. Le cellier est envahi de desserts mystérieux. Je trouve la moussaka dont Angelina m'a autorisé à prélever une portion pour le dîner.

Je mange en solitaire sur la terrasse. J'espère ne pas avoir offusqué Alexis en déclinant son invitation. J'ai besoin d'être seul pour réunir mes pensées et mes forces.

Je reprends mon journal. Écrire m'aidera peut-être.

Mémoires d'Alex

Septembre 2006-juin 2016

Moi, suite

J'ai passé la moitié de mon année sabbatique à faire des économies pour voyager. J'étais barman dans le pub du coin. L'autre moitié, je l'ai consacrée à surmonter mes phobies diverses et variées.

Et j'en ai acquis de nouvelles : les déplacements à l'étranger, par exemple.

Ensuite, j'ai démarré une licence de philosophie à Oxford, l'université fréquentée par mon père et mon géniteur. Trois ans plus tard, lors de ma remise de diplôme, Papa avait des larmes de fierté dans les yeux quand il m'a étreint pour me féliciter.

J'ai lu dans mon journal d'adolescent que je ne l'imaginais pas en train de pleurer. Malheureusement, il a versé bien des larmes, ces derniers temps.

J'ai effectué une année de plus à Oxford pour passer un master (j'en parlerai plus tard). Alors que j'avais renoncé à presque tout, prêt à accepter une carrière dans l'enseignement de la philosophie, mon propre professeur m'a transmis un e-mail.

Il provenait d'un service gouvernemental à

Millbank, près du Parlement, et me proposait un poste dans un groupe de réflexion gouvernemental.

Je me suis allongé sur mon lit étroit, dans mon logement miteux, à Oxford, et j'ai ri longuement. Le nouveau gouvernement voulait, je cite, « faire participer les jeunes esprits les plus brillants aux décisions politiques prises pour l'avenir de la Grande-Bretagne ». Entre autres thèmes : le référendum sur l'Union européenne, la future Écosse, le service de santé, l'immigration… La totale, quoi.

Pour être honnête, je suis allé à l'entretien pour rigoler, pouvoir en parler sur Facebook, Twitter et impressionner mes amis. Surtout certaines qui risquaient d'en prendre connaissance, même à mon insu. Après tout, c'était ce dont nous avions rêvé tous les deux…

Assis dans les locaux du centre névralgique du gouvernement britannique, je cherchais des yeux le célèbre bouton rouge susceptible de déclencher la Troisième Guerre mondiale. J'ai regardé vers la droite pour voir si l'on pouvait envoyer des signaux directement au bâtiment du MI6, sur l'autre rive de la Tamise.

Ils m'ont posé un nombre incroyable de questions pièges bien trop faciles. J'ai eu plus de mal que d'habitude à me concentrer. J'imaginais James Bond surgissant pour me dire que j'étais en train de révéler une information confidentielle à un groupe d'espions russes. Et la fusillade qui s'ensuivrait lorsqu'il me sauverait la peau.

Hélas, Mark et Andrew (appelez-moi Andy) étaient deux fonctionnaires assez ternes, entre deux âges, qui ont épluché un CV réalisé à la hâte. Puis ils m'ont demandé de donner mon avis sur ce que la jeunesse d'aujourd'hui pensait du retour des conservateurs au pouvoir. Et ce que je ferais pour modifier leur opinion (apparemment négative).

Je n'ai pas utilisé de citations de Kant. J'ai plutôt opté pour la philosophie accessible que je comprenais d'instinct étant enfant. Mark et Andy préféreraient un homme du peuple à un bouffon maniant un jargon de psy.

Ensuite, je suis parti en riant du ridicule de la situation. J'ai toujours été un libéral démocrate, avant de virer à gauche avec le reste du département de philosophie, et on me proposait de jouer dans l'équipe adverse !

Une fois dehors, sur Millbank, j'ai fait une vidéo Snapchat pour expliquer où je me trouvais et ce que je faisais là (ce qui me grillait sans doute d'office, car il faut être discret pour travailler pour le gouvernement, mais peu m'importait). Je suis passé devant le palais de Westminster pour prendre le métro, certain de n'avoir aucune chance de décrocher le poste. S'il y a un domaine dans lequel rien ne peut m'infléchir, ce sont bien mes opinions fondamentales : égalité, égalitarisme et économie…

Nul ne connaissait plus de théorèmes philosophiques que moi. Le plus irritant, et le plus fascinant aussi, c'était qu'il y avait toujours un point de vue différent qui venait contredire l'autre. Hélas, j'ai aussi découvert, au cours de mes quatre longues années de réflexion sur l'humanité, que savoir autant de choses à mon âge ne m'avait en rien aidé dans ma vie personnelle. À l'époque, c'était même le chaos.

Je n'étais pas convaincu non plus que la philosophie aidait quiconque. En relisant ce journal, je me rends compte que le petit merdeux de treize ans n'avait pas beaucoup changé. J'ai simplement appris à exprimer mes pensées et sentiments de façon plus savante.

Une semaine plus tard, j'ai trouvé une lettre sur mon paillasson. J'avais décroché le poste.

Là encore, j'ai éclaté d'un rire hystérique. En relisant la lettre avec attention, j'ai découvert le salaire qu'ils me proposaient et j'ai juré comme un charretier. Puis j'ai pleuré toutes les larmes de mon corps pendant dix bonnes minutes.

C'était pathétique mais compréhensible, au vu des circonstances.

Parce qu'il y avait une personne avec qui j'avais désespérément envie de partager ce moment. Hélas, elle n'était pas avec moi et ne le serait sans doute plus jamais.

Et me voilà, quelques semaines plus tard, à me dire que je devrai porter un costume, ou au moins un blazer et un pantalon de toile, lorsque je commencerai mon nouveau travail, dans moins d'un mois. Si ce n'est pas la City, c'est néanmoins un bureau.

J'espère faire entendre ma voix pour le bien collectif, une fois là-bas. Hélas, mes études sur les humains me disent que les politiciens et les autres, d'ailleurs, croyant faire le bien se laissent corrompre par le pouvoir. Peut-on être corrompu par un groupe de réflexion ? Tout est possible. La semaine dernière, j'ai reçu une autre enveloppe, plus épaisse. Une invitation au 10, Downing Street, pour prendre le thé avec le Premier Ministre en personne ! Il veut connaître personnellement les membres de son groupe de réflexion.

Il veut me connaître.

33

Je pouffe en posant mon stylo, puis je fais le tour des lieux pour fermer les volets et éteindre les lumières. Rassuré de savoir que les plombs ne risquent pas de sauter durant la nuit, je m'enferme dans mon placard à balais et je mets le ventilateur en marche. Je sors les vestiges de Bunny de mon sac à dos.

— Tu imagines ? Je vais rencontrer le Premier Ministre du Royaume-Uni de Grande-Bretagne ? Plus si grand et un peu moins uni, compte tenu de la situation en Écosse. Néanmoins, c'est impressionnant pour quelqu'un de vingt-trois ans.

Je le glisse sous mon aisselle.

Ce soir, j'ai besoin de réconfort pour affronter la journée de demain.

Au moment où je m'assoupis, j'entends la sonnerie de mon portable. Je me suis habitué à sentir mon cœur s'emballer chaque fois qu'il sonne.

— Alex, c'est moi.

— Salut, Immy. Comment ça se passe, à la maison ?

Ces derniers temps, je pose toujours cette question avec quelque appréhension.

— Ça va. Enfin, je suis seule avec Fred, pour l'instant. Papa sait ce qui est prévu pour demain.

— Tu vas bien ?

— Oui, ça va. Et à Pandora ?

— Il fait chaud mais tout est organisé.

— C'est cool.

Voilà un mot qui a supporté l'épreuve du temps chez les adolescentes.

— Le taxi nous attendra à notre arrivée ? demande-t-elle.

— Normalement, oui. Je l'ai réservé. Fred a bouclé ses bagages ?

— Plus ou moins. Tu le connais. Il va sans doute oublier ses caleçons. J'en ai marre de me répéter, soupira Immy. Bon, on se voit demain.

— Ça marche. Immy ?

— Oui ?

— Ce sera une soirée géniale.

— Je l'espère, Alex. Vraiment. Bonne nuit.

— Bonne nuit.

Je me recouche en songeant combien ça a été dur pour eux. J'ai fait de mon mieux, ainsi que Chloé et Papa, mais on ne rattrape pas les années difficiles. Chloé et moi les avons même emmenés voir un psy. On nous a expliqué que, quoi qu'il arrive à Maman, nous ne devions pas nous en vouloir de mener notre vie et de nous soucier de nos propres problèmes, même s'ils semblent futiles, en comparaison.

Je crois que cela m'a été plus bénéfique qu'à eux, pour être honnête. J'ai toujours été bon client pour ce genre de choses.

Je m'efforce de penser à mes problèmes relationnels. À la pensée qu'*elle* ne se présente pas, demain soir, j'ai si mal que chaque muscle de mon corps se crispe. J'ai veillé à ce qu'elle reçoive l'invitation, bien sûr. Je n'ai pas eu de ses nouvelles depuis.

Comment lui en vouloir ?

Pourquoi ma vie est-elle si compliquée ?

Certes, nous étions parents, en théorie, et c'était compliqué, mais nous nous aimions, non ?

Et me voilà, dans la maison où tout a démarré. Cela ne pouvait que continuer.

Justement parce que…

Cela a continué.

Une fois encore, je dors d'un sommeil de plomb. À mon réveil, la matinée est superbe.

Dans la cuisine, Angelina s'affaire déjà et me désigne la cafetière. Je n'ai pas à lever les yeux vers le ciel en me demandant s'il va pleuvoir.

La pluie, cette vengeance du dieu anglais des événements extérieurs. Sur les photos enjouées de mariages, de fêtes, de concerts anglais, un sourire ne signifie pas que les gens nagent dans le bonheur. Ils sont simplement soulagés d'avoir échappé au déluge.

Je me marierai peut-être à Chypre, ce qui éliminerait les angoisses météorologiques.

La terrasse est presque prête. Démétrios et Michel installent des planches sur des tréteaux, pour les boissons. Sous la pergola, la longue table est ornée d'une nappe qui accueillera le festin d'Angelina.

— Bonjour ! lance Alexis en me tapant dans le dos. À quelle heure arrivent les premiers invités ?

— En milieu d'après-midi, je crois. Espérons que tout le monde sera là à temps.

— Espérons-le.

Ils me font travailler. Entre deux tâches, je consulte mon portable, Facebook, Twitter, en quête d'indices sur son arrivée imminente. Hélas, aucun message, pas même une arnaque cherchant à me soutirer mes références bancaires.

Après ces efforts pour préparer la réception, je pique une tête dans la piscine pour me rafraîchir. Dans une heure, les premiers invités se présenteront. Je me rappelle alors que ma chemise rose, une couleur pas très virile qui me rend irrésistible aux yeux des femmes, est roulée en boule au fond de mon sac. Je cherche désespérément un fer à repasser, ainsi qu'une planche, des objets contre lesquels je suis en guerre.

J'en trouve une version un peu rouillée dans le cellier. Heureusement, Angelina prend pitié de moi. Je confie l'ensemble à ses mains expertes et je déambule dans les couloirs tel un vigile un peu tordu. Je sais que tout est prêt, mais faire les cent pas et consulter ma montre sont des tics nerveux. Chaque pas m'aide à me concentrer, car je ne supporte pas de me demander qui va venir ou non.

Je suis à côté de la plaque. Autant rédiger le dernier chapitre de mes *mémoires*, histoire de me changer les idées. Même si le dénouement se jouera plus tard dans la soirée.

Le premier taxi s'arrête et, comme il y a dix ans, Julia et Sadie apparaissent dans l'allée, suivies de Rupes et la petite Peaches, la fille de Sadie. En marchant à leur rencontre, je sens mon cœur se serrer et j'affiche un sourire forcé. Trois de ces personnes ont à peine changé : Julia, furibonde et écarlate,

Sadie, en tenue inappropriée, et Rupes, enjoué, le teint frais.

Cette fois, au moins, je suis préparé à endurer sa poignée de main. Je rentre même mon ventre et je me redresse pour ne pas me faire déboîter l'épaule.

— Ce trajet est toujours aussi crevant, gémit Julia. Et la maison doit être encore plus délabrée qu'il y a dix ans.

— On a tous dix ans de plus, Julia, dis-je en espérant qu'elle saisisse l'allusion.

Sadie lève les yeux au ciel et m'embrasse.

— Ignore-la, me souffle-t-elle. Elle n'a pas changé. Peaches chérie, embrasse ton parrain !

Je prends la fillette dans mes bras.

— Salut, ma belle. Comment ça va ?

— Bien, tonton Alex, glousse-t-elle. Et toi ?

— Très bien, merci, Peaches.

Après ce mensonge, Sadie pose une main sur mon épaule pour désigner une autre personne que Julia aide à descendre du taxi.

— Je te préviens, si tu trouves que Julia est chiante, attends d'avoir rencontré son nouveau mec, marmonne-t-elle.

Je découvre un homme aussi rubicond que Rupes, avec moins de cheveux, un pantalon en toile rouge et une chemise à carreaux. Il s'extirpe du siège avant.

— Seigneur ! Il a l'âge d'être son père, dis-je à Sadie.

Julia doit l'aider à fouler le gravier de l'allée.

— C'est clair. Enfin, il possède la moitié d'un comté, en Angleterre, avec un haras de pur-sang. Julia est locataire sur son domaine. Ils se sont rencontrés lorsqu'il est venu vérifier ses… tuyauteries gelées, raconte Sadie à voix basse.

Julia me présente Bertie, qui pose un regard effaré sur la maison.

— Tu m'avais prévenu de m'attendre au pire, mais on fera au mieux, glapit-il d'une voix chevrotante. Allez, Julia, fais-moi voir notre suite.

Sur ces mots, il lui donne une tape sur les fesses et elle glousse comme une gamine. Sadie, Peaches et moi sommes écœurés.

— Il est immonde, non ?

Je me rends compte que j'ai totalement oublié Rupes. Il se tient derrière nous, les mains dans les poches. Nul ne fait la moindre réflexion.

— J'avais pourtant dit à Maman de te demander si elle pouvait l'amener. Elle m'a répondu qu'elle aurait un lit à deux places, donc pas de problème. Bref, comment tu vas, Alex ? Il paraît que ça se passe bien, côté boulot.

— Ça va, merci. J'ai appris que tu suivais une formation d'enseignant.

— Oui.

Il éclate de rire et lève les yeux au ciel :

— C'est fou, non, quand on pense à notre dernier séjour ici. J'ai dû abandonner le rugby professionnel à cause d'une blessure au genou. Je suis entraîneur et ça me plaît. Alors je me suis dit : pourquoi pas ? Hélas, je ne peux pas compter sur une fortune familiale pour vivre.

— Je pense que tu feras un excellent prof de sport, dis-je avec sincérité. Les miens ont toujours été formés par les triades chinoises.

— Merci.

— Tu veux une bière ?

— Pourquoi pas ?

— Désolée de vous interrompre, Alex, mais on est dans la même chambre que la dernière fois ? s'enquiert Sadie.

— Oui. Angelina y a installé un lit de camp pour toi, Peaches, comme celui de mon placard à balais.

— Tu dors dans un placard ? me demande-t-elle, fascinée.

— Pas vraiment. C'est une expression affectueuse, parce que la pièce est toute petite.

Nous entrons dans la maison.

— Reste en bas avec Rupes, suggère Sadie en se dirigeant vers l'escalier. Je connais le chemin.

— Monsieur Rupes ! s'exclama Angelina.

Je remercie ma bonne étoile car je n'ai aucune envie d'un tête-à-tête avec mon demi-frère qui ne sait même pas qu'il l'est.

— Bonjour, Angelina, répond-il en l'embrassant.

— Venez dans la cuisine. J'ai préparé des gâteaux que vous aimiez tant, la dernière fois.

Je leur emboîte le pas. Tandis qu'Angelina le bombarde de questions, je lui tends une bière. Il répond poliment. Rupes s'est assagi. La dernière fois que je l'ai vu, il venait de pleurer, sans doute sur son propre sort, ce qui est fréquent en ces occasions.

Je consulte ma montre. Presque six heures. Dans un peu plus d'une heure, ce sera le coup d'envoi officiel. Les protagonistes du spectacle qui se joue ce soir feront leur entrée.

— Rupes, je vais monter prendre une douche, si ça ne te dérange pas.

— Pas de problème, me répond-il. Je dors où ?

— Sur le canapé du salon. Désolé. Pandora affiche complet.

Je m'éloigne avant de lui poser la question qui me brûle les lèvres. Il n'en connaîtra pas la réponse, de toute façon, et il risque de me fournir un renseignement erroné, ce qui ne ferait qu'empirer la situation.

Je garde donc le silence. Tandis que je sors de la douche, je reçois un texto d'Immy qui vient seulement de parcourir le cyberespace chypriote.

« Avion retardé. Atterrissage 18 h 30. »

Cela signifie qu'ils ne seront pas là avant au moins sept heures et demie. La soirée aura déjà commencé. Et s'ils arrivaient encore plus tard ?

En bas, Julia et Bertie sont installés à l'une des tables de bistrot disposées sur la terrasse. Ils se sont servi du vin et le vieil homme se plaint à voix haute de sa mauvaise qualité. J'ai bien envie de lui en coller une. Sadie franchit la porte-fenêtre.

— Coucou, trésor ! Tout est prêt ?

— Je crois, oui. Il ne manque plus qu'un certain nombre d'invités de marque.

— C'est formidable que tu aies organisé cette soirée.

Sadie m'embrasse. Je sais qu'elle est émue, elle aussi.

— Au fait, murmure-t-elle, pour que Peaches ne puisse pas l'entendre. Tu crois que… Andreas viendra ?

— Je n'en sais rien, à vrai dire. Tu devrais poser la question à Alexis. C'est lui, le responsable des invités chypriotes.

— D'accord, dit-elle en regardant sa fille se gaver de chips. Il ne va rien soupçonner, tu crois ?

Peaches est une réplique blonde de son père.

— Ça m'étonnerait…

Encore un mensonge.

Rupes se présente sur la terrasse. En entendant une voiture s'approcher dans l'allée, tout le monde se retourne.

— C'est Alexis et sa famille, dis-je. Rupes, je crois qu'il est temps de sortir les bouteilles de vin blanc du frigo.

À sept heures et demie, la terrasse grouille de gens dont je me souviens à peine. Et pourtant, ils semblent tous me connaître. Je vais finir par mourir étouffé par leurs étreintes. Quelqu'un me tapote l'épaule.

— Alex ! C'est moi ! Je suis là !

— Fabio !

Je l'embrasse avec chaleur. Ces dernières années, il est un véritable pilier pour nous tous, surtout pour mon père.

— J'ai amené Dan. Tu vas enfin faire sa connaissance.

Un homme grand au regard sombre, à peine plus âgé que moi, s'avance et me salue.

— Alors, fait Fabio en balayant la terrasse des yeux, où sont les autres ?

— L'avion a été retardé. J'espère qu'ils arriveront bientôt.

— Ils seront là, Alex, m'assure Fabio. À présent, nous devrions goûter le vin que produit l'ami de ta mère et que j'appréciais tant, la dernière fois.

Je les accompagne vers la table. Tandis que Dan me confie ses efforts pour apprendre l'italien et que je suis à deux doigts de lui demander les coordonnées de son chirurgien esthétique, je sens mon cœur s'emballer.

Où diable sont-ils ?

Je décide de boire une bière, histoire de me détendre un peu. Les invités ne cessent de me barrer la route. Angelina veut savoir à quelle heure servir les plats chauds et s'il faut dire à l'orchestre de commencer à jouer.

Je me retiens à grand-peine de lui rétorquer que je m'en fous, tant que je suis agité. Ces détails n'ont aucune importance, en cet instant.

À peine ai-je atteint le buffet que je sens encore une main sur mon épaule.

— Alex, les voilà.

Je suis Alexis qui se fraye un chemin dans la foule.

— Ils sont combien ?

— Désolé, je n'ai pas remarqué.

Nous contournons la maison pour remonter l'allée envahie de voitures. Je vois des ombres émerger d'un véhicule, au loin… quatre. Mon cœur se serre. C'était le dernier vol en provenance d'Angleterre.

Immy est la première à me rejoindre, aussi tendue que moi.

— Désolée, Alex, mais je n'ai rien pu faire. J'ai dû patienter à Gatwick en faisant comme si le retard de l'avion n'était pas grave. Fred n'a pas été d'un grand secours. Normal…

Elle foudroie du regard l'adolescent dégingandé qui vient vers nous. Mon petit frère.

— Salut, Fred. Le vol s'est bien passé ?

— C'était chiant, maugrée-t-il en haussant les épaules.

Du haut de ses treize ans, il ne sait dire que cela.

— Je vais annoncer aux invités que vous êtes là, dit Alexis à Immy. Tu nous les amèneras, Alex.

— D'accord.

Deux silhouettes s'avancent vers moi, affichant une expression étonnée.

— Salut, Maman, Papa, dis-je en scrutant la voiture au cas où il y aurait quelqu'un d'autre.

— Qu'est-ce que tu mijotes ? s'enquiert William tandis que ma mère m'embrasse.

— Encore un peu de patience. Comment ça va, Maman ?

Je la dévisage en quête d'indices.

— Très bien, me répond-elle avec un sourire.

Elle m'épargne ce sourire signifiant « mal, mais je fais comme si » auquel je me suis habitué, depuis trois ans. Celui-là, j'y crois.

— Ta mère a reçu la nouvelle, hier, intervient William, les yeux embués de larmes. C'est enfin terminé.

— Maman ! C'est formidable !

— Tu viens de dire que tu es tirée d'affaire ? demande Immy.

Même Fred est attentif.

— Nous voulions attendre d'être réunis pour vous l'annoncer. Je vais m'en sortir.

— C'est sûr, Maman ? insiste Immy, qui a déjà eu des faux espoirs.

— Certain.

— Pour toujours ? ajouta Fred, au bord des larmes.

Sentant sa vulnérabilité, je le prends par les épaules.

— C'est peut-être aller un peu loin. Ce soir, j'ai pourtant cette impression, affirme Maman en l'embrassant.

Toute la famille s'étreint et nous devons nous essuyer les yeux pour nous rendre présentables.

— Bon, on devrait y aller, dis-je. Dommage que Chloé n'ait pu être des nôtres. Elle n'a pas réussi à se libérer ?

— Elle a promis d'essayer, mais tu sais à quel point son patron est exigeant, explique ma mère.

Je les entraîne vers la maison.

— Au moins, elle a des vêtements de créateur gratuits. Je ne peux pas en dire autant, avec mes baby-sittings, déclara Immy.

— Tu veux un bébé gratuit, Immy ?

— Ferme-la, Fred ! Quel abruti, celui-là !

— Alex, que se passe-t-il ? insiste ma mère.

— Attends et tu verras.

— Tu aurais pu me prévenir, Immy. Je ne suis pas habillée pour une grande occasion, bougonne-t-elle en désignant son jean, sa tunique blanche et ses tongs.

— Alex m'a fait jurer le silence sous peine de mort. On organise l'événement depuis une éternité.

— Je suis content, Maman, lui dis-je dans un murmure. C'est la meilleure des nouvelles.

— Tu as été merveilleux, Alex. Merci.

Elle m'étreint. Il n'y a plus que nous deux et je m'efforce de croire que ce qui n'est *pas* arrivé ce soir ne compte pas.

Au bord de la terrasse, je me ressaisis. Le brouhaha des conversations nous parvient.

— Papa et Maman, c'est un cadeau de la part

de tous vos enfants pour vos vingt ans de mariage. Bon anniversaire !

Je les mène sur la terrasse, où tout le monde leur souhaite un bon anniversaire en grec et les applaudit. Les bouchons de champagne volent. Mes parents sont couverts de baisers. Ma mère est ravie de voir Fabio, Sadie et même Julia.

J'ai organisé cette fête pour elle. Durant les années sombres qui ont suivi le diagnostic, alors que nous ne savions pas si le traitement allait fonctionner, j'y ai beaucoup réfléchi. Elle a tant de souvenirs à Pandora… Et même si certains sont moins heureux que d'autres, ils remontent à une époque dénuée de lits d'hôpital et de douleur.

Pour l'heure, je n'arrive pas à assimiler que c'est terminé, qu'elle va vivre.

Ce soir, je vais faire de mon mieux pour mettre de côté l'autre douleur qui me ronge le cœur, celle qui n'est pas une question de vie ou de mort, même si j'en ai l'impression. Et je vais célébrer la renaissance de ma mère.

La soirée s'écoule sous les étoiles. Le son des bouzoukis me ramène à ce soir funeste, il y a dix ans. Alexis demande la parole et propose un toast. Je bois plus de bière qu'il ne le faudrait pour fêter la rémission de ma mère autant que pour noyer mon propre chagrin.

— Merci, Alex chéri, d'avoir organisé la plus belle des surprises que l'on m'ait jamais faite. Cette soirée n'aurait pu être plus parfaite.

Ma mère se hisse sur la pointe des pieds pour enrouler les bras autour de mon cou et m'embrasser.

— Maman, tu es sûre d'être guérie à cent pour cent ? Tu ne me mentirais pas, n'est-ce pas ?

Je n'ai toujours pas assimilé l'information.

— Eh bien, je pourrais, comme tu le sais, mais pas ton père. Sérieusement, Alex, je me sens merveilleusement bien. Enfin, je peux reprendre ma vie. Je suis désolée de ne pas avoir été là autant que je le voulais, ces trois dernières années. Apparemment, tu t'es très bien débrouillé sans moi. Je suis très fière de toi, chéri.

— Merci, Maman.

— Ah ! Regarde un peu qui vient d'arriver. Allons dire bonsoir.

Surpris et émerveillé, je vois un visage familier et bien-aimé qui nous sourit. Mon cœur s'emballe d'excitation et de peur.

Mais surtout d'amour.

— Chloé ! Comment as-tu fait pour venir ? lui demande Maman.

— Ne me pose pas de questions, Helena. Nous sommes venues de Paris, répond Chloé en l'embrassant. Bon anniversaire de mariage. Salut, Alex ! Tu vois, j'avais promis de ne pas te décevoir.

— C'est vrai.

Je ne me concentre pas vraiment sur ses propos, car juste derrière elle se tient le sujet de mes rêves et de mes cauchemars depuis un an.

— Excuse-moi un instant.

— Bien sûr, répond Chloé avec un clin d'œil d'encouragement.

Je fais quelques pas vers l'endroit où elle se trouve, seule, presque dans l'ombre de la maison.

— Salut, dit-elle timidement, en détournant ses superbes yeux bleus.

— Je ne pensais pas… Je ne…

La gorge nouée, je sens les larmes me monter aux yeux. J'ordonne aussitôt à mon cerveau de les faire battre en retraite immédiatement.

— Je sais, répond-elle en haussant les épaules. Ça a été… difficile.

Elle évite mon regard.

— Je comprends.

— Chloé m'a aidée. Elle m'a sortie du trou. Elle a été géniale. Je crois que nous lui devons beaucoup tous les deux.

— Ah bon ?

— Oui. C'est elle qui m'a persuadée de venir avec elle, ce soir. Et… je ne le regrette pas.

Elle tend une main pâle vers moi et je m'en saisis.

— Tu m'as manqué. Tu m'as énormément manqué.

— Toi aussi. Pire que ça. Jusqu'à dire à m'en briser le cœur à en mourir.

— Eh bien, s'esclaffe-t-elle, je te reconnais bien là ! Ce n'est pas un problème que nous soyons ensemble ?

— Disons que c'est un peu hors norme, mais, au moins, nos enfants n'auront pas six doigts de pied. C'est simplement compliqué sur le plan théorique. Je suis désolé de ne pas te l'avoir dit plus tôt.

— Je comprends pourquoi, à présent.

Il fallait que je pose la question avant que nous n'allions plus loin sur ce chemin semé d'embûches.

— Si tu es venue, c'est parce que tu es disposée à faire une autre tentative ?

D'instinct, ma main libre écarte une mèche de cheveux blond vénitien de son visage.

— J'espère que ce sera plus qu'une tentative.

— Cela veut dire oui, en langage Viola ?

— Oui, mais tu comprends pourquoi j'ai eu besoin de temps pour remettre de l'ordre dans mes idées. J'étais… brisée.

— Je sais.

Je m'approche d'elle pour la prendre dans mes bras. Aussitôt, elle se love contre moi, et je l'embrasse. Je ressens alors le besoin de m'éclipser avec elle de manière très cavalière lors de la fête d'anniversaire de mariage de mes parents.

— Mesdames et messieurs ! lance la voix tonitruante d'Alexis.

— Viens, dis-je en l'entraînant par le bras vers la foule des invités. Il ne faut pas rater les discours. Au fait… ma mère va bien. Elle est guérie.

— C'est une excellente nouvelle !

— Oui. Cette journée a été riche en bonnes nouvelles.

Mémoires d'Alex

Viola

Tout a commencé il y a un peu plus d'un an, quand ma mère m'a appelé.

— Alex, désolé de te déranger pendant tes révisions. Sacha t'a envoyé une lettre à la maison.

— Ah bon ?

— Oui. Il est à l'hôpital, à Londres. Viola a téléphoné à Papa, il y a quelques jours, pour lui dire que Sacha voulait le voir. Les nouvelles ne sont pas bonnes, hélas. Il a eu une crise cardiaque massive et son foie est en compote, bien sûr.

La voix de ma mère s'est éteinte et je me suis dit que je n'aurais peut-être plus un seul parent biologique en vie l'année suivante.

— Qu'est-ce qu'il veut ?

— Il a demandé à Papa si tu pouvais venir le voir. Je crois que c'est urgent. Alex, à toi de décider. Je sais que tu as ta dose de chambres d'hôpital depuis deux ans…

— Donne-moi l'adresse et j'y réfléchirai, d'accord ?

Je l'ai priée de me faire suivre la lettre. Deux jours plus tard, en la recevant, je me doutais de son contenu. Je m'étais juré de ne pas me laisser attendrir. Naturellement, je me suis fait avoir. Sacha voulait me dire au revoir.

Le dimanche précédant le début de mes examens, alors que tous les étudiants d'Oxford révisaient fébrilement, se remettaient d'une gueule de bois ou pensaient au suicide, j'ai pris le train pour Londres, puis le métro pour l'hôpital St. Thomas.

Un hôpital est déjà déprimant en semaine, mais le dimanche, c'est encore pire. Rien ne vient briser le silence morne. Il flotte une odeur de bœuf bouilli et de chou, triste imitation du rôti dominical.

Sacha n'avait pas moins bonne mine que la dernière fois que je l'avais vu, six ans plus tôt. Il était simplement plus vieux. Pourtant, il avait le même âge que Papa, cinquante-cinq ans, ce qui est jeune.

Il était en soins intensifs, branché à divers appareils et écrans. Son énorme masque à oxygène lui donnait l'air d'un éléphant. Une gentille infirmière m'a expliqué qu'il portait ce masque parce que ses poumons étaient pleins d'eau, après la crise cardiaque, et que son cœur ne pompait pas assez d'oxygène pour la chasser.

Il dormait. Je me suis donc assis à côté de lui pour observer une dernière fois l'homme qui avait expulsé la graine dont j'étais issu.

J'ai alors vu une jeune femme, un ange de perfection, marcher vers moi. Élancée, le teint d'albâtre, le visage en forme de cœur, deux lèvres roses et des yeux d'un bleu intense. Ses longs cheveux blond vénitien évoquaient une peinture de Dante Gabriel Rossetti. L'espace d'un instant, je me suis vraiment demandé si elle n'était pas un mannequin dont j'aurais vu le visage et le corps sur les affiches publicitaires.

Lorsqu'elle s'était approchée, j'ai reconnu Viola Chandler. La petite Viola aux dents de lapin et aux taches de rousseur qui avait tendance à pleurer sur mon épaule.

— Bon sang ! ai-je maugréé lorsqu'elle s'est arrêtée au pied du lit.

— Alex ?

Je venais de passer neuf ans à m'exercer à parler en présence d'une belle femme.

— Oui, c'est moi.

— Pas possible…

Sur ces mots, la créature de rêve s'est jetée à mon cou.

— Quel plaisir de te voir ! a-t-elle dit en enfouissant le visage dans mon cou.

Je n'ai pas l'habitude d'être accueilli de la sorte.

— Qu'est-ce que tu fais là ? Enfin, je suis contente de te voir, mais…

En lisant sa confusion dans son regard, j'ai compris que ni Julia ni l'éléphant allongé dans ce lit ne l'avaient informée de ma filiation. Et le moment était mal choisi. Elle avait les yeux cernés et ses yeux exprimaient une profonde tristesse.

J'ai décidé que j'en parlerais peut-être, l'air de rien, en prenant un café avec elle, plus tard.

Nous avons évoqué la gravité de la situation à voix basse. Elle n'avait pas perdu espoir.

— Les miracles se produisent parfois, non ?

Face à son désespoir, comme autrefois, quand elle semblait croire que je pouvais tout arranger, que je détenais les solutions, j'ai hoché la tête.

— Tant qu'il y a de la vie, il y a de l'espoir, Viola.

Sacha oscillait entre conscience et inconscience depuis quarante-huit heures. Viola avait appelé sa mère, qui refusait de venir, et Rupes, qui passerait peut-être.

— J'en doute, a-t-elle soupiré. Il n'a jamais pardonné à Papa d'avoir fait honte à Maman, pendant la fête, à Chypre, avant de nous laisser sans un sou.

En quittant le chevet de Sacha, nous sommes descendus prendre un café à la cafétéria.

— Quoi qu'il ait pu faire par le passé, j'aurais cru qu'un fils viendrait voir son père sur son... lit de mort.

— C'est vrai...

Elle n'était vraiment pas au courant.

— Merci d'être venu le voir, Alex. Ton père est passé, la semaine dernière, lui aussi. Mais sinon... il n'y a eu personne d'autre. Pas terrible, le bilan.

Deux semaines plus tard, elle dormait dans une chambre destinée aux familles, car elle ne voulait pas laisser son père adoptif seul.

— Cela signifie que je ne passerai pas mes examens de fin de première année, la semaine prochaine. Au vu des circonstances, ils tiendront compte du contrôle continu.

— Tu étudies où ?

— À l'université de Londres, pas loin d'ici. Littérature anglaise et française. Heureusement, il y a beaucoup d'écrit, donc je ne devrais pas trop mal m'en tirer. Tu sais, c'est grâce à toi, parce que tu m'as prêté *Jane Eyre*.

Pour la première fois, l'esquisse d'un sourire est apparue sur ses lèvres.

— J'ai toujours voulu t'écrire pour te remercier, mais… La vie file, non ?

J'ai acquiescé.

— Au fil des années, nos familles se sont perdues de vue. Je suppose que c'est parce que Papa est parti. C'était son amitié avec ton père qui nous unissait. Maman voulait sans doute repartir de zéro après le divorce.

Entre autres choses, me suis-je dit.

— Comment va-t-elle ? ai-je demandé poliment.

— Oh, toujours pareil.

Elle m'a parlé des neuf années écoulées et je l'ai écoutée. Peu à peu, mon cœur s'est mis à faire des siennes, comme autrefois face à Chloé.

— J'ai appris, pour ta mère. Je suis désolée, Alex. Elle s'en sort ?

— Il y a des hauts et des bas. Le premier traitement a échoué et le mal est reparti ailleurs. Les médecins ont bon espoir d'avoir vaincu la maladie, cette fois.

Je m'efforçais de parler d'un ton détaché.

— Eh bien… on fait la paire, tous les deux !

Viola, si seulement on pouvait. Si seulement…

Je me suis contenté de hocher la tête, puis je lui ai proposé de remonter dans la chambre voir son père.

Nous sommes restés au chevet de Sacha. J'espérais qu'il ne se réveille pas. En me voyant, il risquait de dire quelque chose du genre : « Mon fils perdu. » Il ne fallait surtout pas que cela se produise, étant donné l'état d'épuisement et la vulnérabilité de Viola. Au bout d'une heure et demie interminable, j'ai fini par me lever.

— Je suis désolé, Viola, mais je dois vous laisser. Je passe mes examens cette semaine et, vois-tu…

— Tu n'as pas à te justifier, Alex. Je te raccompagne à la porte.

— D'accord.

Je me suis alors penché sur l'homme qui était, techniquement, mon père et je l'ai embrassé sur le front en m'efforçant d'avoir des pensées de circonstance, car je savais d'instinct que je lui disais adieu.

Je n'ai pu penser à rien parce que mon esprit était accaparé par *elle*.

Avec un ultime regard sur lui, j'ai suivi Viola hors de la pièce.

— Tu n'imagines pas combien je te suis reconnaissante d'être venu, a-t-elle répété devant l'hôpital.

De ses mains tremblantes, elle a allumé une cigarette.

— Cela te ressemble bien. Je n'ai jamais oublié ta gentillesse, cet été-là.

— Tu sais, Viola, Londres n'est pas si loin d'Oxford…

Je m'en voulais qu'elle pense que j'étais venu voir Sacha par gentillesse.

— S'il se réveille, je lui dirai que tu es passé. Il t'a toujours aimé. Quand je lui ai dit que tu entrais à Oxford… il était si fier ! J'ai bien cru qu'il allait fondre en larmes. Enfin, file prendre ton train.

— Oui, je ferais bien d'y aller.

— Je… tu veux bien me donner ton numéro de portable ? Je pourrai t'envoyer un texto pour t'annoncer…

Elle a fouillé son sac en quête de son téléphone, la tête baissée pour dissimuler les larmes qui embuaient ses beaux yeux.

— Bien sûr.

On a échangé nos numéros en se promettant de rester en contact.

— Alex, je…

Alors j'ai fait la seule chose que je pouvais faire : je l'ai prise dans mes bras en regrettant de ne pas pouvoir la serrer contre moi à jamais.

— Salut, Alex…

En m'éloignant, je savais que j'étais fichu.

Dès mon retour à Oxford, j'ai appelé mon père pour lui raconter que j'avais vu Viola à l'hôpital et que Sacha n'avait pas repris conscience en deux jours. Je lui ai demandé si Sacha avait révélé à ses enfants que j'étais son fils naturel.

— J'en doute, m'a-t-il répondu. Rupes le déteste et Viola l'adore. Sacha ne voulait pas dégrader ses relations avec eux, surtout avec Viola. Depuis quelques années, elle n'a plus que lui, pratiquement.

— Et Julia ? Tu crois qu'elle a parlé ?

Pour la première fois de ma vie, je regrettais que cette mégère n'ait pas ouvert sa grande gueule. Cela m'aurait évité cette peine.

— J'interrogerai ta mère, qui a discuté avec Julia le jour où la vérité a explosé, à Chypre. Cela m'étonnerait. Julia est pénible, mais ses enfants venaient de perdre leur maison et leur père. Elle n'allait pas leur infliger un demi-frère illégitime. Excuse-moi, j'ai été un peu maladroit, là…

— Pas de problème, Papa.

— Bref, je poserai la question à ta mère. Et bonne chance pour tes examens.

Ma mère m'a naturellement appelé : Julia lui avait confié qu'elle ne dirait rien à Rupes et Viola.

— Si je me souviens bien, elle trouvait que c'était le rôle de Sacha d'annoncer la nouvelle, pas le sien, et elle pensait qu'il n'en ferait rien parce qu'il était trop lâche.

— Tu crois que je devrais en parler à Viola ?

— Pas en ce moment. Elle a suffisamment de problèmes à gérer. Il n'y a pas d'urgence, non ?

— C'est vrai. Merci, Maman. À bientôt.

Ce soir-là, j'ai décidé d'aller à Londres dès la fin de mes examens pour révéler la vérité à Viola. Après tout, je n'étais pas fautif.

Coup du destin, à cinq heures du matin, le jour de ma dernière épreuve, j'ai senti mon téléphone vibrer. Un appel manqué de Viola. Le message vocal m'annonçait ce à quoi je m'attendais. Je l'ai rappelée aussitôt et j'ai écouté ses sanglots. Je lui ai demandé qui était avec elle. Il n'y avait personne.

— Rupes est trop occupé, paraît-il. J'ai un tas de choses pénibles à faire, obtenir un acte de décès, aller voir les pompes funèbres…

— Écoute, je termine mes examens à midi. Je prends le train pour Londres et je viens t'aider.

— Non ! Tu devrais faire la fête, ce soir. Ne t'en fais pas…

— Je t'envoie un texto depuis le train et je te retrouve devant l'hôpital. Tiens le coup d'ici là, d'accord, ma belle ?

Au lieu de passer douze heures à écumer les bars d'Oxford avec mes camarades, je me suis retrouvé à régler les formalités de décès de mon père en compagnie de sa fille éplorée.

Enfin, pas sa fille biologique. Et elle ignorait que moi, j'étais son enfant.

Elle était pleine de gratitude et dangereusement belle, dans son chagrin. Elle me regardait comme si j'étais son sauveur, son port d'attache, et ne cessait de me remercier. Cela me rendait malade de la duper de la sorte.

Ce n'était pas vraiment une tromperie, parce que j'aurais été présent pour elle même si Sacha n'avait pas été mon père. Je voulais seulement la protéger. Mais étant donné son état, je ne pouvais lui révéler une vérité qui risquait de la briser.

Donc je n'ai rien dit.

Ce soir-là, nous nous sommes réfugiés dans un pub miteux, vers Waterloo. J'ai bu trois pintes de bière, et Viola deux verres de vin blanc. Épuisée, elle a posé la tête sur mon épaule. J'ai essayé de me concentrer sur ce que j'avais à faire le lendemain.

— Pourquoi tu es si gentil ? m'a-t-elle soudain demandé, en levant vers moi son visage un peu pâle et bouffi.

— Parce que… j'en ai envie.

Je ne savais pas quoi répondre d'autre.

— Un autre verre ?

— Je veux bien, m'a-t-elle répondu.

En revenant du bar, j'avais déjà bu un tiers de ma bière. J'aurais fait bien pire si j'étais resté à Oxford. Quand je me suis assis, elle a pris mon bras gauche et l'a placé sur ses épaules pour se blottir contre moi.

— On est un peu parents, non ?

J'ai failli m'étouffer.

— Je veux dire… Ton père est mon parrain et Papa et lui étaient amis d'enfance. On a passé pas mal de temps chez les uns et les autres. Alex, je peux te poser une question ?

— Oui…

— Cet été-là, à Pandora… tu étais amoureux de Chloé ?

— Comment tu le sais ?

— J'étais jalouse ! avoua-t-elle en gloussant.

— Jalouse ?

— C'était pourtant évident que j'avais le béguin pour toi !

Elle était pompette, d'autant qu'elle n'avait sans doute rien mangé depuis longtemps.

— Franchement, je ne me suis rendu compte de rien.

— Même en voyant que j'avais passé des heures à décorer cette enveloppe de fleurs et de petits cœurs ? Sans parler du temps consacré à écrire ce poème.

— Je m'en souviens. Il s'intitulait « L'amitié ».

— C'est ça ! Tu as dû lire entre les lignes, non ?

— Non. Tu n'avais que dix ans.

— En fait, j'en avais presque onze, soit deux ans et quatre mois de moins que toi, m'a-t-elle objecté d'un air pincé.

— Tu n'étais qu'une gamine !

— Chloé te voyait certainement comme un gamin.

— Sans doute…

— C'est drôle, non ?

— Quoi ?

— Toi, tu rêvais de Chloé et moi je rêvais de toi.

— Je suppose que oui.

— Tu es encore amoureux d'elle ?

— Non.

— Tant mieux.

Elle semblait attendre que je développe. J'en étais incapable sans lui révéler que c'était elle qui avait rompu le charme, quelques jours plus tôt. Ce n'était pas la chose à dire. Il ne fallait pas qu'elle ait l'impression que je profitais de la situation lorsqu'elle connaîtrait enfin la vérité sur ma réapparition dans sa vie. Mon pauvre cœur et moi serions fichus.

— Il n'y a rien de plus à dire.

Elle s'est de nouveau lovée contre moi pour mon grand soulagement.

— Tant mieux, parce que c'est un peu bizarre de craquer pour sa belle-sœur, non ?

— Je ne sais pas, Viola, ai-je rétorqué d'une voix qui se voulait assurée. Je n'avais aucun lien du sang avec elle. On ne va pas se mentir, les mariages consanguins étaient fréquents, autrefois. Sans parler des familles royales. On se mariait souvent entre cousins. Tu as lu les romans de Jane Austen, depuis la dernière fois.

— Oui. En fait, j'ai pas mal vu Chloé, ces derniers temps.

— Ah bon ?

— Tu dois savoir qu'elle effectue un stage chez *Vogue*. Elle m'a envoyé un texto pour m'inviter à déjeuner, quand je suis entrée à l'université. Je crois que c'est ton père qui l'a chargée de le faire.

— Ah…

— Franchement, Alex, je comprends pourquoi tu craques pour elle. Elle est à tomber par terre. Et tellement gentille, en plus. Elle m'a carrément proposé de venir au journal rencontrer un rédacteur. Elle affirme que je ferais un excellent modèle. Je savais qu'elle disait ça par gentillesse. Qui peut me trouver belle ?

Cette simple pensée la faisait rire.

Moi, Viola. Et tous les hommes et femmes que tu croises dans la rue.

Je comprenais néanmoins pourquoi elle était persuadée que Chloé agissait par gentillesse. Le vilain petit canard s'était transformé en un cygne majestueux.

— Elle part pour Paris, cet automne, a poursuivi Viola. Une maison de haute couture lui a proposé un poste de styliste assistante. J'ai oublié laquelle. Jean-Paul quelque chose…

Sa voix s'est éteinte et, soudain, elle a chuchoté, en retenant son souffle :

— Oh non ! Je viens de me rappeler.

— Quoi ?

— Désolée… j'ai oublié, l'espace d'un instant, et ça m'a fait du bien. Mais Papa est mort ce matin. Oh non…

Elle a enfoui son visage dans le creux de mon épaule. Je me suis surpris à espérer avoir mis assez de déodorant pour chasser l'odeur du stress des examens et de la mort de mon géniteur.

— Tu veux manger quelque chose ?

Je me suis efforcé d'être pragmatique, comme l'aurait été Sacha.

— Non, merci.

— Viola, ai-je dit d'un ton paternel, tu devrais dormir un peu. Tu dois être crevée.

Elle s'est redressée et m'a regardé en essayant de se ressaisir.

— Oui, je devrais. Et toi, tu dois retourner à Oxford.

— Je n'ai pas besoin d'y retourner avant septembre. Ce soir, je dors dans l'appartement de mes parents. D'ailleurs, je ferais mieux d'y aller parce que la bonne femme un peu cinglée qui garde les clés va se coucher à dix heures et je risque de me retrouver à la rue.

— Bien sûr. On y va.

Elle a fini son vin et s'est levée, plus pâle, le front soucieux. Nous avons quitté le pub sans un mot.

— Bon, alors merci encore. Tu as été formidable, a-t-elle conclu en m'embrassant sur la joue. Bonne nuit.

— Viola ! Où tu vas ?

— À la maison.

— Quelqu'un t'attend, là-bas ?

Elle s'est contentée de hausser les épaules.

— Écoute… tu peux rentrer avec moi… Tu as sans doute besoin de compagnie, ce soir.

— C'est gentil à toi, mais tu en as assez fait.

Viola, je n'en ferai jamais assez. Je n'ai même pas commencé…

J'ai tendu la main pour l'attirer vers moi.

— Ne dis pas de bêtises. Il est hors de question que je te laisse seule, ce soir.

Et je l'ai prise dans mes bras tandis qu'elle m'offrait ses lèvres. J'ai fait mine de ne rien remarquer. J'ai déposé un chaste baiser près de son oreille délicate en la serrant contre moi.

L'appartement de Bloomsbury ne se trouvait qu'à quelques rues de la chambre de Viola. J'ai réussi à obtenir la clé en persuadant la vieille dame de me tendre le trousseau par l'entrebâillement de sa porte.

J'ai indiqué à Viola la salle de bains. J'étais en train de sortir un pull de mon sac lorsqu'elle m'a rejoint et s'est écroulée sur le lit.

— Désolée, je suis tellement crevée...

— Je sais.

Elle fermait déjà les yeux.

— Tu es sûre de ne pas vouloir manger quelque chose ?

Elle gisait sur le lit telle une nymphe, les cheveux épars sur l'oreiller, ses longues jambes élégamment pliées.

Pas de réponse. Elle dormait.

Je suis donc allé me concocter un dîner à base de boîtes de conserve trouvées dans le placard et je me suis installé au salon, devant le journal de la BBC. J'ai essayé de remettre de l'ordre dans mes pensées, d'analyser ma réaction à la mort de Sacha, mais Viola m'avait privé de toute raison. Chaque fois que je pensais à mon géniteur, allongé dans un tiroir réfrigéré de la morgue, en me demandant ce que je ressentais, je voyais Viola, et mon esprit vagabondait. En dépit de ma tristesse de voir une vie s'achever, la terrible vérité était que je ne ressentais rien. En entendant Viola geindre derrière la cloison, je suis allé voir si elle allait bien.

— Qu'est-ce que tu as ?

Je m'en suis voulu aussitôt de poser une question aussi stupide.

Elle n'a pas répondu. J'ai tâtonné dans le noir, pour la rejoindre sur le lit.

— J'ai rêvé... qu'il était vivant.

— Viola…

— Je sais bien qu'il ne l'est pas.

J'ai senti qu'elle essuyait ses larmes. *Si seulement je pouvais ressentir le même chagrin qu'elle pour notre père*, ai-je songé. Hélas, j'en étais incapable. Je ne m'en sentais que plus coupable.

— Je suis vraiment désolé, Viola.

Intérieurement, je maudissais Julia et Rupes. Quoi que notre père ait fait ou non, il restait humain. Il était simplement égoïste, faible et pathétique. Une mère et un frère, adoptifs ou non, se devaient de soutenir le seul membre de la famille qui aimait assez Sacha pour être dévasté par sa mort.

Elle a tendu sa main humide de larmes vers la mienne et l'a serrée très fort.

— Je sais que Papa est mort, a-t-elle repris. Je suis heureuse que tu sois là. Il n'y a pas une seule personne au monde à part toi dont j'aie besoin, en ce moment.

Pour souligner ses propos, elle a serré ma main plus fort.

— Alex ?

— Oui ?

— Tu… tu pourrais me prendre dans tes bras ?

Oh là !

— Bien sûr…

Je me suis levé pour gagner à tâtons l'autre côté du lit avant de m'allonger à côté de Viola. Elle s'est lovée contre moi comme si nous étions deux pièces de puzzle qui se retrouvent après des années de séparation et s'emboîtent à merveille. J'ai enserré sa taille et replié les jambes derrière les siennes.

— Merci, a-t-elle dit alors que je la croyais endormie.

— De quoi ?

— D'être là… d'être toi.

— Pas de problème.

J'ai alors cru, une fois de plus, qu'elle s'était assoupie tant le silence se prolongeait.

— Alex ? a-t-elle murmuré d'une voix ensommeillée.

— Oui ?

— Je t'aime. Ça peut sembler débile, mais je t'ai toujours aimé. Et je crois que je t'aimerai toujours.

Si chaque cellule de mon être brûlait de lui répondre la même chose, je ne m'en sentais pas le droit et c'était bien le pire. Que ressentirait-elle en apprenant la vérité ?

Ce fut l'une des nuits les plus torturées de ma vie. Pas seulement parce que je venais de perdre mon père, mais parce que je venais de trouver mon avenir. Viola dormait profondément dans mes bras. À chacun de ses mouvements, je levais la main vers ses cheveux soyeux et je les caressais pour la rendormir.

— Je t'aime, murmurai-je à son oreille. Je t'aime.

Pour être honnête, je défie tout homme de rester allongé pendant six heures avec l'une des plus belles femmes du monde dans les bras sans ressentir le moindre désir charnel. Sans parler de la complexité de ma relation avec Viola.

J'ai dû m'assoupir car j'ai senti une odeur de café flotter sous mon nez.

— Alex ?

Ma muse se penchait vers moi, ses cheveux blond vénitien mouillés après la douche. Elle me tendait une tasse.

— Réveille-toi. Tiens, je t'ai préparé un café.

Elle a posé la tasse sur la table de chevet, puis

est allée s'asseoir en tailleur de l'autre côté du lit, munie d'un stylo et d'un calepin.

— Bon, tu as dit qu'on devait faire quoi, aujourd'hui ?

Les funérailles de Sacha eurent lieu à la chapelle de Magdalen, son collège, à Oxford, et celui de Papa. Qui était aussi le mien. J'ai fait appel à quelques contacts car Viola voulait que la cérémonie soit organisée là-bas. Il fallait bien qu'il y ait des avantages à étudier la philosophie, ce qui impliquait des cours d'un ennui mortel donnés par l'aumônier.

À nous deux, nous avons réussi à réunir au moins trente personnes, la bande de Pandora et quelques camarades que Papa avait attirés en leur promettant une beuverie au bar du collège, ensuite. Bref, ils sont venus.

Tandis que je marchais à la rencontre de mes parents, Viola m'a pris la main et a insisté pour que je vienne m'asseoir au premier rang, entre elle et Rupes, avec Julia.

— Alex a été formidable, a-t-elle confié à mes parents.

Je me suis donc retrouvé au premier rang, à pleurer mon père à côté de mon demi-frère, en larmes, et de Viola, ma… Qu'était-elle pour moi, au juste ?

J'ai passé la cérémonie à réfléchir à la question. J'en suis venu à la conclusion qu'aucun lien de parenté ne nous unissait, même si je devais le confirmer en consultant Internet. Autrement dit, elle pouvait parfaitement être tout pour moi, à l'avenir. Je me sentais déjà mieux.

Ma mère n'a pas commenté le fait que j'étais pris

en sandwich par les Chandler, comme si un coucou m'avait déposé dans leur nid. Elle était derrière nous avec William, Chloé, Immy et Fred.

Lors de la veillée, je suis resté en retrait. Je percevais le regard de Julia posé sur moi. Elle m'a remercié de ma gentillesse envers Viola.

Remis de son chagrin, Rupes m'a uniquement demandé si, d'après moi, il y avait un testament. Je lui ai assuré que non. Viola et moi avions déjà vérifié : Sacha était mort intestat (Dieu merci).

Notre père n'avait rien légué à personne.

Au moment de s'en aller, ma mère s'est approchée de moi.

— D'après Viola, tu as été adorable.

— Pas vraiment, Maman.

— Tu ne lui as encore rien dit, n'est-ce pas ?

J'ai secoué la tête. Elle a pris mes mains dans les siennes, si maigres. Elle semblait si fragile…

— Tu dois apprendre de mes erreurs, Alex. Parle. Le plus vite sera le mieux.

Elle m'a embrassé avec la vigueur dont elle était capable et a pris congé.

J'avais réservé deux chambres sur le campus, une pour moi, l'autre pour Viola. Elle avait trop bu, et l'alcool et les émotions ne font pas bon ménage. Ils peuvent même engendrer un mélange mortel de fausse euphorie et de désespoir.

Elle m'a longuement expliqué qu'elle détestait sa mère. Un jour, Julia avait bu un coup de trop et déclaré que c'était Sacha qui avait voulu l'adopter.

— Qu'elle aille se faire voir ! Je ne veux plus jamais la voir ! Ni mon débile de frère ! Jamais !

Elle ne le pensait pas vraiment. Elle était épuisée,

paumée. Je comprenais ce qu'elle ressentait. Elle s'est écroulée sur le lit, dans ma chambre, et a pleuré comme une madeleine en me demandant, une fois encore, de la prendre dans mes bras.

Ma détermination à lui avouer la vérité s'est envolée.

Pas ce soir… Demain, me suis-je promis.

Ce lendemain n'est jamais venu. Quelques semaines plus tard, un soir, je lui ai proposé de m'accompagner en Italie, où un camarade d'Oxford organisait quelques jours de fête, dans une villa somptueuse. C'est là que j'ai perdu toute volonté. Notre hôte nous a pris pour un couple et c'est dans une superbe chambre florentine que nous avons fait l'amour pour la première fois.

Ensuite, notre amour était tellement idyllique que je n'ai pas pu lui annoncer la terrible nouvelle. Comme ma mère avant moi. Les choses ont continué ainsi. Ma culpabilité a grandi, jusqu'à ce que je devienne Alex en apparence, et un troll hideux et menteur à l'intérieur.

Ces quelques mois ont été les plus heureux de ma vie. Cet été-là, je travaillais à Londres. J'avais décroché un stage à la British Library où je m'occupais de la numérisation d'œuvres philosophiques. Mes parents me prêtaient leur petit appartement de Bloomsbury.

Dans la journée, je manipulais des ouvrages précieux et, le soir, j'admirais Viola, la plus parfaite des œuvres d'art.

Elle avait refusé de rentrer au cottage de sa mère et ne parlait plus ni à Julia ni à Rupes. Après avoir trouvé un job d'été dans un supermarché, elle m'a demandé timidement si elle pouvait s'installer avec moi, car elle n'avait nulle part où aller. J'ai accepté avec bonheur.

Certains matins, sur mon vélo, j'avais l'impression d'être un personnage de roman. Mon univers était idéal.

Sauf que je vivais dans le mensonge.

Chaque jour, dans mon sous-sol entouré de livres pleins de sagesse, je savais que ces auteurs, de Sophocle aux auteurs d'ouvrages de développement personnel, me conseilleraient de dire la vérité. Chaque soir, en rentrant la retrouver, je me préparais à cracher le morceau.

En arrivant à l'appartement, je la voyais. Elle m'avait préparé un repas avec les produits presque périmés du supermarché. Elle était si belle, si fragile… que je n'avais pas le courage de parler.

Aux premières fraîcheurs de l'automne, Viola a regagné sa minuscule chambre d'étudiante à l'université et j'ai fait mes bagages pour regagner Oxford et préparer mon master.

Nous étions très tristes de quitter notre nid d'amour. Nous avions déjà choisi les prénoms de nos enfants et organisé notre mariage, ce qui n'avait rien d'extravagant, puisque nous étions adultes. Nous étions soudés et aucun d'entre nous n'avait encore dit grand-chose à quiconque sur notre monde merveilleux, de peur qu'on ne vienne nous l'abîmer.

Il y avait moins d'une heure de trajet entre Londres et Oxford, mais nous avions déjà prévu un planning de week-ends alternés chez l'un et chez l'autre. Notre dernière nuit ensemble fut aussi douloureuse que si j'avais dû embarquer pour les Antilles pour trois ans. Nous avions oublié ce que c'était que d'être séparés.

Le premier trimestre s'est écoulé dans le brouillard, tant elle me manquait. Ma concentration d'ordinaire invincible passait sans cesse par la fenêtre de la salle de cours. Il en était de même pour Viola, ce qui me rassurait. J'ai demandé à mes parents si je pouvais venir avec elle pour les fêtes, car elle refusait de passer Noël avec Julia et Rupes.

— J'allais toujours chez Papa pour lui tenir compagnie, m'avait-elle expliqué. Il n'avait que moi.

Ma mère qui, par chance, paraissait bien se remettre de son ultime traitement, m'a sauté dessus dès notre arrivée pour me répéter que je devais lui parler. Une fois de plus, je le lui ai promis, mais… c'était Noël. Dans le cocon de notre famille chaleureuse et aimante, Viola semblait plus heureuse et détendue que jamais depuis la mort de Sacha.

Donc j'ai gardé le silence.

Après le Nouvel An, nous avons repris nos habitudes. J'avais décidé de trouver un emploi à Londres dès mon master décroché. Je me moquais de devoir balayer les rues, du moment que je pouvais serrer Viola dans mes bras chaque nuit.

À Pâques, Viola a dû partir un mois pour un échange universitaire de littérature française. Nous avons passé la nuit précédant son départ dans l'appartement de Bloomsbury. Elle a voulu emprunter mon sac de voyage. Pendant qu'elle faisait ses bagages, je suis sorti acheter une bouteille de vin et des plats indiens chez le traiteur.

En rentrant, je l'ai appelée dans le couloir. Je l'ai trouvée au salon, assise par terre, tenant la lettre que Sacha m'avait écrite juste avant de mourir, les joues inondées de larmes, le teint livide.

Mon cœur s'est arrêté de battre, puis il est reparti de plus belle.

— Où l'as-tu trouvée ?

— Elle était dans la poche de ton sac. Tout ça n'était qu'un vaste mensonge !

— Non. Bien sûr que non !

— Si, a-t-elle murmuré. Moi qui croyais que tu aimais assez mon père pour venir le voir à l'hôpital… J'ai chanté tes louanges… Alors que tu étais là pour toi-même et non pour moi.

— Tu as raison. Le premier jour, je suis venu parce que je m'y sentais obligé. Mais dès que je t'ai vue, tout a changé.

— Je t'en prie, Alex ! Arrête de mentir.

— Je comprends que tu sois sous le choc. Ces derniers mois, ce que nous avons partagé… n'avait rien d'un mensonge, pour moi. Tu ne peux pas imaginer une chose pareille !

— Tu n'es pas celui que je croyais, l'Alex attentionné et généreux faisait semblant d'être présent pour moi. Et tu sais ce qu'il y a de pire ?

J'avais bien quelques idées que je me suis gardé d'exprimer.

— Non.

— Je t'envie parce que tu étais son fils biologique, sa chair et son sang, et pas moi.

— Sérieusement, c'est sans importance à mes yeux, Viola.

— Sympa, merci !

— Ce n'est pas ce que je voulais dire... Quand j'ai appris qu'il était mon père biologique, j'étais totalement horrifié. Enfin... sous le choc.

— Comme moi en ce moment.

M'accrochant à cette bouée, je me suis approché d'elle.

— Naturellement. C'est une révélation terrible. Je suis vraiment désolé. Si tu savais combien de fois j'ai voulu te parler, mais tu étais si désemparée que j'en étais incapable. Ensuite, tu... nous étions tellement heureux, si heureux que j'avais peur de tout gâcher. Tu comprends ?

Elle s'est frotté le nez, une manie que j'ai toujours trouvée adorable, et elle a secoué la tête.

— Pour l'heure, je comprends uniquement que je suis en couple avec un... membre de ma famille !

— Il n'y a aucun lien du sang entre nous, tu le sais bien !

— Et mon père... Comment a-t-il pu faire une chose pareille ? Je l'adorais. Pas étonnant que ma pauvre mère le déteste. Elle est au courant ?

— Oui.

— Depuis quand ?

— Tout est sorti lors des derniers jours à Pandora. Apparemment, elle a toujours su.

— C'est pas vrai ! Ma vie n'est qu'un mensonge !

— Je comprends ta réaction, Viola, mais...

— Et ta mère ? La sainte, comme l'a toujours appelée ma mère ! Qu'est-ce qui lui a pris de coucher avec mon père ?

— C'est une longue histoire. Je vais déboucher la bouteille de vin et...

— Non !

Elle a posé sur moi un regard plein de dérision avant de m'assener :

— Même toi, tu ne peux pas arranger ça ! Le pire, c'est que je te faisais une confiance aveugle et que tu m'as menti autant que les autres, et à propos de ce qu'il y a de plus important, dans ma vie. Je croyais que tu m'aimais. Comment as-tu pu passer ces mois avec moi en sachant ça ?

— Je... Viola, je regrette. Je t'en supplie, essaie de comprendre.

— Je pars. Je n'en supporterai pas davantage. J'ai besoin de réfléchir, de remettre de l'ordre dans mes idées.

Elle s'est levée et a saisi le sac qui, à mon grand effroi, était déjà plein.

— S'il te plaît, Viola ! Parlons, au moins !

Elle s'est dirigée vers la porte d'entrée.

— Je ne peux pas.

Ses beaux yeux se sont embués de larmes.

— Tu n'es pas le seul à avoir vécu dans le mensonge. Moi aussi. Je ne sais plus qui je suis.

— Tu reviendras ? Je t'aime, Viola. Il faut me croire !

— Je ne sais pas. Au revoir.

Sur ces mots, elle est sortie en claquant la porte derrière elle.

Avec le recul, la seule chose qui m'a empêché de me saouler, ce soir-là, en ajoutant quelques flacons de somnifères, c'est un coup de téléphone de ma mère. Sans doute sur une intuition.

Naturellement, c'est la première personne que j'aurais appelée, dans le silence assourdissant qui avait suivi le départ de Viola. Tout enfant ayant un parent malade le sait : on redoute d'alourdir son fardeau en déversant sur lui ses petits tracas, un univers qui s'écroule, par exemple. Ma mère vivait chaque jour comme si c'était le dernier.

Bref, je me suis épanché au téléphone, en larmes. Deux heures plus tard, elle a débarqué, tel un ange salvateur. Nous avons beaucoup parlé du parallèle entre son histoire avec William et la mienne avec Viola, cette nuit-là. Elle m'a bercé dans ses bras. Naturellement, elle a endossé la responsabilité de tout. Pour ma part, je n'avais plus le moindre doute sur ce qui l'avait empêchée de se confier à William juste après avoir reconnu Sacha, au mariage.

La peur.

— Tu veux que je parle à Viola ? m'a-t-elle proposé.

— Non. Je dois mener moi-même mes combats.

— Même si j'en suis l'origine ?

— Je ne sais pas, ai-je soupiré. Je l'aime et je ne supporte pas l'idée de passer ma vie sans elle.

— Accorde-lui du temps, Alex. Elle a de sérieux problèmes à régler. N'oublie pas qu'elle pleure son père. C'est une bonne chose qu'elle parte en France. Elle aura le temps de réfléchir. Elle verra Chloé, à Paris.

— Maman ! Comment je vais faire ?

— Tu n'as pas le choix. Quelqu'un m'a dit un jour que l'on ne reçoit dans la vie que ce qu'on peut gérer.

— Et si on ne peut pas ?

J'avais la tête posée sur ses genoux et elle me caressait les cheveux, comme si j'étais encore un enfant.

— Je pense que c'est vrai. Regarde, moi, par exemple. Certes, j'ai souffert, mais la maladie a fait de moi une meilleure personne. Toute la famille aussi, probablement. C'est pour Immy et Fred que cela a été le plus dur, finalement. En revanche, ils ont mûri. Ils sont plus indépendants. Naturellement, ton père a été formidable.

J'ai lu de l'amour dans le regard de ma mère et j'ai pensé à l'amour que j'avais perdu, ce qui m'a déprimé encore davantage.

— La vie ressemble à un long voyage, a ajouté ma mère.

— Comment ça ?

— Eh bien, on avance tranquillement vers son avenir et il y a des moments où le train s'arrête dans une jolie gare. On peut descendre et prendre un thé ou, dans ton cas, une bière. Et on en profite, en admirant le paysage, dans un état de sérénité, de plénitude. Ce sont ces petits moments que la plupart des êtres humains appellent le bonheur. Hélas, il faut remonter dans le train et poursuivre son chemin. Mais on n'oublie pas ces moments de bonheur, Alex. Ils sont ce qui nous donne la force d'affronter l'avenir. L'espoir que ces moments reviendront. Et ils reviennent, bien sûr.

Ouah ! Mon goût pour la philosophie ne me venait pas uniquement de mon père. Ma mère était douée pour philosopher, elle aussi.

— J'ai bu un millier de ces « pintes de bière » avec Viola, au cours des derniers mois. Et je voudrais bien en écluser encore cent mille…

— Tu vois ! a conclu ma mère avec un sourire. Tu as déjà de l'espoir.

34

Viola et Chloé sont montées se rafraîchir. Je reste seul sur la terrasse ; j'ai peine à croire que la vie m'a accordé une seconde chance et que Viola est revenue. J'ai envie de courir vers l'église la plus proche, de me mettre à genoux et de remercier la divinité, quelle qu'elle soit, de m'avoir offert cela. Et de jurer que j'ai appris de mes erreurs.

Mes traumatismes personnels, et ceux de tout le monde à Pandora, sont mineurs, comparés aux malheurs qui frappent le monde.

Mes dix années de journal intime ne sont qu'un aperçu de petites existences au sein d'un vaste univers. Mais ce sont nos vies et nos problèmes, et à nos yeux ils sont importants. Dans le cas contraire, je doute que l'humanité survive car, comme me l'a dit ma mère avec sagesse (et Pandore approuverait certainement), nous possédons le don inné de l'espoir.

J'observe l'assemblée qui se met à danser au son de l'orchestre. Julia est sur la piste, avec Bertie, Alexis et Angelina. Je remarque alors une silhouette familière qui regarde fixement la petite Peaches tandis qu'elle se trémousse avec sa mère.

Andreas, ou Adonis, tel que le surnommaient Maman et Sadie. Le père de Peaches.

J'en ai le souffle coupé. Est-ce une expérience karmique qui me fait revivre cet instant où Sacha a posé les yeux sur moi, lors du mariage de mes parents, autrefois ? Peut-être parlerai-je à Sadie, plus tard, pour lui faire bénéficier de mon expérience en la matière. Cette « matière » qui a infligé tant de peine à la plupart des personnes présentes ce soir (celles qui ne sont pas chypriotes).

Le fantôme, l'absent, est mon père, bien sûr. Sacha, ou Alexander.

Rien qu'un homme…

Au bord de la terrasse, je m'appuie sur la balustrade et je lève les yeux vers le ciel en me demandant s'il nous observe de là-haut en vidant une bouteille de whisky, amusé par le chaos qu'il a semé.

Pour la première fois, je ressens une vague émotion, un soupçon d'empathie. J'ai commis une terrible erreur, dernièrement, une erreur humaine qui a failli me coûter ce que j'avais de plus précieux.

Toute ma vie, je m'efforcerai d'être un homme meilleur, mais je sais aussi que je n'y arriverai peut-être pas. Le mieux que je puisse faire, c'est essayer.

— Alex ! Viens nous rejoindre !

Maman, Papa, Immy et Fred se tiennent par la main pour faire une ronde.

— Bonne nuit, Papa, dis-je au ciel superbe.

Sur la piste, je prends la main de ma mère et celle d'Immy et nous tournons en rond au son des bouzoukis. Fred m'informe que c'est une version revisitée d'un succès du moment.

Maman appelle Chloé, qui vient d'apparaître sur la terrasse. Deux yeux sont rivés sur elle, ceux de Michel, qui est pétrifié.

Fasciné, je vois Chloé venir vers nous, puis s'arrêter en sentant le regard de Michel, dans son dos. Elle se retourne lentement vers lui. Ils échangent un sourire. Elle lui adresse un signe imperceptible et prend la main de son père pour intégrer le cercle familial.

Viola a enfilé une robe blanche qui dénude une épaule et la fait ressembler à la statue d'Aphrodite/grand-mère. Julia vient à sa rencontre et l'embrasse sur les deux joues.

Ce n'est pas une étreinte, mais c'est un bon début. Une main tendue.

Le début de la compréhension.

Et du pardon.

Viola se tourne vers nous et entraîne Julia derrière elle. Elle amène à son tour Rupes, puis Alexis et Angelina, Fabio et Sadie, Peaches et, peu à peu, tous ceux qui nous entourent. Nous formons une chaîne humaine, main dans la main, sous les étoiles, pour célébrer la vie.

La musique se tait et tout le monde applaudit. Les gens interpellent Alexis et Helena afin qu'ils réitèrent leur danse d'il y a dix ans.

— Coucou, dis-je à Viola qui vient vers moi. Tu es superbe.

— Merci.

Elle me murmure à l'oreille. Je suis distrait par l'expression de mon père tandis que ma mère prend la main d'Alexis. Elle envoie un baiser à Papa en disant « je t'aime », avant de gagner le centre de la piste. Papa sourit et hoche la tête, en lui renvoyant son baiser.

— Pardon, Viola… tu disais ?

— Je te disais que je t'aime, s'esclaffe-t-elle. Je t'ai toujours aimé et je t'aimerai toujours, je crois. C'est comme ça.

Elle hausse les épaules.

Je l'observe tandis que l'orchestre entonne les premières notes et je comprends qu'elle attend une déclaration de ma part.

Immy me prend la main et nous entraîne tous les deux dans le cercle de danseurs.

— Concentre-toi, Alex !

— Désolé, Immy, je n'y arrive pas.

Sur ces mots, j'emmène Viola. Le cercle se referme aussitôt derrière nous. Nous fuyons tels des voleurs vers l'olivier centenaire dont les branches ornées de guirlandes lumineuses se balancent dans la brise. Je prends son visage entre mes mains.

— Je t'aime aussi, je t'ai toujours aimée et je t'aimerai toujours.

Sur ces mots, je l'embrasse et elle me répond avec passion. Sur la piste, la musique joue plus fort. Notre danse de la vie ne fait que commencer.

Remerciements

J'ai démarré ce roman il y a dix ans, après des vacances en famille à Chypre. Nous avions séjourné dans une superbe villa ancienne aux alentours de Kathikas, là où se situe l'action de cette histoire. À l'époque, nos cinq enfants avaient à peu près le même âge que mes personnages et nous avons reçu la visite d'amis. Naturellement, l'intrigue et les protagonistes sont en majeure partie fictifs, mais c'est là le tableau le plus proche de mon expérience de mère, belle-mère, épouse et danseuse…

J'ai laissé le manuscrit de côté et je l'ai ressorti l'an dernier, en rangeant un tiroir de mon bureau. Mes enfants ont dix ans de plus et les retrouver jeunes avait quelque chose de fascinant. C'était en fait une chronique de leur enfance. J'ai donc décidé de terminer le roman. Pourtant, ce n'était qu'un début, sans arrière-plan historique ni période de cent ans. Simplement le récit de plusieurs personnages dans la même maison pendant quelques semaines. J'ai beaucoup appris, en rédigeant ce texte.

D'abord, je tiens à remercier ma famille merveilleuse : Olivia, Harry, Isabella, Leonora, Kit et, bien sûr, Stephen, mon mari, qui m'ont inspirée.

Merci également à mon équipe d'éditeurs internationaux qui m'ont donné la confiance dont j'avais besoin pour terminer ce roman et le leur adresser : Jez Trevathan et Catherine Richards chez Pan Macmillan, Claudia Negele et Georg Reuchlein chez Goldmann Verlag, Knut Gørvell et Jorid Mathiassen chez Cappelen Damm, ainsi que Donatella Minuto et Annalisa Lottini chez Giunti.

Je n'oublie pas la « Team Lulu » : Olivia Riley, Susan Moss, Ella Micheler et Jacquelyn Heslop. Ma sœur, Georgia Edmonds, et ma mère, Janet.

Et un grand merci à tous mes merveilleux lecteurs du monde entier.

VOUS AVEZ AIMÉ CE LIVRE ?

Découvrez la saga événement de Lucinda Riley, *Les Sept Sœurs*

À la mort de leur père, énigmatique milliardaire qui les a adoptées aux quatre coins du monde lorsqu'elles étaient bébés, les sœurs d'Aplièse se retrouvent dans la maison de leur enfance, Atlantis, un magnifique château sur les bords du lac de Genève.

Pour héritage, elles reçoivent chacune un mystérieux indice qui leur permettra peut-être de percer le secret de leurs origines…

Dans cette ambitieuse série, inspirée de la légende et de la constellation des Sept Sœurs, Lucinda Riley fait preuve de son incroyable talent de conteuse.

« Un page-turner incroyable mêlant drame et romance. »
Daily Mail

Tournez la page pour découvrir sans plus attendre le premier chapitre du tome 1 !

Les sept sœurs
Chapitre 1

Je me souviendrai toujours de l'endroit où je me trouvais et de ce que je faisais quand j'ai appris que mon père venait de mourir.

J'étais à Londres, chez Jenny, une vieille amie d'école, et je profitais du soleil de juin, assise dans son joli jardin, un roman ouvert sur les genoux, pendant qu'elle était allée chercher son petit garçon à la crèche.

Je me sentais calme, heureuse de m'être échappée pour passer quelques jours de vacances ici. J'étais en train d'admirer la clématite en boutons qui dépliait ses fragiles bourgeons roses, donnant naissance à un tumulte de couleurs, lorsque mon portable a sonné. D'un coup d'œil sur l'écran, j'ai vu que c'était Marina.

— Allô, Ma, ça va ?

J'espérais que, dans ma voix, elle entendrait aussi la belle chaleur estivale.

— Maia, je...

Marina a marqué une pause, et, à cet instant, j'ai compris qu'il était arrivé quelque chose de terrible.

— Qu'est-ce qui se passe ?

— Maia, je ne sais pas comment te le dire, mais ton père a eu une crise cardiaque ici, à la maison, hier après-midi. Et aujourd'hui… tôt ce matin, il… est décédé.

Je suis restée silencieuse, un million de pensées disparates et ridicules me traversant l'esprit, l'une d'elles étant que Marina, pour une raison ou une autre, avait décidé de me faire une blague de mauvais goût.

— Je ne l'ai pas encore annoncé à tes sœurs, Maia. Comme tu es l'aînée, il m'a semblé que c'était toi qui devais l'apprendre en premier… Je voulais te demander si tu préfères les appeler, ou si tu souhaites que je le fasse.

— Je…

Aucune parole cohérente ne me venait aux lèvres, tandis que je commençais à réaliser que jamais Marina, ma chère et bien-aimée Marina, la femme qui avait été pour moi la personne qui se rapprochait le plus d'une mère, ne me mentirait. Il fallait donc que ce soit vrai. Et brusquement, tout s'est effondré en moi.

— Maia, s'il te plaît, dis-moi que ça va. Oh, c'est vraiment l'appel le plus terrible que j'aie jamais eu à passer, mais j'ai pensé qu'il valait mieux me tourner vers toi… Dieu seul sait comment tes sœurs vont réagir.

C'est à ce moment que j'ai entendu la souffrance dans sa voix. J'ai compris qu'elle aussi avait besoin de parler, de partager son fardeau, d'être réconfortée.

— Bien sûr, Ma, je vais prévenir mes sœurs. Sauf que je ne suis pas certaine d'avoir toutes leurs coordonnées sur moi… Ally n'est-elle pas partie faire une régate ?

Et pendant que nous discutions de l'endroit où se trouvait chacune de mes sœurs cadettes, comme s'il fallait les réunir pour fêter un anniversaire plutôt que de pleurer la mort d'un père, la conversation a pris un tour surréaliste.

— Quand faut-il prévoir l'enterrement à ton avis ? ai-je demandé. Avec Électra à Los Angeles et Ally quelque part en mer, on ne peut certainement pas l'envisager avant la semaine prochaine, au plus tôt.

— Eh bien…

J'ai perçu l'hésitation de Marina au bout du fil.

— Le mieux serait peut-être qu'on en parle toutes les deux quand tu rentreras à la maison. Mais rien ne presse pour l'instant, Maia. Aussi, si tu préfères rester encore un peu à Londres… Il n'y a plus rien à faire pour lui ici…

La voix de Marina s'est brisée.

— Ma, je saute dans le premier avion pour Genève ! Je vais téléphoner à la compagnie aérienne et je te donnerai l'heure du vol. Entre-temps, j'essaie de contacter tout le monde.

— Je suis vraiment désolée, ma chérie, a soupiré Marina. Je sais que tu l'adorais.

— Oui…

L'étrange sérénité que j'avais ressentie pendant que nous débattions des préparatifs m'a soudain abandonnée, comme le calme avant la tempête.

— Je t'appelle plus tard quand je saurai à quelle heure j'arrive.

— Très bien. Maia, prends soin de toi. C'est un choc terrible…

J'ai raccroché. Puis, avant que les nuages noirs, dans mon cœur, ne percent et ne menacent de m'engloutir, je suis montée dans ma chambre pour téléphoner à la compagnie aérienne. Pendant que j'attendais qu'on prenne mon appel, j'ai regardé le lit dans lequel, le matin même, j'avais tout simplement ouvert les yeux sur un autre jour. Et j'ai remercié Dieu que les êtres humains n'aient pas la faculté de prévoir l'avenir.

La femme qui a répondu au bout d'un moment n'était pas très aimable et j'ai compris, tandis qu'elle me parlait de vols complets, de coûts supplémentaires et de coordonnées de carte de crédit, que mon barrage émotionnel était prêt à craquer. Finalement, une fois qu'elle m'eut alloué de mauvaise grâce une place sur le vol de seize heures pour Genève, ce qui signifiait que je devais me dépêcher de rassembler mes affaires et prendre un taxi pour Heathrow, je me suis assise sur le lit et j'ai contemplé le motif du papier peint pendant si longtemps que le dessin a commencé à danser devant mes yeux.

— Voilà, il est parti, ai-je murmuré, parti pour toujours. Je ne le reverrai plus jamais.

Je m'attendais tellement à éclater en sanglots à cause de ces paroles prononcées tout haut que j'ai été surprise qu'il ne se passe rien, et je suis restée là, immobile, hébétée, mais la tête toujours pleine de détails pratiques. À l'idée d'appeler mes sœurs – toutes les cinq –, j'étais terrifiée. Laquelle prévenir en premier ? J'ai pris en compte tout un éventail de paramètres et la réponse n'a pas tardé à s'imposer : Tiggy, bien sûr, la deuxième plus jeune de la fratrie, celle dont je me sentais la plus proche.

Les doigts tremblants sur mon téléphone, j'ai fait défiler les numéros jusqu'au sien. En entendant sa messagerie vocale, j'ai bafouillé quelques mots confus lui demandant de me rappeler d'urgence. Elle se trouvait quelque part dans les Highlands, en Écosse, où elle travaillait dans un centre qui recueillait des cervidés malades.

Quant à mes autres sœurs… leurs réactions seraient diverses, en apparence du moins, allant de l'indifférence à un dramatique épanchement d'émotion.

Ne sachant pas trop de quel côté je basculerai sur l'échelle du chagrin quand je leur parlerai, j'ai choisi la lâcheté et je leur ai envoyé un texto à chacune, les priant de me contacter le plus vite possible. Je me suis ensuite dépêchée de faire mon sac et je suis descendue à la cuisine où j'ai laissé un mot à Jenny lui expliquant pourquoi j'avais dû partir.

J'ai décidé de héler un taxi dans la rue et j'ai marché d'un pas rapide le long du parc de Chelsea, comme n'importe qui, par une journée banale. Je crois que j'ai même salué quelqu'un qui promenait son chien et que je lui ai souri.

Personne ne pourrait deviner ce qui m'arrive, me suis-je dit en montant dans le taxi que j'ai réussi à arrêter sur King's Road, où le trafic était intense.

J'ai indiqué au chauffeur l'aéroport d'Heathrow.

Non, personne n'aurait pu deviner.

Cinq heures plus tard, alors que le soleil descendait tranquillement sur le lac de Genève, je suis arrivée à notre ponton privé pour la dernière étape de mon voyage.

Christian m'attendait déjà dans la vedette. À son regard, j'ai compris qu'il savait.

— Comment allez-vous, mademoiselle Maia ? a-t-il demandé en m'aidant à monter à bord, ses yeux bleus pleins de compassion.

— Je suis… contente d'être ici, ai-je répondu d'une voix neutre, puis je suis allée m'asseoir à l'arrière du bateau, sur la banquette en cuir crème qui suivait la courbe de la poupe.

En temps normal, je m'installais à l'avant, à côté de Christian, pour fendre les eaux calmes pendant les vingt minutes de la traversée. Mais ce jour-là, j'avais besoin de solitude. Christian a démarré. Le soleil se reflétait sur les fenêtres des somptueuses demeures qui bordaient le lac. Souvent, en faisant ce trajet, il me semblait franchir le seuil d'un monde féerique, un univers éthéré sans aucun rapport avec la réalité.

Le monde de Pa Salt.

À l'évocation du surnom de mon père, que j'avais inventé quand j'étais enfant, des larmes m'ont picoté les yeux. Il avait toujours adoré faire de la voile et quand il revenait dans la maison du bord du lac, il sentait l'air iodé et la mer. Avec le temps, mes jeunes sœurs aussi s'étaient approprié ce surnom.

Alors que le bateau prenait de la vitesse et que le vent chaud agitait mes cheveux, je me suis remémoré des centaines d'arrivées à Atlantis, le château de Pa Salt. Situé sur un promontoire adossé à un croissant de terrain montagneux qui s'élevait en pente abrupte, il était inaccessible par la route ; on ne pouvait y accéder qu'en bateau. Les voisins les plus proches se trouvant à des kilomètres, Atlantis était un peu notre royaume privé, à l'écart du reste du monde. Tout ce qu'il renfermait était magique… comme si Pa Salt et nous, ses filles, avions vécu dans un endroit enchanté.

Nous avions toutes été choisies par Pa Salt quand nous étions bébés et adoptées aux quatre coins du monde. Pa aimait dire que nous étions ses filles « spéciales ». Il nous avait donné les noms des Pléiades, les Sept Sœurs, sa constellation préférée. Maia était la première.

Quand j'étais petite, il m'emmenait sous le dôme en verre de son observatoire, tout en haut de la maison, et me soulevait dans ses bras puissants pour que j'observe le ciel, la nuit, à travers son télescope.

— Elles sont là, me disait-il une fois qu'il avait aligné l'objectif. Regarde, Maia, regarde la belle étoile brillante dont tu portes le nom.

Et je la voyais, oh oui. J'écoutais à peine tandis qu'il me racontait les légendes à l'origine de mon nom et de ceux de mes sœurs, mais je savourais le plaisir de sentir ses bras autour de moi, consciente de vivre un moment rare et précieux, avec mon père pour moi seule.

Quant à Marina, que j'avais longtemps prise pour ma mère – j'avais même raccourci son nom à « Ma » –, j'ai compris plus tard qu'elle n'était qu'une simple nourrice, embauchée par Pa pour s'occuper de nous lors de ses nombreuses absences. Mais évidemment, Marina était beaucoup plus que cela pour nous toutes. C'était elle qui essuyait nos larmes, qui nous grondait lorsque nous nous tenions mal à table. Elle nous a guidées sereinement durant ces années difficiles à l'issue desquelles l'enfant devient une femme.

Ma a toujours été là, et je ne l'aurais pas aimée davantage si elle m'avait donné la vie.

Pendant les trois premières années de mon enfance, il n'y avait que Marina et moi dans notre château magique sur les rives du lac. Et puis, une à une, mes sœurs ont commencé à arriver.

Normalement, Pa m'apportait un cadeau quand il rentrait de voyage. J'entendais le bateau arriver, je m'élançais sur la vaste pelouse et je courais jusqu'à la jetée pour l'accueillir. Comme tous les enfants, je voulais voir ce qu'il avait caché dans ses poches magiques. Je me souviens du jour où, après qu'il m'eut offert un ravissant renne en bois sculpté en me jurant qu'il venait du Père Noël, une femme en uniforme s'est avancée avec un paquet dans les bras. Et le paquet bougeait.

— Je t'ai rapporté un autre cadeau, Maia, le plus extraordinaire qui soit. Une petite sœur. Maintenant, tu ne seras plus seule quand je dois m'absenter.

Pa m'a souri et serrée contre lui.

Ma vie a changé ensuite. La puéricultrice que Pa avait amenée avec lui a disparu quelques semaines plus tard et Marina a pris la relève pour s'occuper de ma sœur. Je ne comprenais pas comment cette chose qui braillait, qui sentait souvent mauvais et me privait de l'attention qui m'était due pouvait être un cadeau. Jusqu'à ce matin où Alcyone – à qui on avait donné le nom de la deuxième étoile des Sept Sœurs – m'a souri, assise dans sa chaise haute.

— Elle me reconnaît ! ai-je lancé, émerveillée, à Marina qui lui donnait à manger.

— Bien sûr qu'elle te reconnaît, ma chérie. Tu es sa grande sœur, celle qu'elle admirera toute sa vie. Ce sera à toi de lui enseigner beaucoup de choses que tu sais et qu'elle ignore.

Et, en grandissant, Alcyone est devenue mon ombre, toujours sur mes talons, ce qui m'enchantait et m'agaçait tout autant. « Maia, attends-moi ! » exigeait-elle d'une voix forte en me suivant d'un pas mal assuré.

Bien qu'Ally – comme nous l'avions surnommée – ait au départ quelque peu perturbé mon existence dorée à Atlantis, je n'aurais pu souhaiter une compagne plus adorable ni plus aimable. Elle pleurait rarement, voire jamais, et ne faisait aucun de ces caprices réservés aux bambins de son âge. Avec ses boucles d'un roux doré qui tombaient en cascade et ses grands yeux bleus, Ally possédait un charme naturel auquel mon père était le premier à succomber.

Quand Pa Salt rentrait à la maison après l'un de ses longs voyages à l'étranger, je remarquais combien ses yeux s'allumaient dès qu'il la voyait. Il la regardait comme jamais il ne m'avait regardée, j'en étais sûre, moi qui étais timide et réservée alors qu'Ally débordait d'assurance.

Elle était aussi un de ces enfants qui semblaient exceller dans tout – en particulier la musique et les sports nautiques. Quand Pa lui a appris à nager dans notre grande piscine, elle a aussitôt maîtrisé la technique – un vrai poisson dans l'eau –, tandis que je barbotais avec peine, redoutant à tout instant de couler.

Et puis, alors que je n'avais pas le pied marin,

même à bord du *Titan*, le superbe yacht de Pa, Ally, elle, le suppliait de l'emmener sur le dériveur qu'il gardait amarré à notre jetée. Je me souviens que je m'accroupissais dans l'espace exigu de la poupe pendant que Pa et Ally s'affairaient aux commandes et que le bateau filait sur les eaux miroitantes du lac. Bref, je ne partageais aucune passion avec Pa qui aurait pu me rapprocher de lui comme ma sœur.

Ally avait étudié la musique au Conservatoire de Genève. Excellente flûtiste, elle aurait pu poursuivre une carrière dans un orchestre professionnel, mais elle avait ensuite choisi la vie de marin à plein temps. Elle participait régulièrement à des régates et avait représenté la Suisse à plusieurs occasions.

Ally avait presque trois ans quand Pa est arrivé un jour avec une autre sœur pour nous, à qui il a donné le nom de la troisième des Sept Sœurs, Astérope.

— Mais nous l'appellerons Star, a-t-il dit en nous souriant à Marina, Ally et moi, tandis que nous observions cette petite chose, couchée dans le couffin, qui venait agrandir notre famille.

Je prenais alors des leçons chaque matin avec un professeur particulier, aussi la venue de Star m'a-t-elle moins perturbée que celle d'Ally. Et puis, à peine six mois plus tard, un autre bébé nous a rejointes, une petite fille de douze semaines prénommée Célaéno, un nom qu'Ally a immédiatement raccourci en CeCe.

Trois mois seulement séparaient Star et CeCe et, du plus loin que je me souvienne, elles ont toujours été très complices. Comme des jumelles, communiquant avec leur propre babillement, qu'elles utilisent encore aujourd'hui. Elles vivaient dans leur monde à elles dont nous étions exclues, et même à présent qu'elles ont une vingtaine d'années, rien n'a changé. CeCe, la plus jeune des deux, était toujours celle qui avait le dessus, son corps trapu et sa peau noisette contrastant avec la pâleur et la minceur de Star.

L'année suivante, un autre bébé arriva encore. Taygète – que j'ai surnommée « Tiggy » à cause de ses cheveux courts et noirs qui se dressaient sur sa toute petite tête et me faisaient penser au hérisson de la célèbre histoire de Beatrix Potter.

J'avais alors sept ans et je me suis tout de suite sentie proche de Tiggy. Elle était la plus fragile d'entre nous, affligée de toutes les maladies infantiles les unes après les autres, mais elle demeurait stoïque. Quand Pa a encore ramené à la maison une autre fillette, nommée Électra, Marina, épuisée, m'a souvent demandé de m'occuper de Tiggy qui avait continuellement la fièvre, ou toussait, et qui fut finalement déclarée asthmatique. On ne la sortait pas beaucoup dans le landau pour éviter que l'air froid et le brouillard épais de Genève ne lui fragilisent les poumons.

Électra était la benjamine et son nom lui allait à la perfection. Je m'étais maintenant habituée aux bébés et à leurs exigences, mais ma plus jeune sœur était sans aucun doute la plus difficile. Tout ce qui se rapportait à elle était « électrique » ; en un instant, elle pouvait passer d'une humeur sombre à une humeur légère et *vice versa*, de sorte que notre foyer, auparavant calme, retentissait quotidiennement de ses cris perçants. Ses caprices résonnaient dans ma conscience d'enfant et, en grandissant, sa personnalité impétueuse ne s'adoucit guère.

En secret, Ally, Tiggy et moi la surnommions « Tricky », qui signifie difficile, délicat. Il nous fallait toujours la prendre avec des gants pour ne pas déclencher un brusque changement d'humeur. Franchement, il y a eu des moments où je la détestais tellement elle perturbait notre vie à Atlantis.

Cependant, quand Électra sentait que l'une de nous avait des problèmes, elle était la première à offrir son aide et son soutien. Elle pouvait se montrer d'un égoïsme excessif, ou bien, à d'autres occasions, d'une générosité sans limite.

Après Électra, nous avons toutes attendu l'arrivée de la septième sœur. Puisque Pa nous avait donné le nom de cette constellation, sans elle, nous n'aurions pas été complètes. Nous connaissions même son nom – Mérope – et nous nous demandions à quoi elle ressemblerait. Mais une année passa, puis une autre, et une autre encore, et notre père ne rapportait toujours pas de bébé.

Je me souviens parfaitement de la conversation que j'ai eue avec lui dans son observatoire. J'avais quatorze ans et allais bientôt entrer dans ma vie de femme. Nous guettions une éclipse qui, d'après lui, signait un moment précurseur pour l'humanité.

— Pa, ai-je dit, amèneras-tu un jour notre septième sœur à la maison ?

En entendant cela, tout son corps a semblé se figer pendant quelques secondes. D'un coup, il a eu l'air de porter le poids du monde sur ses épaules. Il ne s'est pas retourné, car il se concentrait sur son télescope, mais j'ai compris instinctivement que mes paroles l'avaient bouleversé.

— Non, Maia, je ne la ramènerai pas. Parce que je ne l'ai jamais trouvée.

Quand est apparue la haie d'épicéas qui protégeait notre maison des regards indiscrets et que j'ai vu Marina, debout sur la jetée, la mort de Pa s'est imposée à moi avec son implacable réalité : l'homme qui avait fait de nous les princesses de son royaume n'était plus là pour garder l'enchantement.

Composition et mise en pages
Nord Compo à Villeneuve-d'Ascq

Cet ouvrage a été imprimé par
CPI Bussière à Saint-Amand-Montrond
pour le compte de France Loisirs
en avril 2019

Numéro d'éditeur : 94195
Numéro d'imprimeur : 2042983
Dépôt légal : avril 2019

Imprimé en France